VIP

Universo dos Livros Editora Ltda.
Rua do Bosque, 1589 – Bloco 2 – Conj. 603/606
CEP 01136-001 – Barra Funda – São Paulo/SP
Telefone/Fax: (11) 3392-3336
www.universodoslivros.com.br
e-mail: editor@universodoslivros.com.br
Siga-nos no Twitter: @univdoslivros

VIP

KATHRYN HARVEY

Autora do best-seller *Butterfly*

São Paulo
2013

UNIVERSO DOS LIVROS

Published by arrangement with Lennart Sane Agency AB

Diretor editorial
Luis Matos

Editora-chefe
Marcia Batista

Assistentes editoriais
Cássio Yamamura
Nathália Fernandes
Raíça Augusto

Tradução
Cristina Calderini Tognelli

Preparação
Bárbara Prince

Revisão
Paula Fazzio

Arte e capa
Francine C. Silva
Valdinei Gomes

Dados Internacionais de Catalogação na Publicação (CIP)
Angélica Ilacqua CRB-8/7057

H271v Harvey, Kathryn.

VIP / Kathryn Harvey; tradução de Cristina Calderini Tognelli – São Paulo: Universo dos Livros, 2013.

344 p. – (Butterfly, v. 3)

ISBN: 978-85-7930-670-9

Título original: Private Entrance
1. Ficção 2. Romance erótico
I. Título II. Tognelli, Cristina III. Série

13-0969 CDD 823

Para Sharon Stewart – querida amiga e linda mulher.
Que você possa ganhar uma estadia no The Grove!

PRÓLOGO

DESERTO DE NEVADA, MAIO de 1972

Nas horas que antecediam a aurora, em um cruzamento no meio do nada, um homem estava parado na cabine telefônica, tremendo, mentalmente incitando a pessoa do outro lado da linha a atender ao telefone. O ar do deserto era frio como a morte e as estrelas frígidas não ajudavam.

Estacionado ao lado da cabine estava um velho Chevy. Dentro, uma mulher segurava um bebê, um recém-nascido que ela tentava convencer a tomar o leite da mamadeira. No banco de trás, outros três bebês cochilavam, enrolados em mantas e protegidos por travesseiros.

Os quatro bebês haviam sido sequestrados.

O homem na cabine telefônica ouviu o outro lado responder.

– Aqui é Boudreaux – ele disse baixinho, como se temesse que alguém pudesse ouvir, mesmo ele e a mulher estando a quilômetros da civilização. – Estou com a mercadoria.

Ele ouviu, acenou com a cabeça, os ombros encurvados contra o vento fustigante que conseguia passar por entre as frestas da cabine.

– Ok – respondeu, após receber as instruções. – Estaremos aí em uma hora. É, isso mesmo. Quatro. Todas meninas. Todas brancas.

Ele desligou e voltou correndo para o carro, esfregando as mãos após se colocar atrás do volante e bater a porta.

– Adivinha o que eu fiz, Muriel! – exclamou ele, gabando-se. – Convenci ele a dar mil dólares a mais por cada bebê!

– Nós deveríamos receber mais – reclamou ela. – Essas têm pedigree. Vêm de famílias ricas.

– Os compradores não estão nem aí com isso. Eles só se importam com a cor e o sexo.

Muriel fechou a cara, abaixou a mamadeira e se curvou sobre o bebê no colo.

– Ei, Spencer. Esta aqui está morta.

– O quê?! Tem certeza?

Ela cobriu o rostinho com a manta e Boudreaux socou o volante.

– Merda! – lá se iam mil dólares.

1

O OLHAR DELE ENCONTRA o dela do outro lado do corredor da primeira classe. Há uma mensagem no olhar dele: o filme terminou, o jantar acabou, e os outros passageiros estão lendo ou cochilando. A nove mil metros de altitude, o que mais há para se fazer?

Ele solta o cinto de segurança e levanta para se espreguiçar. A camisa de alfaiataria de seda azul claro se estende sobre a musculatura bem definida. Ele não era um golfista. Esportes extremos eram do seu gosto.

Ele se vira. Coco sente a respiração prender na garganta quando percebe a alusão ao paraíso dentro das calças de pregas.

Um piscar dos olhos negros, convidativos, antes de ele seguir pelo corredor. Quando ele passa pelo assento de Coco, ela percebe a fragrância máscula, sente o ar ao seu redor estalar com eletricidade, como se um deus tivesse acabado de passar. Ela não tem de se virar para saber que ele foi para o toalete.

A pulsação de Coco acelera. Ela nunca fizera aquilo no banheiro de um 747 antes.

Seria capaz?

Casualmente, ela sai do assento e segue pelo corredor. Será que as pessoas percebem o que aqueles dois desconhecidos estão aprontando, o que estão prestes a fazer?

Ela desconhece o nome dele, a profissão, se é ou não casado. Pouco importa. Estão atraídos pelo desejo primitivo.

Ela se aproxima e o vê entrar. Ele não vira a trava para a posição "ocupado".

Ele está à espera.

Ela lambe os lábios. Nunca se sentiu tão excitada, tão extremamente sensual. Ela estica a mão para a porta e entra sorrateira. O compartimento é tão pequeno que eles ficam pressionados um contra o outro assim que ela fecha e tranca a porta. Nenhuma palavra, apenas a instantânea pressão de uma boca na outra, os braços envolvendo-os, uma fabulosa ereção pressionando-a na virilha. A mão dele trafega subindo pela coxa e debaixo da saia. Coco tem dificuldades com o zíper, mas finalmente o liberta. Eles não param de se beijar, línguas e lábios ardentes e vorazes, enquanto a calcinha dela é afastada com um puxão. Ele é tão forte que a ergue do chão e a apoia na beira da pia. Afasta suas pernas e…

– Srta. McCarthy? Posso lhe servir mais uma bebida?

Coco ergueu o olhar, sobressaltada. A comissária de bordo lhe sorria.

– Hum… Sim, por favor. Adoraria mais uma. Quanto falta para aterrissarmos?

A comissária consultou o relógio.

– Devemos chegar a Los Angeles em quarenta e cinco minutos.

– Um drinque duplo, então.

Coco suspirou e olhou para o lindo desconhecido sentado do outro lado do corredor, com a cabeça inclinada sobre uma revista. Eles jamais se conheceriam, quanto mais fazer sexo a nove mil metros de altitude. Essa era a história de sua vida. Fantasias sexuais com desconhecidos, uma única noitada com homens que pareciam ser promissores até que ela lhes contasse o que fazia para viver. De fato, houve um relacionamento seu que durou seis meses – ela e Larry até chegaram a morar juntos e o clima entre eles sugeria casamento. E, então, a polícia telefonara, os detetives de homicídio chegaram à sua porta e Larry ("Não suporto mais isso") virou passado.

⋆ ⋆ ⋆

Mas tudo isso estava para mudar.

Coco estava a caminho de um lugar chamado The Grove. Jamais estivera lá, mas já ouvira falar a respeito.

Os tabloides o chamavam de "clube do sexo". Mas o The Grove era mais do que isso – um oásis de esmeralda no deserto do sul da Califórnia que oferecia romance, fantasia, fuga, comida gourmet, vinhos de safras especiais, bebidas importadas, aromaterapia, tratamentos faciais, banhos minerais, lojas exclusivas, entretenimento da melhor qualidade, serviço de acompanhante, anonimato, privacidade, nenhuma pergunta. Mas o que todos se lembravam era do sexo. Conforme gracejara um colunista de Hollywood: "O The Grove é um lugar onde o sexo é elegante e a elegância é sexy".

O The Grove não fazia propaganda, seu número não constava nas páginas amarelas, você não encontraria um anúncio seu em revistas luxuosas. Até onde Coco sabia, você teria de descobrir sobre o lugar por meio de um amigo, que lhe diria como entrar em contato com a central de reservas e como encontrar o terminal particular no Aeroporto Internacional de Los Angeles. E era para onde se dirigia o voo de Coco, vindo de Nova York. Chegando lá, ela pegaria o jatinho privativo do The Grove para começar a sua semana de estadia gratuita.

Ela ganhara um concurso.

O 747 por fim aterrissou e Coco se apressou em sair, lançando um olhar desolado para o belo desconhecido que jamais saberia do sexo maravilhoso que fizera com ela no lavatório do avião. Ela apanhou a bagagem e encontrou o motorista designado para levá-la até o pequeno terminal do lado oposto ao aeroporto. "The Grove", com palmeiras desenhadas na placa. Um jatinho aguardava na pista, e pessoas na sala de embarque se serviam de coquetéis e petiscos de cortesia.

Aceitando do barman sensual um drinque de vodca com suco de laranja, Coco fitou o DHC-6 Twin Otter para vinte passageiros, pintado em tons vistosos de azul-celeste e verde como se a aeronave fosse feita de palmeiras e céu azul. Ela viu o piloto atravessar a pista com sua maleta preta, alto e de ombros largos em seu uniforme elegante que transmitia vibrações incríveis. *Venha voar comigo.*

Ela tentou não encarar os outros passageiros. Estrelas de cinema e celebridades se deliciavam com *piñas coladas* e casquinhas de siri.

Então notou um homem que lhe chamou a atenção.

Usando óculos de aviador com lentes reflexivas, jeans e uma jaqueta de couro, enquanto todos os outros vestiam roupas casuais ao estilo havaiano, ele parecia se manter afastado, porém observava. O instinto de Coco lhe disse que ele era policial. Não que houvesse sinais exteriores – nenhum distintivo, arma ou cinto com munição. Mas Coco sabia. E ficou se perguntando por que um tira iria para o The Grove. Ele não tinha ares de quem estava saindo de férias – não estava relaxado, não comia nem bebia.

Parecia exatamente um policial em seu turno de trabalho. Que tipo de missão teria um policial no The Grove? Ela o avaliou com seu olho interior e pensou: detetive. Homicídios.

– Isso não é excitante?

Coco se virou e fitou um par de olhos verde-claros.

– Isto é, as estrelas de cinema! Sou Sissy Whitboro. Nós não costumamos ver muitos astros de cinema em Rockford, Illinois. Acho que não seria de bom tom pedir autógrafos…

Coco estimou que Sissy tivesse pouco mais de trinta anos, como ela própria. Pele pálida, cabelos ruivos claros presos num coque de bibliotecária. Vestido de algodão com cintura marcada e sapatos confortáveis. Dona de casa era a impressão que ela transmitia.

– Acho que eles preferem ficar em paz – ponderou Coco.

– Eu jamais poderia pagar por férias como essas – confidenciou Sissy. – Ganhei um concurso.

Coco a fitou surpresa.

– Eu também. Mas não me lembro de ter me inscrito em nenhum. Não gosto de concursos.

– Nem eu. Como será que isso aconteceu? Quero dizer, pelo que eu soube desse lugar, não é do tipo que promove premiações e concede férias para qualquer um. É um lugar exclusivo e muito caro.

– Tenho certeza de que nos dirão.

– Nem era para eu vir – disse Sissy, mexendo seu coquetel de frutas gelado. – Mas meu marido insistiu. Ele disse que eu merecia férias. Estranho que o prêmio não fosse para nós dois. Só para mim. Eu não queria deixar Ed e as crianças, mas ele disse que seria uma pena deixar escapar a oportunidade de ficar num resort frequentado por celebridades.

Enquanto a sra. Whitboro continuava falando sobre estrelas de cinema, Coco voltou seus olhos para o homem com óculos de aviador, pensando no motivo secreto que a levara a aceitar aquele prêmio. Então, teve um pensamento súbito e surpreendente. Seria *ele*?

Sorriu para si mesma. Não seria irônico se o homem que ela procurava fosse um policial?

Por fim, foram chamados a embarcar. Enquanto Sissy largava seu copo, sua bolsa escorregou do braço e caiu no chão.

– Pode deixar, eu pego para você – disse Coco. Mas, no minuto em que seus dedos seguraram a alça de couro, uma imagem a perpassou.

Olhou para Sissy com curiosidade, mas nada disse. Não era da sua conta. Porém, a esposa de Ed Whitboro, de Rockford, Illinois, teria uma grande surpresa durante sua estadia no The Grove.

Enquanto todos sentavam e afivelavam o cinto de segurança, os pensamentos errantes de Coco seguiram pelo corredor até a cabine onde o belo piloto fazia suas verificações finais.

Ela se acomodou e fechou os olhos. *Quando estão no ar, o capitão coloca o jato no piloto automático, ajeita o quepe na cabeça e sai para sorrir para os passageiros. Quando se aproxima de Coco, seus olhos se demoram sobre ela, e ele dá um sorriso malicioso e cheio de segredos. De perto, ela enxerga as linhas de maturidade no rosto dele, os anos de sabedoria em seus olhos. Ele pilotou missões na Guerra do Golfo, 747s para a França, pilotou sobre terrenos áridos na Austrália, e trimotores sobre a Amazônia. Um piloto experiente, que sabe voar de olhos fechados.*

Olhos que Coco bem que gostaria de ver fechados de prazer.

– Senhoras e senhores – a voz do comandante soou pelo intercomunicador. – Aterrissaremos dentro de poucos minutos. Certifiquem-se de que os cintos estejam atados...

O jatinho taxiou até parar, a porta se abriu e a escada se desdobrou até o chão. Coco se juntou aos demais para apanhar a bagagem e agradecer ao comandante, que estava de pé desejando a todos uma boa estadia. De perto, ele tinha os olhos cinzentos mais sensuais do mundo.

Assim que se viu na noite do deserto, Coco se lembrou da canção de Maria Muldaur dos anos 1970: "Meia-noite no oásis, mande o seu camelo dormir..."[1]. Havia um milhão de estrelas cintilantes no céu negro, e as palmeiras balançavam ao sabor da brisa. O ar era límpido e puro, encantador. Aquele era um mundo completamente diferente, um mundo de fantasia. Definitivamente, não era Nova York.

Quando pisou no asfalto, Coco notou duas mulheres ao fim da pista, protegidas por imensas bananeiras e palmeiras densas, como se não quisessem ser notadas. Deduziu que uma delas devia ser a proprietária do The Grove, uma mulher misteriosa, pelo que Coco soubera.

---

1 N.T.: Em inglês: "Midnight at the Oasis, Send your camel to bed...".

– Divirta-se! – Sissy Whitboro disse quando elas seguiram para carrinhos diferentes.

–Você também – respondeu Coco. –Talvez a gente acabe se encontrando – em seguida, lembrando-se do flash que vivenciara quando tocara na bolsa de Sissy, acrescentou: – Posso ler para você, se quiser – ainda na sala de embarque, confidenciara a Sissy o que fazia para viver. As mulheres tendiam a ser mais abertas em relação a isso do que os homens. E Coco tinha a sensação de que Sissy Whitboro precisaria de ajuda durante sua estadia.

Os recém-chegados foram recebidos individualmente por atraentes acompanhantes do sexo masculino que trajavam bermudas brancas e camisas havaianas coloridas, e por anfitriãs em sarongues aderentes ao corpo, que levaram os hóspedes em carrinhos de golfe para as suas acomodações – suítes luxuosas no prédio principal ou chalés e bangalôs particulares espalhados em meio aos arbustos e às folhagens verdejantes. Não havia *check-in*, nem recepção. Tudo isso fora resolvido em Los Angeles antes da decolagem.

Os carrinhos passaram roncando por jardins repletos de mimosas e hibiscos, pomares de laranjeiras e cedros, cascatas, lagos e córregos alimentados pelos poços artesianos do The Grove, bem abaixo do terreno desértico. E, quando chegavam a seus vários tipos de acomodação, os hóspedes se maravilhavam com o silêncio que os cercava. Tudo isso graças à engenhosidade da mulher que criara aquele paraíso: não dava para saber que havia outras pessoas por perto. O projeto paisagístico inteligente e a posição engenhosa dos alojamentos dos hóspedes conferia a atmosfera mais plácida possível. E o máximo de privacidade.

Era um lugar perfeito para se soltar.

Coco mal conseguia conter seu entusiasmo enquanto o carrinho a transportava pelos caminhos pavimentados. Havia homens por toda parte! Em camisas havaianas e shorts, em calças claras e camisas de tênis. Homens mais velhos, mais jovens, altos e baixos, robustos e magros.

E um deles era seu.

A acomodação de Coco era um chalé com piscina exclusiva dentro de um jardim murado. Um lugar projetado para festejar. O frigobar era maior que a sua geladeira de casa, a televisão era um imenso equipamento de entretenimento, e havia um número suficiente de sofás para acomodar um bando de torcedores nas noites de futebol. No entanto, ela estava só.

Sempre fora só ela.

Mas isso iria mudar.

A jovem de sarongue taitiano se ofereceu para desfazer suas malas, mas Coco recusou. Já era ruim o suficiente quando as pessoas perguntavam o que ela fazia da vida. Não queria alguém sabendo do conteúdo da sua bagagem.

Ao pegar a mala, sua mão envolveu sem querer a mão da jovem, e em um instante Coco viu algo.

– Case com ele – disse, em um impulso.

– Como disse?

– Não deixe a família dele atrapalhar. A vida é de *vocês*, não deles.

Os olhos da jovem se arregalaram. Em seguida, com um sorriso tímido, ela agradeceu e saiu. Aquele era um hábito do qual Coco tentava se livrar. Nem todos gostavam de saber do futuro. Nem todos buscavam conselhos psíquicos. Mas ela não conseguia evitar. Ela via uma imagem – ainda mais quando o assunto envolvia uma decisão difícil – e enxergava a resposta com mais clareza do que a pessoa que se debatia com o dilema. Por vezes, porém, em vez de ajudar, ela só piorava a situação.

Desfez as malas com cuidado, até chegar à sua mala "especial" – uma de formato estranho, feita sob medida, que carregava o item mais precioso da sua bagagem. Guardou calcinhas e sutiãs, pendurou as roupas, colocou os sapatos no closet, os itens de higiene e cosméticos no banheiro. Deixou tudo perfeitamente no lugar a fim de que o clima estivesse absolutamente ideal para se dedicar ao conteúdo da mala especial.

Enfim, ela estava pronta para abrir a mala e retirar o cubo de veludo ali guardado. Colocou-o sobre a cômoda e abriu a tampa para expor o instrumento que era o alicerce da sua vida profissional.

– No que você trabalha? – as pessoas perguntavam; homens em festas, mulheres em clubes de carteado, o caixa da vendinha.

Coco parara de contar a verdade há muito tempo.

E, por certo, jamais contara a ninguém a respeito da bola de cristal.

Antes de começar, foi até o banheiro lavar o rosto, para se livrar do cansaço da viagem e dos efeitos do álcool. Passou as longas unhas postiças pelo cabelo tingido de vermelho, encrespando-o ainda mais, verificou a maquiagem (nunca se sabe quando alguém pode aparecer à porta) e decidiu tirar a roupa com que viajara para colocar uma camisa até os tornozelos e uma blusa cigana.

Serviu-se de um copo de água mineral e ficou pronta.

Carregando a bola de cristal com cuidado entre as mãos, levou-a até o sofá e depositou-a na mesinha de centro, onde ela reluziu em tons de esmeralda e turquesa. Coco abriu a porta de vidro de correr que conduzia ao pátio externo, para permitir a entrada da brisa do deserto e o chamado solitário de um pássaro noturno, e então se voltou para o globo tremeluzente. Com uma respiração profunda, fechou os olhos, murmurou um mantra, sentiu o corpo relaxar, depois abriu os olhos e esticou as mãos por sobre o globo. Enquanto o perfume vinha do jardim onde as flores desabrochavam em suas hastes, enquanto as cortinas se remexiam e o chamado de uma ave preenchia o ar, Coco fixou o olhar no coração do cristal.

Sentiu-se culpada. Não deveria fazer aquilo. "O seu dom é para ajudar aos outros", sua mãe frequentemente a advertia, acrescentando que Coco atrairia desastre se usasse seu dom psíquico por motivos egoístas. Mas não conseguia evitar. Estava desesperada. Anos de relacionamentos fracassados, encontros sem futuro, de uma noite só, homens lhe lançando olhares estranhos por conta do seu dom. Coco viera ao The Grove para encontrar um homem.

Não um homem qualquer. Sua alma gêmea. Seu Romeu, seu Marco Antônio, aquele com quem estava destinada a passar a eternidade em paixão e amor profundos.

Mas, primeiro, ela tinha de descobrir quem ele era.

2

PROTEGIDA PELOS ARBUSTOS E pelas bananeiras vicejantes, a proprietária do The Grove observava atentamente os passageiros desembarcarem e se agruparem na pista de pouso para serem recebidos pelos anfitriões e anfitriãs pessoais. Ela raramente ia ver os recém-chegados, mas aquela era uma noite especial.

Abby Tyler observou tensa enquanto os propulsores da aeronave paravam e a porta se abria, a escada se desdobrava até o chão. Ela prendeu a respiração enquanto o primeiro hóspede aparecia na noite desértica: um homem que possuía uma empresa de brinquedinhos para adultos – quebra-cabeças pornográficos, jogos de xadrez com striptease, palavras-cruzadas com temas sexuais. Os negócios eram um sucesso e ele viera para se recompensar. A mulher que o acompanhava não era a esposa (*ela* estava em férias na Jamaica com o *personal trainer*). Depois dele, vinha um astro de cinema com imensos óculos escuros e um chapéu de aba larga para esconder as cicatrizes da cirurgia plástica – ele se submetera a um lifting facial, a um retoque nos olhos e a um preenchimento de queixo. Atrás dele, estavam dois irmãos que vieram ao The Grove para trair as esposas (que acreditavam que os maridos estavam jogando golfe em Indian Wells). Em seguida havia um escritor exausto que não publicava nada há quatro anos e que viera ao oásis na esperança de encontrar inspiração; duas irmãs morrendo de vontade de transar (e que durante o voo já flertaram com os irmãos adúlteros); a famosa atriz e cantora que fizera lifting nas sobrancelhas tantas vezes que carregava uma expressão permanentemente assustada; uma viúva que viera ao The Grove para encenar uma fantasia acalentada de seu passado; e algumas pessoas que vieram em busca dos jogos sexuais. Por fim, duas mulheres parecendo hesitantes e indecisas porque não sabiam o motivo de estarem lá – só sabiam ter recebido um prêmio pelo qual não se lembravam de ter concorrido.

– Coco McCarthy e Sissy Whitboro – explicou Vanessa Nichols. Vanessa era a gerente do resort e melhor amiga de Abby Tyler. – Ophelia Kaplan não veio.

Isso intrigou Abby. Por que alguém recusaria a oportunidade de se hospedar gratuitamente em um resort exclusivo?

– A doutora Kaplan é uma mulher muito ocupada. – explicou Vanessa, lendo os pensamentos da amiga.

Quando os vinte recém-chegados se juntaram na pista, Abby antecipou que o avião se afastaria. Mas ele não o fez. Um hóspede adicional subitamente apareceu no alto da escada. A lista de passageiros informava vinte pessoas. Abby desconhia o vigésimo primeiro.

– Quem é esse? – perguntou.

Vanessa consultou a prancheta.

– Jack Burns. De Los Angeles – de vez em quando, quando o avião estava cheio, um passageiro de última hora viajava no assento do copiloto.

– Por que não fui informada?

– Desculpe, Abby, pensei que tivesse sido.

Ela avaliou o recém-chegado. Com seu jeans e jaqueta de couro, ele não parecia combinar com o restante do grupo. Algo nele fez disparar um alarme bem no fundo da cabeça de Abby. Talvez tenha sido o modo como ele parou no alto da escada e olhou em sua direção, os óculos de aviador com lentes reflexivas detendo-se nela, brilhando na luz do luar. Ele observou Abby por um bom tempo, e depois desceu a escada.

– O que foi? – perguntou Vanessa. Ela sabia a razão pela qual Abby estava nervosa aquela noite. E não tinha nada a ver com o desconhecido inesperado com óculos de aviador.

– Não sei. Só tenho uma sensação estranha em relação a esse homem.

– Você o conhece?

Abby balançou a cabeça, os cachos curtos e negros dançando na brisa.

Vanessa observou Jack Burns atentamente e de repente sentiu uma pontada de medo.

– Meu Deus, Abby, você acha que...

– Fique de olho nele – enquanto Abby se virava para se afastar, Vanessa pousou uma mão em seu braço e disse baixinho:

– Você não tem que continuar isso. Podemos parar agora – ela se referia a outra coisa que não o vigésimo primeiro passageiro.

Abby fitou os olhos solenes de Vanessa e entendeu que a amiga dizia isso apenas por se preocupar. Contudo, não havia como parar. O momento para desistir viera e se fora. Algo iniciado há muito tempo tinha agora inexoravelmente a alcançado, como ela sempre soube que alcançaria. Era como um acerto de contas ao estilo antigo.

– E quanto a você? *Você* está bem com tudo isso?

Vanessa sorriu.

– Você me conhece. Eu não tenho medo.

– Então, vamos nos arrumar – disse Abby, virando-se para o centro do resort.

Mas Vanessa parou.

– Quando vai contar para elas o real motivo de estarem aqui? – ela se referia às duas "vencedoras do prêmio".

– Amanhã – respondeu Abby. – Vou almoçar com Sissy e Coco. Por favor, verifique Ophelia Kaplan. Descubra por que ela não aceitou o prêmio.

Ao voltar-se para a proteção de arbustos e flores, Abby Tyler pensou na doutora Ophelia Kaplan, imaginando o motivo pelo qual ela recusara o prêmio. Teria de pensar em um modo de convencê-la a vir, para que as três estivessem no The Grove ao mesmo tempo: Sissy, Coco e Ophelia – três mulheres de cidades diferentes e estilos de vida diversos: uma solteira, uma casada, uma noiva; uma judia, uma católica, uma autoproclamada pagã. Uma professora universitária, uma vidente que trabalhava com a polícia, uma dona de casa. Três mulheres que, caso se vissem em uma mesma sala, acreditariam não ter nada em comum – até descobrirem que nasceram no mesmo dia, há trinta e três anos.

Abby pensou no envelope de papel pardo que estava em seu escritório, nos arquivos que continham informações de três décadas, acompanhadas por fotos secretamente tiradas com lentes de aumento. Sissy Whitboro,

Coco McCarthy e Ophelia Kaplan, tocando a vida, sem saber que estavam sendo fotografadas.

E enquanto Abby pensava nesses três rostos, enquanto procurava por pistas, por traços reconhecíveis, indícios dela própria naquelas feições, ela se perguntava silenciosamente: *qual de vocês é a minha filha?*

SEGUNDA-FEIRA

3

O SEXY GARÇOM DO serviço de quarto rolou o carrinho até o pátio privativo de Sissy Whitboro e serviu o café da manhã enquanto ela observava. Ele tinha pele morena e vestia calças justas. E quando ele piscou, ela sentiu o coração saltar.

Ele não devia ter nem um dia a mais do que vinte anos de idade, e ela já estava com mais de trinta!

Ainda assim, Sissy se sentiu lisonjeada e tentou lhe dar uma gorjeta quando ele saía. Ele informou, porém, que gorjetas não eram permitidas no The Grove. Ela voltou para perto do carrinho, deliciando-se com o sol matutino do deserto, o ar fresco e as plantas e flores de seu jardim cercado. Estava contente por ter aceitado o prêmio, mesmo sem saber qual fora o concurso. Enquanto passava manteiga no pão, sentiu uma pontada de culpa. Ed estava em casa com as crianças enquanto ela estava ali, naquele silêncio suntuoso. Não deveria estar gostando, mas estava. Mais uma vez ela lembrou que, nos últimos tempos, sentia que algo estava faltando em sua vida. Não sabia o que era, e nunca admitira esse sentimento porque para ela isso era como trair Ed, a quem ela amava tanto.

Enquanto bebericava seu suco de laranja, ouviu um som sendo carregado pela brisa. Alguém gemendo!

Olhou ao redor. Parecia alguém ferido ou se sentindo mal. Andando pelo jardim, aguçou os ouvidos até identificar que o gemido vinha do outro lado do muro. Tentou espiar por cima, mas ele era alto demais. Em seguida, notou um portão de madeira. Estava trancado do seu lado. Puxando a trava, empurrou-o.

Levou um minuto para que seus olhos registrassem o que viam. Duas pessoas em uma *chaise longue*, completamente nuas, a mulher com as pernas e os braços afastados para trás, as nádegas pálidas do homem subindo e descendo.

– Ah! – exclamou Sissy. O homem levantou o olhar. Sorriu sem diminuir o ritmo. Sua parceira nem abriu os olhos. – Desculpe! – Sissy murmurou, retrocedendo e fechando o portão. Precisou de um minuto para recuperar o fôlego. Ficou parada junto ao portão enquanto ouvia a *chaise longue* continuar a ranger, e percebeu estar fascinada pelo barulho, sem conseguir se afastar dali.

A mulher gemeu novamente e o ritmo acelerou. Em seguida, começou a gritar, a incitá-lo a ir mais e mais rápido, enquanto Sissy prendia a respiração e ouvia atentamente, imaginando-os, espantada com isso, mas sem conseguir recuar. À medida que o rangido aumentava de velocidade, o mesmo acontecia com a pulsação de Sissy. Pousou a mão no peito e sentiu o coração bater forte enquanto os dois se chocavam um contra o outro no jardim anexo.

Finalmente a mulher emitiu um grito e o homem soltou um gemido estrangulado. Em seguida, começaram a rir. Sissy ouviu um deles dizer "a mulher daqui do lado", e saiu correndo, com o rosto em chamas.

Agitada, apressou-se a entrar, levando consigo o carrinho do serviço de quarto, e fechou a porta de vidro, como se tentasse encobrir a sua gafe. Invadir o jardim particular de alguém era algo que a adequada e muito educada Sissy Whitboro, de Rockford, Illinois, jamais faria. E ela jamais vira duas pessoas fazendo "aquilo". Não na vida real.

Enquanto se recompunha e se acomodava para comer ovos e torrada (pensando, culpada, que o homem ao lado se demorara muito mais do que Ed jamais fizera), ela viu um envelope entre o saleiro e o pimenteiro de prata. Parecia ser um convite.

Feito em papel rosa claro e creme, o envelope dizia "Encontros Fantasiosos". Sissy o abriu e examinou o conteúdo com curiosidade. "Deleite-se com a sua fantasia especial em um dos nossos seguintes quartos: A Torre do Castelo, Sala Espanhola, Sala de Desenhos de Robert E. Lee... Recomendamos Marco Antônio e Cleópatra ou Robin Hood e Lady

Marian... Colocamos à disposição uma grande variedade de fantasias e acessórios especiais... Acompanhantes do sexo masculino ou feminino... Discrição e privacidade absolutas."

Sissy ficou chocada. Primeiro os seus vizinhos e agora aquilo. Em que tipo de lugar se metera?

Na noite anterior, enquanto desfazia as malas naquela bela construção em tons vibrantes de laranja, violeta e amarelo – muito adequadamente batizada de chalé Ave-do-Paraíso –, a srta. Vanessa Nichols, gerente do The Grove, viera visitá-la, dando-lhe boas-vindas ao resort e informando que ela teria um almoço particular com a proprietária do The Grove, a srta. Abby Tyler, ao meio-dia de hoje. A srta. Nichols prosseguira explicando que a estadia da semana tinha todas as despesas pagas e que ela estava convidada a usufruir de todos os serviços. Sissy, porém, não tinha intenção alguma de utilizar os serviços dúbios do resort – acompanhantes para fantasias! –, ela viera por um motivo apenas. Claro que não dissera isso à srta. Nichols, contudo fizera uma pergunta: como era possível ela receber o prêmio de um concurso do qual nem se lembrava de ter participado?

A srta. Nichols respondera vagamente:

– É algo que fazemos de vez em quando.

Qualquer que tivesse sido o motivo daquilo, Sissy decidira tirar proveito de sua boa sorte. Era a oportunidade perfeita para, longe das exigências dos filhos, do marido e dos grupos e clubes dos quais fazia parte, poder montar o álbum da família – um projeto que ela vinha postergando há muito tempo.

Portanto, naquela linda manhã ensolarada de segunda-feira, com a luz do sol do deserto atravessando a cortina diáfana e destacando o que restava dos ovos e torradas, ela continuou desempacotando todos os tesouros que levava consigo.

Ao fazer as malas para a viagem, separara uma valise extra exatamente para aquele projeto. Entrara no escritório de Ed, andando em direção ao armário onde colocavam tudo o que "um dia" receberia atenção, e apanhara caixas, envelopes e bolsas repletos de fotos, souvenirs e lembranças, colocando tudo na valise para ser selecionado no resort.

As fotografias e lembranças datavam dos últimos quinze anos e representavam uma boa vida. Uma vida plena.

Ed se saíra muito bem como gerente de uma indústria que fabricava ferramentas de máquinas. Com mais de mil funcionários sob sua supervisão, ele era um homem importante na cidade. Um marido devotado e fiel, que não negava luxos e prazeres à esposa. Era muito generoso, inclusive consigo, tendo, recentemente, se filiado ao muito caro Clube de Raquete para Homens de Rockford. Fora uma sugestão de Hank Curly, seu novo gerente de vendas, que era aficionado por esportes. Ed e Hank jogavam raquetebol de duas a três vezes por semana e os resultados eram evidentes: a barriguinha acentuada de Ed desaparecera e seus bíceps estavam fortes. A mudança, curiosamente, o deixara ainda mais generoso. Um carro novo para Sissy, todo tipo de contas pagas e roupas novas que ela quisesse ter. Jantar todos os sábados no clube de campo. Acrescente a isso a bela casa e os três filhos maravilhosos, e a vida era perfeita.

Então, por que Sissy começara a achar que algo estava faltando?

Ela não conseguia tirar os vizinhos, aqueles da *chaise longue*, da cabeça. A não ser pelos filmes impróprios para menores, Sissy jamais testemunhara um ato sexual. Aquilo a fizera sentir-se estranhamente incomodada e agitada a ponto de agora, enquanto verificava as fotos, lembranças e artigos para o *scrapbook*, essa tarefa subitamente lhe pareceu prosaica e sem imaginação. Quem vinha para um resort como aquele para montar um álbum de família?

Uma boa mãe faria isso, ela disse a si mesma. Todos estavam sempre dizendo a Sissy como ela era uma boa mãe. No dia em que Adrian nasceu, Sissy jurou criá-la como uma verdadeira mãe, e não do modo frio e distraído como sua mãe a criara. "Não desarrume o cabelo da mamãe. Não estrague minha maquiagem." Uma mulher que jamais ria com a filha, nem dizia "eu te amo" ou fazia coisas tolas para provocar o riso da menina. Nem criava um álbum de família.

– Você é a melhor mãe do mundo – sua melhor amiga, Linda, lhe dissera ao levá-la ao aeroporto. – Agora deixe sua família em casa e divirta-se! – Linda era divorciada, tinha dois filhos e uma natureza um tanto selvagem e espirituosa. Antes de Sissy partir, ela lhe dera um pacote "de cuidados", com instruções para que não fosse aberto até estar sozinha no quarto. Sissy o abrira na noite anterior e encontrara preservativos com sabor, pintura corporal de sabor chocolate e um vibrador coberto com carinhas amarelas sorridentes. O cartão dizia: "Estou com você em espírito!".

Linda era muito mais liberal do que Sissy com relação a sexo. Quando ouvira falar de um bordel para mulheres em Beverly Hills, ela voara até lá para verificar. Encontrara-o, Butterfly, na Rodeo Drive, mas para entrar era necessário ser membro e, para ser membro, você tinha de ser convidada por alguém. Linda voltara para casa desapontada. Vários meses depois, quando todos leram que o bordel fora invadido pela polícia, ela dissera "que pena", mas secretamente ficara feliz por não ter se envolvido. A cidade de Rockford jamais superaria o escândalo.

– Fico me perguntando se o The Grove pertence à mesma mulher – especulara Linda enquanto via Sissy fazendo as malas para a semana grátis no resort. – Beverly Highland desapareceu, e dizem que a proprietária do The Grove é muito misteriosa e cheia de segredos.

De repente, Sissy ouviu risadas do lado de fora. Sua face ardeu quando ela se lembrou do modo como o homem ao lado lhe sorrira enquanto continuava a penetrar – um sorriso malicioso, como se a convidasse a juntar-se a eles.

Balançou a cabeça e voltou-se ao seu projeto, organizando pinças, tesouras, cortadores de silhuetas, adesivos, carimbos de borracha, canetas coloridas, lápis e marcadores. Sissy praticamente fora à loucura na loja de artesanato em sua cidade.

Como funcionava um *ménage à trois*? Será que um homem conseguia satisfazer duas mulheres?

Seus pensamentos a chocaram. Criada como católica fervorosa, o máximo que Sissy fizera com os garotos no Ensino Médio fora trocar alguns beijos. Perdera a virgindade na noite de núpcias e nunca estivera com outro homem desde então. Ed era um amante cheio de consideração, todo sábado à noite depois do jantar no Clube de Campo, e até ficava acordado por um tempo depois. Não fazia Sissy ver fogos de artifício, mas ela não achava que mulheres devessem sentir isso.

Começou a separar as fotos, os ingressos de teatro e os pedacinhos de lembranças dos momentos felizes, perguntando-se se deveria organizá-los em ordem cronológica ou agrupá-los por temas.

Franziu o cenho. Onde estava a cola? Procurou entre os adesivos, as molduras e cantoneiras de fotos, mas não a encontrou. Talvez tivesse se distraído e jogado-a em algum outro lugar. Procurou nas caixas e nos envelopes pardos. Nada da cola. O último item que inspecionou não lhe era familiar. Ela o encontrara ao apanhar o conteúdo da prateleira do closet, em casa. Era um arquivo sanfonado marrom com elástico preto. Ela não se lembrava de já o ter visto antes. Aquilo devia estar no fundo do closet há tanto tempo que ela já nem o reconhecia. As fotos ali dentro deviam ser bem antigas.

Abriu-o e olhou dentro. Franziu ainda mais a testa ao retirar o conteúdo. Extratos de banco e de cartões de crédito. Mas de quem? Ed era muito cuidadoso com os arquivos financeiros e os mantinha bem organizados em pastas dentro de um arquivo de metal. Talvez aquilo tivesse sido esquecido pelas pessoas que lhe venderam a casa, há seis anos. Mas as datas nos extratos eram recentes. E todos tinham o nome de Ed.

Mas o que seria aquilo?

Analisou as cobranças mais atentamente e viu que nada daquilo lhe era familiar – joalherias, floriculturas, restaurantes caros, até mesmo hotéis. Só podia ser um erro. Era isso. Roubo de identidade. Alguém estava usando o nome de Ed. Ele provavelmente estava tentando corrigir aquilo com a empresa de cartão de crédito, e não lhe contara nada porque não queria preocupá-la.

Fitou os fachos de luz que atravessavam a cortina diáfana e viu pozinhos dourados dançando na luz. Teve uma sensação esquisita.

Raramente ligava para Ed no trabalho, mas aquilo era algo que merecia explicação.

– Lamento, sra. Whitboro – disse-lhe a secretária dele. – Mas ele está fora com um fornecedor agora.

– Poderia pedir a ele para retornar a ligação, por favor? – e informou o número do resort à mulher.

Em uma das divisórias do arquivo estavam contas telefônicas. Sissy não reconheceu o número da conta. Era de um celular. Será que Ed tinha um segundo número que ela desconhecia? Notou que um número aparecia diversas vezes. Por curiosidade, ligou para ele.

Uma voz feminina, profunda e sensual, atendeu.

– Alô, aqui é a Tiffany. O que posso fazer por você?

Tiffany?

– Ed está?

– Se você quiser, querida. O que quer que eu e Ed façamos?

Sissy franziu o cenho.

– Prefiro que não façam nada.

– Ok, querida. Entendi. Quer que Ed assista enquanto eu e você mandamos ver? Conte o que está usando. Descreva seus seios para mim...

– Estou procurando pelo meu marido! Encontrei esse número. Ele tem ligado para você.

Um momento de silêncio e então:

– Meu Deus... Você é uma *esposa*! – a sensualidade desapareceu.

– Onde está Ed?

– Olhe aqui, meu bem, não sei onde Ed está e você ainda vai ter que pagar por essa ligação.

O telefone ficou mudo, deixando Sissy atônita.

Escolhendo outro número na conta telefônica, ela discou e ouviu uma gravação:

– Olá, sou Bambi – em uma voz sussurrada – e não estou no momento. Estou comprando as calcinhas sem fundo de que você tanto gosta. Mas, ah, quero falar com você, estou aqui para você, molhadinha e pronta. Deixe o seu número e...

Sissy desligou rapidamente. Verificou a lista dos números discados, os minutos, e o total no final. Uma das contas mensais totalizava mais de quinhentos dólares.

Sissy sabia que não era conhecedora de determinados assuntos, mas não era preciso ser um gênio para reconhecer o que significavam aqueles telefonemas. Sentia a cabeça tonta. Ed gostava de sexo por telefone?

Não, aquilo era um erro. Só podia ser. Não era ele. Ela e Ed iam à igreja todos os domingos. Ele treinava o time de futebol dos meninos, era um membro do Kiwanis e também dos Cavaleiros de Colombo. Ele liderava retiros para a juventude católica nos finais de semana. Ed jamais olhara para outra mulher, nem mesmo nas festas de Natal da empresa, quando todos se embebedavam e flertavam. Ele e Sissy foram devotados um ao outro por quinze anos.

Ela tinha certeza de que havia uma explicação razoável para o que encontrara naquele arquivo sanfonado.

E, quando viu que havia mais coisas ali, de repente teve medo de olhar.

4

– ABBY! VOCÊ ESTÁ acordada? Temos uma emergência!

Abby Tyler abriu a porta vestindo um penhoar de seda, o cabelo úmido pelo banho tomado.

– O que aconteceu?

– Problemas – disse Vanessa, entrando apressada e fechando a porta atrás de si. – É a cozinha de novo. As lagostas não chegaram no voo da manhã e o caviar que chegou não é beluga. Além disso, alguém deixou o *foie gras* para fora da geladeira e ele estragou. Maurice está tendo um ataque.

A cozinha era o coração do resort, conhecido pelo seu cardápio fabuloso. Maurice, o *chef* principal, treinado pela Cordon Bleu e famoso mundialmente pela sua codorna ao molho do Porto, possuía um temperamento tão mutante e extremo como o deserto que cercava o resort. Se ele fosse embora, levaria o The Grove a um impasse.

– Vou falar com ele – Abby se apressou de volta ao quarto onde estivera escolhendo uma roupa. Ia almoçar com Sissy Whitboro e Coco McCarthy, mas agora isso teria de ser rearranjado. Lidar com Maurice poderia consumir o dia inteiro; ela teria de se valer de psicologia, diplomacia, fazer telefonemas emergenciais, e mandar o avião para Los Angeles.

Vanessa seguiu a amiga até o quarto.

– Abby, você parece péssima. Não conseguiu dormir nada?

– Não. Fiquei acordada a noite inteira – Coco e Sissy. Duas das três mulheres que o detetive particular localizara. *Três bebês raptados há três décadas, roubados de suas mães e vendidos para famílias desesperadas.*

Enquanto escovava rapidamente os cabelos curtos e escuros, olhou para a mulher no espelho. Estava no fim dos seus quarenta anos, mas parecia mais jovem graças à fuga diligente do sol e da poluição. Era um rosto que ela mantivera escondido.

– Conseguiu falar com Ophelia Kaplan?

– Deixei um recado na casa dela ontem à noite, mas ainda não tive resposta. Abby, e se ela não aceitar o prêmio?

– Pensaremos nisso quando chegar a hora – talvez, pela primeira vez em quatorze anos, Abby saísse do The Grove. Ela inventara aquele prêmio para fazer as três viajarem até ali porque ela não poderia ir até *elas*. Mas, caso tivesse de fazer isso para ver Ophelia Kaplan frente a frente e descobrir a verdade, ela o faria.

Pegou o suéter.

– E quanto ao homem em quem pedi para você ficar de olho? – o vigésimo primeiro passageiro. O senhor Óculos de Aviador.

– Jack Burns. Ele não solicitou nada até agora. Nenhum serviço especial. Não se inscreveu para os serviços do spa nem para a quadra de tênis. Jantou sozinho no quarto ontem, bife e batatas fritas. Pediu uma garrafa de *shiraz* Black Opal.

Isso surpreendeu Abby. Poucos dos seus hóspedes apreciavam os vinhos do sudeste australiano.

– Acompanhante?

– Nenhuma.

Abby seguiu para a porta da frente.

– Quando foi que ele fez a reserva?

– Ele estava na lista de espera há três semanas. Tivemos um cancelamento. Burns foi notificado e veio em seguida.

– De onde?

– De Los Angeles.

Listas de espera eram costumeiras, mas o fato de ele não estar usando nenhum dos diversos serviços do resort não era. Ninguém ia até ali para não fazer *nada*.

– Paparazzi? – sugeriu Vanessa. – Ou perseguidor de celebridades? – o The Grove tinha muitas pessoas famosas. Pessoas que desejavam entrar nesse mercado iam até lá na esperança de conseguir contatos. A equipe de segurança estava constantemente alerta para hóspedes que atormentavam as celebridades. Talvez aquele homem tivesse um roteiro para vender, uma ideia para dar, um portfólio para mostrar. – Quer que a segurança dê uma espiada no quarto dele?

Abby balançou a cabeça. A privacidade era sua regra número um. Ela jamais espiara o quarto de um hóspede e não pretendia começar agora. Afastando Jack Burns da mente, concentrou-se em controlar os danos na cozinha e evitar um desastre com Maurice.

* * *

"Precisamos de digitais, Jack." dissera seu amigo do laboratório de evidências. Era por isso que Jack estava ali. Para obter as digitais da mulher conhecida por nunca socializar com os hóspedes. "Pague um drinque para ela. Pegue o copo."

Mais fácil falar que fazer.

Mas ele fizera uma promessa sobre um caixão, e por isso ali estava, na manhã ensolarada, explorando o The Grove e tentando descobrir um modo de conseguir as digitais de Abby Tyler.

Na noite anterior, quando o avião aterrissou, ele a vira no limite da pista de pouso, observando a chegada dos passageiros. Ela parecia mais jovem do que ele esperara. Atraente também. E, para sua surpresa, parecia também vulnerável, parada lá, observando ansiosamente os recém-chegados. Notara que ela se empertigara ao vê-lo, imediatamente levantando a guarda. Ela sabia? Adivinhara o motivo de ele estar lá?

Sob a luz do sol do deserto, palmeiras altas e esguias se inclinavam sedutoramente na brisa, as longas folhas verdes oscilando como saias de hula-hula. O céu estava tão azul e brilhante que feria os olhos. Uma cascata caía nas imediações. Jack foi abordado por uma jovem, usando um sarongue curvilíneo, que trazia uma bandeja de drinques coloridos, com pequenos guarda-sóis de papel espetados. Ela o fitou de alto a baixo e sorriu, flertando. Fingimento? Parte da política do resort para entreter os hóspedes? Talvez não. Jack já se deparara com sorrisos como aquele antes.

Muitas mulheres lhe disseram que "ele não era feio de se olhar". Um pouco desgastado, diziam, mas que homem não o seria, em seu ramo de trabalho? Você não vigia o lado desprotegido de uma cidade sem ganhar algumas linhas de expressão. Aos quarenta e sete anos, Jack se mantinha em forma; não excessivamente, apenas o bastante para superar um batedor de carteiras se fosse preciso.

Retribuiu o sorriso educadamente e continuou andando. Sexo recreativo não era do seu feitio. Jack preferia envolvimento emocional com suas parceiras de cama. Motivo pelo qual sua cama andava desocupada ultimamente.

Por fim, ele a viu, passando apressada por um aviário gigante cheio de pássaros exóticos.

Ele a seguiu, observando as passadas longas e confiantes, as mãos enfiadas nos bolsos das calças de alfaiataria, a blusa de seda tremulando na brisa, moldando-se à figura perfeita de modo que não havia como ele não notar os belos seios arredondados. Sabia a idade dela, e admitia, a contragosto, que ela se mantinha em forma. As cores que ela usava o surpreenderam – Jack pensava que uma mulher que se escondia tentaria ficar o mais próximo que pudesse de ser invisível. Mas Abby Tyler usava calças carmesim e blusa cor de chamas.

Na noite anterior ela parecera vulnerável. Mas as aparências podiam enganar.

Então ele viu, no caminho adiante, uma das camareiras sobrecarregada com uma braçada pesada de lençóis. Uma mulher hispânica pequena em um uniforme azul e verde, ela bloqueava a passagem enquanto brigava com um fardo quase do seu tamanho.

Jack sabia o que aconteceria em seguida. Já testemunhara aquilo antes, em outros refúgios que recebiam os muito ricos e mimados. A camareira receberia ordens para retirar o carrinho do caminho e para nunca mais se fazer visível. Em alguns hotéis, os hóspedes jamais viam o pessoal do serviço de quarto, de tão invisíveis que eles precisavam se tornar.

Jack ficou para trás e observou Abby Tyler e sua acompanhante, uma mulher alta em uma longa túnica branca, pararem e dizerem algo à camareira. A brisa carregava as vozes, portanto Jack as ouviu. Para a sua surpresa, não foi feita nenhuma reprimenda da parte de Tyler. Em vez disso, ela pegou o fardo dos braços da camareira, ergueu-o e o colocou dentro do carrinho desarrumado. Jack captou fragmentos do que Tyler dissera:

"Nunca carregue peso demais... deve pensar no seu bebê... chame um dos homens para ajudá-la".

Jack notou o abdômen arredondado da jovem e percebeu que ela estava grávida. Tyler se dirigiu a ela como Maria e lhe deu um tapinha no ombro. Maria corou e sorriu. Em seguida, Tyler e a acompanhante se apressaram.

Isso fez Jack parar para pensar e o forçou a ajustar seu preconcebido juízo de caráter a respeito de Abby Tyler.

Apressando o passo, correu para junto dela.

– Srta. Tyler!

Ela se virou. Por um instante de guarda baixa, ela pareceu preocupada, quase perturbada, mas, em seguida, uma máscara surgiu.

– Jack Burns – ele se apresentou, estendendo a mão.

O aperto de mão dela foi inesperado – com ambas as mãos, segurando a dele entre as suas em uma pegada acolhedora. E então o sorriso foi uma surpresa ainda maior para ele – um sorriso ensolarado e confiante. Mais de perto, ele viu as rugas ao redor dos olhos dela, não por se expor demais ao sol, mas por sorrir bastante. Ele sentiu sua cordialidade enquanto ela inclinava a cabeça e os cachos escuros captavam a luz do sol em faixas acobreadas.

– Já nos vimos, sr. Burns? Seu nome me parece familiar.

– É possível – disse ele, sem dizer mais nada.

O perfume dela, delicado e feminino, o circundou quando a brisa mudou de direção. Ela parecia estudá-lo, o que o pegou desprevenido. Ele sabia que ela tinha a reputação de mal se misturar com os hóspedes. Não estava preparado para um confronto tão direto. Ele retirou os óculos de aviador e retribuiu o olhar.

Enquanto a brisa os circundava, Abby o avaliou, tentando entender por que seu nome lhe era familiar. Ele em si era desconhecido: os óculos de aviador brilhantes, a jaqueta de couro, a pose, o corte curto de cabelo que nem precisava ser escovado. Então, lembrando-se da crise na cozinha, recuou as mãos.

– Espero que esteja apreciando sua estadia. Se me der licença...

Ele olhou de um lado para o outro, como um homem que não quer ser ouvido, ou como quem planeja as palavras seguintes. Era um homem cauteloso, Abby ponderou, e o gesto permitiu que ela visse os dois lados de seu maxilar, o pescoço vigoroso e o cabelo cortado rente.

– Talvez eu possa lhe oferecer um drinque mais tarde? – ele sugeriu.

Ela não previra o convite.

– Obrigada, mas estou mesmo muito ocupada. Foi um prazer conhecê-lo, sr. Burns – e seguiu em frente.

Ela avançara alguns metros quando se virou para encontrá-lo ainda parado, novamente a observando por detrás daqueles óculos prateados.

Com o ar do deserto ardendo em seu rosto, Abby sentiu um medo renovado. Tinha a sensação de que aquele homem a avaliava, de que ele estava ali em uma investigação. De onde o conhecia? Queria lhe perguntar se alguma vez ele já estivera em Little Pecos, no Texas. Vasculhou a memória...

Verão de 1971, uma inocente garota de dezesseis anos chamada Emmy Lou Pagan vivia com o avô em um viveiro de plantas e loja de alimentos na beira da estrada no Texas, quando conheceu e se apaixonou por um andarilho sem nome. Não soubera nada a respeito do desconhecido, e ele não oferecera nenhuma informação sobre si mesmo – na verdade, ela se apaixonara por um fantasma da própria imaginação. Ela não soubera, deitada em seus braços sob as estrelas do Texas, que ele tinha a alma negra e que cometia assassinatos por cinquenta centavos.

O andarilho roubando a caminhonete do seu avô para matar uma senhora de idade por dinheiro, e o delegado local prendendo Emmy Lou, acreditando que ela tivesse cometido o crime.

Será que Jack Burns sabia do julgamento cujas provas circunstanciais inconsistentes levaram o júri – doze homens e mulheres, bons cristãos – a julgá-la culpada, não porque pensassem que ela tivesse cometido o crime, mas porque, durante o julgamento, descobriu-se que ela estava grávida – dezesseis anos e solteira em um Texas religioso – e, portanto, não podiam permitir que ela saísse impune?

Será que ele sabia que a sentença de Emmy Lou à prisão perpétua provocara a morte fulminante do avô por ataque cardíaco, deixando a garota de dezesseis anos sozinha no mundo, exceto pelo bebê que crescia em seu ventre?

Será que Jack Burns sabia que agora Emmy Lou Pagan era Abilene Tyler, proprietária do The Grove, e que ela vinha se escondendo há trinta anos?

Abby foi trazida de volta ao presente pela voz de Vanessa.

– Acha que ele sabe de alguma coisa? – sua melhor amiga perguntava.

Se soubesse, as duas talvez precisassem se mudar. Não seria a primeira vez que teriam de fugir. Mas, daquela vez, Abby não queria fugir. Não agora que estava tão perto de finalmente encontrar a filha.

5

COCO MCCARTHY BEBERA DEMAIS, motivo pelo qual permitia que Rodrigo escorregasse as mãos magníficas por debaixo de sua blusa para apalpar-lhe os seios. Ele beijava divinamente e seu corpo era firme por inteiro, não só lá.

Coco estava em chamas. Há meses sentia-se secretamente atraída pelo sargento Rodrigo Diaz e não achara que ele sequer soubesse de sua existência. No entanto, lá estava ele, levando-a para debaixo do visgo, pressionando-se a ela e seduzindo-a com seus ardentes olhos negros.

Agora as mãos estavam nas suas coxas, suspendendo a saia. Coco se retorceu contra ele, sem conseguir se afastar, mesmo que quisesse, pois ele a prensara na parede. Meu Deus, todos conseguiriam ver! Será que ele realmente faria aquilo ali, no meio da sala dos policiais do 17º Distrito, durante a festa de Natal?

O que será que o capitão colocara no ponche? Porque a perna direita de Coco se movia por vontade própria, subindo até se enganchar no traseiro perfeito de Rodrigo, concedendo-lhe livre acesso. A calcinha delicada foi afastada e os dedos do sargento entraram, explorando.

Coco pensou que desmaiaria de desejo. Sentiu os olhos de todos sobre ela, todos os policiais, seus acompanhantes, os prisioneiros nas celas, todos observando o que Rodrigo Diaz estava prestes a fazer com ela. Isso a excitava além de qualquer coisa.

– Sim... – ela sussurrou ao encontro da orelha morena. – Isso, assim...

Os olhos de Coco se abriram num rompante.

Ela piscou.

Onde diabos estava?

Rolou a cabeça no travesseiro e estreitou o olhar contra a luz do sol ofuscante que atravessava a janela. O que acontecera? Deixara a festa de Natal com Rodrigo? Estava na casa dele?

E foi então que se lembrou: não era Natal. Estava em abril. E recebera um prêmio. Estava em um lugar chamado The Grove.

Suspirou. Rodrigo não passara de um sonho. Nunca se beijaram debaixo do visgo. Jamais sentira aqueles deliciosos dedos dentro de si. Não na vida real, apenas em suas fantasias.

Mas isso estava para mudar, porque viera até o The Grove para encontrar a sua alma gêmea!

Saindo da cama em um pulo, Coco ligou para o serviço de quarto e pediu um café da manhã composto de salmão defumado, *cream cheese* e rosquinhas. Depois disparou para o chuveiro, que ajustou para uma temperatura revigorantemente baixa.

Ele é bem viajado. Conhece o mundo.

Fora isso o que a bola de cristal lhe dissera na noite anterior, ainda que não exatamente com essas palavras, nem com uma voz verdadeira. O cristal se comunicava com ideias e imagens. E não era o cristal em si que falava, mas a guia espiritual de Coco, Daisy.

O que Coco precisava era de detalhes. A mensagem lhe fora transmitida pela primeira vez semanas antes, quando Coco trabalhava no caso de uma criança desaparecida. Estava consultando a bola de cristal quando o telefone tocou. Era Gerard, o lindo detetive afro-americano que se parecia com o policial do seriado *Law & Order*, ligando para cancelar o encontro deles.

Não era uma surpresa. Os homens a consideravam maravilhosa – Coco tinha personalidade alegre, corpo voluptuoso e um sorriso fabuloso – até saberem que ela era uma vidente que trabalhava para a polícia. Gerard dissera que saberia lidar com isso, afinal a avó dele também tinha poderes psíquicos (ela previa tempestades). Porém, quando Coco mencionara o que via em seus famosos "*flashes*" – normalmente coisas normais, como "as chaves do seu carro estão atrás da cômoda", mas, às vezes, alguns segredos –, Gerard passou a se mostrar receoso. Aquela noite seria o primeiro encontro deles, cinema e jantar. Mas ele ligara com uma desculpa esfarrapada. Tchauzinho, Gerard.

Triste pelo estado lamentável da sua vida amorosa – aos trinta e três anos, Coco começava a sonhar com uma casinha com cerca branca ao redor –, ela olhara para a bola de cristal, tentando descobrir para onde fora a criança perdida, e um pensamento proibido lhe surgiu: *pergunte à bola de cristal se em algum lugar do mundo existe um homem só para você.*

Coco era vidente desde muito nova e a mãe, reconhecendo o dom da filha como algo singular e precioso, advertira-a de que deveria usá-lo apenas para o benefício das outras pessoas.

– Se você a usar para benefício próprio – dissera ela tantas vezes –, você estará chamando um desastre para si.

Coco seguira aquele conselho até o telefonema de Gerard. Aquilo foi a gota d'água. Por anos e anos ela ajudara a polícia a encontrar assassinos, vítimas de sequestro, crianças perdidas – não era hora de receber algo em troca? Não seria egoísmo, seria? Afinal, fora do trabalho, ela oferecia conselhos psíquicos a amigos e parentes. Sua própria irmã encontrara a alma gêmea graças a Coco e sua bola de cristal. Por que seria errado consultá-la para si? Quem, além da mãe, dizia que aquilo traria má sorte?

Portanto, Coco relaxara, estendera as mãos sobre o globo e abrira a mente para Daisy. A mensagem veio alta e clara. *Sim, existe uma alma gêmea à sua espera.*

Excitada, Coco perguntara:

– Onde?

Atrás de suas órbitas, ela recebera uma visão em resposta: um pôr do sol.

Mas o cristal não revelara nada mais. E fora depois disso que ela recebeu um envelope da Federal Express com a notícia de que ganhara um concurso, uma semana de estadia em um resort no deserto da Califórnia. Pôr do sol. Oeste! Não podia ser coincidência. Coco aceitara imediatamente. Calcelou todas as suas leituras e sessões, informou a polícia local de que estaria fora da cidade e saltou num avião para a Costa Oeste.

E agora estava ali, embonecando-se para a sua primeira incursão nas terras em que vivia sua alma gêmea.

Sua longa sessão com a bola de cristal na noite anterior, depois de ter se instalado no chalé privativo, não revelara o nome do homem, nem como ele era, nem nada útil. A mensagem que Daisy, por intermédio do cristal, continuava enviando era: ele é viajado.

Perfeito. Isso poderia descrever todos os hóspedes daquele lugar. Pessoas que podiam bancar o The Grove também podiam se permitir dar a volta ao mundo.

Ela não podia perder tempo. Só o que o globo de cristal podia fazer era aconselhar – ele não fazia apresentações. O resto estava nas mãos de Coco. E se ela não tomasse cuidado, poderia perder sua alma gêmea e nunca mais ter a chance de encontrá-lo.

Ao sair do chuveiro e se secar vigorosamente com a toalha, soube exatamente onde começar a procurar. Morris alguma coisa, o homem com quem flertara na noite anterior no bar do The Grille. Havia alguma coisa acontecendo entre eles antes de Coco sentir-se inexplicavelmente sonolenta. Lembrando que seu relógio biológico estava três horas adiantado, ela se desculpou e se retirou. Agora procuraria por ele. Na noite anterior, ele dissera que escrevia livros de viagem e que estivera no mundo todo. Exatamente o homem que Daisy lhe dissera para procurar.

Quando estava prestes a sair, o telefone tocou. Era a gerente, Vanessa Nichols, remarcando o almoço de Coco com Abby Tyler.

– Surgiu um problema – disse ela.

Sem problemas para Coco. Assim teria mais tempo para encontrar o homem dos seus sonhos.

O The Grove estava vivo com o som do canto matutino dos pássaros, não só os do aviário que dominava o centro do resort, mas de toda a vida silvestre que habitava as árvores importadas espalhadas por ali. O caminho sombreado a levou até as piscinas, onde hóspedes contentes nadavam, se bronzeavam e flertavam ao sol reluzente do deserto. Coco escolheu um banquinho no bar e pediu um *bloody mary* com sal extra. O primeiro gole elevou seu ânimo imediatamente.

Ao analisar o cenário em busca de Morris, o escritor de viagens, ela vislumbrou rostos famosos por entre as cascatas e fontes. Um jovem sexy com um belo traseiro se aproximou com uma braçada de toalhas. Quando lhe ofereceu uma, Coco respondeu:

– Não, obrigada. Sou alérgica a nadar.

Quando mais jovem, amava piscinas, mas ela e sua cintura cresceram – trinta anos e setenta e seis centímetros, respectivamente –, e Coco guardara o maiô. Com um suspiro, observou as belas nádegas se afastarem. Será que aquilo fora uma cantada? Ouvira histórias sobre aquele lugar, sobre o sexo desenfreado, e que todos entravam nessa.

– Com licença.

Coco se virou para um rosto familiar que lhe sorria: o homem da sala de embarque da noite anterior, aquele que ela julgara ser policial. Ela gostava da aparência dele – cabelos castanhos ficando grisalhos, rosto marcado, olhos firmes. E aquele volume sob a jaqueta de couro seria uma pistola?

– Pois não? – disse.

Ele colocou as mãos nos quadris e olhou de um lado para o outro.

– Estou tentando encontrar um quiosque de revistas. Algum lugar onde eu possa comprar um jornal. Mas esse lugar é tão grande que estou ficando perdido.

– Desculpe, também estou meio perdida.

– É um resort e tanto. Nunca vi nada parecido. Você vem sempre aqui?

Aquela pergunta parecia uma cantada, mesmo assim ela não achava que ele estivesse dando em cima dela.

– Essa é a minha primeira vez aqui. Acredite ou não, ganhei um concurso do qual nem me lembro de ter participado! O prêmio era uma semana de estadia no The Grove.

Ele perscrutou o cenário exótico.

– A proprietária deve ser rica.

Coco deu de ombros.

– Não sei dizer. Não sei nada sobre ela.

Ele deteve o olhar nela, por detrás dos óculos de aviador.

– Abby Tyler, acho que é esse o nome.

Coco bebericou do seu drinque com enfeite de guarda-sol. Não era ele e, obviamente, ele não estava "procurando". E ela com certeza não pretendia se envolver em um relacionamento com outro policial.

– Quem me recomendou esse lugar foi uma amiga, Nina Burns – disse ele, à espera de uma reação. Não houve nenhuma. Ou Coco não se lembrava da sua conversa com Nina ao telefone, ou Nina usara um nome falso.

Ele esticou a mão para o potinho de amendoins, e quando a manga de sua jaqueta esbarrou no braço de Coco, ela recebeu um flash. Ele estava ali trabalhando em um caso. Homicídio.

– Espero que apanhe o assassino – disse, e quando ele lhe lançou um olhar surpreso, acrescentou: – Sou vidente. Trabalho para a polícia de Nova York.

Ele assentiu.

– Alguns policiais acham que isso é desperdício do orçamento público. Mas já vi médiuns em ação, resolvendo casos quando a polícia estava prestes a desistir.

Conversaram por mais alguns minutos, sobre o resort, a proprietária misteriosa, e sobre por que as pessoas iam até lá, até que ele finalmente anunciou que continuaria sua busca por uma banca de jornais. Coco o observou se afastar, os olhos fixos no traseiro firme, e depois se voltou para seu drinque. Foi então que ela o viu: Morris, da noite anterior.

Ele estava vestido de modo atraente, com uma camisa polo Geoffrey Beene e calças de alfaiataria que pareciam custar caro, tudo em tons pastéis, que acentuavam seu bronzeado.

– Olá! – ele a cumprimentou, parecendo bem feliz em vê-la.

Ele pediu um vinho branco com água gaseificada e se sentou no banquinho ao seu lado, e Coco esperou que a química acontecesse. Morris não era feio, mas assim de perto parecia um pouco desgastado – olhos avermelhados e queixo empapuçado –, e na noite anterior ele parecera inteligente e divertido. Mas aquilo fora em um bar escuro. Engraçado como a luz do sol podia mudar as coisas.

Mas Daisy e a bola de cristal disseram-lhe que a sua alma gêmea era alguém viajado, e Morris estivera do Egito até a Antártida. Por isso, Coco lhe daria uma chance.

Enquanto bebiam, conversavam e trocavam olhares carregados de significados, Coco se mostrou vibrante e aberta, esperando que os fogos de artifício acontecessem. Talvez ela devesse simplesmente esticar a mão para tocá-lo, para ver se receberia um flash. Mas nem sempre era assim que acontecia. E ela raramente recebia imagens ao tocar homens. Ela era mais bem-sucedida conectando-se a mulheres.

– Que tal darmos uma volta? – sugeriu Morris, escorregando para fora do banco.

Enquanto contornavam a piscina, ele impulsivamente a puxou para dentro de uma cabine e fechou a porta. Coco ficou imediatamente excitada – tantas pessoas lá fora! Dentro do pequeno vestiário estava escuro, quente e bem abarrotado – não havia lugar para se deitarem.

Começaram a se beijar, mas a química não estava acontecendo. Morris estava ansioso demais, os lábios dele não se encaixavam nos seus. Ele se apressou para dentro da calcinha dela e a remexeu de modo inexplicável.

– Espera... – ela tentou dizer, desgrudando a boca da dele.

Mas ele se pressionou contra ela, sussurrando:

– Benzinho... – e ele se esfregava nela com tamanho vigor que ela pensou que a cabine desabaria.

– Devagar... – sibilou ela. Tarde demais. De repente, ele estremeceu com força, e um momento depois ela sentiu uma umidade atravessar a frente de seu vestido.

– Ah, meu Deus! – disse ele, mortificado. – Nunca fiz *isso* antes.

Coco o empurrou e saiu para a luz do dia, segurando a bolsa diante de si ao atravessar apressada a área das piscinas para pegar outro caminho.

⋆ ⋆ ⋆

O safári no deserto parecia interessante, por isso, depois de trocar de roupa, Coco seguiu para o pavilhão de onde saíam os veículos do passeio.

A gerente do resort, Vanessa Nichols, estava com uma prancheta, verificando os nomes enquanto os hóspedes subiam no SUV. Era evidente que o batom da srta. Nichols fora retocado recentemente e ela, constrangida, retirava um fiapinho da túnica imaculada. Coco recebeu uma imagem a respeito dela. A srta. Nichols estava secretamente apaixonada pelo motorista, um homem atraente e um pouco mais velho chamado Zeb.

Por que manter segredo? Coco se perguntou ao entrar no SUV. Zeb era atraente de modo exótico. Seu sorriso parecia sincero. Talvez fosse a questão racial. Será que a srta. Nichols achava que Zeb preferisse mulheres de sua própria cor? Coco jamais compreendera preconceito de cor. Um homem era um homem e só.

Zeb (seu crachá não informava um sobrenome) vestia shorts cáqui, meias oliva até os joelhos, botas e um chapéu de safári com uma bandana de leopardo. Mas a camisa folgada era feita de um tecido colorido que Coco reconhecia como sendo uma tradicional *kanga*, feita à mão por mulheres da Tanzânia. Ele também usava um bracelete de pelo de elefante que, supostamente, atraía sorte.

No folheto estava escrito que Zeb, responsável pelas diversas espécies de vida selvagem e pássaros do The Grove, nascera e fora criado no Quênia. Coco o achava atraente de um modo libertino à la Hemingway. Porém, pressentiu que também era um homem oprimido por segredos. Bebia bastante. E Coco pôde perceber sentimentos conflituosos partindo dele quando olhava para Vanessa. Se a diferença racial não era o problema, o que poderia ser? Coco considerava Vanessa linda: busto generoso, quadris largos e pernas roliças, vestia uma túnica marroquina esvoaçante e sandálias, com o cabelo longo preso em tranças afro. Coco achava irônico que Vanessa fosse chamada de "afro", enquanto Zeb, que de fato vinha da África, fosse simplesmente chamado de "branco".

Coco se acomodou no assento da janela e usou linguagem corporal para avisar o homem ao seu lado que ela estava aberta à conversa. Mas o braço dele esbarrou no dela, e ela recebeu outro flash. Ele tinha um namorado em casa à sua espera.

Zeb se postou atrás do volante, deu boas-vindas a todos em seu sotaque elegante do leste africano, e logo seguiram.

Coco estava tão ocupada enviando vibrações aos homens na van que mal percebia as rochas, os cactos, as flores silvestres desabrochando em carpetes coloridos e os búteos-de-cauda-vermelha sobrevoando logo adiante.

– Aquelas pedras gigantes adiante – Zeb indicou – formam a entrada de uma série de cavernas que, no passado, os índios consideravam assombradas.

Câmeras se abriram em cliques como grilos no meio da noite.

– Um aviso, amigos. Caso se deparem com coiotes, por favor, lembrem-se de que eles são selvagens. Não tentem alimentá-los nem acariciá-los. Os coiotes não são como os Totós que vocês têm em casa. Eles podem ser perigosos!

Coco apoiou a testa contra o vidro e percebeu que cometera um erro. Depois de apenas dez minutos no deserto, ela já sabia que nenhum dos homens na SUV era a sua alma gêmea.

* * *

"Senhor Memória!" anunciava o cartaz no salão de coquetéis. "Desafie-o e ganhe um prêmio fabuloso!"

Era o meio da tarde e Coco precisava beber alguma coisa.

Depois do safári no deserto, ela caminhara pelo resort, que se revelou surpreendentemente grande, e, por fim, se viu no prédio principal, que parecia o de um hotel elegante, a não ser pelo fato de não haver nenhum carro na frente, nem *valets* ou carregadores com carrinhos de bagagem. A recepção era fresca e deserta, com fonte e palmeiras, e papagaios em poleiros.

Ela se aproximara do Java Club e da propaganda do espetáculo do "Senhor Memória".

Coco gostava daquele tipo de entretenimento – mágicos, leitores de mentes, hipnotizadores. Ela mesma fora como eles, durante um período desesperado de sua vida. A recepcionista a conduziu até uma mesinha onde uma vela reluzia dentro de um globo vermelho. Coco pediu um cappuccino e voltou a atenção para o palco. O lugar estava lotado. O espetáculo devia ser bom.

A bebida logo foi servida e as luzes diminuíram de intensidade. Primeiro a apresentação feita pelo mestre de cerimônias, em seguida o astro surgiu. Alto, meio loiro, de estrutura física mediana, vestindo uma capa de ópera e uma cartola. De modo breve, ele explicou ao público como era capaz de se lembrar de qualquer coisa. Em seguida, pediu que eles fizessem listas com vinte palavras. Foi nesse instante que Coco notou um bloco de anotações e um lápis na mesa. Observou os outros escreverem rapidamente e estava curiosa com o que veria. Aquele tipo de espetáculo ela jamais vira.

Uma mulher gorducha em um vestido floral se levantou e leu sua lista:

– Jezebel, Madalena, Isabel, Eva... – Coco percebeu que eram todas mulheres bíblicas. Quando a mulher terminou, o Senhor Memória repetiu a lista, palavra por palavra, sem nenhum erro, tampouco hesitação.

A plateia aplaudiu.

Em seguida, um homem baixo com careca lustrosa, a quem se pediu duas vezes que falasse mais alto:

– Falcão, pinguim, gavião, pavão...

Coco imaginou que o Senhor Memória fosse gaguejar, mas ele repetiu as vinte palavras em um fôlego só. Os aplausos foram ainda mais altos.

O interesse de Coco foi aguçado. Mais pessoas se levantavam para recitar listas, cada uma mais esotérica e com mais trava-línguas que a anterior, e o Senhor Memória não perdia nenhuma palavra, nenhuma sílaba. Como ele conseguia?

Coco pegou uma caneta e começou a escrever freneticamente.

Quando uma mulher fracassou ao desafiar o Senhor Memória com uma lista de frutas e verduras, Coco nem ergueu a mão para ser escolhida; simplesmente se levantou e disse:

– Sou a próxima!

O holofote virou em sua direção e as cabeças se voltaram. Ela pigarreou e disse:

– Pão, cão, chão, não, nem, sem, zen, zum, bum, bem, bom, som, com, dom, dez, tez, fez, faz, trás, três.

Quando ela terminou, ouviu um riso em meio ao público, e ela sabia que as pessoas achavam que aquilo não seria um desafio para ele, mas, ao levantar o olhar, viu no rosto do Senhor Memória algo que não vira das outras vezes: uma centelha de admiração.

Com eloquência, ele repetiu a lista, mas ela detectou uma breve hesitação entre "tez" e "fez" e, quando ele terminou, os aplausos não foram tão entusiasmados.

Porém, enquanto todos aplaudiam de modo educado, o Senhor Memória olhou diretamente para Coco, através da multidão, na sala pouco iluminada, encontrando os olhos dela que refletiam a vela dentro do pequeno globo vermelho, e ela o sentiu do outro lado do salão, viu os lábios dele se erguerem em um sorriso de quem entendia, e sentiu o coração dar uma pirueta. E foi nesse instante que ela notou que ele era atraente, mais fofo do que lindo, e tão sexy no smoking de cauda, com a capa de ópera forrada em cetim vermelho e a cartola, que Coco imaginou se, quem sabe, não seria ele.

Ela não perdeu tempo: foi para a coxia depois da apresentação e se insinuou em seu caminho quando ele saiu do camarim. Sem a cartola, ela viu o cabelo loiro de surfista, e quando ele lhe sorriu ela pensou: *uma beleza completamente comum.*

– Você se saiu bem! – disseram os dois ao mesmo tempo.

E riram.

– Você primeiro – sugeriu o Senhor Memória.

– Nunca vi uma apresentação como essa.

Ele tirou a capa, deixou-a sobre um banquinho com a cartola e disse:

– E eu jamais fui desafiado dessa forma. Permita-me lhe oferecer um café.

A maior parte da plateia já havia se retirado, portanto o clube estava tranquilo e agradável.

– Meu nome é Kenny – ele informou quando os cappuccinos chegaram.

Coco não conseguia superar o fato de tudo nele ser tão *normal* – o nome, a aparência de garoto de praia, a personalidade agradável. No entanto, sua apresentação no palco fora extraordinária.

– Como consegue memorizar tudo?

– Nasci assim.

– Tem um dom?

– Ou uma maldição, dependendo de como você enxerga as coisas. Não tenho a habilidade de esquecer. Tudo o que leio, vejo ou escuto, tudo o que vivencio, eu lembro. Desde a minha infância. Nada é perdido – seus olhos se encontraram por sobre o globo vermelho e Coco sentiu a química começar.

Ela pensou que ele explicaria mais sobre esse dom da memória, mas, em vez disso, ele disse:

– Então, Coco, recebeu esse nome em homenagem à Chanel?

– É um apelido – percebeu que ele não queria falar sobre aquilo, assim como ela não gostava de falar sobre o seu dom/maldição. – Meu nome real é Colleen, mas a minha irmã mais velha, que tinha dois anos quando nasci, não conseguia pronunciar. Ela dizia Coco e o apelido pegou.

– Coco – repetiu Kenny, não se dirigindo a ela, apenas pronunciando o nome. – Me faz pensar em um drinque doce e sensual.

– Qual é o prêmio?

– Prêmio?

– O cartaz do lado de fora diz que quem desafiar o Senhor Memória e vencer, recebe um prêmio fabuloso.

– Ah, isso... – ele riu. – O primeiro prêmio é uma semana em Fresno. O segundo é...

– *Duas* semanas em Fresno – riram juntos e Coco sentiu uma conexão. – Então, gostou do meu desafio? – era um pedido gritante por um elogio, mas quem se importava?

Ela o observou sorver um gole da bebida.

– Percebeu que não recebi muitos aplausos com a sua lista? A plateia não percebeu que a sua lista era mais difícil. De fato, foi bem inteligente – os olhos dele brilharam de admiração. – As listas mais difíceis, ou as que parecem ser mais difíceis, são, na verdade, mais fáceis de lembrar. Palavras são entidades distintas e separadas, elas formam imagens na mente: nomes bíblicos, pássaros, pedras preciosas. Mas a sua lista, palavras monossílabas quase sem sentido, todas praticamente unidas, "som, com, dom", tornou as pausas difíceis de escutar. Como se você tivesse dito uma palavra longa de vinte sílabas. Muito astuta. Como sabia?

– Palpite.

– Você costuma ter muitos palpites?

Ela fez uma pausa. Aquele era o momento da verdade, quando a maioria dos homens se desinteressava. Ela conseguia ver um interruptorzinho nos olhos deles, o interesse diminuindo, e ela podia vê-los mentalmente procurando por motivos para ir embora. Mas ela precisava saber.

– Sou vidente.

– Verdade? Interessante – disse ele, aceitando simplesmente assim.

E o coração de Coco deu uma cambalhota.

– Como você faz? Usa uma tábua Ouija?

Pontos para ele.

– Leio as pessoas. Normalmente pelo toque. Isso se chama psicometria. Seguro um objeto e vejo a sua história. Ficaria feliz em fazer uma leitura para você um dia desses – qualquer desculpa para tocá-lo. – Na verdade, tábuas Ouija não são objetos genuinamente psíquicos. Foram inventados como jogos de salão no século XIX. O nome significa "sim" em francês e em alemão: *oui* e *ja*.

– Isso é quase interessante – disse Kenny com uma covinha provocada pelo sorriso, e Coco sentiu outro doce sobressalto do coração. – O que traz você ao The Grove? – ele perguntou. – Com certeza não pode ser nenhum dos tratamentos de beleza. O que há para melhorar?

Aquilo estava ficando cada vez melhor.

– Venci um concurso. Na verdade, vou jantar com a sua patroa hoje à noite. Por falar nisso, quem é Abby Tyler?

– Uma doce mulher que me resgatou. Literalmente salvou a minha vida.

Coco esperou, mas ele desviou o olhar e se voltou ao seu café.

– Uma história para outro dia.

Um homem com um segredo. Coco era doida por homens com segredos. Será que, se esticasse a mão e o tocasse agora, o segredo dele se revelaria? Pigarreou e mexeu na bebida, tentando parecer casual ao dizer:

– Você deve viajar bastante com o seu espetáculo.

– Não. Nunca saí da Costa Oeste.

– Hum?

– Nasci em Seattle, cresci em Seattle, me formei em Engenharia da Computação lá e depois me mudei para o Vale do Silício. Eu estava fazendo a minha apresentação em São Francisco quando recebi uma proposta de emprego para trabalhar aqui no The Grove.

– Mas você *gostaria* de viajar um dia? Conhecer o mundo? – perguntou, esperançosa.

– Sou feliz onde estou.

– Você lê muitos livros de viagens ou de Geografia? – a esperança dela diminuía.

– Na verdade, não. Meu hobby é a Matemática. Gosto de solucionar equações elaboradas. Por que esse interesse em viagens? É isso que você faz?

Coco ficou desapontada. Depositara tantas esperanças, estava *começando* a gostar dele, mas ele não era o homem certo.

– Desculpe – disse, empurrando a cadeira para trás para se levantar. Tinha de cortar aquilo pela raiz, antes que o coração se envolvesse. – Acabei de lembrar que tenho uma coisa para fazer.

– Mas...

– Obrigada pelo café – disse e se foi, saindo do prédio principal, seguindo os caminhos pelos quais os hóspedes passavam rindo, em meio às árvores e moitas, até voltar ao próprio chalé, onde bateu a porta atrás de si, jogou a bolsa no sofá e apanhou a bola de cristal.

6

Era a mala da fuga.

Depois de trinta e três anos, Abby ainda não a jogara fora. A mala era velha e estava castigada, a alça fora quebrada e reparada, as trancas foram substituídas e o forro ainda estava rasgado. Por anos, ela a manteve como um lembrete. Se Abby ficasse confiante demais ou baixasse a guarda, a mala a traria de volta à realidade.

Mas não foi por isso que ela a tirou da prateleira superior do seu closet, com mãos trêmulas, o coração carregado de sofrimento e lembranças, e levou a velha mala até a luz do sol do meio-dia que atravessava a janela do quarto. Ela a pegara por causa do que havia dentro.

Os problemas do dia lhe pesaram: Maurice ameaçando se demitir, a sensação incômoda de que Jack Burns devia ser vigiado, e Sissy e Coco; *uma de vocês pode ser a minha filha.* Abby tinha milhões de coisas para supervisionar, mas a emoção a acometera. Por isso, sentou-se na cama para percorrer a mão pelo couro gasto da mala.

E se lembrar...

O nome da prisioneira era Mercy, uma jovem negra cuja cabeça era raspada tão rente que parecia uma bola de bilhar. Esquelética, com olhos assombrados, Mercy não falou nada enquanto elas cruzavam o pátio empoeirado.

– E a minha mala? – Emmy Lou perguntou, enquanto seguia Mercy em meio à poeira fria. Era 1971, o julgamento se encerrara, o júri a considerara culpada de um crime que ela não cometeu, e agora ela estava no presídio para cumprir a pena de prisão perpétua. Ela já havia entrado e agora queria a mala. O avô Jericho a arrumara para ela.

Mercy não respondeu, e Emmy Lou notou que havia algo errado com a sua boca.

O Alojamento Doze era uma construção comprida feita de tábuas de madeira e teto betuminoso. No interior, duas fileiras de camas estavam contra janelas com grade, com um corredor estreito no meio. Algumas das camas estavam ocupadas por mulheres deitadas ou sentadas, algumas lendo, outras jogando paciência ou xadrez, e outras apenas fitando o vazio.

– Ali está a sua cama – disse Mercy, e Emmy Lou viu que ela não tinha dentes, mesmo não parecendo ter mais do que vinte anos de idade.

Quando Mercy começou a voltar, Emmy Lou disse:

– Espere, por favor. A minha mala. Como faço para pegá-la?

– Não podemos ter itens pessoais – e Mercy se foi.

A Prisão White Hills era uma fábrica de roupas, e as prisioneiras recebiam onze centavos por hora de trabalho. Assim que pôde, Emmy Lou comprou um bloco de papel de carta, envelopes e lápis e começou a passar as horas livres escrevendo cartas para o defensor público, para o juiz, para o delegado que a prendera, para o promotor público, até para o editor do jornal de Little Pecos – qualquer um que ela acreditasse que pudesse ter influência para reexaminar o seu caso. Alegou inocência, mas jamais mencionou o andarilho com quem tivera um breve romance de verão. A suspeita de que fora ele quem matara Avis aumentava a cada dia que Emmy Lou passava sem notícias dele, mas ela não tinha provas, e talvez uma pequena parte sua tivesse esperanças de que ele, no fim, não tivesse culpa. Suas cartas estavam repletas do seu carinho e grande estima por Avis e explicavam que Emmy Lou usava a pá de Avis a toda hora, motivo pelo qual as suas digitais estavam nela. Emmy Lou colocava o coração nessas cartas, e as enviava toda semana, como pombas da paz, aguardando esperançosa por respostas.

Nesse meio tempo, havia o seu bebê, crescendo dentro dela, e o qual ela amava de todo o coração.

Ela odiava as palavras "bastardo" e "ilegítimo". Palavras artificiais, feitas pelos homens e que não tinham nada a ver com as leis da natureza. Como um bebê poderia ser ilegítimo? Se fosse assim, seria possível chamar uma muda de ilegítima, ou forçar flores macho e fêmea a se casarem antes que pudessem se polinizar. E aquilo nem estava entre os Dez Mandamentos: *Não terás filhos bastardos*. As prisioneiras lhe disseram que, como só dali a quinze anos ela teria o direito de solicitar liberdade condicional, ela não poderia ficar com o bebê, que seria tirado dela. Por isso, Emmy Lou escreveu cartas ao avô e a outras pessoas em Little Pecos, implorando para que eles tomassem conta do bebê até que sua apelação acontecesse.

Ela estava na sala de recreação escrevendo cartas quando vieram buscar Mercy – as enfermeiras, com suas tesouras, aparelhos de barbear e xampu contra piolhos, perseguindo-a pela sala até que a apanharam e rasparam o "cabelo pichaim", como elas o chamavam. Faziam isso uma vez por mês, e Emmy Lou não sabia por que, uma vez que nenhuma prisioneira, além de Mercy, tinha os cabelos raspados.

Era um dia frio do mês de janeiro e ela pensava que Mercy estaria melhor com cabelos na cabeça, mas as matronas fizeram o que queriam, até deixar a cabeça dela lisinha. Ninguém veio em seu socorro e, quando Emmy Lou se colocou do lado de Mercy, algumas a chamaram de "amante de negros", mas Emmy as ignorou.

Elas haviam cortado o couro cabeludo de Mercy, por isso Emmy Lou apanhou uma toalha molhada do banheiro.

– É por que sou negra – disse Mercy, passando a mão debaixo do nariz. – Elas não gostam das novas leis antissegregacionistas, por isso estão me castigando.

Era estranho ver uma mulher jovem sem nenhum dente na boca. E seria sua imaginação ou Mercy estava ainda mais magra do que quando Emmy Lou chegara, quatro meses antes?

–Você precisa de dentes – disse por fim, porque precisava ser dito.

Mercy assentiu.

– Eu me apaixonei por um homem ruim. Pensei que me amava. Ele tentou me forçar a me prostituir, mas eu não sou nenhuma puta. O primeiro cara com quem ele me colocou, quase arranquei o pinto dele fora. Então meu namorado arrancou todos os meus dentes a soco, disse que assim eu não faria mais aquilo. Por isso, eu matei ele.

–Você não pode ter uma dentadura? – ela sabia que algumas das mulheres eram atendidas por um dentista na prisão.

– Eu tenho – Mercy disse, infeliz. – Mas não consigo usar. Elas machucam – ela afastou os lábios para trás para expor as gengivas machucadas.

– Por isso não como, não falo com ninguém. Fica esquisito, uma moça que nem eu parecendo uma velhota.

Emmy Lou escreveu para o avô e pediu revistas, chiclete e mais um item especial, que ela lhe pediu que etiquetasse como sendo "vitamina", pois suspeitava que as autoridades da prisão não permitiriam que ela o tivesse.

O pacote chegou uma semana mais tarde. Ela distribuiu as revistas e o chiclete e encontrou Mercy no jardim, no limite em que a cerca de metal se encontrava com a liberdade.

– Tenho uma coisa pra você, Mercy.

A garota negra estremeceu um pouco no ar frio do inverno.

– Vá embora. Todo mundo está rindo de mim, dizendo que estou me apegando a uma branca boazinha.

– Aqui está – disse Emmy Lou, segurando um frasquinho.

Mercy estreitou o olhar.

– O que é isso?

– Isso se chama tintura de cravos. O meu avô prepara da nossa árvore de cravo-da-índia. Esfregue um pouco nas gengivas, isso vai fazer a dor passar. Coloque um pouco e use a dentadura por cinco minutos. Aumente o tempo um pouco a cada vez. Logo as suas dentaduras vão ficar tão confortáveis como um par de sapatos velhos.

Foi no começo de abril, quando Emmy estava no refeitório jantando uma batata e uma espiga de milho, que o lugar caiu no silêncio. Todas se voltaram para ver Mercy, caminhando com orgulho, de cabeça erguida, sorrindo com uma boca repleta de dentes.

Ela fizera o que Emmy Lou lhe dissera, usando a tintura para acostumar a boca à dentadura. No começo, comia mingau e purê de batatas, depois passou para legumes e pão até conseguir usar os dentes o tempo inteiro e comer qualquer coisa.

A transformação era surpreendente. As bochechas e os lábios já não murchavam para dentro, Mercy caminhava com as costas eretas e enfrentava o olhar das pessoas. Uma nova e mais forte Mercy de quem ninguém zombaria, nem mesmo as enfermeiras com as suas tesouras.

A partir de então, não houve mais como impedi-la de conversar.

– Mamãe fazia faxina – contou para Emmy Lou enquanto andavam pelo pátio de exercícios, com Emmy Lou segurando as próprias costas, já que estava no oitavo mês de gestação. – O trabalho podia ser sujo, mas ela era orgulhosa e tinha sua dignidade. Ela poderia ter vendido o corpo para nos dar comida, homens a procuravam o tempo todo porque ela era muito linda. Mas mamãe era uma boa cristã e dizia que se ajoelharia só para rezar e para limpar o chão, não para satisfazer o desejo dos homens.

Elas pararam na cerca de metal para observar a planície que desaparecia até o infinito.

–Você tem um sonho, Emmy Lou? Alguma coisa que queira fazer antes de morrer? – uma jovem de vinte anos perguntando tal coisa... – O meu sonho é ver a neblina passando pela baía de São Francisco. Eu venho do lugar mais empoeirado do Texas, onde a poeira entra na sua pele e atrás dos seus olhos, e eu vi no cinema um documentário de viagens, mostrando as colinas e os bondes de São Francisco, com uma nuvem enorme e branca atravessando a água do oceano, engolindo a ponte vermelha, uma sereia de nevoeiro solitária na névoa, e pareceu ter limpado toda aquela poeira do Texas de mim. Veio direto aqui – disse ela, batendo no peito – e ficou aqui, chamando por mim.

O sonho de Emmy Lou era sair da prisão antes que o bebê nascesse. Ela teria o filho em liberdade, eles voltariam para Little Pecos e morariam com Jericho, e eles ensinariam a criança a plantar as verduras de Deus.

Emmy Lou estava pregando ganchos nos zíperes de calças masculinas de prisão quando recebeu ordens para ir à enfermaria receber uma injeção de vitamina. As dores começaram pouco depois, enquanto ela carregava a bandeja para a janelinha do refeitório. Ela deu um grito e se curvou, e Mercy foi recrutada para ajudar, pois a prisioneira de confiança que ficava na enfermaria estava acamada com amigdalite.

– É muito cedo ainda! – exclamou Emmy Lou, assustada com a intensidade das dores. Ela ainda tinha três semanas pela frente. Haveria algo de errado? – Chame o meu avô! Prometa! Ele tem que vir pegar o meu bebê.

O médico lhe prometeu.

– Avise o meu avô! – Emmy Lou disse para Mercy, que segurava a sua mão. – Peça a ele para vir pegar o bebê. Não deixe ele ir para um orfanato.

– Não se preocupe – apaziguou Mercy, dando tapinhas no ombro de Emmy Lou. Mercy olhava para o bisturi, as braçadeiras e o fórceps obstétrico dispostos na mesa.

Emmy Lou agarrou o abdômen. *Ainda não, meu pequeno. Espere. Fique comigo um pouco mais. Não há pressa para vir a este mundo.*

Quando o médico ordenou que aplicassem o anestésico, Emmy Lou agarrou firme a mão forte de Mercy.

Enquanto a droga começava a surtir efeito, Emmy Lou sentiu uma pontada de dor, e depois dor nenhuma. Em seguida, a sensação de uma cortina de veludo sendo puxada sobre ela. E então, ela não viu, não ouviu, nem sentiu nada.

Quando despertou, estava no leito da enfermaria com a luz do sol batendo na coberta. Uma enfermeira tomava seu pulso.

– Meu... bebê...?

– Morreu, meu bem. Uma coisinha de nada, malformada.

Não havia um cemitério em White Hills. Quando uma prisioneira morria, um agente funerário vinha de Amarillo para apanhar o corpo. Se não houvesse família para cuidar dos arranjos, o defunto ia para Potter's Field. Era lá que estava o bebê de Emmy Lou, em uma cova não identificada.

Ela ficou deitada, tentando imaginar a pequena cova que continha uma caixinha de madeira, o bebê deitado frio e sozinho no escuro. Por que morrera? Fora algo que ela fizera ou não fizera? Se tivesse comido melhor, seu bebê teria sobrevivido? Se tivesse rezado mais, dormido mais, lutado pela sua inocência, escrito só mais uma carta, ela poderia tê-lo salvado?

Seus pensamentos eram sombrios e confusos, como as nuvens sussurrando sobre o norte do Texas, e o luto a cercava como a coberta cinzenta. Por que ainda estava ali, naquele lugar horrível? Por que estava sendo punida por um crime que não cometera? Por que o mundo a esquecera?

A gota d'água fora a carta de uma vizinha: "Lamento lhe dizer isso, mas seu avô morreu de ataque cardíaco. Eu ia contar pessoalmente, mas minha artrite está atacada e a viagem até Amarillo é muito longa. Jericho nunca mais foi o mesmo depois que você foi presa. As pessoas pararam de ir até ao viveiro. Os negócios ficaram ruins. O banco tomou o viveiro e toda a propriedade, por causa dos impostos. Jericho morreu pobre. Não deixou nada para você".

Emmy Lou acabou dormindo, tendo um sono agitado. Sonhou que estava queimando no inferno. Fazia calor e o ar estava pesado de fumaça. Ela sempre pensou que o inferno teria cheiro de enxofre, mas não, tinha cheiro de papel queimado. Então, o Diabo apoiou a garra em seu ombro e a sacudiu.

Seus olhos se abriram. Ela se virou e viu Mercy de olhos arregalados inclinando-se sobre ela no escuro.

– Levanta! – sibilou –Vamos!

Antes que Emmy Lou pudesse perguntar por quê, Mercy segurou firme o seu pulso – desde que os dentes encaixaram, Mercy recuperara o peso e fortalecera os músculos – e a puxou da cama. Sem palavras, Emmy Lou tropeçou atrás dela, pelo centro de mulheres adormecidas e para fora na noite, que subitamente estava repleta de fumaça.

– Por aqui! – disse Mercy, e levou Emmy Lou por um caminho em que ela jamais estivera antes, na direção dos dormitórios dos guardas. Ela olhou para trás, para as chamas saindo do prédio principal, viu as pessoas correndo de camisola e gritando, enquanto alarmes soavam no meio da noite. Emmy viu mais de um foco de incêndio: no refeitório, na fábrica de roupas, no escritório da diretora da prisão...

Esconderam-se atrás de uma construção enquanto os guardas saíam apressados dos dormitórios, vestindo as calças, abrindo portões trancados, correndo para os pavilhões e barracões que, por serem tão velhos, secos e feitos de madeira, ardiam em chamas.

Mercy correu pelo portão aberto, e nesse momento Emmy Lou viu que ela carregava uma mala.

Quando chegaram aos carros dos guardas, correram de um para outro até que encontraram um destrancado. Jogando a mala no banco de trás, Mercy sentou ao volante, encontrou as chaves no para-sol e gritou:

– Entra!

Emmy Lou entrou, e Mercy acelerou o carro antes que a porta estivesse fechada. Saíram às pressas do estacionamento, passando pela poeira até a estrada, Mercy dizendo:

– Fica de olho para ver se estamos sendo seguidas!

Emmy Lou ficou olhando para trás, enquanto a prisão incendiada se distanciava até sumir de vista, mas não viu carros perseguindo-as, nenhuma luz, nem sirene na estrada do deserto. Depois virou de frente, morrendo de medo enquanto avançavam na escuridão adiante.

Depois de quilômetros sem falarem nem diminuírem a velocidade, Mercy finalmente parou em uma encruzilhada que nem devia ter nome de tão pequena que era, menor ainda do que Little Pecos. Mas havia uma parada de ônibus com a placa da Greyhound, e estavam fora do Texas, pois tinham cruzado a divisa de estado com o Novo México.

Estava escuro, mas logo amanheceria, e Mercy disse as primeiras palavras desde a fuga.

– Ateei o fogo lá porque eu precisava ir embora e esse era o único jeito. Trouxe você comigo porque você me fez voltar a comer e a sorrir. Nunca vou esquecer o que fez por mim, Emmy Lou Pagan. Você me devolveu o meu orgulho e com ele voltou o meu velho espírito de luta, e me lembrei de que sou um ser humano e não um animal. Eu sabia que eu tinha que tacar fogo naquele lugar. Mas aqui nós nos separamos. Você segue o seu caminho, eu sigo o meu. Vou largar o carro e seguir para o leste. Você pega um ônibus, vai passar algum, mais cedo ou mais tarde. Nunca vou esquecer você, a primeira pessoa branca que me tratou com respeito.

Ela esticou a mão para o banco de trás e puxou a mala para a frente, e Emmy Lou percebeu que era a sua.

– Antes de atear fogo, peguei isto. Lembrei o quanto era importante para você.

Emmy Lou a abriu e viu revistas, moedas para o telefone, papel e selos, chicletes e balas velhas, batons, fotografias da mãe, que morrera quando ela era pequena. E um envelope com mil dólares em dinheiro. Tudo cuidadosamente arrumado pelo avô antes que ela fosse presa.

Ela tentou dar o dinheiro para Mercy, mas Mercy o empurrou de volta.

– Tenho dinheiro. Peguei da mesa da diretora. Achei que ela me devia, depois de todos aqueles cortes de cabelo forçados. Agora tenho um conselho para você: mude de nome. Eles vão procurar por Emmy Lou Pagan.

– Não – Emmy Lou replicou. – Eu vou voltar.

– O quê?

– Sou inocente. Meu avô morreu de vergonha por minha causa. Vou limpar o meu nome. Não posso fazer isso se ficar fugindo.

– Se voltar, vão trancá-la de vez.

– Tenho de brigar com eles, Mercy. Vou contratar um advogado. Vou lutar.

Emmy Lou não sabia mais o que fazer a não ser colocar a mão na maçaneta. Havia umas pedras grandes ao lado da estrada, ela poderia se esconder atrás delas para tirar a camisola da prisão e vestir uma das roupas da mala, depois esperar pelo ônibus da empresa Greyhound – um que a levasse de volta para White Hills.

–Você precisa saber de mais uma coisa – disse Mercy. – O seu trabalho de parto foi induzido. Ouvi quando eles comentaram. Aquela injeção que te deram não foi de vitamina, era uma droga que faz as contrações começarem. Eles tinham pressa para tirar o bebê de você.

Emmy Lou a encarou.

– Por quê?

– Porque o seu bebê não está morto. Ela nasceu viva e saudável, com um bom par de pulmões. Dez dedos nas mãos e nos pés, nós contamos. A diretora a entregou para um homem que veio até a prisão e foi embora de carro. Ela me disse para ficar de bico fechado ou ela faria com que eu nunca mais tivesse dentes.

Emmy Lou estava parada tal qual uma pedra. Seus olhos diziam tudo, a grande pergunta.

A voz de Mercy se suavizou.

– Não sei para onde foi o seu bebê, querida. Mas eu ouvi a diretora dizer para o médico: "Bakersfield está com pressa".

Emmy Lou teve de forçar o ar a sair dos pulmões, de tão apertado que estava seu peito.

– Bakersfield? Isso é uma pessoa?

– Pode ser, ou pode ser uma conversa em código, sabe, como *o homem de* Bakersfield.

– Onde fica isso?

Mercy deu de ombros.

– O carro tinha placa da Califórnia. Eu levei o bebê pra fora, enrolado numa manta. A diretora entregou ela pra esse homem que dirigia um Impala branco. Tinha uma mulher no banco da frente e dois bebês, todos enroladinhos no banco de trás. O motorista entregou a sua filha para a mulher e ela tinha uma mamadeira. É tudo o que sei.

Emmy Lou olhou para fora do para-brisa sujo, para a faixa de estrada que se estendia até o horizonte. Tudo estava diferente agora. Sua filha estava viva. Emmy Lou não poderia voltar para White Hills. Não até encontrá-la.

Mercy apoiou a forte mão negra em seu braço, com os olhos de vinte anos repletos de sabedoria.

– Lembre-se de uma coisa enquanto toca a vida. São os homens que fazem as regras. Você e eu fomos presas porque somos mulheres e porque não obedecemos as regras dos homens. Eles nos fazem ter filhos, depois nos castigam porque temos filhos, e depois tiram esses filhos de nós. Eu matei um cafetão que não valia nada e você não matou ninguém. Não foi por isso que fomos condenadas. Fomos condenadas porque somos mulheres e queríamos mandar em nossos corpos.

As duas estavam chorando e usavam as mangas das blusas para enxugar o rosto. Imaginando se haveria lenços no porta-luvas, Emmy Lou abriu-o e um objeto preto e pesado caiu.

– Meu Deus! – disse Mercy.

Emmy Lou fitou a arma. Pertencia ao guarda da prisão, dono daquele carro. Pegando-a com cuidado, ela o colocou de volta no compartimento, fechando-o com força.

– Vou encontrá-la – disse então, referindo-se à criança.

– Tome cuidado, pois vai cruzar o caminho de mais homens e vai quebrar as regras de mais homens e eles não vão gostar. Homens que roubam bebês não podem ser santos. São perigosos. E agora somos fugitivas, nunca mais sairíamos da prisão dos homens. Apenas tome cuidado. E mude de nome – repetiu.

Emmy Lou olhou para a foto que Jericho colocara na mala: sua mãe, uma jovem sorridente de cabelos loiros arruivados como os seus. Tyler Abilene Pagan – batizada em homenagem às cidades em que fora concebida e em que nascera – morrera tragicamente em um acidente de carro com seu jovem marido. Emmy Lou adotaria o nome da mãe.

– Nunca vou me esquecer disso, Mercy. Um dia eu vou te recompensar.

Abraçaram-se e beijaram-se nas faces úmidas, depois Emmy Lou saiu do carro e observou Mercy sair dirigindo, até desaparecer no sol nascente. Em seguida, virou-se para o oeste. Na direção da Califórnia e da cidade de Bakersfield.

Parada ali sozinha, na estrada do deserto, com nada além de cactos e vento por quilômetros e quilômetros, estava Emily Louise Pagan, agora Abilene Tyler, ainda com dezesseis, mas logo completando dezessete anos, e dizendo a si mesma que nunca mais se apaixonaria. Então, ela fez duas promessas: encontrar a filha, e nunca mais ser uma vítima.

* * *

Ela mantivera as duas promessas, e agora, trinta e três anos mais tarde, olhando para aquela mala surrada, estava preparada para usá-la novamente. Havia separado uma troca de roupa, artigos de higiene, uma escova de dentes e uma passagem de avião só de ida. Antes que a semana terminasse, Abby sairia daquele lugar que ela criara com tanto amor, e nunca mais voltaria.

7

– ASSIM! – A GAROTA EXCLAMOU. – Mais forte!

E foi o que Fallon fez, bem como ela pediu: forte, rápido e fundo. A costureira – Fallon desconhecia o nome dela – amou receber por trás, o que muito o agradava porque o traseiro dela parecia um contrabaixo.

Ele fora até ali para encontrar Francesca e se deparara com a costureira na suíte da cobertura do Hotel Cassino Las Vegas Atlantis. A garota estava ajoelhada, fazendo ajustes na bainha do vestido de noiva. Ela lhe informara que todos tinham saído para almoçar e depois batera os cílios na sua direção, do mesmo modo como fizera todas as outras vezes em que ele assistira às provas do vestido, assim ele soube que ela estava afim. Fallon tinha como princípio nunca transar com mulheres de sua classe social, visto que, depois, elas se mostravam exigentes demais. Mas a costureira estaria fora de sua vida após o casamento no sábado. E, para surpresa de Fallon, transar em meio a rendas virginais, cetim de noiva e anáguas cândidas propiciou-lhe uma urgência erótica única.

Michael Fallon, proprietário do Atlantis, o maior e mais exuberante cassino na Vegas Strip[2], tinha 58 anos, era rico e tinha biotipo italiano. Era filho ilegítimo de uma garçonete de Las Vegas cujos pais, imigrantes irlandeses, vieram para Nevada em busca de trabalho. O pai dela ajudara na construção da Represa Hoover e morrera em uma queda dramática no

---

2 N.T. Vegas Strip é uma seção de 6,7 quilômetros da Las Vegas Boulevard, onde ficam a maioria dos hotéis e cassinos da cidade.

que um dia seria o Lago Mead. A sra. Fallon morrera depois, de saudades, deixando a filha Lucy, de dezoito anos, sozinha. Sua beleza e personalidade adorável lhe renderam um emprego no novo Hotel Flamingo, inaugurado em dezembro de 1946 após muita publicidade e ostentação. Ela até tirara uma fotografia com o notório gângster Bugsy Siegel. No verão seguinte, quando seu bebê nasceu, Lucy tinha vinte anos, era solteira e trabalhava como garçonete no Hotel Cassino Wagon Wheel, na Autoestrada 91.

Ela batizara o filho na Igreja Católica e levara-o à missa todos os domingos. Quando Michael completou oito anos, recebeu a primeira comunhão. Ela jamais contara a ninguém, nem mesmo ao filho, quem era o pai do garoto, e por isso o menino sempre tivera problemas com sua ancestralidade.

– Mãe, quem é o meu pai?

E ela lhe dizia:

–Você é jovem demais para entender.

Ao que tudo levava a crer, ele nunca cresceu o bastante para ela, porque Mike Fallon continuava sem saber quem era o seu pai.

– Então, como você sabe que é meio-italiano? – Uri Edelstein, seu melhor amigo, um dia perguntara.

– Porque eu *sinto* isso – Fallon respondera. E era verdade. Além disso, em 1946, quando as máfias do leste deslocavam-se e tomavam conta de Vegas, os chefões eram todos carcamanos. Uma vez que a mãe não falava sobre isso, era razoável acreditar que ela sentia vergonha por ter ido para a cama com um gângster.

Michael não gostava de fazer todo o trabalho, por isso desenganchou-se da costureira de quadril avantajado e trocou de lugar com ela, deitando-se de costas para que ela pudesse cavalgá-lo, o que lhe propiciaria uma bela vista das tetas chacoalhando.

Não saber quem era o pai não incomodara Fallon antes, porque ele mesmo acabara se envolvendo em uma vida criminosa, executando tarefas para a máfia local. Mas então nasceu Francesca. E foi nesse instante que a vida de Fallon deu uma guinada e ele resolveu levá-la de forma decente. Trabalhara duro desde então, criando uma imagem imaculada. Michael Fallon era um respeitável homem de negócios, que participava de diversos comitês de caridade e era diácono da igreja. Porém, a maior conquista aconteceria no sábado seguinte, no casamento que lhe garantiria, enfim, entrada no escalão mais rico e tradicional de Nevada.

Ele tinha de garantir que não haveria nada para atrapalhar.

Não era apenas a identidade do pai que o preocupava, mas suas próprias atividades no submundo, quando era jovem e se acreditava um manda-chuva de Vegas, participando de qualquer esquema no qual pudesse ganhar dinheiro, chegando até a levar bebês raptados para além da divisa de estado.

– Ah, sr. Fallon! – a costureira risonha exclamou.

Hora de acabar com aquilo. Segurando-a pelo quadril, ergueu-a do seu pau e abaixou-lhe a cabeça.

– Chupe.

A sua cabeça estava em outro lugar agora: no telefonema importante que vinha aguardando. Michael enroscou os dedos nos cabelos dela quando gozou em sua boca, e em seguida desvencilhou-se dela, dizendo:

– Hora de voltar ao trabalho, boneca – ainda havia metros de renda branca para costurar na barra.

Vestiu-se rapidamente, mas fez uma pausa para pegar um rolo de dinheiro e retirar uma nota de cem dólares.

– Aqui, docinho – disse ele, entregando-a para a costureira, com um sorriso e uma piscadela.

Na saída, parou junto ao véu de noiva de renda italiana feita à mão pendurado ao lado da porta. Era tão pesado que precisaria de três daminhas de honra para carregá-lo.

Michael estremeceu ao tocá-lo, lembrando-se da noite em que Francesca nascera, da noite em que sua vida se transformara. Sua linda Gayane deitada morta entre os lençóis ensanguentados, o bebê indefeso em seus braços. Naquela noite fatídica, algo mudara para Fallon enquanto ele acalentava o pequeno embrulho nos braços; algo o fez dar o primeiro passo para endireitar a vida.

Naquela noite, encontrara Karl Bakersfelt em casa, fazendo preparativos para apanhar três bebês obtidos ilegalmente.

Michael entrara carregando um charuto.

– Me dê os parabéns, virei papai.

– Eba! – disse Bakersfelt, aceitando o belo Havana. Sabia que Gayane Simonian, a esposa de Fallon, estava grávida. Esperou. Aquele encontro não se resumia apenas à distribuição de charutos. Michael parecia estranho, estava agindo esquisito.

E logo ele disse:

– Gayane morreu. Ela perdeu a vida dando à luz a minha filha.

– Ah, sinto muito por isso – disse Karl Bakersfelt, que comprara mais bebês do que podia se lembrar, e nunca ficava sabendo das mães, quer elas estivessem vivas ou mortas, e pouco se importava com isso.

Michael tinha um olhar distante que, em circunstâncias diversas, teria alarmado Bakersfelt. Mas ele entendia o motivo. A esposa morrer daquele jeito...

– Ela gritou, Karl. E tinha tanto sangue... O médico disse que só podia salvar um, a minha mulher ou o bebê. Eu tive que escolher. O que eu podia fazer?

– Você escolheu o bebê – disse Bakersfelt desnecessariamente, imaginando o motivo pelo qual Michael viera, desejando que ele fosse direto ao ponto, porque tinha pessoas esperando pelos bebês.

– Estou deixando essa vida, Karl – disse Michael, por fim. – Vou começar de novo. Segurei aquela criaturinha nos meus braços e meu coração derreteu como chocolate em uma calçada de Vegas em pleno mês de agosto. Naquele instante, jurei que levaria uma vida honesta.

Karl sorriu e se esticou para apanhar o isqueiro.

– A paternidade faz dessas coisas. Ok, não vou mais te chamar. Vou encontrar outro entregador.

– O problema é... – disse Fallon com cautela, ainda incerto quanto aos detalhes da maior decisão de sua vida. – Tenho que me perguntar: posso confiar nos velhos amigos para que eles nunca falem sobre o passado?

O isqueiro de ouro ficou imobilizado na mão de Bakersfelt.

– Pode confiar em mim, Michael.

– Veja bem. Fiz alguns serviços para Joey Franchimoni, alguns golpes, e não acredito que Joey possa ficar calado, ainda mais com os federais pressionando-o para vender o cassino e sair da cidade. Joey é do tipo que abriria o bico para se safar.

– É – concordou Karl, assentindo com a cabeça. Joey, o Nariz, assim chamado por não tê-lo, era conhecido por ser língua solta.

– Por isso, eu visitei ele há uma hora e lhe dei o sal – disse Fallon, referindo-se aos tabletes de bicloreto de mercúrio que enfiara goela abaixo de Joey; um veneno metálico muito apreciado pela Máfia.

– Não sou dedo-duro – garantiu Bakersfelt. – Pode confiar em mim.

– Que bom, eu só queria ter a sua palavra. Sou pai agora, preciso ser respeitável. Não posso mais estar ligado à velha gangue. Nada de trabalho sujo. Quando minha filha crescer, não posso ficar me preocupando que o meu passado venha à tona. Entende o que digo?

Bakesfelt assentiu, pois entendia o que Fallon queria dizer, e abriu o isqueiro de ouro, produzindo uma chama e aproximando-a da ponta do seu belo Havana. A explosão arrancou metade do seu rosto, espalhando sangue, ossos e pólvora na mesa.

– *Agora* eu tenho a sua garantia – Fallon disse ao homem morto. Em seguida, andou pela casa com uma lata de fluido de isqueiro, caprichando nos armários com os arquivos do tráfico de pessoas.

Só precisou de um fósforo. A casa ficou em chamas com facilidade, e as cinzas voaram pelo céu carregando os nomes de jovens mães, pais adotivos, cidades de nascimento, datas, rotas, montantes. Foram dizimados anos de registro do tráfico ilegal de bebês de Bakersfelt e, especialmente, do envolvimento de Michael Fallon.

Isso fora há muito anos, e Fallon acreditara estar a salvo. Recentemente, porém, descobrira que ainda existiam alguns fios soltos que poderiam ligá-lo a Bakersfelt e ao seu negócio de bebês.

Fallon deixou a costureira trabalhar e subiu até a cobertura, onde se despiu e entrou no enorme chuveiro de mármore. Enquanto ensaboava o corpo atlético, ele pensou naqueles anos no fim da década de 1960, começo de 1970, quando atuara no comércio ilegal de bebês entre os estados do Oeste. O dinheiro era muito naqueles tempos, e fácil. Apenas um motorista e uma babá, pegando bebês com outros motoristas – nunca se sabia de onde eles vinham, mas a maioria era roubada – e deixando-os com suas novas famílias. Tudo tão ilegal que não havia nenhum rastro, portanto Mike Fallon se tranquilizara, acreditando que seu envolvimento na operação jamais seria descoberto.

E mesmo assim o fora. Por uma certa abelhuda chamada Abby Tyler, que possuía um resort fora de Palm Springs.

Desligando o chuveiro, ele se envolveu em uma toalha e foi até a janela com vista para Las Vegas. Ao longe, edifícios e mato se deparavam com um imenso mar ocre: o deserto.

Michael Fallon odiava o deserto porque o fazia se lembrar do infinito. O deserto simplesmente seguia e seguia, sem começo, sem fim, sem propósito, sem objetivo. E o assustava porque não havia como entendê-lo, como se entender com ele, e nem como vencê-lo, porque o deserto, assim como a banca da casa, sempre vencia. Por isso ele se abraçava ao concreto e ao vidro, ao neon e ao carpete barato dos hotéis cassinos, respirava no ar-condicionado do mesmo modo como os montanhistas inalam o ar alpino, e se deleitava nas luzes quentes como a maioria das pessoas adora o sol.

Serviu-se de uma dose de uísque e se perguntou quando o maldito telefone tocaria.

Karl Bakersfelt fora apenas o primeiro. Desde então, Michael fizera uma lista das pessoas que sabiam demais e, sistematicamente, as silenciara. Tantos anos depois, a poucos dias do casamento, ele só tinha mais cinco nomes na lista.

O primeiro envolvia um episódio com o editor de um jornal em Nevada. Um dia depois do casamento de Fallon, então com 25 anos, e Gayane Simonian, o homem escrevera: "Gregory Simonian, considerado o fundador da famosa Strip, há tempos tem sido estimado pela sua recusa em negociar com gângsteres. O Wagon Wheel é considerado um dos cassinos não ligados a 'interesses externos'. Contudo, o casamento de ontem indica uma mudança de ares para o sr. Simonian, que agora conta com Michael Fallon como genro".

Fallon e seus capatazes invadiram a casa do editor no meio da noite e tiraram ele e a esposa da cama. Fallon amarrara o editor a uma cadeira, pés e mãos, e depois, quando o homem perguntara o que eles pretendiam fazer, Fallon caçoara:

– Claro que vamos mirar em você. É o que *gângsteres* fazem, não?

Em seguida, Fallon obrigara a esposa do editor a se despir e se ajoelhar nua diante dele. Enquanto um dos capangas apontava uma pistola para a cabeça do editor, Fallon abrira o zíper da calça, puxara o membro ereto para fora e dissera para a mulher ajoelhada:

– Beije-o.

Quando ela se recusou, ele disse:

– Você só tem mais uma chance. Depois disso, meu amigo ali vai puxar o gatilho.

A mulher, aterrorizada, fez o que ele lhe ordenara, e assim que os lábios tocaram na carne túrgida, um flash ofuscante tomou conta do quarto. Rapidamente se recompondo e subindo o zíper das calças, Fallon gesticulou para a câmera nas mãos de Uri Edelstein. Depois balançou um dedo ameaçador diante do rosto do editor e disse:

– Diga mais uma palavra a meu respeito naquele seu folhetim e essa foto estará estampada em todo o maldito país – ao sair, acrescentou, com um sorriso sarcástico: – Eu disse que você estava na minha mira.

Não era com o editor que Fallon se preocupava – esse homem há muito recebera seu prêmio –, mas com o capanga que segurara a pistola contra a cabeça do editor, um dos antigos comparsas de Fallon. Ele ainda estava vivo em algum lugar dos Estados Unidos, e Fallon se preocupava que, caso o homem lesse sobre o iminente casamento, tivesse a ideia de tentar suborná-lo.

A segunda ponta solta era dos idos anos de 1972. Um trabalho no deserto, Rocco Guzman, enterrado até o pescoço na areia.

Um par de abutres, empoleirados em um arbusto próximo, aguardavam com antecipação enquanto outra variedade de abutres – em calças, casacos e chapéus – circundavam o indefeso Guzman. Não havia outra alma viva em quilômetros de distância. Do outro lado do deserto, bem pouco visível ao longe, estavam as torres de Las Vegas, o parquinho de diversões dos adultos do mundo Ocidental, carinhosamente conhecida pelo apelido de Cidade do Pecado.

Mas aqueles homens não estavam ali para se divertir. Apesar dos tacos de golfe nas mãos.

– Onde está o dinheiro, Rocco? – perguntara Michael Fallon. Isso fora antes de Francesca nascer, quando ainda trabalhava para o Sindicato.

O homem no chão, com o rosto se tornando púrpura, mal conseguia falar, pois a areia comprimia sua caixa torácica e apertava sua garganta. Enterraram-no com maestria. Ajudara o fato de que as mãos e os pés estavam atados com fio de eletricidade. Ele arfou algo.

Fallon se inclinou.

– O que disse, Rocco?

Rocco, um criminoso de nariz achatado, não conseguia falar. Enquanto os abutres observavam, Michael Fallon, em seu longo casaco de caxemira preta e um antigo chapéu diplomata de abas largas – uma afetação assumida –, na verdade não esperava uma resposta do velho bandido. O dinheiro que Rocco roubara fora recuperado. Fallon o levara até ali para ensinar uma lição aos outros. Se você trabalha para Michael Fallon – quer com drogas, prostituição ou extorsão –, é melhor andar na linha.

Sinalizando aos seus homens, ele se virou e se dirigiu a um dos sedãs pretos estacionados do outro lado da duna. Os tacos de golfe emitiram sons de pancadas e golpes, e Rocco ainda conseguiu gritar algumas vezes antes de se calar. Fallon não se preocupava com a possibilidade de o corpo ser encontrado. Os abutres nas moitas cuidariam daquilo.

Mas agora, naquela tarde de segunda-feira, enquanto se preparava para descer até o cassino, ele se preocupava com aqueles homens. Dois morreram de causas naturais e um fora assassinado em um confronto entre gangues, mas ainda havia dois capazes de falar. Fallon ordenara que cuidassem desses dois.

A principal rachadura em sua armadura, porém, ainda era sua mãe, que vivia em um asilo em Miami. Não importava o quanto Michael tivesse implorado, pedido, persuadido ou ameaçado, a mãe não falava do seu pai. Nunca revelara o seu nome. Mas se o fizesse agora...

O telefone tocou finalmente. Linha particular.

– Fallon falando – a notícia era boa. Cuidaram dos três homens. Isso fazia com que restassem apenas duas pessoas que ainda poderiam arruinar tudo antes do casamento.

Sua mãe. E Abby Tyler.

8

"VOCÊ PRECISA DE DIGITAIS, Jack" seu amigo na investigação forense lhe dissera. "Ofereça uma bebida a Tyler. Jante com ela. Quando ela não estiver olhando, pegue o copo. Sem as digitais, não há muito o que possamos fazer."

Jack voltou para o quarto para verificar o fax, ver se havia alguma novidade quanto a Abby Tyler. Mas ainda não havia nenhum contato por parte do Distrito Policial de Hollywood.

Escolheu um dos CDs que trouxera consigo, colocou-o no aparelho de som e, um momento depois, Chopin tomou conta do cômodo.

Ele entrou no banheiro para lavar as mãos, olhou no espelho e fitou o estranho que o encarava de volta. O homem tinha marcas profundas ao lado da boca, o cabelo estava grisalho demais para a idade, e os olhos castanhos pareciam já ter visto demais.

Na noite anterior, Jack tivera o mesmo sonho novamente e acordara em meio aos lençóis suados. Sonhava com o momento em que desmaiara na cena do crime, ao ver o médico legista rolar o corpo de barriga para cima. Ao receber aquele telefonema, ele imaginou que se tratasse de uma investigação rotineira, "apenas mais um drogado", disseram pelo rádio da polícia. E era uma drogada, pois a agulha ainda estava no braço, os traços de heroína na pele pálida.

Jack encarara o rosto pálido, pensando que o conhecia de algum lugar. Uma familiaridade importuna. Quando percebeu, sussurrou "Nina", seus joelhos cederam, e o chão subiu para bater em seu rosto, quando ele caiu ao lado do corpo nu.

O que o assombrava agora não era o choque de ver o corpo da irmã, mas a mensagem que ela deixara em sua secretária eletrônica poucas horas antes da sua morte: "Jack, consegui entrar em contato com alguns dos nomes na minha lista. Tem uma em Nova York, uma em Illinois e outra em Santa Bárbara. Eu disse a elas que vou escrever um artigo e que gostaria de conversar pessoalmente. Tem uma coisa muito estranha, Jack: duas delas disseram que vão sair de férias. Ganharam uma semana de estadia num resort chamado The Grove. Essas mulheres não se conhecem, e as duas disseram que se trata do prêmio de um concurso do qual nem se lembram de ter participado. Eu acho que isso está relacionado de alguma forma com a proprietária do The Grove. Olha, alguma coisa grande vai acontecer. Não quero revelar mais até me encontrar com um contato hoje à noite. Ele disse que só vai falar comigo se eu prometer anonimato. Conto tudo pra você no café da manhã. Me deseje boa sorte!".

Essas foram as últimas palavras que ele ouvira da irmã.

Secando as mãos brutamente, vestiu a jaqueta de couro, colocou os óculos prateados no lugar e saiu do quarto à procura de Abby Tyler.

* * *

Abby avaliava o rosto no espelho. Estava preocupada em ser reconhecida.

Vanessa incitara a amiga repetidamente para que ela fizesse cirurgia plástica, alterasse o rosto, mas Abby não queria saber disso.

– Um dia eu vou encontrar a minha filha – ela dizia – e quero ser capaz de ficar de frente a um espelho com ela e dizer "nós nos parecemos".

Vanessa tinha sorte. Ela não se parecia em nada com a criatura decadente que ousara fugir da prisão. Mudar o cabelo, implantar dentes e ganhar peso mudara sua aparência a tal ponto que ninguém ligaria Vanessa Nichols à garota que um dia fora vítima das enfermeiras sádicas da prisão.

Vanessa pensou no dia em que Abby a encontrara, treze anos depois de elas terem se separado em um cruzamento abandonado no deserto do Novo México. A procura de Abby fora inspirada, não tendo nenhuma pista além do sonho que um dia Mercy lhe contara. Ela encontrou Mercy – já com o nome de Vanessa Nichols – sentada em um ponto de observação da ponte Golden Gate, observando a névoa passar. Àquela altura, Mercy mudara de nome, conseguira identidade e certidão de nascimento falsas, esfregara pisos durante o dia e frequentara a escola à noite, conseguido mais tarde um emprego na equipe de limpeza em um grande hospital, onde limpava os quartos dos pacientes. Galgara a hierarquia do local e quando Abby a encontrou, naquele dia enevoado de 1985, Vanessa era a supervisora assistente de todo o departamento de manutenção e limpeza.

Abby pedira a Vanessa que se mudasse para Los Angeles com ela, dizendo que sentira saudades, que Vanessa era a única pessoa no mundo inteiro na qual ela podia confiar, sua única amiga, que estivera ao seu lado quando a filha nascera. Vanessa se sentia do mesmo modo, estava extremamente só em uma cidade populosa, sem ninguém com quem dividir a sua história, sem ninguém que lhe dissesse "Ei, lembra daquela vez...?". Mesmo assim, Vanessa hesitara.

– Ainda somos fugitivas, e se formos fugitivas juntas teremos o dobro de chance de sermos capturadas.

– *Metade* da chance – Abby a corrigira. – Porque protegeremos a retaguarda uma da outra.

E elas protegeram a retaguarda uma da outra desde então.

Ainda mais agora. Quando Vanessa viu o olhar da amiga se perder através da janela, cheio de sofrimento e saudade, ela sabia exatamente o que lhe passava pela mente. Abby queria correr para os chalés de Coco e de Sissy para descobrir qual delas era a sua filha.

– Abby – Vanessa a aconselhava agora –, vá devagar. Você está andando na corda bamba. Um deslize e você pode perder tudo: o resort, a sua filha, a sua liberdade, até mesmo a sua vida! Você não pode estragar isso. Pode haver ouvidos à espreita. E não confio em Jack Burns, quem quer que ele seja. Você esperou por trinta e três anos, um dia a mais não fará diferença.

Quando Abby desviou o olhar da janela e fitou Vanessa, havia uma necessidade tão urgente neles que por um momento Vanessa se espantou.

– Uma mãe não deveria reconhecer seu filho, mesmo que jamais tenham se visto? – Abby perguntou com fervor.

– Não vejo nenhuma semelhança entre você e qualquer uma delas – mas ela sabia que isso não necessariamente significava alguma coisa. Ruby, sua irmã, não se parecia nem com os pais, nem com os irmãos, mas era igualzinha a uma bisavó do lado materno.

– Não foi isso o que quis dizer – disse Abby. – Estou falando de instinto, de saber algo em sua alma.

– Já decidiu como vai abordá-las?

O que dizer para uma filha que nem sabia que era adotada? Ou, caso soubesse, que fora adotada por meios ilegais, que fora sequestrada de sua mãe biológica, uma filha cuja mãe biológica estivera cumprindo pena por homicídio na época de seu nascimento?

* * *

Jack Burns se viu na ala de embarque perto da pista, onde alguns hóspedes estavam à espera da partida. Todos estavam alegres e animados, falando, rindo. Alguns se beijavam e estavam de mãos dadas, e nenhum deles parecia estar no fim de uma viagem: cansados, abatidos, exaustos. Aquelas pessoas pareciam estar sob o efeito de algum tônico potente. E, vendo os sorrisos românticos e os olhos sonhadores (e as mulheres definitivamente reluziam), Jack deduzia qual seria esse tônico.

Refazendo o caminho para o coração do resort, passando por um aviário magnífico cheio de pássaros coloridos, ele se deparou com uma das menores piscinas do The Grove – criada em meio a rochas e cercada por moitas densas a fim de que parecesse uma lagoa natural. A contragosto, admitiu que gostaria de despir as calças e a jaqueta de couro e mergulhar.

Em um pequeno gramado próximo ao lago, espreguiçadeiras e mesas estavam dispostas, e um grupo reverenciava um homem em shorts e camiseta regata que falava, em um tom alto demais, sobre o quanto a sua recém-recebida estatueta do Oscar era um "ímã para xoxotas".

– Vou te contar, as garotas ficam babando. Ela está no console da minha lareira, elas dão uma só olhada e já ficam de calcinha molhada. Elas se abrem para a estátua, eu juro!

Jack o conhecia. Ivar Manguson, o famoso diretor de megassucessos envolvendo efeitos especiais de ponta. Ele era conhecido por ter casos de amor com cada uma das atrizes principais dos filmes do momento, para depois largá-las quando as gravações do filme chegavam ao fim. Ele até se casara com uma delas – a estrela de um épico de desastre que quebrou todos os recordes de bilheteria – e, ao se divorciar no fim da produção, dissera que foi porque "ela já não era mais a personagem, mas apenas uma mulher comum novamente".

Jack estava para continuar em seu caminho quando viu uma garçonete chegar com uma bandeja repleta de coquetéis. Um dos homens do grupo tentou agarrar o traseiro dela. Ela deu um passo para o lado, mas isso a desequilibrou e a bandeja escorregou.

Bebidas geladas, gelo e mini guarda-sóis caíram por todos os lados.

Um *mai tai* gelado aterrissou no colo de Manguson. Ele deu um salto, as mãos na virilha, e gritou:

– Ai! Ai! – sapateou ao redor em suas sandálias de duzentos dólares. – Merda! – exclamou para a garçonete. – Por sua culpa agora parece que mijei nas calças!

A garçonete, envergonhada, pegou um guardanapo de uma das mesas e tentou enxugá-lo.

– Fique longe de mim, sua vadia estúpida! – ele disse, e empurrou-a com tanta força que ela caiu no chão.

Jack se apressou para ajudá-la a se levantar.

–Você está bem?

Ela assentiu, em lágrimas.

Jack se virou para o homem, que ainda praguejava e tentava limpar o coquetel dos shorts como um louco, e disse:

– Peça desculpas.

Manguson lhe lançou um olhar idiota.

– Como é?

– Desculpe-se com a moça.

– Até parece!

Jack deu de ombros, olhou para a garçonete como quem diz "o que eu posso fazer?" e agarrou o pulso de Manguson, girando-o e segurando-o numa dolorosa chave de braço.

– Peça desculpas.

–Vá se foder!

Jack torceu o braço ainda mais para cima. Manguson fez uma careta e seu rosto enrubesceu.

–Você vai quebrar o meu braço, cara!

– Diga à moça que sente muito e eu solto.

Dois seguranças apareceram em meio às arvores naquele instante e, atrás deles, Abby Tyler.

– Algum problema por aqui?

– Aquela vadia... – o homem de shorts molhado começou, mas Jack o interrompeu.

– Este cavalheiro tocou em uma das moças da sua equipe. Estou pedindo que ele se desculpe.

Abby avaliou a cena, a garçonete agitada, os outros hóspedes encarando, as bochechas rubras do homem preso por Jack Burns, e o próprio Burns parecendo calmo, mesmo agarrando com força o homem que agora gritava:

– *Não sabe quem eu sou?*

– Por favor, solte-o, sr. Burns – pediu Abby calmamente.

Jack disse:

– Só peço uma palavra de desculpas.

– Por favor, sr. Burns.

Ele notou o olhar firme dela, a expressão de expectativa. Sentiu Manguson se debater e, desgostoso, libertou-o.

– Assim é que se faz – o figurão disse, esfregando o braço. – Tirem esse idiota daqui – disse para os seguranças de Abby, gesticulando para Jack.

Mas os seguranças não se mexeram.

– Ei, vocês são surdos? – perguntou Manguson.

Abby se dirigiu a ele.

– Teremos prazer em reembolsá-lo, sr. Manguson. E acomodá-lo no próximo voo para Los Angeles.

Ele a encarou.

– O que disse?

– Obviamente o senhor está descontente com os nossos serviços. Será reembolsado completamente. A minha equipe o acompanhará até o seu quarto e o ajudará a fazer as malas.

– Você está louca! – ele exclamou, as veias do pescoço pulsando. Quando ele viu a postura calma e a expressão impassível de Abby, franziu o cenho, tentando entender o que acabara de acontecer. Depois disse: – Que se foda! Vou sair daqui. E pode ter certeza de que vou falar por aí desta espelunca!

Ele saiu batendo os pés.

Abby se virou para Jack:

– Obrigada. Foi bom o que fez.

Ele a encarou surpreso. Ele esperara que ela bajulasse o hóspede, que se oferecesse para despedir a moça. Já vira isso em outros lugares.

– S-senhorita Tyler?

Abby olhou para a jovem garçonete que, embora estivesse se dirigindo à sua empregadora, tinha os olhos fixos em Jack. Abby viu o que aquelas pupilas jovens e agradecidas da moça viam: um homem em um cavalo branco, escudo em uma mão, lança na outra, com uma pluma magnífica do alto de seu elmo.

Algumas mulheres se apaixonam com facilidade.

– Está tudo bem, Robin. Pode tirar o resto do dia de folga.

Depois que a garçonete desapareceu em meio à folhagem, Jack disse:

– Os seus seguranças chegaram aqui rápido.

– Toda a nossa equipe tem pequenos pagers que enviam sinais em caso de emergência. Um toque no botão e a segurança é alertada.

– A senhorita sempre acompanha os seguranças em uma emergência?

– Por acaso eu estava no escritório da segurança quando o alarme soou – Abby retirou os óculos escuros e encarou Jack novamente. – O senhor lidou bem com o sr. Manguson.

Ele deu de ombros.

– Estou acostumado a lidar com pessoas como ele.

– Mesmo?

– Sou policial – explicou, observando-a.

Ela sequer piscou.

– Espero que esteja apreciando a sua estadia conosco, sr. Burns. Ou devo chamá-lo de comandante?

– Sou detetive, na verdade. Polícia de Los Angeles.

Um repuxão em um canto da boca.

– Entendo.

Uma abelha voou entre eles, primeiro zumbindo ao redor de Jack, depois de Abby, onde se demorou um pouco em seu perfume antes de se afastar.

– É um belo esconderijo este que tem aqui – disse ele, escolhendo as palavras de propósito.

Os olhos dela continuaram fixos.

– Sim, é um esconderijo para os meus hóspedes e sou muito protetora em relação a eles. Até certo ponto.

Jack sentiu admiração, mesmo que a contragosto. Estivera em um número suficiente de hotéis de luxo, em grande parte a trabalho, para ver gerentes agradando cretinos como o senhor Vencedor do Oscar. Mas não Abby Tyler. Ela tinha integridade, isso ele tinha que admitir.

– Eu gostaria de lhe oferecer um drinque, ou um café, talvez – disse ele.

Ela subiu a guarda quando os instintos lhe disseram que aquele não era um convite casual. E era o segundo – por que ele estava tão ansioso para beber algo com ela?

– Sr. Burns, eu adoraria tomar café com o senhor. Por que não vem até o meu bangalô esta noite? Digamos, às dez?

Ele prometeu que estaria lá.

9

Sissy Whitboro ficou parada em estado de choque no meio da pequena livraria. Estivera casualmente verificando a seção de viagens e culinária quando se deparou com: *Sexo para iniciantes*, *As alegrias do sexo*, *O livro dos recordes sexuais mundiais*, *Sexo e as mulheres casadas*.

Depois de ter feito a assustadora descoberta sobre os registros telefônicos sexuais do marido, ela deixara o arquivo sanfonado de lado, temendo o que mais ele pudesse conter e receando as conclusões a que pudesse chegar (por certo aqueles registros e recibos não tinham nada a ver com Ed). Um simples telefonema esclareceria tudo aquilo e ela poderia voltar a se concentrar em seu *scrapbook*.

Contudo, ela se viu incapaz de ficar sentada esperando que Ed telefonasse, não conseguia se dedicar ao livro de memórias e, definitivamente, não conseguia ficar sentada ouvindo os vizinhos transando *de novo* na espreguiçadeira. Além disso, seu almoço com Abby Tyler fora remarcado. Portanto, prendeu o cabelo alaranjado em um rabo de cavalo, vestiu calças *capri* de sarja e um suéter de gola alta e saiu para tomar ar e se livrar da tensão. Além de sua porta, ela descobriu uma terra maravilhosa que não vira na noite anterior, quando o avião aterrissara e uma anfitriã a levara no carrinho de golfe. Agora Sissy via a folhagem fabulosa, os caminhos serpenteando em meio à vegetação florescente, pessoas se deleitando nas piscinas, rindo nos bares externos, beijando-se livremente.

Ela começou a se afastar dos livros de sexo, mas a curiosidade levou a melhor. Olhando de relance por sobre o ombro para se certificar de que ninguém veria, pegou um dos volumes da prateleira e folheou-o. As ilustrações fizeram seu rosto arder. Ela tinha certeza de que o padre Ignatius estava atrás dos livros de culinária, observando-a. Ela parou em uma foto e ficou de olhos arregalados. Sissy nem sabia que as pessoas conseguiam fazer *aquilo*.

Ed não era de experimentar sexualmente. Na verdade, ele era bem previsível. Mas era amoroso, por isso não poderia ser culpado por não ser nenhum Casanova.

Seus pensamentos a chocaram e a sua consciência gritou para que ela devolvesse o livro. Mas as mãos não queriam obedecer. Mais ilustrações, pessoas nuas fazendo coisas juntas. Sua curiosidade aumentou, assim como uma sensação estranha bem dentro de seu ventre.

E, em seguida, um pensamento ainda mais pecaminoso lhe ocorreu. Comprar o livro.

Bem, por que não? Sissy era uma mulher adulta, uma esposa e uma mãe. Comprou os quatro.

Quando retornou para o chalé, viu que a luz de mensagens recebidas piscava. Ed ligara!

Mas, na verdade, era uma mensagem de Vanessa Nichols, desculpando--se por ter de reagendar o jantar com Abby Tyler e acrescentando que esperava que aquilo não fosse uma terrível inconveniência. A verdade era que Sissy estivera tão preocupada com a descoberta sobre os telefonemas sexuais de Ed que se esquecera completamente de seu compromisso com a srta. Tyler.

E Ed não retornara o seu telefonema.

Eram nove horas em Rockford, àquela altura ele já devia ter recebido o recado da secretária. Com um presságio desagradável crescendo em seus ossos, Sissy pediu serviço de quarto: bacon, alface e tomate em um pão de centeio, salada e fritas de acompanhamento, e saiu para o pátio para decidir o que fazer em seguida. Uma lua primaveril começava a se erguer. Música e perfume permeavam o entardecer. Sissy sentia como se estivesse vivendo o sonho de outra pessoa. Sua vida real – filhos, marido e amigos – estavam a quilômetros de distância, em outro mundo.

Ela se viu prestando atenção aos sons do jardim ao lado, quase na esperança de ouvir os vizinhos transando.

Seu jantar foi servido e ela o deixou de lado enquanto encarava o telefone. A secretária de Ed era uma mulher eficiente. Ele devia ter recebido a mensagem de Sissy. Então por que não ligara de volta?

Por fim, sem conseguir comer até que o mistério fosse resolvido, tomou a iniciativa de ligar para casa. Ficou feliz em ouvir a filha de catorze anos atender.

– Mãe! Está se divertindo? Viu alguma estrela de cinema?

Sissy disse alguns nomes à filha e ouviu Adrian quase desmaiar de inveja. Depois pediu para falar com Ed.

– Papai não está. A vovó está aqui.

– Passa para ela, por favor. Mãe! – era a mãe de Ed, não a sua. A mãe de Sissy não tinha tempo para os netos. Nenhuma surpresa, já que mal tivera tempo para a própria filha. – O que está fazendo aí?

– Ed pediu que eu ficasse com as crianças hoje.

– Quando ele falou com você?

– Algumas horas atrás. Ele ligou da fábrica e pediu que eu pegasse as crianças na escola. Disse que iria direto para aquele clube com o amigo dele, Hank Curly.

– Obrigada. Vou ligar lá.

Hank Curly não era exatamente *amigo* de Ed. Ele era o gerente de vendas da fábrica e trabalhava com Ed há três anos. Fora Hank quem persuadira Ed a entrar no Clube de Raquete para Homens de Rockford, um lugar muito caro, que eles vinham frequentando de duas a três vezes por semana.

Quando ligou para o serviço de informações para conseguir o número do clube, ocorreu-lhe que durante todo o tempo em que Ed era sócio do lugar, ela jamais telefonara para lá. Mas aquilo era um tipo de emergência. Estava preocupada por ele não ter respondido ao seu telefonema daquela manhã.

– Alô – disse quando foi atendida pela recepção. – Preciso entrar em contato com o meu marido. Ele está jogando raquetebol aí.

– Pois não. Qual o nome dele?

– Ed Whitboro – ela soletrou o nome.

Enquanto esperava, Sissy ouviu passos do lado de fora de sua janela. Saltos batendo no concreto e uma risada que estava se tornando familiar.

O casal hospedado ao lado saíra e agora estava de volta. Ficou imaginando se eles transariam sob a luz do luar.

– Lamento, mas não temos nenhum Ed Whitboro registrado como sócio.

Sissy piscou.

– Ele é sócio há três anos.

– Sinto muito.

Ela tentou pensar. Obviamente estava com o nome do clube errado.

– Existe algum outro clube de raquetebol em Rockford?

– Não, senhora.

Talvez ele estivesse frequentando o lugar como convidado de Hank? Ed disse que ele era um dos sócios fundadores, há nove anos.

– Então poderia, por favor, chamar Hank Curly? É um tanto urgente.

Ela ouviu a porta ao lado abrir e fechar, depois silêncio.

– Lamento – disse a pessoa do outro lado da linha. – Também não temos nenhum Hank Curly cadastrado.

Sissy franziu o cenho.

– Por favor, olhe novamente. Ele é um dos membros fundadores.

– Sinto muito.

Sissy desligou e, perplexa, fitou o telefone. Passou os quinze minutos seguintes ligando para cada uma das academias da região de Rockford. Ed e Hank não eram sócios de nenhuma delas.

Onde estava o seu marido?

Ligou novamente para casa e pediu que a sogra lhe passasse o número da secretária de Ed.

– Alguma coisa errada? – a sra. Whitboro perguntou, parecendo preocupada.

– Não, não – Sissy disse. – Só estou com alguns compromissos marcados errados na minha agenda – até pensara em perguntar se a sogra tinha certeza de que Ed estava jogando raquetebol, mas isso só deixaria a mãe dele alarmada, e plantaria suspeitas desnecessárias. Sissy tinha certeza de que estava tudo bem. Ed provavelmente estava na casa de Hank, agora mesmo devia estar pedindo para usar o telefone para ligar para Sissy.

A secretária de Ed estava em casa.

– Olá, Susan, aqui é Sissy Whitboro. Desculpe incomodar, mas eu queria saber se você poderia me dar o número da casa de Hank Curly.

– De quem?

Sissy agarrou o aparelho.

– Hank Curly. O gerente de vendas da empresa.

– Desculpe, sra. Whitboro, mas eu não conheço nenhum Hank Curly. O nosso gerente de vendas se chama Jim Phelan. Ele está na empresa há seis anos.

Sissy ficou encarando a parede da sala de estar. Do outro lado dos tijolos, da pintura, das plantas do lado de fora, da extensão de gramado entre os chalés, e de mais tijolos e pintura, ela tinha certeza de que seus vizinhos estavam ocupados fazendo amor.

– Sra. Whitboro? Está tudo bem?

Ela se desculpou, desligou e ligou para o serviço de informações. Não havia nenhum Hank Curly em Rockford, nem em Illinois, nem nos estados vizinhos.

Enquanto ficara sentada segurando o telefone, com o coração batendo forte e o mau presságio se intensificando, Sissy começou a se lembrar de coisas. Na festa de Natal da empresa, Ed dizendo: "Querida, por pouco você não vê Hank. Ele teve que ir embora. Um dos filhos escorregou no gelo...". Em um churrasco em casa, Ed esperando que Hank telefonasse, então entrando na casa ao ouvir o telefone tocar, e depois voltando e dizendo: "Era Hank, ele teve que cancelar". Todas essas vezes em que ela "quase se encontrara com Hank", e Ed lhe passando informações para que ela tivesse uma imagem mental dele – "Invejo os cabelos grossos de Hank", "A visão de Hank é perfeita, não precisa usar óculos que nem eu" –, fazendo ela acreditar que já o encontrara, quando jamais o vira na realidade.

A verdade cruel a golpeou como uma tempestade fria: Hank Curly, o homem com quem Ed supostamente jogara raquetebol duas ou três noites por semana nos últimos três anos, não existia.

Ela apanhou o arquivo sanfonado e virou-o de ponta-cabeça, e todo o seu conteúdo caiu na cama como folhas outonais. Agora ela via mais provas malditas: notas fiscais de restaurantes, bilhetes de embarque de voos, registros de aluguel de carro, e cheques sacados com a inconfundível assinatura de Ed. Aquilo não era nenhum roubo de identidade. Seu marido abrira uma conta secreta em um banco, fizera depósitos secretos e pagava cartões de crédito secretos.

Os extratos datavam de cinco anos atrás.

Quando eu estava grávida dos gêmeos.

Fechou os olhos. Os telefonemas de sexo, as cobranças de floriculturas e de hotéis. Ed fazendo dieta, mudando o estilo das roupas, comprando um carro esporte. Ed insistindo que ela viesse ao The Grove, praticamente fazendo as suas malas.

–Você merece férias. Eu aguento firme aqui.

Os sinais clássicos.

Em meio às lágrimas, olhou mais atentamente os extratos do cartão e se lembrou de algumas datas em que, supostamente, Ed deveria estar em Seattle ou St. Louis. No entanto, ali dizia que ele estivera em Chicago. E agora que ela pensava em retrospecto, toda vez que Ed saía da cidade, ele telefonava quando chegava ao seu destino e também a cada manhã da viagem – para despistá-la, para garantir que ela jamais telefonaria para ele? Em nenhuma dessas viagens ele deixou o número de onde ela poderia encontrá-lo ou disse "Ligue se sentir saudade". E, agora que ela pensava a respeito, será que alguma vez ele disse o nome do hotel em que se hospedaria? Era sempre: "Não sei. A minha secretária fez a reserva para mim em uma dessas redes, o Marriott ou o Holiday Inn. São todos iguais para mim".

No entanto, de acordo com os extratos, ele esteve sempre no Palmer House em Chicago.

Ela ficou tonta.

Depois ultrajada.

Suas mãos tremiam tanto que ela teve de discar três vezes antes de acertar o número. Linda atendeu e Sissy despejou a coisa toda, a terrível descoberta que fizera.

– Não consigo acreditar que Ed esteja me traindo!

O tom de Linda demonstrava empatia.

– Menina, todos os homens traem uma hora ou outra. Eles não conseguem evitar. Está na natureza deles. Eu sugiro que você faça o mesmo. Se ele pode, você também pode.

– Eu não seria capaz!

– Pelo que ouvi dizer, você está no lugar perfeito para isso. Particular, seguro, anônimo. Deus, como eu invejo você...

Isso seria bem feito para ele. Se ela encontrasse um homem e fizesse com Ed o que ele estava fazendo com ela! Mas Sissy jamais conseguiria agir assim.

Depois que desligou, percebeu que Linda parecia estranha, reservada. Como se estivesse escondendo algo. Mas aquele não era o estilo de Linda. Sissy colocou a culpa em seus nervos destroçados e na sua imaginação.

Ela não teve a intenção de abrir a garrafa de vinho. Nunca bebia. Mas, quando foi até o frigobar procurando uma água gelada, olhou para pequena garrafa de vinho da Borgonha e a pegou, tirando a rolha e bebendo direto do gargalo.

Algumas goladas depois ela quis chorar. Alguns goles mais e ficou furiosa.

Como ele tinha coragem? Já era bem ruim ligar para mulheres desconhecidas e falar sacanagem com elas, mas inventar um amigo, um gerente de vendas, mentir sobre seu paradeiro três noites por semana? E as cobranças de hotel nas contas dos cartões? Fins de semana em que ele dizia estar nos retiros da juventude cristã. Quando ele teria ido a Washington em viagens de vendas. Quando ele, supostamente, estava participando de convenções de maquinários em outros estados! Durante todo esse tempo ele esteve no Palmer House, a cento e quarenta quilômetros de casa!

Ela se vestiu em fúria, pegando no closet um vestido sem mangas, escovando os cabelos que chegavam aos ombros e que ela insistia serem laranja, embora todos dissessem ser loiro acobreado. Depois, passou uma camada de pó facial para cobrir as sardas e apanhou a bolsa e a garrafa de vinho, seguindo para a noite fresca em que grilos cricrilavam, uma coruja piava e o vento balançava as folhas das palmeiras. Não fazia ideia de onde estava indo. Os olhos estavam cegos pelas lágrimas. Como Ed podia fazer uma coisa dessas com ela? O que ela fizera para levá-lo a isso? E, subitamente, ela se deparou com um lindo cenário que a fez parar e fungar as lágrimas.

O caminho terminava em uma ponte de madeira em arco, do tipo que se viam nos jardins japoneses, curvando-se sobre um lago tão imóvel que parecia um espelho. A luz do luar se refletia no lago como uma opala perfeita no veludo negro. A ponte e o lago estavam isolados por moitas densas e árvores altas. O som fora bloqueado. Nem mesmo a brisa entrava. Um lugar suspenso no tempo.

Sissy caminhou até o meio da ponte e se apoiou na grade para observar a água, notando um vislumbre dourado ocasional quando algum peixe passava.

Seu mundo se desintegrara. Ed a traía. Mentira. Hotéis, joalherias, floriculturas. *Gastava dinheiro com outras mulheres*. Ela se sentia incrivelmente traída e furiosa.

As lágrimas voltaram. Ela não conseguiu detê-las. E, por estar completamente só, deixou-se levar pelos soluços.

– Por que está triste? – uma voz profunda e gentil perguntou. E Sissy se surpreendeu ao ver um lenço perfeitamente bem passado e dobrado aparecer em seu campo de visão.

Ela levantou o olhar para um par de olhos curiosos. Ele era mais velho do que ela, os cabelos escuros estavam grisalhos nas têmporas e a boca era belamente emoldurada pelas linhas da maturidade. Impecavelmente vestido em um blazer azul, camisa branca e gravata vermelha, e calças casuais cinza. Ele parecia rico, elegante. Ela pegou o lenço com monograma e enxugou os olhos.

– Por que está triste? – ele voltou a perguntar.

Porque meu marido está me traindo. Deus, que tipo de idiota ela era? Isso vinha acontecendo por cinco anos e Sissy não fizera a mínima ideia.

– Sinto muito que esteja triste – disse com suavidade o belo desconhecido. Ele tinha uma voz hipnotizante. E os olhos eram tão azuis que se podia nadar neles. Sissy não conseguia falar, não conseguia respirar.

– Uma bela mulher não deveria chorar.

Ela lhe devolveu o lenço úmido. As pontas dos dedos se tocaram. Os únicos homens em que Sissy tocava eram parentes ou amigos próximos. Ela ficou imaginando de onde surgira aquele homem. Teria se materializado das estrelas, da lua e da lagoa?

– Sou Alistair – informou ele, estendendo a mão.

Para sua própria surpresa, Sissy a aceitou, segurando-a como se fosse uma boia salva-vidas. Tentou se apresentar, mas a fagulha que sentiu com aquele toque provocou algo em sua garganta.

O perfume dele era bom.

– Quer falar a respeito?

– Eu... perdi alguém.

– Ah – ele assentiu, como quem entendia, como se ela tivesse dito mil palavras. – Sei o que é isso – um novo olhar se fez, um com sofrimento e tristeza, e Sissy pensou "ele também perdeu alguém".

Ela viu o luar nos olhos dele, que a lembravam de um garoto que conhecera na escola, antes de Ed, quando ela ainda era virgem. Ele beijava bem, aquele garoto. Ela fitou os lábios do homem, perguntando-se se ele também beijaria bem. Impulsivamente, colocou-se na ponta dos pés e tocou a boca dele com a sua. Ele não recuou, nem reagiu, tampouco pareceu surpreso. Ele lhe lançou um sorriso cheio de segredos, inclinou a cabeça e retribuiu o beijo.

– Desculpe – disse ela. – Sou casada e nunca deveria beber vinho.

Ele pousou um dedo sobre os lábios dela.

– Neste lugar não há espaço para desculpas – disse ele com suavidade. – As pessoas deveriam ser felizes aqui.

– É por isso que está aqui? – ela não conseguia acreditar que estivesse fazendo uma pergunta tão pessoal a um estranho. Subitamente, porém, ela quis saber.

– Estou aqui porque... – ele começou, deixando a frase por terminar, cheia de mistério. Ele fitou a lagoa na escuridão da noite, como que à procura de fantasmas.

– Sinto muito – ela se desculpou novamente.

Ele voltou a olhar para ela.

–Você continua se desculpando.

– Não, desta vez é por você. Lamento a sua perda.

–Você é incrível – disse ele.

– Sou?

–Veio aqui triste, e agora está preocupada com a infelicidade de um desconhecido. Essa é uma qualidade rara – ele a fitou longamente. – Eu vim à procura da felicidade.

– E encontrou?

– Neste momento, acredito que sim.

A voz dele acariciou seus ouvidos, insinuando-se em seu cérebro, e abriu caminho até suas entranhas, onde ela sentiu um pequeno mecanismo se aquecer. O coração de Sissy batia forte. Ela não se sentia assim desde os seus primeiros encontros com Ed.

Alistair, em seu elegante blazer azul, a fazia pensar em iates, oceanos e liberdade. Ah, velejar para longe...

Sissy ergueu o rosto novamente e ele desceu a boca sobre a dela. Ela se esgueirou em seus braços, e ele a puxou em sua direção. O abraço se estreitou, o beijo se tornou mais íntimo. Naquele instante, Sissy Whitboro poderia ter feito qualquer coisa com aquele desconhecido. A sensação dele contra seu corpo fez a dor ir embora. O desejo súbito dentro dela afastou a raiva e a fez se esquecer das coisas terríveis que descobrira.

Sentira-se uma tola ao telefone, insistindo em dizer que o marido era sócio do clube. Aquele homem, porém, não a fazia se sentir tola, ele dissera que ela era incrível.

As mãos dele passearam pelas suas costas, ela enterrou os dedos no cabelo dele. Ele ficou excitado e ela, de repente, quis tocá-lo. Quis se deitar sob as estrelas e se abrir para ele. Jamais estivera com outro homem. Era delicioso, sensual e maravilhoso, e sua mente estava tomada pelo vinho.

Ele se afastou um segundo, analisando-a com aqueles olhos, azuis da cor do mar, que traziam uma pergunta.

– Sim – ela sussurrou, sentindo-se tão quente que se perguntou se o verão repentinamente chegara ao deserto.

Pegando-a pela mão, ele a conduziu pela ponte e pelas árvores até chegarem a uma minúscula clareira, um lugar com bastante privacidade, com um carpete feito de gramado fresco. O calor se avolumou em Sissy. Ocorreu-lhe que ela estava fora de controle, mas uma avidez mais profunda do que o bom senso tomara conta dela. Quando Alistair a deitou na grama, ela o puxou para si. Beijou-o como se estivesse morrendo de fome. As mãos dele encontraram a pele nua e a acariciaram, provocantes. Mãos *novas*. Mãos de outro homem. E o toque delas a deixou louca.

Ela abriu a camisa dele, ele desabotoou a blusa dela. Ele levantou sua saia e ela desceu o zíper dele. Não se despiram por completo, o que, para Sissy, só tornou o ato ainda mais sensual, conforme os corpos se tocavam apenas nos pontos mais cruciais, todo o resto se tornando supérfluo. O pênis parecia estranho em sua mão, mas bom também. E quando ela o sentiu explorá-la por dentro, aquilo também pareceu estranho, porém muito mais que excitante. Naquele momento, ela não queria nada mais do mundo além de senti-lo dentro de si, preenchendo-a, esmagando-a com seus beijos eletrizantes.

Ela o guiou para dentro dela e o abraçou com força enquanto ele mantinha um ritmo constante. Seus olhos permaneceram fechados para as estrelas e a lua, as árvores e o vento, e ela mergulhou em si mesma até aquele ponto delicioso em que Alistair atiçava um fogo tão quente que ela seria capaz de explodir em chamas.

O orgasmo pegou-a desprevenida. Seus olhos se arregalaram, fitaram-no. Ele a fitou também, e ela disse:

– Sim, sim, sim! – abraçando-o com mais força conforme a onda deliciosa começava a crescer. *Ah, meu Deus* ela pensou enquanto o prazer crescia e se quebrava e um som, um som que não poderia ter vindo da sra. Sissy Whitboro, explodiu de sua garganta.

Quando o acesso diminuiu, Sissy percebeu a grama, a brisa, seus seios expostos, as pernas afastadas. E Alistair sorrindo-lhe de uma maneira misteriosa e gentil. E então, a realidade surgiu. *Meu Deus*, pensou ela em estado de choque. *O que foi que eu fiz?*

10

– Está dizendo, dra. Kaplan, que os humanos são, por natureza, promíscuos?

Ophelia tentou esconder a irritação. Fora convidada para um programa de entrevistas para discutir seu livro, não as suas teorias sobre a prática de cópula dos humanos.

–Veja bem, John – disse ela –, evidências arqueológicas mostram que os nossos ancestrais habitantes das cavernas não viviam em uniões entre pares homem-mulher, mas em grupos separados de homens e de mulheres. No entanto, isso não tem nada a ver com a minha...

– Portanto, havia muitas idas e vindas entre esses grupos? – perguntou ele, interrompendo-a novamente. – Aquelas cavernas deviam ser bem aconchegantes!

O riso irrompeu na plateia. Ophelia se controlou. Já chegara ao palco um pouco alterada, depois de ouvir, pelo monitor da sala de comando, o monólogo de abertura do apresentador:

"A convidada de hoje é a dra. Ophelia Kaplan que, sozinha, transformou os americanos em homens de Neandertal."

A plateia, entendendo a piada, havia gostado, e Ophelia quis marchar para fora de lá e dirigir direto para casa. Mas ela nunca recuava de um confronto. Porém, enquanto tentava esclarecer sua teoria para aquele apresentador metido a besta, era o que desejava ter feito.

– Mais de vinte mil anos atrás, John, os humanos não sabiam que o macho era responsável pela procriação. O nascimento era estritamente do campo de ação das fêmeas. As relações sexuais eram apenas mais um impulso corporal, satisfeito com qualquer um.

Ele se virou para a plateia.

– Ao que parece, as coisas não mudaram muito em vinte mil anos.

Mais risadas à custa da dra. Ophelia Kaplan, que levava suas teorias e estudos acadêmicos muito a sério. Ela não fazia a menor ideia do motivo por que o apresentador fazia aquilo com ela, visto que deviam estar discutindo o seu livro, não as suas teorias controversas a respeito do relacionamento entre homens e mulheres. No entanto, quando a convidada seguinte foi chamada, ela percebeu o que estava acontecendo. Percebeu, com o rosto ardendo, que fora enganada e, pior, que deveria ter desconfiado disso antes.

Mas a sua cabeça estivera voltada para outros assuntos.

A outra convidada era uma cantora de salsa de trinta e poucos anos que acabara de largar o marido número quatro e já passeava por Hollywood com o novo namorado (um jovem ator, famoso pelos papéis principais em comédias românticas). A cantora era conhecida pelo seu séquito – ela jamais viajava com menos de oitenta pessoas a tiracolo. Ophelia observara o fenômeno em primeira mão quando estava na sala de espera, onde um maquiador se dedicava exclusivamente às sobrancelhas da cantora, enquanto outro aplicava os famosos cílios postiços.

Depois que os aplausos à cantora diminuíram, o apresentador se inclinou na direção dela e disse:

– Magdalena, imagino que você tenha acompanhado o programa até agora. O que *você* acha da teoria da dra. Kaplan, de que está nos nossos genes fazer sexo com o maior número de parceiros que pudermos?

– Bem, John, não sei quanto à dra. Kaplan, mas eu prefiro fazer sexo *fora* dos meus jeans.

Depois que as risadas diminuíram, o apresentador disse:

– Falando em jeans, dra. Kaplan, li certa vez que não acredita em sapatos. Isso está correto?

– Eu me referia a saltos altos. Eles não são naturais. Evoluímos para um porte sobre pés planos. Forçamos o nosso corpo a contorcionismos que não deveriam existir.

– E quanto a sutiãs? – perguntou ele, encarando o colo da cantora de salsa. – Nós devemos usar sutiãs?

– Talvez você deva considerar isso – disse ela, fazendo referência à obesidade do entrevistador.

– Aonde você vai? – David lhe perguntou uma hora mais tarde, enquanto Ophelia, brava, jogava roupas e artigos de higiene em uma mala. – Olha, o programa não foi tão ruim. Todos sabem que John Simon distorce os fatos. O que quero dizer, Ophelia, é que isso não é você.

Ela se virou para David, que, chocado, notou o quanto ela estava pálida.

– Não é isso. Não é o programa.

– O que é, então?

O fato de eu não ter percebido. O ataque às minhas teorias. Essa reviravolta. Ophelia normalmente era mais esperta do que isso.

– Nada. Deixa pra lá – ela trancou a mala.

David pousou uma mão no seu braço.

– Ophelia – disse ele com suavidade –, eu conheço você. Tem alguma coisa te incomodando. Já faz umas duas semanas. Eu não quis me meter. Eu só estava esperando você me contar.

Ela fitou os olhos escuros de David e se lembrou do dia em que o seduzira.

– É algo que eu mesma tenho que resolver.

– Fugindo? Ophelia, nunca vi você fugindo de nada. E quanto às suas aulas, às palestras que tem agendadas, o jantar de premiação?

– Cancelei tudo. Preciso me afastar para pensar – e tomar uma decisão de vida ou morte.

– Vai aceitar o prêmio? – ele perguntou, referindo-se ao envelope da Federal Express que chegara três semanas antes. Tudo aquilo parecera muito suspeito a David. Que tipo de resort exclusivo deixava as pessoas se hospedarem de graça?

Três semanas antes, Ophelia deixara o envelope de lado, dizendo que não tinha tempo para aquilo. Agora, de repente, ela queria ir. David a segurou pelos ombros e a afastou da cama.

– Não – disse ela, entendendo as intenções dele e tentando se desvencilhar. Mas ele a aprisionou com a boca em um beijo insistente. Ela o empurrou. – Estou brava, David. Não é assim que se faz amor.

– Esse é o melhor jeito – ele a trouxe com força para junto de si, esmagando sua boca contra a dela, e ela reagiu repentinamente, com igual ardor. Às pressas, ele puxou as roupas dela, o que fez um botão sair voando. Ophelia rasgou a camisa dele, as unhas raspando o peito nu, a raiva incendiando o seu desejo. David arrancou-lhe o fôlego enquanto ela arrancava a camisa das costas dele.

A blusa de Ophelia escorregou pelos ombros, David abaixou uma alça do sutiã, puxou a taça rendada para libertar um seio, depois o sugou.

Ophelia desceu a mão para as calças dele e o segurou firme. Ele gemeu. David tinha o pênis mais adorável que ela já vira. Certa vez ele brincara dizendo que aquele era o motivo por que ela o amava. Em parte, era verdade. Ela adorava o seu sabor, a sua sensação, o formato e o tamanho e, para sua grande sorte, David viera grudado nele.

Ophelia caiu de joelhos e se banqueteou com ele. Mas quando percebeu que ele estava perto do clímax, recuou, o fez se deitar sobre ela no carpete e abriu as pernas. David a penetrou com força. Ela gritou, prendendo as pernas ao redor das coxas dele.

Sempre pensando nela, ele a deixou gozar primeiro, apreciando a expressão de êxtase no seu rosto, os cílios tremulando, a cabeça jogada para trás, o som animalesco escapando-lhe da garganta. Em seguida, ele se entregou ao gozo, explodindo enquanto ela o segurava firme dentro de si.

Ophelia cochilou, como sempre fazia depois do sexo. Quando despertou, os dois estavam na cama, nus, David profundamente adormecido ao seu lado. Em silêncio para não perturbá-lo, saiu sorrateira, tomou banho, vestiu-se, terminou de preparar a mala e, pegando o laptop, saiu.

– Como assim, perdi o voo?

– Sinto muito, dra. Kaplan – disse a bela atendente no terminal particular do The Grove. O lugar estava tranquilo e deserto. – Não há mais voos hoje à noite. A aeronave ficará no resort e voltará pela manhã. Posso encaixá-la no voo...

– Então vou dirigindo. Só preciso que me diga como chegar.

– Carros não são permitidos...

– Veja bem, sei que não pode me dar esse tipo de informação. Mas é crucial que eu chegue no The Grove ainda esta noite.

– Sinto muito, senhorita. Nós podemos instalá-la num hotel aqui no aeroporto para que possa voar bem cedo amanhã.

O folheto que acompanhou a passagem de avião e a carta de congratulação dizia que o resort ficava quarenta e oito quilômetros a nordeste de Palm Springs. Não devia ser difícil de encontrar.

Quando já estava na autoestrada, seguindo a direção leste no meio da noite, a raiva de Ophelia não diminuíra. Na verdade, crescia a cada quilômetro. Detestou ter deixado David daquele modo, detestou tê-lo excluído do seu medo particular. Mas ela precisava ficar sozinha, decidir o que fazer. Sua vida estava ruindo e ela se sentia incapaz de juntar os cacos.

Ela soube que chegara ao deserto quando começou a passar por outdoors que diziam "Jogue no papa-níqueis na Reserva Indígena Morongo", e "Não consegue namorado? Fale conosco". Era o anúncio de uma fazenda de encontros amorosos.

Suas duas primeiras tentativas a levaram a lugar nenhum, e ela teve de retroceder as duas vezes e recomeçar o caminho a partir de Palm Springs. Informações locais não ajudavam, mas o dono do posto de gasolina disse que o The Grove ficava na estrada Indian Canyon, cerca de trinta quilômetros à frente.

– No meio do nada – dissera ele como aviso. – Estrada de terra, bem difícil de seguir. Ainda mais à noite.

Ela dirigiu como uma doida debaixo das estrelas, desviando de buracos, saltando rochas. Se um pneu furasse, ela estaria encrencada. Mas não se importava.

Foi então que ela viu uma cerca de metal à frente e um portão trancado com uma placa que dizia "ENTRADA PARTICULAR". Enquanto inspecionava o cadeado, imaginando se um grampo de cabelo daria conta do recado, ela viu faróis ao longe, vindo em sua direção.

Dois homens em blazers elegantes e calças de veludo saíram e a encontraram no portão. Sabiam quem ela era. A atendente do aeroporto ligara avisando-os.

– Siga-nos, por favor, dra. Kaplan.

No resort, Ophelia foi recebida por Vanessa Nichols, a gerente, que disse estar contente por ela ter mudado de ideia. Nichols a levou em um carrinho de golfe até a sua acomodação no prédio principal.

– É onde ficam as suítes – explicou Vanessa.

Ophelia marchou ao lado da anfitriã sem dizer nada, sem se importar com o vento do deserto que açoitava seu curto cabelo escuro. Também não notava os olhares que a sua camiseta atraía das pessoas por quem passava. A peça preta, vestida por cima de jeans desbotados, trazia em letras garrafais a frase "*Homo erectus* não é engraçado". A sua assistente lhe dera de presente em um aniversário, porque essa era a fala de abertura das aulas de Ophelia no curso Introdução à Antropologia Física. Toda vez que ela mencionava o termo "*Homo erectus*", alguns alunos riam, e ela passou a iniciar a aula dizendo essa sentença, para lhes mostrar que ela não toleraria gracinhas em suas aulas.

Ophelia ficaria na suíte Maria Antonieta, um quarto feminino luxuoso com detalhes brancos e dourados e mobília Luís XIV que fazia lembrar perucas enfeitadas e bailes de máscara. Quando a srta. Nichols afastou as cortinas, Ophelia ficou surpresa. O que via não era o resort, tampouco o deserto que o cercava, mas uma vista falsa de Paris, com a Torre Eiffel nas proximidades.

– Por favor, sinta-se à vontade para desfrutar nossos muitos serviços e confortos – disse a gerente antes de lhe desejar boa-noite e sair.

Refletindo de passagem quanto ao erro de se colocar a Torre Eiffel no período histórico errado – "Você tem sempre que ser tão acadêmica, não consegue relaxar?", sua irmã perguntara um dia –, Ophelia se afastou da janela e foi para junto da mala, de onde retirou o saco de papel de uma farmácia 24 horas em Palm Springs onde ela fizera uma compra por impulso. Levou o saco para o banheiro de mármore e dourado, retirou a caixa de dentro dele e deixou-a, fechada, sobre a bancada da pia.

Fitou-a, gélida de medo. A caixa continha um teste de gravidez. Ali estava o seu medo, os pesadelos que a vinham perturbando, o segredo que escondia de David, a preocupação que a atormentava tanto a ponto de Ophelia se deixar ludibriar por um apresentador obeso de TV.

Enquanto encarava o teste, pensou: *não posso estar grávida.*

Na verdade, era impossível.

11

Coco passara a tarde com a bola de cristal e tudo o que conseguira fora uma bela dor de cabeça. Daisy, seu espírito guia, não falara nada.

Portanto, era hora de agir. Uma vez que o jantar com Abby Tyler fora desmarcado, ela tinha a noite livre. Vestindo um jeans lavado e uma camiseta larga, resolveu zanzar pelo resort novamente à procura do homem dos seus sonhos. Durante a consulta da tarde com a bola de cristal, procurou não pensar no Senhor Memória, Kenny, e no quão fofo ele era – "Com certeza não pode ser nenhum dos tratamentos de beleza. O que há para melhorar?". Naquela noite, definitivamente, ela não pararia no Java Club para ver a apresentação dele.

Mas, ao sair do chalé e trancar a porta, Coco se virou e viu cabelos loiros sob a luz que iluminava o caminho.

– Olá! – Kenny cumprimentou.

O seu coração traiçoeiro pulou.

– Como me encontrou?

– Informações internas – Kenny sorriu. Ele não estava usando a roupa de palco, mas calças beges e uma camisa social que o deixavam mais jovem. *Como um universitário*, pensou Coco, e se perguntou qual seria a idade dele. – O meu espetáculo só começa daqui a uma hora. Pensei que talvez você quisesse tomar um drinque comigo.

Quando ela hesitou, ele acrescentou:

– Você saiu tão rápido ontem, pensei que talvez...

Será que ele estava tentando fazê-la se sentir culpada? Mas o olhar dele era franco e direto. Não havia nenhum jogo ali.

– Desculpe por aquilo – disse Coco. – Eu só precisava estar em outro lugar.

– Entendo – ele ergueu uma sobrancelha como quem perguntava: *E quanto ao drinque?*

Encontraram um bar no lado externo, construído na lateral do magnífico aviário do resort. Havia casais sentados às mesas, cuidando da própria vida. O ar estava úmido por causa da cascata, e se parecia com o do oceano, que estava a centenas de quilômetros de distância.

– Então, como se tornou o Senhor Memória? – Coco perguntou, querendo estar ali com ele, gostando de estar ali, mas também desejando sair dali.

– Essa não é a minha profissão de verdade.

Aquilo não foi uma resposta direta.

– Qual é, então?

– Escrevo códigos.

– Códigos secretos! Que fascinante. Códigos Najavos. ULTRA, da Segunda Guerra Mundial. Mensagens secretas conduzindo ao Santo Graal!

Ele pigarreou.

– Na verdade, eu escrevo códigos para programas de computador.

– Eu sabia disso – ela sorveu um gole do Tequila Sunrise. – Então, como se tornou o Senhor Memória?

Ele deu de ombros.

– Era algo pra fazer. Já que eu tenho uma memória ótima. Mas e você, como lê o futuro das pessoas?

A resposta evasiva aguçou sua curiosidade. E também os pelos loiros em seus braços. Ele tinha belas mãos. Coco se perguntou como Kenny seria na cama.

– Tenho uma guia espiritual chamada Daisy – disse, observando-o. Era nessa hora que a maioria dos homens dizia que precisava sair para comprar cigarros e nunca mais voltava. – Ela tinha dezesseis anos quando morreu durante um incêndio em uma casa em Londres, em 1868. Ela se comunicou comigo pela primeira vez quando eu tinha oito anos.

– Deve ter sido estranho. Aposto que seus pais pensavam que você tinha um amigo imaginário.

– Pra falar a verdade, pensaram isso mesmo – ela girou o pegueno guarda-sol nos dedos. Preferiria estar tocando outra coisa, mas Kenny não era o homem certo e ela não queria começar nada. – Se você escreve códigos de computador, como veio parar aqui? Estamos bem longe do Vale do Silício.

– Fui recrutado. Vanessa Nichols viu uma apresentação minha em um clube e me convidou.

– O que os seus pais pensam da sua apresentação?

– Não tenho problemas com isso – disse ele vagamente, e Coco pressentiu segredos profundos, algo que mesmo ela não conseguia captar.

– Então você nasceu com boa memória – disse ela, sentindo o coração pender para o lado dele. Sentia algo vulnerável, mesmo ele tendo mais de um metro e oitenta de altura e a aparência de quem conseguia se defender em uma briga.

– Boa memória? Acho que podemos dizer isso – ele encarou a bebida, um café irlandês que ainda não experimentara, e um olhar sombrio transpassou brevemente seu rosto. – Eu me lembro de tudo, Coco. Das coisas ruins e das boas. A maioria das pessoas consegue suprimir as lembranças ruins, não pensar mais nas coisas terríveis do passado. Eu não consigo. Todos os momentos da minha vida estão permanentemente registrados aqui – ele bateu com o dedo na têmpora. – Tentei de tudo: medicamentos, hipnose, terapia. Passei seis meses no Instituto Carl Jung de Memória, na Suíça, onde eles me observaram, me mediram, me testaram. Fui um rato de laboratório até que tive, por fim, de escapar.

Coco não sabia o que dizer. Nunca conhecera alguém como ele.

– Imagino que ter uma memória como essa seja uma coisa boa em um relacionamento. Você jamais se esquece de aniversários e datas importantes.

– Esse é o problema. Certa vez, eu estava saindo com uma mulher, e eu sabia do aniversário dela. Quando o dia chegou, eu sabia que era aquele, sabia do que ela gostaria, por causa dos aniversários anteriores. O problema foi que eu estava tomado de trabalho, tive que fazer hora extra, mal cheguei em casa a tempo de ir dormir. E cheguei sem nenhum presente. Ela sabia que eu me lembrava do aniversário dela e, mesmo assim, não fizera nada a respeito. O que era um pecado ainda maior do que eu me esquecer. Teve também uma outra moça com quem saí, e durante uma briga e ela me chamou de esquisito. Nos beijamos e fizemos as pazes, mas, na manhã seguinte, ela disse "Você nunca vai esquecer, não é?". Ela não conseguiu viver com aquilo, porque comigo não existe tal coisa como "perdoe e esqueça". Posso perdoar, mas jamais esquecer.

Aquela era a coisa mais triste que Coco já ouvira. Os sons do aviário e dos outros casais sumiram, ela ouvia somente a voz suave de Kenny.

– E assim começaram as minhas apresentações. Tive diversos empregos, porque estava sempre me mudando. Invariavelmente a minha memória era descoberta, e os colegas de trabalho, nas pausas, começavam a me desafiar, apostavam para ver quem conseguia me superar. Nas festas as pessoas me abordavam. "Vamos ver o Kenny recitar a tabela periódica de trás para frente!" Eles empilhavam dinheiro na mesa e comemoravam.

Coco fechou os olhos e visualizou a lembrança dos irmãos: "Vamos, Coco, diga, quando vamos nos casar. Quem vai nos levar para o baile? Vou entrar na Universidade da Califórnia? Ei, pessoal, venham ver o que Coco faz com o cristal, é fantástico". Ela sabia exatamente como Kenny se sentia.

– E quanto a você? – perguntou ele, mexendo no café irlandês. – Como é ser vidente?

– Muitos anos atrás, alguém me convenceu que eu tenho que dividir o meu dom com o mundo, que eu estava sendo egoísta por não partilhá-lo. Por isso abri um negócio e passei a fazer leituras psíquicas. O meu percentual de acertos era alto, por isso as minhas habilidades foram espalhadas no boca a boca e eu acabei ficando com mais clientes do que conseguia atender. Mas, na verdade, eu não conseguia lidar com as necessidades de todos. "Vou conseguir emprego? Ele vai me pedir em casamento? Estou com câncer?" Pessoas esperando notícias do patrão, de namorados, de médicos, todas vinham até mim porque não suportavam a espera, o não saber. Em vez de aguardar o telefonema com as novidades temidas ou desejadas, eles me procuravam, para acelerar o processo. Fiz muitas previsões corretas, mas ninguém nunca estava satisfeito. Se eu dissesse "Não, você não tem câncer", eles gritavam "Como você pode saber? Você não é médica!". Se eu desse notícias ruins, eles me odiavam. Se as notícias fossem boas, eles queriam ainda mais. Acabei não satisfazendo ninguém, por isso fechei o negócio e procurei outro jeito de usar o meu dom, em uma empreitada que valesse a pena.

– E qual é?

– Encontrar pessoas desaparecidas.

– Parece recompensador.

– Também trabalho em homicídios, para ajudar a polícia a encontrar o criminoso.

Ele se calou, depois disse:

– Entendo.

– Trabalho em Manhattan. Às vezes vou até Jersey ou para o norte de Boston. Não vou mais longe porque me fariam pular de um lado para o outro dia e noite.

– Você deve ser boa.

– Eu sou – ela não o disse de modo orgulhoso. – E queria não ser.

– Já tentou se livrar dele, do seu dom?

– Inúmeras vezes. Terapeutas, psiquiatras... Até com medicamentos – balançou a cabeça.

– Temos algo em comum. Você vê coisas que não quer ver, e eu me lembro de coisas que não quero me lembrar.

Ela o encarou. Fazia muito tempo desde que tivera algo em comum com um homem. Agora que pensava a respeito, era a *primeira* vez.

– Mais alguém na sua família tem esse talento? – perguntou ele.

– Não. Quando eu era pequena, antes de perceber que tinha essa habilidade, minha mãe sempre me dizia o quanto eu era especial. Eu nunca soube o motivo. Talvez ela já soubesse que isso estava em mim.

– Você se parece com ela?

– Não me pareço com nenhum dos meus pais. Minha irmã se parece com minha mãe e meu irmão puxou ao meu pai, mas a minha genética ficou tão misturada que não me pareço com ninguém.

Kenny consultou o relógio e disse:

– Tenho que ir me apresentar. Você vem assistir?

– Na verdade... – disse ela ao descer do banquinho do bar – preciso ir a um lugar.

– Você disse a mesma coisa de tarde. Uma mulher misteriosa – ele colocou a mão no seu braço. O toque foi eletrizante. E a surpreendeu.

E assim veio a torrente de emoções. Solidão, sofrimento, desejo, procura...

Coco se afastou e o deixou ali, dizendo a si mesma que era melhor acabar com aquilo antes que de fato começasse.

Ela se viu nos limites do resort, perto da pista de decolagem. Não havia ninguém na sala de embarque vazia, e o jatinho particular estava parado pálido e fantasmagórico na luz do luar, como uma aeronave saída de um episódio de *Além da imaginação*, pensou Coco.

Tentou controlar as emoções. Kenny parado junto ao aviário, o desapontamento expresso no rosto. Mas Coco passara a vida se ligando a homens que no fim a deixavam. Estava apenas se protegendo. A ambos.

Ouviu vozes. Seguindo-as, deparou-se com uma choça de madeira com teto de vidro. Dois homens conversavam – um vestia uniforme de mecânico e limpava as mãos em um trapo, e o outro Coco reconheceu como sendo o piloto, aquele com quem fantasiara no domingo à noite. E agora ele estava ali, em carne e osso, um homem que viajava bastante.

Ele era alto e magro, as costas muito eretas como se ele carregasse o moral nos ombros. Um "Janota age certo" que preenchia muito bem o uniforme. Lembrando-se de que para combater um fogo é preciso atear outro, Coco esperou até que o mecânico dissesse boa-noite e seguisse em uma direção, enquanto o piloto, com a maleta em mãos, tomava a outra.

Ela se adiantou.

– Olá. Acho que estou perdida – olhada rápida na mão esquerda. Luar suficiente para ver que não havia aliança. Esses tipos *sempre* usavam aliança se eram casados.

– Fico feliz em ajudar – disse ele em seu tom profissional, aquele do intercomunicador. Educado, porém impenetrável aos flertes e abordagens das passageiras. Esses eram os melhores tipos.

De perto, ele era bem atraente, os olhos fitando-a por debaixo da aba do quepe de piloto. Sem jaqueta, mas com camisa de alfaiataria branca com as divisas de capitão nos ombros. Ele era um aventureiro, concluiu Coco, um sobrevivente, um homem bem-sucedido em resgates ousados. A rota entre Los Angeles e o The Grove era apenas uma pausa entre missões perigosas.

– Para onde quer ir? – ele perguntou.

Ela apontou para o jatinho.

– Eu adoraria ver a sua cabine.

Um leve olhar surpreso, e depois os olhos se crispando nos cantos.

A escada ainda estava desdobrada até o chão. Ele a convidou a entrar. A cabine era pequena e atulhada. Coco olhou para os mostradores, as alavancas e os instrumentos e pensou nas mãos dele comandando tamanho poder.

– Você sempre passa a noite aqui no resort? – ela perguntou, sentindo o hálito quente dele no rosto.

– Somos dois pilotos – explicou, percorrendo a mão pelas costas dela, apoiando-a no ombro. Ele era rápido, ela pensou. – Nós nos alternamos para ficar com a aeronave, e também revezamos nos finais de semana.

Ela se virou para conceder livre acesso à boca, e os lábios se encontraram num beijo. Enquanto Coco esperava o flash, que às vezes acontecia, às vezes não, ocorreu-lhe que ele já devia ter feito aquilo antes.

Não havia espaço para manobras. Ele, rapidamente, a acomodou ao encontro do painel de instrumentos, a ereção pressionando-a.

Coco apoiou a mão no peito dele e sentiu algo em seu bolso. Algo pequeno e circular.

Afastou-se.

– O que é isso?

Ele ficou rubro.

Coco pescou o objeto e ergueu uma aliança de casamento.

Aí sim o flash apareceu para ela: uma esposa e filhos em Los Angeles, ele tirava a aliança toda vez que vinha ao The Grove.

– Sinto muito – ele disse.

Não tanto quanto Coco.

12

Enquanto Jack seguia o caminho iluminado por luzes suaves em direção à entrada do bangalô particular de Abby Tyler, ele viu luzes na janela. Ela o aguardava.

Bateu à porta e Vanessa atendeu, convidando-o a entrar. O ambiente era decorado com bom gosto, com antiguidades e objetos de arte. Sem ostentação. Moderado e cheio de classe. Como a mulher que morava ali.

Ele ficou momentaneamente capturado por um quadro sobre a lareira: nuvens ao pôr do sol, em tons de escarlate e laranja. A decoração da sala de estar era feita em tons quentes – pêssego, laranja e vermelho – como se o pôr do sol da pintura estivesse iluminando a mobília com o brilho de um dia que chegava ao fim.

Abby apareceu com um vestido de seda rosa choque, sorrindo ao vê-lo. Mais uma vez, Jack pressentiu seu calor interno, que ela mantinha submisso. E ficou imaginando como seria libertar aquele fogo.

Subitamente, aborreceu-se consigo mesmo. Jack sempre se orgulhara de sua determinação. Os policiais na delegacia o chamavam de "cão de caça", porque, quando rastreava algo, não desistia. Mas Abby Tyler estava sempre lhe despistando.

– Desculpe, detetive… – ela disse, estendendo a mão. – O dia foi cheio. Tive que ajudar na cozinha – por toda a tarde e noite, enquanto Maurice, o *chef* principal, se mostrara zangado. Abby estava exausta e gostaria de descansar, mas estava curiosa quanto ao misterioso Jack Burns. Ele era policial e não parecia estar de férias. Será que ela deveria se preocupar?

Ela o convidou a se sentar, enquanto Vanessa trazia chá em uma bandeja de prata, e depois saía discretamente.

– É de avelãs havaianas – explicou Abby ao servir o chá e entregar-lhe uma xícara. – Espero que goste.

Jack acrescentou creme e açúcar e pensou no nome dela – ABBY TYLER –, escrito em letras grandes e circulado em tinta vermelha nas anotações da irmã. O nome era seguido por três pontos de exclamação. Mas Nina não escrevera nada além disso. Seria Tyler a pessoa com quem ela se encontrou na noite em que fora assassinada?

– Está gostando da sua estadia, detetive?

– Pode me chamar de Jack – ele disse, depois a observou atentamente ao dizer: – Na verdade, srta. Tyler, não estou aqui de férias. Estou trabalhando em um caso.

Ela levou a xícara de chá aos lábios.

– Que tipo de caso?

– Homicídio.

Ela não sorveu a bebida. Abaixou a xícara e disse:

– Um dos meus hóspedes é suspeito?

– Mais como uma *pista* para um suspeito. Não posso lhe dizer mais nada no momento, e prefiro que ninguém saiba. Pode-se dizer que eu estou trabalhando disfarçado.

– Certo, detetive – ela disse ao sorver um gole. Mas ele notou preocupação no olhar dela. – Quando esse assassinato ocorreu?

Isso o interessou. A maioria das pessoas perguntava o "como" e o "onde" de um assassinato, mas raramente o "quando". Será que ela tinha algum assassinato específico em mente?

– Há poucas semanas.

Ele viu um mínimo relaxamento nos modos dela. Portanto, *havia* outro assassinato. Algo em que estivesse envolvida?

– A vítima era Nina Burns – informou, atento à reação dela.

– Eu deveria conhecer esse nome?

– Era uma mulher de negócios bem-sucedida e conhecida dentro da comunidade profissional. Era minha irmã.

Abby abaixou a xícara.

– Sinto muito. Que horrível pra você. Não, nunca ouvi falar dela. Mas você acredita que possa encontrar uma pista aqui, no meu resort?

Ele não queria dizer mais nada, e viu que ela estava interessada. Portanto, bebeu em silêncio, falou sobre o tempo, as obras de arte nas paredes, o modo eficiente como ela comandava o resort. Depois, levantou-se e disse que já iria embora.

Parou para olhar para a xícara que ela segurava com ambas as mãos e percebeu que teria de encontrar outro modo de colher suas impressões digitais. Tivera esperanças de que esse encontro acontecesse em um dos restaurantes, onde poderia aproveitar a oportunidade para pegar um copo ou uma taça usada por ela. Agora teria de tentar novamente.

Ficou surpreso ao perceber que estava ansioso para encontrá-la de novo.

– Tem algo que eu possa fazer para ajudar na sua investigação? – perguntou ela, à porta.

– Para dizer a verdade, sim – disse Jack, tentando não notar como a seda flutuava pelo corpo dela, o pedacinho de pele onde a vestido se abria sob o pescoço. – Eu gostaria de ter a sua permissão para investigar no resort, talvez falar com alguns funcionários – quando notou o alarme dela, acrescentou, rapidamente: – Serei muito discreto. Não mencionarei o homicídio, tampouco o fato de eu ser policial. Apenas uma conversa casual.

Ela refletiu por um instante, depois disse:

– Deixe eu te entregar um passe da segurança. Já volto.

Ela desapareceu na porta anexa e fechou-a. Enquanto esperava, ele caminhou pela sala ampla, impressionado pelo bom gosto e classe. Quando se aproximou de uma escrivaninha de estilo antigo, olhou para as canetas femininas, o bloco de notas e...

Seus olhos se detiveram em uma pilha de arquivos. Os três primeiros estavam etiquetados com os nomes "Ophelia Kaplan", "Coco McCarthy", "Sissy Whitboro". As três mulheres com quem Nina quisera falar – as três mulheres que nasceram na mesma semana que Nina.

Olhando de relance por sobre o ombro, ele traçou com o indicador a pilha de arquivos, a fim de poder ler as etiquetas por debaixo, e ficou chocado ao ler: "Nina Burns".

Fitou a etiqueta, em estado de choque. Abby Tyler mentira.

Ouviu a maçaneta da porta e rapidamente afastou-se da escrivaninha. Abby se aproximou segurando um cartão laminado plástico.

– Isto vai te dar livre acesso a qualquer área do resort. Só peço que seja discreto.

Ele aceitou o cartão.

– Algum problema? – ela perguntou.

– Não. Nada. Obrigado pelo chá, srta. Tyler. Boa noite.

Depois que Abby fechou a porta, ela se virou para Vanessa e disse:

– Jack Burns me deixa nervosa.

– Não se preocupe. Se ele estivesse aqui para te prender, já teria prendido.

Abby se esforçou para tirar Jack Burns de sua mente. Ela tinha outras coisas em que pensar. Ophelia Kaplan chegara há pouco e estava acomodada na suíte Maria Antonieta. Agora Abby poderia dar seguimento ao seu plano.

Entretanto, ela tinha de dar o passo seguinte com extrema cautela. Um movimento em falso e tudo se perderia. Foi até o cofre na parede, destravou-o e pegou um pôster enrolado e amarelado, com buracos pretos nos cantos. Lembrava-se do dia em que o tirara do quadro de avisos do Correio, trinta e três anos antes...

Ela estava em Bakersfield, Califórnia, porque Mercy lhe dissera ter ouvido a diretora do presídio dizer ao médico: "Bakersfield está com pressa". Em 1972, uma Emmy Lou jovem e assustada, já com outro nome e que rezava para que a polícia não a encontrasse, pesquisava o catálogo telefônico e anotava os endereços das agências e dos advogados encarregados de adoções, desesperadamente desejando encontrar o homem e a mulher que foram embora com o seu bebê. Ela fizera investigações discretas, fingindo estar grávida, dizendo que precisava de dinheiro, esperando que alguém lhe desse uma pista sobre o mercado negro de distribuição de bebês.

Mas na época do Natal ela ainda não encontrara o homem do Impala branco e sua filha já tinha seis meses de idade! Abby não podia pedir ajuda às autoridades porque eles podiam ainda estar à sua procura depois do incêndio na prisão. Eles até podiam pensar que ela o provocara.

A cada dia que se passava, naquele ano solitário em Bakersfield, o pânico de Abby crescera. Onde estaria a sua filha? Quem a adotara? Que tipo de pessoas adotavam crianças no mercado negro? Abby tentara descobrir isso ao visitar advogados, fingindo estar grávida.

– Quero que meu filho vá para pessoas boas.

– Nós selecionamos metodicamente os nossos clientes – todos eles diziam. – Nos certificamos de que os casais sejam estáveis, estejam em uma situação financeira confortável e sejam mentalmente sadios.

Mentalmente sadios! Até então não ocorrera a Abby que pessoas desequilibradas que quisessem bebês seriam rejeitadas pelas agências de adoção legítimas. Elas se voltariam então para os meios ilegais, pegando bebês de pessoas que só se importavam com o dinheiro, não com o bem estar das crianças.

Abby se desesperou. Será que a filha estava nas mãos de pessoas desajustadas?

Estivera a caminho de uma agência que encontrara nas páginas amarelas quando subitamente começara a chover e ela entrara em uma agência dos Correios para se abrigar. Enquanto esperava a tempestade passar, viu algo que virou seu mundo de ponta-cabeça.

Sobre um balcão onde havia diversos formulários e taxas postais, preso à parede, estava um quadro de avisos repleto de pôsteres de procurados pelo FBI. Em meio às fotos de homens procurados por assaltos à mão armada, assassinos e agressores sexuais, havia o retrato de um rosto muito familiar. Debaixo dele, em letras garrafais:

Emily Louise Pagan. Procurada por assassinato, incêndio culposo com a intenção de matar, roubo de carro, assalto à mão armada e fuga.
Pseudônimos: Emmy Lou Pagan
Data de nascimento: 3 de junho, 1955
Local de nascimento: Little Pecos, Texas
Cabelos: Loiros arruivados
Olhos: Verdes
Altura: 1,70 m
Peso: 61 kg
Sexo: Feminino
Raça: Branca
Ocupação: Desconhecida
Cicatrizes e Marcas: Sardas no rosto
Observações: Pagan gosta de jardinagem e tem bons conhecimentos de horticultura, sabe-se que visita jardins e pode frequentar viveiros

ou lugares em que plantas sejam cultivadas e vendidas. Também pode estar na companhia de uma mulher negra chamada Mercy.

ATENÇÃO: EMILY LOUISE PAGAN ESCAPOU DA PRISÃO ATEANDO FOGO NA INSTITUIÇÃO. COM UMA CÚMPLICE, ROUBOU O CARRO DE UM OFICIAL E UTILIZOU UMA ARMA DA POLÍCIA EM UM ASSALTO EM QUE DUAS PESSOAS FORAM ASSASSINADAS. SE TIVER QUALQUER INFORMAÇÃO SOBRE ESTA PESSOA, ENTRE EM CONTATO COM O ESCRITÓRIO LOCAL DO FBI OU COM A DELEGACIA DE POLÍCIA MAIS PRÓXIMA.

O FBI está oferecendo uma recompensa de US$ 50 000,00 por informações que conduzam diretamente à prisão de Emily Louise Pagan.

TERÇA-FEIRA

13

Abby caminhava na direção dele em meio à névoa, as roupas longas, brancas e puras. O cabelo estava mais comprido do que ele se lembrava, caindo pelos ombros, e conforme ela se aproximava, Jack viu que uma das alças do vestido escorregara, expondo o volume de um seio alvo.

Estavam em uma floresta, Jack sentia o cheiro do barro e da umidade, ouvia o canto de um pássaro logo acima. O silêncio os envolvia como se o tempo tivesse parado. Ele percebeu que estava nu da cintura para cima e, quando olhou para baixo, viu que suas calças eram de couro e que os pés estavam protegidos por botas de pelo.

Ele se sentia rústico. Primitivo. E queria apenas uma coisa.

Quando se aproximou, o cabelo de Abby estava na altura da cintura. E a parte superior do vestido caíra até o quadril, mas os seios nus estavam escondidos por trás dos espessos cabelos negros.

Ela sorriu, mas havia mistério no sorriso, e os olhos estavam escondidos. Ela suspendeu os braços leitosos e Jack deu um passo à frente. Quando as pontas dos dedos tocaram a pele fresca, ela fechou os olhos e inclinou a cabeça para trás, expondo o pescoço alvo. O ar estava frio. Havia neve no chão. Ele queria aquecê-la.

Ela se deixou envolver pelo abraço, o rosto virado para um beijo, o corpo se moldando ao dele. Os lábios estavam frios, o beijo impessoal. Isso o inflamou ainda mais, porque ele sabia que havia calor dentro dela, e queria trazê-lo à tona.

Um manto de pele se materializou em seus ombros. Ele o estendeu no chão e deitou Abby por cima. O sorriso dela era sereno enquanto o encarava, mas ela permaneceu reservada, toda mistério.

Jack se deitou ao seu lado e explorou o corpo de marfim, tocando, acariciando, observando o rosto à procura do calor. Ela sorria enigmaticamente, como se o desafiasse, e isso aumentou o seu ardor. Ele subiu o vestido pelas coxas e explorou até encontrar seu ponto mais doce. Ao primeiro toque, ela gemeu, e subitamente a floresta desapareceu e eles estavam deitados no topo de monte íngreme, o deserto se estendendo até o horizonte longínquo, sob o pôr do sol ardente do céu ocidental.

Abby passou os braços ao redor do seu pescoço e ele sentiu o calor da pele dela. Os lábios se tornaram escarlate, entreabertos e úmidos, a língua rosada e convidativa. Um vento quente soprou enquanto ele a beijava profundamente, e quando ele apanhou o vestido, que se tornara da cor de uma romã, Abby afastou as pernas e uma onda de calor o engolfou.

As mãos possuíram os seios, quentes em seus dedos. Gemidos escaparam da garganta dela, que se tornara rosada, como se queimasse. A boca estava ávida na sua, como se quisesse devorá-lo, e ela curvou uma perna ao redor da coxa dele, incitando--o a explorar o seu calor.

Ele quase explodiu na primeira estocada, e quando ela gritou, o grito ecoou nos desfiladeiros vermelhos do deserto.

Jack despertou de súbito e se viu coberto de suor. Ficou deitado assustado. Fazia muito tempo que não tinha um sonho erótico. E fora com Abby Tyler ainda por cima!

Depois que descobrira o arquivo sobre Nina no bangalô de Abby, na noite anterior, retornara ao quarto nauseado. Ela mentira descaradamente a respeito de conhecer a sua irmã. Ela não só conhecia Nina, como possuía um arquivo que, pelo que ele pudera ver, tinha várias páginas, além de fotos. Sentia-se traído. Percebeu que vinha amolecendo em relação a Tyler e que seus instintos de policial estavam sendo sobrepujados pelos seus instintos masculinos. Dali em diante, manteria a guarda erguida e não confiaria em ninguém.

Principalmente em Abby Tyler.

Lembre-se do motivo de estar aqui. Não se deixe seduzir por este lugar.

Só podia ser isso, claro. Não era apenas Tyler, era também o resort. Traiçoeiramente sedutor, o lugar penetrava a pele e a alma sem que a pessoa percebesse, até que fosse tarde demais.

Ele nem tentou voltar a dormir, mesmo tendo descansado por apenas quatro horas. Fazia semanas que Jack não dormia por mais do que quatro horas seguidas – desde que fora chamado para uma cena de crime e desmaiara ao ver o corpo.

E aquele nem fora seu primeiro cadáver.

Depois de um banho frio, que forçou seu corpo à obediência, apesar de Abby Tyler ainda estar em sua mente, ele foi até o aparelho de som e colocou um CD de Beethoven. Enquanto a emocionalmente turbulenta "Appassionata" preenchia o ar, Jack voltou os olhos para a fotografia na mesinha de cabeceira: Nina.

Ele ainda se recuperava do choque que tivera quatro anos antes, quando, sentados à cabeceira da mãe moribunda, ele e Nina ouviram uma confissão surpreendente. A voz de Monica Burns saiu leve em seu último respiro:

– Você tinha catorze anos, Jack, e estava no colégio interno. Eu queria mais um filho, mas não conseguia conceber. Por isso procuramos uma agência de adoção. Eles nos disseram que éramos velhos demais, que os bebês eram concedidos a casais mais jovens. Encontramos um advogado que cuidava do que ele chamava de casos especiais. Ele disse que nos garantiria um bebê, mas que isso custaria muito dinheiro. Conseguimos o montante, e você foi levada até nós, Nina. No minuto em que foi colocada nos meus braços, você já não era mais adotiva. Era minha filha. Foi por isso que nunca lhe contei, Jack. Você voltou da escola para casa e acreditou que eu tivesse estado grávida. Deixei as coisas assim. Mas agora que sei que estou partindo, e que não vou mais estar por perto, você tem que saber a verdade, Nina...

Nina começara a investigação no dia seguinte, estudando os papéis da mãe, encontrando o advogado que cuidara da adoção, que já era aposentado e vivia em Phoenix. Ele não pôde lhe informar muita coisa para dar prosseguimento à investigação, mas o que conseguiu arranjar fez Nina viajar por todo o país. Com a abertura dos antigos registros de adoção, ela pôde seguir pistas, entrevistar pessoas cujos registros datavam de trinta e três anos antes e começar a juntar as peças para formar um quadro completo.

O que descobriu foi um choque: Nina fora trazida à sua mãe por meio de um grupo ilegal de adoção.

Isso a atormentou. Fora sequestrada? Será que sua mãe biológica fora uma adolescente forçada a desistir do bebê? Será que estaria à sua procura naquele instante? Quatro anos de buscas obsessivas levaram Nina àquele último telefonema que dera a Jack há poucas semanas, se perguntando o que Coco McCarthy, Sissy Whitboro e Ophelia Kaplan tinham em comum, e por que elas iriam a um resort sobre o qual nada sabiam. O telefonema no qual Nina dizia que se encontraria com alguém naquela noite e que aquilo a levaria a algo grande.

E no dia seguinte ela fora encontrada morta.

Jack olhou para os arquivos espalhados na mesa. O resultado da exaustiva pesquisa da irmã sobre o grupo de adoção do mercado negro, mais de trinta anos atrás. Infelizmente, suas anotações não esclareciam muita coisa. Ela escrevera o nome de Abby Tyler em letras maiúsculas e o circulara em vermelho.

Por quê?

E quem Nina encontraria na noite em que foi assassinada?

Jack investigara Abby Tyler e assim descobrira que ela era proprietária do resort que premiara as três mulheres. Verificara o passado de Tyler, contudo não conseguiu descobrir muita coisa. Na verdade, a história de Tyler parecia recuar só até 1974. E era por isso que ele precisava das suas digitais.

Preso com um clipe à foto de Nina estava o folheto de um lindo lugar chamado Vinícola Crystal Creek. Ele o prendera à foto porque aquilo também o lembrava de sua missão. A vinícola estava à venda e Jack vinha negociando com o proprietário quando recebera o telefonema a respeito de Nina. Aquele lugar era o sonho de sua vida; ele queria se aposentar lá e sacar a pensão da polícia enquanto cultivava uvas e produzia vinhos. O folheto estava em seu bolso na noite em que desmaiara. Nunca mais procurou o dono. Naquele instante, ao lado do cadáver de Nina, sua vida parou, como um relógio com os ponteiros congelados no tempo. A vinícola, os torneios de arco e flecha, os planos de viagem – a vida de Jack foi colocada em estado de espera na noite da morte de Nina, e assim continuaria até que ele tivesse respostas.

Ele estava inquieto. Energia nervosa fluía dos seus músculos e ossos. Ele tinha de sair dali, daquele lugar mágico, distanciar-se da mulher que provocava coisas em sua mente. Espiando pela porta de vidro que dava para seu pátio particular, ele notou que o alvorecer se iniciava atrás das montanhas distantes. Jack resolveu que era uma boa hora para disparar em alguma coisa.

Ajustando sua pistola de policial no coldre por baixo da jaqueta, ele consultou o livreto de serviços aos hóspedes.

"A área de deserto além dos limites do The Grove está repleta de trilhas naturais encantadoras e românticas, as quais os hóspedes estão livres para usar. No entanto, pedimos que informem a Gerência antes de deixar a propriedade do resort. Também recomendamos que verifiquem a previsão do tempo, uma vez que pode haver risco de enchentes e de tempestades de areia. Se precisarem de uma carona, por favor, liguem para Reservas."

– Caçar na África é ótimo – disse Zeb, vinte minutos mais tarde, enquanto dirigia o SUV pelas trilhas do deserto.

O sol passara do horizonte e agora lavava o cenário com tons rosados e dourados de tirar o fôlego. Flores silvestres primaveris floresciam, espalhando-se em carpetes de azul e amarelo e permeando o ar matutino com perfumes exóticos.

Jack não respondeu. Ele nunca gostou de caçar, não via graça. Notando o bracelete de pelo de elefante no braço de Zeb, ficou imaginando se o homem sentia falta dos animais "verdadeiros" da África – as girafas, os leões e os rinocerontes. A vida silvestre do Mojave devia ser bem dócil em comparação.

– Aqui estamos, senhor, Indian Rocks – uma gigantesca formação geológica de rochas arredondadas que pareciam ter derretido. Placas recentes haviam sido colocadas: "PERIGO!", "Cavernas inseguras!", "Não entre!".

Jack olhou ao redor das cercanias silvestres e viu o vazio e a desolação. Nenhum prédio, nenhuma estrada ou habitação por quilômetros.

Perfeito.

– Está com o celular, senhor? – Zeb perguntou antes que ele saísse do veículo.

– Sim, por quê?

– Para o caso de uma emergência – Zeb lhe entregou um cartão com o número da segurança do resort. – Esta linha é monitorada 24 horas.

Jack estreitou o olhar para as rochas e a areia.

– Parece bem seguro.

– Tivemos muita movimentação de coiotes nos últimos tempos. Achamos que existe um covil ao norte dessas rochas. Gostaria de um motorista para levá-lo de volta?

Jack olhou para trás na direção das árvores densas, com abóbadas brancas espichando-se para fora. Qual seria a distância? Uns cinco quilômetros?

– Posso voltar andando.

– Se mudar de ideia... – Zeb disse, depois fez uma saudação e afastou-se dirigindo.

Apesar da brilhante luz do sol reluzindo na planície arenosa, o ar estava frio. O vento passava em meio às rochas imensas que compunham as Indian Rocks, assobiando em meio a fendas e rachaduras, correndo até Jack, sacudindo suas roupas, batendo no rosto e nas mãos. O lugar parecia antigo e sagrado. Jack quase podia acreditar que era o último homem na face da Terra.

Jack desdobrou o alvo projetado para flechas de pontas largas ou afiadas, acomodou-o entre duas rochas e depois se afastou cem passos, voltando até onde deixara o resto de seu equipamento. Retirou a jaqueta e a dobrou sobre uma pedra, ficando apenas de jeans e camiseta, que era justa para garantir sua segurança e também precisão para mirar. Roupas largas eram um perigo na prática do arco e flecha e também podiam atrapalhar na mira. Retirou também o coldre e a pistola.

Observando a direção do vento e o ângulo do sol, ele vestiu a luva de atirar na mão direita, prendeu a aljava no cinto e pegou o arco, que já estava com a corda.

Jack descobrira o arco e flecha quando era garoto, em um dos caros acampamentos de verão para o qual seus abastados pais sempre o mandavam, lugares frequentados por filhos de astros de cinema. Imediatamente se interessara pelo esporte, pela sensação de controle, o momento de tensão, o puxar e soltar, a satisfação de acertar na mira. Às vezes, entrava em competições para se testar e avaliar as suas habilidades – a sua favorita era a de tiro em distância não marcada –, mas jamais se juntara a uma equipe. Jack Burns era um arqueiro solitário.

Seu arco era um recurvo Hatfield Take-Down com trinta quilos de potência, empunhadura destra personalizada, superfície de fibra de vidro laminada com acabamento lustroso e pontas reforçadas para uma corda mais ágil.

Aquele era o território de Jack no momento, ele estava em sua praia, onde havia apenas ele e o alvo, e o mundo imenso e selvagem se estendia até o horizonte. Toda a existência, a vida, o universo se reduziam ao arco, à corda e à flecha, e ao olho aguçado de Jack, seus músculos fortes e a determinação de acertar no centro do alvo.

"Este é bem desagradável, detetive" o policial uniformizado informara. "Jovem e bonita".

Ele se preparou, plantando firme os pés, com o dedão do pé esquerdo apontado para o alvo, o direito em outra direção. *Ela estava nua, deitada em seu próprio vômito, com o rosto para o chão.*

Escolheu uma flecha e ajeitou-a no arco.

"Parece haver sêmen entre as pernas e nádegas" o homem do IML disse ao raspar amostras em um saco plástico. "Ela fez sexo antes de morrer."

Com as costas eretas e a cabeça erguida, ele levantou o arco e encarou o alvo.

"Causa da morte?"

Ele esticou o braço, manteve o ombro travado e o cotovelo relaxado.

"Difícil determinar. Muito provavelmente drogas, a julgar pela parafernália."

Esticou a corda para trás, apoiando-a no maxilar.

"Overdose acidental?" Jack perguntara ao observar o legista pegar o ombro frio da garota e virá-la.

Mirou. Sentindo a tensão nas costas. Olho no alvo. A mente e o corpo concentrados.

O corpo foi virado de costas e o cabelo loiro saiu de cima do rosto – do rosto da sua irmã.

Ele soltou a corda.

Jack Burns desmaiara lá mesmo.

A flecha voou pelo ar e foi parar no centro do alvo. Mas, por estar no The Grove para apanhar um assassino, em sua mente Jack via o centro do alvo como um coração humano.

O coração do assassino de Nina.

★ ★ ★

Vanessa chegou em sua costumeira túnica florida, contas tinindo e perfume almiscarado.

– Está tudo preparado. Jantar hoje à noite com Coco McCarthy.

Abby planejara jantar com as três mulheres ao mesmo tempo, mas Ophelia recusara, dizendo que preferia ficar sozinha. E Sissy disse que estava aguardando alguns telefonemas importantes, mas que gostaria de remarcar. A ansiedade de Abby crescia. Ela poderia simplesmente ir até os quartos delas, bater à porta, olhar nos olhos de Coco, Sissy e Ophelia e ver se ela *sabia*. Mas Ophelia Kaplan parecia perturbada. E Sissy estava envolvida com algum problema pessoal. Abby não queria se intrometer.

Enquanto Vanessa se servia de uma xícara de café Kona fresco, disse:

– Abby, ainda acho que você deveria simplesmente fazer exames de DNA – o que simplificaria tudo. Bastaria um fio de cabelo tirado de cada escova, e uma análise de laboratório os compararia com o DNA de Abby.

Mas Abby se mostrava resoluta. Jamais invadiria a privacidade de alguém. Nem mesmo por algo tão importante. Jurara, há muito tempo, que não faria com os outros o que lhe fizeram.

Emmy Lou de dezesseis anos, presa diante dos amigos e levada à cadeia, a polícia mexendo nos seus pertences, lendo o seu diário, o promotor público mostrando seus pertences durante o julgamento – objetos inocentes, como folhetos de viagem de jardins de todo o mundo, revistas de entrevistas, livros de ficção –, para provar ao mundo como ela era uma garota má. Ele lera em voz alta os títulos melodramáticos de histórias verdadeiras e de romances e disse ao júri que Emmy Lou queria o dinheiro de Avis Yocum para fugir porque os Estados Unidos não bastavam para ela, aquela garota que fora companhia frequente de um andarilho hippie.

E depois da sentença, ser levada para a Prisão White Hills, obrigada a se despir para o exame físico, a humilhação da busca retal, ensaboada com espuma azul e enxaguada com mangueira, e ao fim do exame físico o médico perguntar, sem nem a olhar nos olhos: "Quantos meses de gravidez?" em um tom tão distraído que Emmy Lou nem sabia que ele falava com ela. Emmy Lou deitada de costas, com os pés nos estribos, os dedos do médico examinando e a sua declaração: "Parece estar de dois meses". O estalar das luvas de borracha ao serem retiradas das mãos dele. "Ela está saudável. Pode trabalhar."

O insulto final: ter cortadas as longas mechas douradas, "por segurança", e receber roupas íntimas e vestido largo de algodão usados, e dali por diante ser forçada a tomar banho em boxes abertos com guardas do sexo masculino observando, e usar o vaso sanitário sem portas.

Não, Abby não invadiria a privacidade de Coco, Sissy e Ophelia testando o DNA delas sem permissão.

Abby sabia pouco a respeito das três mulheres além dos fatos básicos que o investigador particular conseguira. Eram adotadas. Não havia dúvidas quanto a este fato. Mas e se ninguém tivesse lhes contado isso? As coisas eram diferentes em 1972, quando os registros de adoção eram selados e era praticamente impossível que mães e filhos se rastreassem. Somente na última década os velhos registros começaram a ser abertos. E as coisas que as pessoas descobriram as chocaram. Muitos pais adotivos acreditaram ter lidado com advogados e agência legítimas, achavam que seus bebês tivessem sido entregues para a adoção de livre e espontânea vontade. Muitos não faziam ideia de que receberam bebês sequestrados, ou vendidos por mães desesperadas.

A palavra "vendida" assombrara Abby por anos. Vendida por quanto? Como se sua filha fosse uma peça de mobília. Ou um cão. Pesadelos a atormentavam. E a culpa. Ela deveria ter sabido que a filha nascera com vida. Deveria ter brigado para mantê-la. Deveria ter exigido assistência legal, exigido saber quais eram os seus direitos. Por causa da ignorância e da ingenuidade de Abby, sua filha podia estar levando a pior das vidas. Mas agora, pelo menos, sabendo o que sabia sobre Ophelia, Sissy e Coco e sobre suas famílias, Abby recebia algum consolo, sabendo que seus piores pesadelos nunca se tornaram realidade.

Mas outro pensamento terrível continuava a atormentá-la: que a filha *soubesse* que fora adotada, e que tivessem lhe dito que a mãe era uma criminosa condenada.

Vanessa via o conflito no rosto da amiga, sabia a decisão agonizante que a assolava, e fez uma observação: a amiga criara um oásis para a cura, contudo não conseguira curar a si mesma.

– A propósito – disse Vanessa –, verifiquei com a polícia de Los Angeles, para ver se Jack Burns é mesmo um dos detetives deles.

Abby ergueu a cabeça.

– E?

– Ele é.

– Está investigando o assassinato da irmã?

– Eles não disseram. Acredita nele, Abby? E se isso for só um disfarce para o motivo real que o trouxe até aqui?

Abby estremeceu ante uma premonição. Teria chegado, então? O acerto de contas que ela temera que um dia chegaria?

Agora não!, ela quis gritar, *Ainda não. Só mais um pouco. Permita que eu me encontre com a minha filha como uma mulher livre…*

14

Uri Edelstein estava invisível.

Sentado no escritório à prova de balas do chefe, no segundo andar do Hotel Cassino Las Vegas Atlantis, o contador sênior e melhor amigo de Michael Fallon observava a ação no andar de baixo por um circuito de TV especial e fechado.

Ele viu Michael lá embaixo, belo e charmoso em um terno preto feito à mão, camisa cinza e gravata de seda branca perolada, sapatos de couro de lagarto de mil dólares, cabelo escuro penteado para trás, dois anéis nos dedos mindinhos com ouro e diamantes. Fallon recebia os hóspedes do hotel e frequentadores do cassino como se fossem amigos seus, apertando-lhes as mãos, efusivamente lhes desejando boas-vindas ao Atlantis.

Todos amavam Fallon. Quando ele assumira o comando do Wagon Wheel em 1976, depois da morte de Gregory Simonian, que construíra o primeiro cassino na Strip, Michael estabelecera uma política de portas abertas com seus funcionários, convidando quem tivesse uma reclamação a ir diretamente ao seu escritório e falar com ele. Às vezes, ele circulava pelo cassino e entregava dinheiro aos apostadores que ficavam sem. Se um policial fosse morto no cumprimento do dever na região de Vegas, Fallon enviaria um cheque generoso para a família. Doava milhões para a caridade e era visto todos os domingos na igreja. Ele circulava com a nata da sociedade de Vegas, políticos importantes, gente poderosa. Eles lhe batiam nas costas e diziam: "O que podemos fazer por você, Michael?".

Era uma Las Vegas diferente daquela em que Uri e Michael cresceram. Os anos 1960 foram o auge dos crimes mafiosos na cidade, até que Robert Kennedy liderou a luta contra o crime organizado em Nevada e a velha guarda de lá. No entanto, nenhuma investigação federal pôde ligar Mike Fallon ao sindicato para o qual certa vez trabalhara. Ele se tornara legítimo na noite em que Francesca nascera. Fizera isso por ela. E o casamento no sábado seguinte, custando centenas de milhares de dólares, era só para ela.

Mas agora o casamento estava ameaçado.

Uri achava que gângsteres matando gângsteres era uma coisa, e fingia que não sabia de nada. Mas o tráfico de bebês foi uma surpresa para ele. Ele nunca soube que Mike estivera envolvido nisso. Só tomara conhecimento quando Fallon o procurou com uma história incrível sobre um homem chamado Bakersfelt, que conduzira uma rede lucrativa no mercado negro da adoção há diversos anos, e uma mulher chamada Abby Tyler, que vinha investigando esses negócios antigos.

– Ela vai revelar o meu nome, Uri. Não posso permitir. Se os Vandenbergs descobrirem...

Vandenberg, a realeza de Nevada, o mais rico dentre os ricos, o ingresso de Fallon para o escalão de sangue azul do qual ele tanto desejava fazer parte – a família para a qual Francesca entraria após o casamento no sábado.

Por isso Uri fizera alguns telefonemas e estava à espera da resposta.

Lá embaixo, em meio às mesas de roletas lotadas, ele viu Michael parar e falar de amenidades com um dos gerentes, chamado Julio. Fallon estava sorrindo e Julio rindo, em alguma espécie de piada particular. Depois Fallon apontou para o teto, deu um tapinha amigável nas costas de Julio e seguiu em frente.

Uri sabia o que o gesto significava. Julio recebera ordens para ir até o escritório.

Enquanto Fallon entrava no elevador particular, deu uma piscadela e um sorriso para Julio, depois apertou o botão.

As portas sussurraram ao se fechar e Fallon deixou o sorriso de lado. Havia dias em que seu rosto doía de tanto sorrir.

Mas fora o sorriso que o levara até onde ele estava nos dias de hoje.

Casar-se com a filha de Simonian não projetara Michael no escalão a que ele tanto aspirava. Nem herdar o Wagon Wheel. Não importava o que ele fizesse, não importava a sua aparência, ou o quanto tentasse ser charmoso, ele ainda era Mike Fallon, bandido de segunda. Quando Francesca entrara em sua vida e seus objetivos se voltaram para ela em vez de si próprio, Fallon avaliara francamente o homem que via no espelho, e notara falhas. Não bastava ser esperto, implacável e belo. Era necessário ter carisma. Ele via isso nos homens bem-sucedidos.

Por isso foi a Hollywood e contratou um maquiador, um *personal trainer*, um diretor de cinema e um instrutor de atores. Eles o avaliaram e analisaram, fizeram-no andar, falar, comer e beber enquanto o observavam e trocavam opiniões. Depois o treinaram e instruíram, o mandaram fazer poses diante do espelho, filmaram-no e mostraram-no na tela grande. E o que ele aprendeu foi que era necessária muita falsidade para parecer sincero.

Foi um trabalho duro. Tiveram de procurar e encontrar uma característica que seria a marca registrada de Fallon, que faria os homens baixarem a guarda e as mulheres subirem em sua cama. Encontraram-na em seu riso. Mas ele não ria muito e isso teve de mudar. A equipe o treinou quanto ao momento certo, ensinou-lhe como corar quando fosse preciso, como fechar os olhos como se tivesse cometido uma gafe. Trouxeram atores que lhe mostraram como fazer tudo isso e, em pouco tempo, Mike Fallon aprendeu a rir de si mesmo, de modo constrangido. Era engraçado, sensual, tão oposto ao seu lado negro que até ele mesmo acreditava no cara ingênuo do espelho. Seus rivais nunca saberiam o que ele pensava, e nenhuma mulher o recusaria.

Quando Fallon voltou para Vegas, era um homem mudado. O bandido se fora, o homem charmoso assumira seu lugar.

– Casa lotada hoje – declarou para Uri ao entrar no escritório. Ele dizia isso toda noite, o Atlantis era um sucesso.

Uri viu o amigo olhar de relance para o espelho de moldura de ouro acima do bar. Fallon nunca deixava de verificar seu reflexo, desde as férias em Hollywood das quais voltara com uma risada nova e um novo caminhar.

– Vou chegar ao topo, amigo – Fallon lhe dissera ao voltar da Califórnia, três décadas antes.

Houvera uma nova luz em seu olhar, como se ele tivesse feito um tipo de limpeza em sua cabeça. Uma nova energia o preenchia, como se estivesse ligado a um dínamo.

– Não acredito em sorte – aquele novo Mike Fallon dissera –, não como esses idiotas do meu cassino. A sorte é para os perdedores. Eu vou abrir o meu caminho no mundo, arrancar o meu pedaço e entregá-lo a Francesca numa bandeja de platina – e Uri, que conhecia Mike melhor do que qualquer pessoa, caíra no feitiço e decidira que também queria seguir aquele caminho.

– Chamei o Julio – disse Fallon ao se servir de uísque. Uri se perguntou se ele daria um bônus ao homem. Mike fazia isso quando se sentia generoso, e assim mantinha os empregados andando na linha.

A julgar pelo sorriso amplo no rosto de Julio ao ser levado para dentro, ele também achava que ganharia um bônus.

– Está trabalhando muito bem, Julio – disse Fallon, dando um tapinha no ombro do homem de meia-idade. – Eu queria que soubesse disso.

Flanqueado por dois guarda-costas – ninguém jamais se encontrava com Fallon sozinho –, Julio murmurou um modesto agradecimento. Mas a empolgação reluzia em seu olhar. Na semana anterior, Manny Rosenbloom ganhara um Cadillac novinho por flagrar um apostador desonesto. Nunca se sabia.

– Ei – disse Fallon, dando um tapinha no abdômen de Julio –, o que é isso? Está acumulando bagagem extra aí?

– Sabe como é...

Fallon corou e riu ao acariciar o próprio abdômen.

– Você e eu, Julio, estamos entrando nos anos dos pneuzinhos extras.

E Julio riu em concordância.

Fallon sorveu um gole do uísque.

– Então, Julio, eu te vi conversando com a minha filha esta manhã.

Julio deu de ombros.

– Eu a cumprimentei. Você sabe.

– Você colocou a mão no braço dela.

– Coloquei?

– Ela estava usando um vestido de tênis. Sem mangas. O braço dela estava nu. E você o tocou.

– Toquei? – repetiu ele, a testa subitamente ficando suada. – Não me lembro. Quero dizer, não tive a intenção de ser desrespeitoso. Sabe disso, Michael. Eu não estava nem pensando.

– Claro – disse Fallon com tranquilidade. – Eu entendo. Todos nós fazemos coisas sem pensar. Mas não gosto de ninguém tocando na minha filha.

Seu aceno para os guarda-costas foi tão sutil que Julio não percebeu a aproximação do primeiro soco, que girou sua cabeça de lado e fez um dente sair voando. O segundo soco expulsou o ar dos seus pulmões, fazendo-o se dobrar em agonia. O terceiro o fez cair de joelhos. Os homens se alternaram socando e chutando-o. O barulho dos pés produzindo golpes, Julio soluçando e depois em silêncio, o som de ossos se quebrando, até ele ficar inconsciente e o sangue escorrer do nariz, da boca e dos cortes do rosto.

– Larguem ele no deserto – Fallon ordenou, em tom de dispensa. Com um puxão em seus punhos franceses, disse a Uri: – Me mantenha informado quanto a Abby Tyler. Estarei no andar de cima, dando boa-noite a Francesca – era o ritual noturno de Michael. Mas, quando estava para se retirar, parou e disse: – O que foi?

Uri ergueu as sobrancelhas.

– Você está estranho – afirmou Fallon.

– Estou?

– Algum problema com o modo como lidei com Julio?

Uri encarou os olhos do amigo e, pela primeira vez em quatro décadas juntos, sentiu uma pontada de medo.

– Não, de jeito nenhum, Michael.

– Ei – Fallon pôs a mão no ombro de Uri –, faz tempo que nos conhecemos, não é? – Fallon pedira a Uri que fosse o padrinho da filha, e no batizado, uma grande cerimônia na Igreja Católica, Uri usara um solidéu e cantara uma oração em hebraico diante da pia batismal. O padre ficou um pouco confuso, mas todos amaram e Michael Fallon chorou com um sentimentalismo descarado.

Mas, naquele momento, a mão no ombro de Uri estava mais pesada do que de costume.

– Sem problemas – insistiu Uri, pela primeira vez pouco à vontade sob o olhar do amigo.

O momento se alongou, o pomo de Adão de Uri subiu e desceu, e, por fim, o rosto de Fallon se abriu em um sorriso iluminado. Deu um tapa nas costas do amigo e disse:

– Só estou brincando com você! – e, com uma risada, saiu.

Uri pegou um lenço e enxugou a testa. Nunca antes julgara a forma cruel de justiça de Fallon. Mas não achava que Julio merecesse ser surrado daquela forma. Mike andava tenso por causa do casamento. Uri só esperava que ninguém mais cruzasse o seu caminho.

* * *

No Ensino Médio ela fora votada a garota que mais provavelmente manteria a calma diante de um desastre, e seus amigos na Faculdade de Administração de Harvard jocosamente a chamavam de sra. Spock, por causa da personagem de *Jornada nas Estrelas* – Francesca era sensata a esse nível.

O quanto eles não se surpreenderiam se a vissem naquela noite, olhando para a foto do noivo e se perguntando se deveria mesmo se casar com ele?

Ela não seria a primeira filha na história a se casar para se livrar de um pai controlador. Mas, pelo menos, *ela* escolhera Stephen, e esse era o seu consolo. E o fato de o pai ter imediatamente gostado dele – ele desaprovara todos os seus relacionamentos anteriores.

Francesca tinha um MBA de Harvard. Era o sonho do pai que ela fosse advogada. Se ela teve algum sonho próprio, já se esquecera dele há muito tempo. Conhecera Stephen por causa de um cliente mútuo chamado Featherstone, que queria criar uma cadeia de academias para mulheres em todo o país. Quando ela dissera ao sr. Featherstone que o potencial de crescimento era tremendo, ele lhe apresentara um especulador capitalista de Carson City, Stephen Vandenberg. Durante os meses em que trabalharam juntos para elaborar o plano de negócios, o romance floresceu.

Mas agora, com o casamento para dali a quatro dias, Francesca se sentia atormentada pela dúvida. Seria mesmo amor o que sentia por Stephen? Durante toda a sua vida, suas emoções foram encobertas pelas do pai. Só tinham um ao outro – nenhum tio ou tia, nem primos. Ela não se lembrava do avô, Gregory Simonian, que morrera em um acidente grotesco quando ela tinha quatro anos. Nada que Francesca fazia ou sentia era separado do pai e dos sentimentos que nutria por ele. Como ela podia esperar saber algo sobre si mesma?

Ela sabia o que disparara essas dúvidas: o presente de casamento do pai para ela e Stephen, uma casa nova em um condomínio fechado, bem ao lado da dele.

Ela teve esperanças de que eles se mudassem para Reno, para serem independentes dos pais ao começarem a nova vida juntos. Mas o pai ficara tão magoado por ela não ter ficado extasiada com o presente, que ela cedeu. Ficariam em Vegas.

Pelo menos, tentou se consolar uma vez mais, *fui* eu *que escolhi Stephen.* Foi uma das poucas decisões na vida de Francesca que partira dela própria. E isso, resolveu ela, seria motivo suficiente para se casar com ele.

Não seria?

★ ★ ★

Quando Fallon chegou ao último piso do hotel, pensou em como estivera perto de perder tudo aquilo, ainda no tempo em que Francesca não passava de uma garotinha.

Contava-se que um armênio desajuizado chamado Gregory Simonian estava dirigindo de Los Angeles para Las Vegas, em 1941, quando parou ao lado da estrada para esvaziar a bexiga. Ele regava a areia quando notou os carros passando: todos aqueles idiotas californianos se dirigindo para Glitter Gulch, na rua Fremont, para gastar o dinheiro em apostas. Ocorreu a Simonian que alguém deveria construir um lugar *ali*, seis quilômetros ao sul do centro da cidade, naquela faixa de estrada do deserto, para apanhar os idiotas antes que eles chegassem a Fremont. Todos o chamaram de louco por construir um hotel cassino no meio do nada. Mas deu certo. As pessoas paravam no Wagon Wheel, ficavam e apostavam. Simonian ficou rico, e outros homens vieram construir cassinos naquele "meio do nada" que um dia fora a estrada de Los Angeles, mas que agora se chamava The Strip.

Quando Michael era jovem, vira todos respeitarem Gregory Simonian. Aquela era a vida que ele queria. Mas ser genro de Simonian não bastava. Michael queria deixar a sua marca em Vegas. O Wagon Wheel ainda era o Wagon Wheel. Michael precisaria de um hotel cassino de arregalar os olhos e que superasse todos os outros.

Seu sogro, na época, vivia em um casarão na melhor parte da cidade, com um gramado regado e garagem para seis carros. Ele estava assistindo a uma luta de boxe na TV quando Michael chegara para discutir mudanças no Wagon Wheel. A esposa de Michael, Gayane, morrera quatro anos antes. A única ligação entre os dois homens era a pequena Francesca.

Simonian não estava interessado nos planos de Michael, mas o genro insistia.

– Você já esteve em Glitter Gulch – ele disse naquele dia, falando por cima da TV –, já viu os garotos esperando do lado de fora dos cassinos enquanto os pais estão lá dentro apostando. Precisamos criar um lugar onde os pais possam deixar os filhos *dentro* do cassino. Podemos oferecer jogos para as crianças e faturar muito.

Simonian manteve o olhar fixo na TV e girou o indicador, apontando para a própria têmpora.

– E há muito mais trabalhadores do que ricos por aí – continuou Michael. – Precisamos atender os empregados das fábricas e os motoristas de caminhão, não só os peixes grandes.

– Você ficou louco.

– Eu sei o quanto podemos faturar com os apostadores pequenos.

Simonian continuava a balançar a cabeça, até que Michael sugeriu instalar máquinas caça-níqueis que "perdessem". Nesse momento, Simonian perdeu a compostura, pondo-se de pé e gritando:

– Está sugerindo premiar mais? Ficou louco?

– Vamos lá, Gregory. Você e eu sabemos que pouquíssimos desses vencedores saem do cassino. É uma febre. E nós a alimentamos. Fazemos eles ganharem, e eles continuam colocando as moedas nas máquinas. No fim, ainda ganhamos.

Simonian lhe lançou um olhar desgostoso.

– Sabe de uma coisa? Para um "carcamano" inteligente, você até que é bem estúpido.

O rosto de Fallon ficou sombrio.

– Gayane pode não estar mais por perto, mas eu ainda sou o pai da sua neta e exijo respeito.

– Não vai ter nada de mim! – exclamou Simonian. – Eu te dei emprego como chefe do cassino só para ficar de olho em você. Para você não voltar a trabalhar com os seus amigos mafiosos. Para que a minha pequena Francesca fique a salvo.

– E estou falando de tudo isso por Francesca! Não quer que ela herde um cassino de terceira classe, quer? Quero transformá-lo em algo grande. Na maior atração de Las Vegas!

– Você – Simonian disse, apontando um dedo na cara de Fallon –, filho da puta, não vai ficar com o meu cassino, não vai ficar com nada!

Simonian parou para ver um soco na TV, depois se virou para o genro.

– E mais uma coisa, senhor Grande Gângster. Não fique tendo nenhuma ideia quanto a me fazer desaparecer do jeito que faz com todos os outros. Tenho provas contra você. Descobri sobre a venda de bebês, você levando sequestrados além da divisa de estado. Tenho papéis que provam isso. E esses papéis estão guardados com dois homens: – ele levantou o polegar – o meu advogado – levantou o indicador – e o meu padre. Selados para que eles não saibam o que são, mas uma garantia para mim. Eles têm instruções. Se eu levar um tiro, for esfaqueado, envenenado, desaparecer, ou qualquer coisa assim, eles levam esses papéis para os Federais e você vai para a cadeia. *Entendeu bem?*

Michael entendera.

Sete meses depois, 16 de maio de 1977, o trem de pouso direito de um helicóptero New York Airways Sikorsky 5-61 falhou quando a aeronave estava estacionada com os motores girando, no heliporto no alto do edifício da Pan Am. A aeronave virou de lado, matando os passageiros que estavam à espera para embarcar. O Comitê de Segurança de Transporte Nacional determinou que a causa do acidente fora desgaste no conjunto do trem de pouso direito.

Entre os mortos estava o sr. Gregory Simonian, proprietário de um hotel em Las Vegas, que literalmente perdera a cabeça no acidente.

A alteração custara muito a Michael, o suficiente para manter o mecânico do helicóptero no luxo tropical pelo resto da vida. Mas valeu cada centavo, pois o acidente foi tão bizarro que o advogado de Simonian e o padre Diran Papazian da Igreja Armênia de Las Vegas não o ligaram a Fallon e, com isso, os papéis selados aos seus cuidados, provas dos dias de Fallon como traficante de bebês, permaneceram secretos.

Entretanto, só como garantia, um mês depois Fallon providenciou que o advogado e o padre morressem em acidentes separados, não relacionados. Ninguém percebeu a falta de documentos dos seus respectivos escritórios porque ninguém mais soubera da existência deles. Seu segredo permanecera secreto para que nada detivesse Michael Fallon de subir até o topo – o rei de Las Vegas, com Francesca como sua rainha.

Ele bateu às portas duplas da suíte dela, porque Francesca poderia já estar dormindo, e ele não queria acordá-la. Mas ela estava acordada revisando contratos legais, como havia dito. Tão típico de sua filha concentrada e sensata. Em vez da lista de convidados ou o arranjo de flores e a disposição das madrinhas, para Francesca Fallon o trabalho vinha primeiro.

Vê-la, como sempre, o transportava de volta à noite em que ela fora depositada em seus braços. Sua esposa, Gayane, pálida e ensanguentada pelas horas de parto difícil, morta entre os lençóis. Ele segurou a recém-nascida nos braços e chorou como um bebê, soluçando tanto que derramara lágrimas quentes naquela coisinha rosa, despejando-as na boquinha aberta, fazendo com que a primeira coisa que Francesca experimentasse na vida fossem as lágrimas do pai.

Ele não estava preparado para o amor. O amor o esmagara como um tornado do deserto, levantando-o do chão e girando-o até que Michael não soubesse que lado era cima e que lado era baixo.

Compreendeu que o pai não o abandonara. Porque Fallon entendia o amor paterno, a sua profundidade. Manter o pai afastado fora coisa de sua mãe. E, por causa disso, ele a odiava ainda mais. Na noite em que Francesca nasceu, ele foi até a casinha no meio dos campos empoeirados, onde a mãe estava passando o próprio uniforme de garçonete, e lhe disse para se mudar para a Flórida. Assim, Francesca cresceu sem saber que tinha uma avó irlandesa chamada Lucy Fallon morando em Miami.

E se houvesse outros Fallon, Michael não se importava. Ele desprezava sua metade irlandesa e abraçou seu lado italiano com ainda mais prazer, passando sua paixão à filha, ensinando-lhe como recitar as orações noturnas em italiano, como pedir comida em um restaurante italiano. Até seu nome, Francesca, era italiano. Um dia, um funcionário da mesa de bacará mencionara inocentemente que os olhos dela pareciam armênios. O homem fora demitido no ato.

Michael só não contara uma coisa à filha: que seu avô italiano provavelmente era um gângster. Existiram muitos italianos em Vegas na época da concepção de Fallon: Michael Cornero, rei dos traficantes de rum do oeste, e seu sócio, Pietro Silvagni. Os rapazes de Chicago, Vito Basso e Carlo Bellagamba. Os da Flórida, Angelo Siciliano e Frank Taglia. E, de Nevada mesmo, Joey "Nariz" Franchimoni. Michael teria orgulho de ser filho de qualquer um deles – com a exceção de Franchimoni, um gângster determinado a livrar Vegas da máfia judaica. Suas propensões antissemitas ofendiam o melhor amigo de Michael, Uri Edelstein.

Claro, àquela altura estavam todos mortos ou aposentados, e Michael sobrevivera e chegara ao topo. E ninguém tinha provas contra ele.

Com duas exceções. E as duas eram mulheres.

– Posso preparar um drinque pra você, pai? – Francesca perguntou, levantando-se da escrivaninha. Era alta e magra, cabelos castanhos brilhando, dançando ao redor dos ombros. Uma brilhante advogada com um futuro brilhante. Tudo perfeito. E, depois de sábado, ninguém poderia mais chamar Mike Fallon de "carcamano bastardo idiota" como os garotos da escola faziam há tantos anos. Michael, silenciosamente, se parabenizava por um trabalho bem-feito. Francesca não fazia ideia de que o fato de ela conhecer Stephen fora planejado pelo pai. Selecionando Stephen Vandenberg de uma lista de vinte solteiros possíveis, Fallon executara seu plano: criar um cliente falso que procurasse Francesca com uma ideia para uma rede de academias. O "sr. Featherstone", em seguida, apresentara a ela Stephen Vandenberg e, como Fallon esperara, alguns meses depois dos dois trabalhando lado a lado e a natureza seguindo seu curso... *Mike Fallon, o Casamenteiro*, ele pensou, com um sorriso.

– Um uísque, por favor, querida – disse ele, se acomodando em uma poltrona estofada.

O telefone tocou e Francesca o atendeu.

– É pra você – informou, entregando-lhe o aparelho. – Tio Uri.

– Fallon – enquanto ouvia o relato de Edelstein, seu sorriso se ampliou. – Bom trabalho. Mantenha-me informado.

Bom trabalho mesmo. Uri encontrara um homem para mandar para o The Grove. O mesmo atirador confiável que discretamente cuidara dos outros dois "fios soltos". Com um gesto de Fallon, Abby Tyler não seria mais uma ameaça.

15

Sissy sentiu como se estivesse vestindo uma pele nova. Uma pele com mais terminações nervosas, que dançava de tanta eletricidade e que sentia fome em todas as partes.

Alistair, na noite anterior.

Foi a primeira vez que Sissy chegou ao orgasmo durante o sexo. Ela sempre tinha que fazê-lo sozinha, normalmente no chuveiro, o único lugar em que não seria interrompida. Era onde ela estava naquele instante, naquela manhã de terça-feira que zunia com vida e surpresa. Enquanto ensaboava a pele, fechou os olhos e se deliciou com a sensação, imaginando que era Alistair. Ensaboou os seios e os mamilos, depois desceu pelo abdômen e mais embaixo. Haviam lhe ensinado que aquilo era pecado, mas ela não tinha como se conter. Alistair estava vívido em sua mente, a impressão dos lábios em sua boca. Chegou ao clímax em poucos segundos e teve de se segurar no toalheiro para não cair.

O que havia naquele lugar? Será que colocavam alguma coisa no café? Espirravam feromônios no ar?

Será que Alistair existia de fato? Ela o deixara lá, naquela pequena clareira, e correra de volta para o chalé. Envergonhada, cheia de culpa, mas também confusa. E seu sono fora agitado, repleto de sonhos eróticos.

Ao sair do chuveiro e se secar, pensou no encontro da noite anterior. Era surpreendente a sensação de outro homem, o corpo de Alistair era diferente do de Ed, o pênis ligeiramente maior e mais fino. Ele beijava de modo diferente, demorando-se nos mamilos como Ed nunca fizera, e quando ela segurou as nádegas dele com as mãos, sentiu-as mais cheias, mais firmes que as de seu marido. Sissy achara que, no escuro, todos os homens fossem iguais. Mas não eram.

O que acontecera com Ed? Será que se entediara com a rotina, imaginara como seria o corpo de outra mulher e decidira experimentar?

Envolvida em um dos roupões luxuosos do The Grove, ela foi para a sala de estar e viu a luz da secretária eletrônica piscando.

Era Ed:

– Oi, amor. Minha secretária disse que você ligou ontem. Só agora ela me deu o seu recado. Desculpa. Uma tempestade absurda se aproximou ontem e Hank e eu tivemos que ficar no clube. Estarei em reunião com compradores o dia todo. Ligo à noite. Espero que esteja se divertindo. Te amo.

Ela franziu o cenho. Pela voz dele, nem parecia que ele a estivesse traindo. Será que ela cometera um erro horrendo? Só porque a secretária não conhecia Hank Curly, ou porque Hank não estava na lista telefônica, não significava que ele não existisse. E talvez Sissy tivesse entendido errado o nome do clube!

Teve uma sensação terrível na boca do estômago. Traíra Ed.

Se ao menos ela não tivesse perdido o telefonema dele, ela poderia esclarecer tudo. Agora, teria de esperar pelo outro telefonema à noite.

Como conseguiria passar aquele dia?

Pensou em sua melhor amiga, Linda, e tentou falar com ela, mas foi a secretária eletrônica que atendeu. Sissy desejou ter outra pessoa com quem conversar. Mas seria humilhante demais contar a qualquer uma de suas amigas o que suspeitava que estivesse acontecendo. E, por mais compreensível e agradável que fosse a mãe de Ed, ela jamais se permitiria ouvir acusações de que o filho era infiel. Com isso, restava a própria mãe. Mas, durante toda a sua vida, Sissy jamais conseguira procurá-la com um problema.

Saindo para o pátio, onde a luz do sol do deserto brilhava como ouro, Sissy ouviu gemidos e risadinhas do outro lado do muro.

Sentiu uma pontada de inveja.

Que a surpreendeu. Sissy jamais invejara ninguém. Ed fora capitão do time de futebol da escola, um jovem destinado ao sucesso. As garotas caíam aos seus pés, e ele escolhera Sissy. Ele jamais esquecera seu aniversário ou o de casamento, e sempre, como um relógio, fazia amor com ela aos sábados à noite (mesmo que fosse com as luzes apagadas e de modo um tanto previsível). Sissy sempre se considerou uma mulher de sorte, com uma bela casa e filhos maravilhosos, e Ed lhe dava tudo o que ela pedia. Mas, nos últimos tempos, aquela sensação estranha e incômoda entrara em sua vida... a sensação de que estava faltando algo.

E agora ela sentia inveja.

– Onde conseguiu um vibrador desse tamanho? – a mulher no jardim ao lado perguntou, e Sissy se retirou rapidamente para a sala. Era repulsivo, disse a si mesma, ser tão óbvia, tão vulgar.

Eles estão no jardim deles, repreendeu-se. Não era como se eles estivessem no meio do supermercado.

Mas a curiosidade dela fora aguçada. Um dia Linda lhe mostrara o vibrador sem o qual ela jamais viajava e Sissy ficou chocada. Uma mulher sexualmente ativa e ainda precisava de um vibrador? Linda lhe sugerira que comprasse um, mas Sissy tinha suas noites de sábado com Ed e não precisava de tais coisas.

Virou-se para a porta de correr e estreitou o olhar para o pátio ofuscante logo adiante. Como seria transar em plena luz do dia, ao ar livre?

Onde estaria Alistair naquele instante?

Seus pensamentos a chocaram, e depois a assustaram – será que ela ousaria ir à procura dele? Sissy deu as costas para o sol convidativo e espalhou os itens para o *scrapbook* na mesa de centro. Seus olhos captaram algo que pertencia ao arquivo sanfonado: um recibo de uma joalheria.

Encarou-o.

A data era de uma semana atrás, o recibo de um relógio feminino muito caro.

O aniversário de Sissy estava próximo, obviamente Ed iria surpreendê-la com um presente luxuoso. Ou talvez o que acontecera tivesse sido um tipo de caso de meia-idade, e agora o superara e pretendia compensá-la por isso. Um relógio de diamantes por certo seria um bom primeiro passo como pedido de desculpas. Sissy simplesmente colocaria o recibo de volta no arquivo e fingiria jamais tê-lo visto, nem nada daquilo. Mas a sua mão não obedecia.

Segurando o papel, andou no carpete fofo azul royal, depois parou diante das cortinas vermelhas e douradas e olhou para o jardim. Mesmo com a porta de correr fechada, ela conseguia ouvir as risadinhas da mulher:

– Saia de perto de mim com essa coisa! Está tentando me *matar*?

Sissy foi até o telefone e o encarou como se ele fosse um animal do deserto que rastejara até ali. Ligar para a joalheria seria admitir que não confiava no marido?

Enquanto esticava a mão para pegá-lo, ouviu uma batida à porta. Sissy deu um pulo. Deviam ser os vizinhos, convidando-a para uma *ménage à trois*!

Mas era Vanessa Nichols, com um imenso sorriso amigável e desculpas por importuná-la.

– Eu só gostaria de convidá-la para jantar com a srta. Tyler amanhã à noite.

Sissy pensou nos vizinhos e percebeu, chocada, que estava desapontada por não serem eles à porta, convidando-a para se juntar aos dois.

– Sim, tudo bem. Não vejo a hora de conhecê-la.

Assim que fechou a porta, porém, esqueceu-se de tudo a não ser uma coisa. Pegou o telefone e discou o número no recibo.

– Sim, senhora – uma voz anasalada do outro lado disse. – O relógio está pronto. Com a gravação conforme requisitado.

Gravação!

– Pode ler pra mim o que foi escrito, por favor?

– Certamente – respondeu a voz anasalada. – A gravação diz: "Para Linda. Você me transformou em um novo homem. Ed."

16

OPHELIA NÃO PLANEJARA SE apaixonar.

Vinha tendo problemas para dormir, dificuldade em se concentrar, e seu pavio andava curto. Era por causa da sua agenda lotada de aulas, das apresentações e sessões de autógrafos para o seu livro, que acabara de ser publicado. Como ativista social e política, havia demonstrações em clínicas de aborto que precisavam ser organizadas, panfletos a serem escritos e distribuídos. Seus colegas antropólogos a atacavam pela teoria controversa de que, há mais de vinte mil anos, o sexo era aleatório, promíscuo, e fora das leis dos homens. Os críticos de Ophelia a acusavam de defender a promiscuidade, de dizer que o casamento para a vida inteira não era "natural", e exigiam que ela explicasse como conciliava isso com as leis de Deus que ela se propunha a seguir. Por fim, um estudante fez uma queixa formal perante a universidade, dizendo que a dra. Kaplan lhe dera nota baixa porque ele era homem.

E a controvérsia inesperada que fora gerada por seu livro, *O pão mata*! O que mais a chocara fora a reação de sua família. O pão era o mais fundamental dos alimentos, sua mãe a recordou com veemência, era servido em diversas refeições, mesmo o não levedado. O pão era sagrado, um presente de Deus. E depois seu irmão, o rabino, citara Soljenítsin: "O pão é esperança, o pão é encorajamento, o pão é força. O pão jamais se refere à morte, não é sentimental ao desespero. Mesmo uma porção desse mistério pode, migalha a migalha, promover uma campanha destemida contra a fome".

Era como se Ophelia tivesse atacado Deus, o judaísmo e seus ancestrais. Ela achava que acabaria ficando louca.

Ante a insistência da mãe e da irmã (e do reitor, do editor e de colegas professores), Ophelia concordara em buscar ajuda. Ela não acreditava em conselheiros e terapeutas, pensava neles como muletas para os fracos. Ophelia Kaplan sempre lidava com seus problemas. Mas aquilo começara a afetar seu trabalho – ela vinha se tornando menos disponível aos alunos, virava e revirava todas as noites sem dormir direito, e se esforçava duplamente na academia, a ponto de quase cair de exaustão. Uma amiga lhe recomendara "um bom homem".

Ophelia passara as semanas seguintes revelando seus medos e sofrimentos a ele, expondo suas fraquezas e falhas, deixando-se totalmente vulnerável – o que não fazia o seu estilo. E ele se mostrara tão compreensivo enquanto ela expunha a sua alma aos pés dele, que ela chegara a uma conclusão: ele mudara, ante seus olhos, de terapeuta a amante desejado.

Não foi uma sedução genuína, ela dizia a si mesma enquanto completava a décima quinta chegada, executada inconscientemente, na maior piscina do resort. Não? Que tipo de mulher se dispõe a seduzir o analista?

Começara a se vestir melhor para as sessões: blusas com botões em vez de suéteres, saias no lugar das calças. Até mesmo os sapatos, saltos finos substituíram as práticas plataformas. Enviara sinais até que um dia ele os percebeu. Foi no fim de uma sessão, estava chovendo, o que tornava o consultório dele ainda mais aconchegante, mais protegido contra o mundo enorme, assustador e exigente. Ele se levantou da poltrona e lhe ofereceu uma mão para ajudá-la a se levantar do sofá, mas, daquela vez, ele a trouxe para junto de si e a abraçou. Acariciou-a e afagou-a enquanto ela suspirava e gemia. Os dedos frios exploraram a fenda entre os seios, e depois os mamilos túrgidos, então ele pousou os lábios sobre eles e os sugou com suavidade. As mãos dela desceram e o acariciaram até que ele ficasse rijo.

Naquele dia chuvoso, ele se afastou, perturbado, murmurando que lamentava, que aquilo era errado, antiético, mas Ophelia estava determinada. Ela nunca se apaixonara antes, porque sempre se mostrava valente e impenetrável ante os homens, lutando pelo seu lugar de mulher em um mundo masculino zelosamente guardado, e com isso conquistando a reputação, ao redor do campus, de ser uma maldita dominadora. Mas, com ele, ela podia ser frágil e impotente, ceder seu lado feminino à masculinidade forte dele. Era uma sensação carregada de tamanho erotismo que se tornou uma obsessão.

Outro dia chuvoso, e dessa vez ele tinha a lareira acesa. Estava frio do lado de fora, e ainda assim ela vestia uma blusa diáfana, de modo que a lingerie azul clara aparecesse por baixo. Quando ele viu que ela estava sem meia-calça, que as pernas estavam nuas e expostas, puxou-a para si e a beijou. Tudo aconteceu rápido. Mais tarde ele descreveria a situação comparando-a a "uma faca quente atravessando manteiga amolecida", de tão pronta que ela estava. Deitaram-se no carpete suave e, quando ele a penetrou de novo, para fazer amor mais lentamente, Ophelia gritou com uma alegria que jamais sentira. David era seu enfim.

Isso fora um ano antes, e agora ela usava um anel de noivado e estava aterrorizada por carregar um filho dele no ventre.

Após terminar de nadar, Ophelia saiu da piscina para a manhã ensolarada. Fora um bom exercício, mas ela devia voltar para o quarto, para enfrentar o teste de gravidez. Não fizera o teste na noite anterior ao chegar ao resort porque estava tarde demais e ela se sentia exausta por causa do programa de entrevistas e da longa viagem. E, naquela manhã, ela deixara a caixa fechada porque queria se exercitar primeiro.

Ela se recriminou por postergar aquilo. Procrastinar era uma fraqueza que ela desprezava. Contudo, era o que estava fazendo. Agora era hora de enfrentar o teste.

Enquanto enxugava o cabelo negro escuro, notou algumas mulheres nas espreguiçadeiras lendo o seu livro. Balançou a cabeça, incrédula. Ninguém, absolutamente *ninguém*, acreditava quando ela dizia que sua intenção não fora escrever um livro popular de dieta.

Bem, David acreditava. Mas David estava apaixonado por ela.

A doutora Ophelia Kaplan, professora universitária de antropologia, sem querer fora uma sensação três anos antes, quando publicou. *O pão mata*. Uma crítica violenta ao consumo de produtos feitos com farinha, ela tivera a ideia ao comparar dentes de humanos pré-históricos com os de antigos egípcios. As múmias revelavam que os moradores do Vale do Nilo sofreram de maneira quase epidêmica com doenças gengivais, e outras evidências apontavam para diabetes generalizada.

Ophelia se perguntara o que poderia ter causado uma mudança tão drástica e radical na saúde dos pré-faraônicos para a dos faraônicos. Só havia uma resposta: o pão.

"A fisiologia humana" declarara ela em sua tese "evoluiu em quatro milhões de anos, adaptando-se ao ambiente em que estava inserida. Os nossos ancestrais hominídeos procuravam ovos, lagartos, pássaros, raízes, sementes e frutos. Ocasionalmente matavam algum animal de maior porte. Porém, o nosso sistema digestivo e o nosso metabolismo evoluíram para digerir a comida que ingeríamos. E depois, apenas vinte mil anos atrás, começamos repentinamente a fazer pão, a comer mel, a consumir álcool. Esses três venenos – farinha refinada, açúcar e etanol – nunca deveriam ter sido ingeridos pelos humanos. Vinte mil anos não foram suficientes para que o nosso sistema digestivo se adaptasse a essas substâncias. É por isso que estamos tão acima do peso hoje em dia, sofremos com incontáveis problemas de saúde e a diabetes tipo II está aumentando. Nascemos com o trato digestivo de caçadores. Quem sabe em quatro milhões de anos nós tenhamos um pâncreas evoluído e um sistema de acúmulo de gordura que consiga lidar com tamanha sobrecarga de açúcar – pois é isso o que a farinha é. Mas, até lá, estaremos nos envenenando".

O livro originalmente era pequeno, acadêmico, não visava o grande público: *A mudança da sociedade caçadora para a agrícola e seu impacto na patologia do povo da Era do Bronze.* A edição inicial fora distribuída apenas para as livrarias universitárias, mas o boca a boca fluiu entre os alunos e depois no setor público, porque, para surpresa geral, aqueles que adotaram a dieta pré-histórica descobriram que ela derretia o excesso de gordura.

A editora da universidade reformulou o livro, dando-lhe uma nova capa e um título derivado de um dos capítulos, porque era mais apelativo ao consumo. O livro de Ophelia era condenado pelo Comitê Médico da Medicina Responsável, pela Associação Americana do Coração, pela Saúde Pública e pelo Departamento de Saúde dos Estados Unidos, porque eles alegavam que ela não era nem uma nutróloga, nem uma médica qualificada. A resposta de Ophelia foi que ela *não* escrevera um livro de dietas. Aquele era um livro sobre *História.* Se as pessoas o usavam como modelo para os seus padrões de dieta, a responsabilidade era delas.

Finalmente chegou à sua suíte no prédio principal, a luxuosa e rococó Maria Antonieta, e seu coração começou a acelerar.

A caixa no banheiro. O teste de gravidez. Aquilo a assustava. A caixa, colocada entre outros artigos de higiene, estava, ironicamente ao lado da caixa de anticoncepcionais.

E se eu estiver grávida?

Contenha-se, Ophelia. Você é forte, uma lutadora.

Chamou o serviço de quarto e pediu o almoço, depois tomou banho e se vestiu. Por fim, pegou a caixa.

Olhou-se no espelho. Seu corpo era delgado, sem nem um grama de gordura. Macio e forte. Se lhe colocassem uma clava na mão, ela poderia ser uma australopiteco caçando na Garganta de Olduvai. Ela poderia lutar com tigres dente de sabre.

Quando percebeu que as mãos tremiam ao abrir o pacote, ela se recriminou mentalmente. Aquela não era hora para medos irracionais. Onde estava a sua objetividade científica? Ophelia se lembrou de que, antes de tudo, ela era uma cientista e deveria assumir uma abordagem racional diante daquilo, como faria em qualquer laboratório de testes.

A bula dizia: "Este produto consegue detectar os hormônios gestacionais até três dias antes do período menstrual. A quantidade de hormônios gestacionais aumenta conforme a gestação avança".

O que significava que não haveria um falso positivo, não depois de um mês de atraso da sua menstruação.

Teste a qualquer hora do dia.

Aquela era uma boa hora, como qualquer outra.

Duas linhas rosa, grávida; uma linha rosa, não grávida.

Seria tarde demais para rezar para que aparecesse apenas uma linha rosa?

Resultado em três minutos.

Os três minutos mais longos de sua vida.

Ophelia desembalou o bastão de teste e leu as instruções: "Segure o bastão de teste no jato de sua urina por cinco segundos. Apoie o bastão em uma superfície plana, com a janela virada para cima. Você verá uma linha rosa surgindo no topo da janela para indicar que o teste está funcionando. Leia o resultado após três minutos".

Ophelia nunca esteve tão nervosa em sua vida. Nem quando lera a Torá diante da congregação em seu Bat Mitzvah, tampouco quando se inscrevera para fazer pós-graduação com um dos mais eminentes antropólogos do mundo, nem mesmo quando se submetera ao exame oral para o seu PhD. Não havia coragem no mundo que se sustentasse diante de duas linhas rosa.

Fechou os olhos. Lembrou do telefonema de sua irmã, cinco anos atrás: "Ophelia, Sophie parou de engatinhar! E não tenta pegar mais nada. Ela estava tão ativa na semana passada e agora..."

Sua boca ficou seca e ela ralhou consigo por estar com tanto medo. Era apenas um teste químico. *Finja que está num laboratório, fazendo uma análise de flúor em ossos fossilizados. Coloque o eletrodo de íon seletivo na amostra, produza três réplicas de medida, calcule o conteúdo de flúor, insira os dados numa planilha para avaliação estatística.*

Tirando a calcinha, sentou-se no vaso sanitário e começou a urinar. Com uma mão trêmula, abaixou o bastão e...

Deixou-o cair.

Bem no meio do vaso sanitário.

– Não! – gritou, saindo de cima do vaso de porcelana antes mesmo de ter terminado. Olhou horrorizada enquanto o bastão de plástico flutuava na superfície da água. Já começava a abaixar a mão quando se lembrou dos germes. A água podia estar limpa, mas e o vaso?

Cambaleou de volta à sala, furiosa consigo mesma – isso jamais teria acontecido em um laboratório! Sua mão estava mesmo tão trêmula, ela, que sempre esteva no controle, ou fora apenas um ato inconsciente de sabotagem? Pegou o livreto de serviço aos hóspedes e folheou freneticamente, perguntando-se onde encontraria um teste de gravidez emergencial.

Será que um resort especializado em romance e sexo, que oferecia no cardápio do serviço de quarto tintas corporais com sabor e doces em forma de brinquedinhos sexuais, teria um teste de gravidez? Encontrou: a farmácia estava localizada em um lugar chamado Village.

17

QUANDO COCO DESPERTOU, A primeira coisa que lhe veio à mente foi Kenny e como ele era sensual com seu jeito caseiro e inocente.

E seu toque eletrizante.

Deitada entre os lençóis amassados e limpos, ouvindo os passarinhos no jardim e se deliciando com o confuso limite entre dormir e despertar, fechou os olhos…

Abro a porta e Kenny está parado lá. Está vestindo seu smoking sexy, mas noto que não há camisa debaixo do paletó.

– Preciso de sua ajuda – diz ele, corando de leve. Ele traz três camisas penduradas em cabides. – Não sei qual usar para a minha apresentação de hoje à noite.

Deixo-o entrar e sinto o rastro de sua colônia quando ele passa por mim. Ele acabou de tomar banho. Fico imaginando se sua pele ainda está úmida. O cabelo loiro está espetado atrás, onde a escova deixou de alcançar. Estico a mão e aliso esses fios com as unhas.

Kenny se vira, a surpresa evidente no rosto corado.

– Qual camisa? – pergunta.

Finjo interesse, quando tudo o que me importa é ver o que há debaixo do smoking.

– Experimente-as, assim posso opinar.

Ele tira o paletó. Ele é magro e branco, não tem a pele bronzeada de um surfista como eu imaginara. Mas a palidez me excita, me faz pensar em homens cativos precisando ser libertados.

Quando vejo que o zíper da calça está ligeiramente aberto, sinto a respiração presa na garganta. Ele tem um belo abdômen. Parece rígido. Fico imaginando se o resto dele também é rijo.

Ele veste a camisa rosa clara, com franzido na frente. Não a abotoa, deixando o peito pálido à mostra enquanto pergunta:

– O que acha desta?

Tenho de me certificar de que a camisa vista bem. Escorrego a mão pelo tecido engomado até as costas, onde meus dedos se encontram, deixando eu e ele encostados, peito nos seios. Lembro-me, chocada, que não tinha terminado de me vestir! Estou apenas de calcinha e sutiã. Não era de se admirar que ele tivesse corado quando abri a porta.

– Parece ter bom caimento – murmuro e sinto o hálito fresco de menta em minha face. – Mas não tenho certeza quanto às calças. Acho que você deveria usar um tamanho menor.

Minhas mãos descem pelas suas costas, fazendo-o gemer, e mais um pouco até segurar seu traseiro firme e arredondado.

As mãos de Kenny estão em mim agora, experimentando, como se temesse invadir território inexplorado. Arfo. Ele sabe como explorar as costas de uma mulher, brincando até o fecho do sutiã, depois descendo novamente, fazendo-me pensar que vai libertar meus seios, mas então recuando e aumentando o meu ardor.

Estou prestes a insistir que ele dê continuidade àquilo quando ele retrocede um passo, dizendo:

– Talvez eu tenha que experimentar outra camisa.

Permito que ele tire a rosa, mas o impeço de pegar a azul.

– As calças – digo –, elas estão erradas.

Puxo o cós e ele diz, embaraçado:

– Não estou usando cueca.

Sei disso. É por isso que quero tirar as calças.

– Espere – diz ele, recuando. – Vim aqui por outro motivo. Resolvi acrescentar uma auxiliar de palco na minha apresentação. Gostaria do emprego?

– O que eu teria de fazer?

– Apenas fique bonita e use isto – agora vejo que, com as camisas nos cabides, há uma sacola pequena.

– O que é isso?

– É uma roupa de assistente de mágico. Se você couber nela, o emprego é seu.

Ele puxa duas tiras minúsculas de tecido enfeitadas com lantejoulas. Ele está zombando de mim? Aquela fantasia não caberia em um rato. Mas há um tom de desafio em sua voz, e, maldição, eu não sou de recuar.

– Muito bem – digo –, mas você vai ter que fechar os olhos. Nada de espiar – sei que posso ir até o banheiro para me trocar, ou simplesmente virar de costas, mas vou testá-lo. Se ele espiar, não é um cavalheiro.

Mas me vejo diante de um obstáculo. Os ganchos do meu sutiã não querem cooperar. A desvantagem de se ter seios fartos: são necessários quatro ganchos para desafiar a gravidade. Com minhas longas unhas de acrílico, estou impotente para desatá-los.

Os olhos de Kenny ainda estão fechados. Pressiono-me contra ele e digo:

– Abra meu sutiã. Mas não olhe. Se espiar, vou ter de te castigar.

Ele tateia às minhas costas e cumpre minhas ordens. Lanço o sutiã de renda no chão, meus olhos fixos nos dele. Ele ainda não espiou, mas vejo seus cílios tremendo, sei que está tendo de se esforçar.

A roupa é inacreditavelmente pequena. Tiro a calcinha e entro na tanga de lantejoulas, mas não consigo fazê-la subir além do meio das coxas. Aquela roupa foi feita para a Twiggy!

Desisto, e quando me endireito vejo os olhos de Kenny abertos. Agora terei de puni-lo...

– Epa! – Coco disse em voz alta.

Aquilo não era um bom sinal. O tempo estava correndo e ela tinha um homem para encontrar.

Depois de um banho frio e um belo café da manhã, mantendo Kenny e seu toque eletrizante – e voz gentil, história triste e mãos sensuais – o mais longe possível dos pensamentos, Coco consultou a bola de cristal.

– Daisy, não me desaponte – disse, sentando-se à luz do sol, desejando que a atmosfera desértica abrisse o mundo espiritual e lhe desse uma brecha. – Me conte mais sobre o homem que eu devo encontrar aqui.

Ela fechou os olhos e estendeu as mãos sobre o globo reluzente. Diminuiu o ritmo da respiração, relaxou o corpo. Começou a sentir algo. Um formigamento. Daisy tentando se comunicar.

– Me dê um nome; algo específico...

Trim!

Ela quase caiu do sofá.

Coco encarou o telefone como se ele a tivesse interrompido de propósito, e se questionou se deveria atender, considerando a possibilidade de jogá-lo fora, mas não resistiu.

Era Kenny. Sua voz fez seu coração dar um salto ao convidá-la para tomar um drinque mais tarde. Coco franziu o cenho. Ainda era manhã. Como ela conseguiria pensar tão no futuro assim? Mas ele foi insistente de um modo agradável, educado, e, francamente, lisonjeiro – e ela estava tão atraída –, portanto concordou, pensando que não haveria mal algum em tomar um drinque ou dois com ele. E o tempo *seria* curto, pois ela tinha um jantar marcado com Abby Tyler em seguida.

Voltando para a bola de cristal, forçou Kenny a sair de seus pensamentos, embora no fundo estivesse feliz por ele ter telefonado e ansiosa para encontrá-lo, mas desejando não estar – suas emoções estavam em conflito. Voltou para um estado espiritualmente receptivo e mais uma vez convidou Daisy a entrar em sua mente.

Uma mensagem surgiu.

Nenhuma palavra, na verdade, nem imagens, nada substancial ou concreto. Era mais como uma sensação. Um pequeno ajuste ao que Daisy lhe dissera no dia anterior. Não "viajado", mas "conhecedor do mundo".

Coco abriu os olhos e encarou o cristal. Conhecedor do mundo! Não era exatamente o mesmo que ter um passaporte cheio de carimbos. Uma pessoa podia circum-navegar o globo e não conhecer o mundo.

Considerou Kenny, mas teve de eliminá-lo. Ele não lhe parecia alguém sofisticado ou experiente nos assuntos globais. *Ele escreve códigos e tenta não se lembrar das coisas.*

Cheia de otimismo, arrumou-se, usando as longas unhas vermelhas de acrílico para encrespar o cabelo (a cor rubra e os cachos eram criados por um salão de beleza), um toque de blush, sobrancelhas delineadas e quatro camadas de batom para lhe dar um ar beijável. Sandálias, saia cigana, blusa com os ombros à mostra e ela estava pronta para sair.

Os caminhos pavimentados em meio à folhagem do The Grove estavam repletos de homens. Revigorados e cansados, vaidosos e modestos, vestidos com esmero ou de modo simples, sensuais ou como se tivessem se vestido no escuro. Eles sorriam para Coco, depois acenavam, faziam contato visual. Mas nenhum se sobressaiu. Ela sabia que aqueles caras estavam à procura de sexo, e ela não queria sexo. Sexo era fácil. Tudo o que se precisava fazer era ficar em lugares onde os homens se agrupavam – policiais, bombeiros, paramédicos – e simplesmente escolher seu parceiro.

O caminho de pedras conduzia até um bananal e, do outro lado, ela encontrou um homem inclinado sobre um jornal. Outras publicações estavam ao seu lado: *Wall Street Journal*, *New York Times* e *International Herald*. Coco logo deduziu que ele fosse experiente, sábio, sofisticado. Instruído quanto aos assuntos mundiais. *Conhecedor do mundo*.

Ele devia ter uns quarenta anos e seus cabelos estavam rareando, mas seu perfil era forte, e os olhos astutos espiavam por trás de óculos de aro de metal. Calça bege e camisa xadrez com o colarinho aberto. Um exemplar saído de um campus universitário. Se o dia estivesse fresco, ele estaria usando uma jaqueta de tweed com apliques nos cotovelos.

Ele ergueu o olhar. Belo sorriso.

– Olá! – Coco cumprimentou.

Ele se apresentou como dr. Charles "mas todos me chamam de Charlie" Barnhart, e disse ser geólogo na Caltech, responsável pelo departamento de sismologia.

O radar de Coco soou. Ele não só estava a par dos acontecimentos mundiais como também era inteligente.

Ele a convidou a se sentar e conversaram à vontade. Coco adorou os olhos e a voz dele e estava imaginando se esse conhecedor do mundo e inteligente sismólogo da Caltech tinha planos para o almoço quando ele disse:

– Quer ver algo interessante?

Ele a conduziu por uma clareira pequena, em meio a árvores densas, através de um jardim, passando por trechos desertos até ela acreditar que ele a faria andar de volta a Palm Springs, quando de repente parou e disse:

– Aqui!

Coco olhou. Além dos limites do resort verdejante, onde o deserto ocre se estendia até o horizonte, ela viu um lago com águas reluzindo sob a luz do sol.

– Que bonito! – disse.

– Não é real.

– Como assim?

– É uma miragem. Eu estava caminhando lá ontem e é só areia. Sabe o que causa uma miragem? A refração da luz pelas camadas de ar com densidades diferentes.

A inteligência sempre a excitava. Por isso, quando ele a beijou, ela logo retribuiu. As mãos dele eram boas, sabiam exatamente aonde ir e o que fazer. Ela o considerou um pouquinho fofo demais no meio, mas isso também podia ser sexy. Enquanto ele desabotoava sua blusa e os lábios traçavam um caminho úmido até um mamilo, ela observou o deserto sob as pálpebras entreabertas. A miragem reluzia e vibrava com tamanha intensidade que ela sentia o seu calor. Também sentiu a ereção do dr. Barnhart e isso fez Coco reluzir e vibrar com intensidade. Ele a penetrou com facilidade e, por mais que ele não tenha durado muito, foi bom e Coco conseguiu escorregar uma das mãos dele para se dar um orgasmo. Em sessões futuras, Charlie poderia ser um aluno interessante.

Ajeitaram as roupas, alisaram os cabelos e, tarde demais, olharam ao redor para ver se alguém os vira. Mas ainda estavam isolados nos limites do resort, com a miragem brilhando miraculosamente alguns quilômetros dali.

– Quero saber mais sobre você, Charlie – disse Coco ao enganchar o braço no dele. – Por exemplo, quais são os seus hobbies?

– Coleciono equipamentos científicos antigos. Até tenho uma das escalas Richter originais, um dos primeiros modelos. Está em excelente condição. Custou um bocado.

Coco o encarou, piscou, depois sentiu algo dentro de si gelar de desapontamento. Retirou o braço.

– Se não se importar, não estou mais com vontade de almoçar.

– O que foi?

Ela balançou a cabeça para ele, de modo tristonho.

– Você é mesmo cientista, Charlie?

O rosto dele ficou rubro.

– Por que a pergunta?

– Porque precisa melhorar a sua atuação. Charlie, a escala Richter não é uma máquina, é uma *equação*!

18

ABBY OBSERVOU-O SE APROXIMAR. Zeb lhe dissera que Jack Burns fora ao deserto para praticar arco e flecha. Isso a surpreendeu. E agora, vendo-o caminhar em sua direção – com um arco imenso sobre o ombro, aljava com flechas penduradas no cinto, camiseta justa sobre músculos evidentes –, ele parecia primitivo, poderoso. E muito sexy.

Ela apresentou Jack ao homem ao seu lado.

– Este é Elias Salazar, o chefe de segurança do The Grove. Eu o informei quanto ao seu propósito aqui e ele estará à sua disposição, se precisar de ajuda.

– Obrigado – disse Jack, surpreso que ela estivesse se mostrando tão disposta a ajudar. Desejou poder perguntar sobre o dossiê de sua irmã, perguntar o que ela sabia sobre Nina e por que mentira, dizendo não conhecê-la. Mas Jack não queria revelar seus segredos.

Após agradecer ao sr. Salazar e a ela, Jack voltou para o quarto, intrigado por Tyler estar se mostrando, por um lado, tão disposta a ajudar, mas por outro, tão misteriosa. Também desejou que ela não fosse uma mulher tão atraente, pois assim ficava mais difícil suspeitar dela.

Foi direto para o banheiro, onde jogou água fria no rosto. A cena do crime o seguira desde Indian Rocks, onde ele revivera a descoberta do corpo de Nina.

Quem quer que tivesse matado Nina a estuprara antes, depois fraudara a cena para parecer overdose de drogas. Nina não tomava sequer uma aspirina! Jack se sentia morrer ao imaginar como teriam sido os seus momentos finais.

Ele não chorara no funeral. Por Nina, ele se contera. Ficara concentrado em encontrar seu assassino. Mais do que isso: assumira para si a busca pela mãe biológica de Nina. Mesmo que isso tomasse o resto de sua vida, ele encontraria a mulher que lhe dera à luz.

Antes de sair do quarto, ele verificou os arquivos coletados por Nina, os mesmos que estudara na noite anterior. Ele sabia que Ophelia Kaplan finalmente chegara ao resort, pois ouvira comentários sobre isso ao passar pela piscina principal. Graças ao seu livro de dieta, Kaplan era uma celebridade. Ele a procuraria para conversar, como fizera com Coco McCarthy. Enquanto isso o seu parceiro e os outros policiais faziam de tudo para investigar o homicídio de Nina – "Não se preocupe, Jack, vamos revirar cada detalhe desse caso" –, interrogando testemunhas, analisando as provas da cena do crime, refazendo os passos de Nina nos dias anteriores à sua morte; o rastro que a própria Nina seguira.

As respostas estavam ali. Ele tinha certeza. Ao vestir a jaqueta e pegar os óculos de sol, com Sissy Whitboro e Ophelia Kaplan como seus próximos alvos, ele pensou novamente no arquivo que encontrara sobre a mesa de Abby Tyler. O que ela sabia sobre a sua irmã? Talvez encontrasse um modo de pegá-lo emprestado sem que Abby Tyler soubesse.

Ao sair para o sol do meio-dia, Jack pensou em Coco McCarthy e na breve conversa do dia anterior. Não encontrara nada de extraordinário ou suspeito em seus modos. Ela parecia ser exatamente o que deveria: uma hóspede divertindo-se num resort. Todavia, ele não conseguia se livrar da sensação de que o tal prêmio que ela e as outras duas mulheres receberam era apenas um disfarce para reuni-las ali. Por quê? O que aquelas mulheres, tinham em comum, além de terem sido adotadas? E o que tinham a ver com Abby Tyler? De acordo com as informações de Nina, Coco, Sissy e Ophelia nasceram no mesmo ano e na mesma semana que a própria Nina. Ao rastrear os pais biológicos delas, ela tivera esperanças de encontrar os seus. No entanto, a vida de Nina chegara ao fim antes que ela encontrasse respostas.

Jack caminhou pelo Village, olhando as vitrines das lojas, sorrindo para os passantes, e, por sorte, notou a sra. Whitboro em uma pequena butique, percorrendo as araras.

Colocando os óculos no bolso da jaqueta de couro, entrou na agradável loja e casualmente abriu caminho até a seção masculina, onde estavam expostas camisas tropicais com desconto.

Observou Sissy pelo espelho da segurança. Com o cabelo alaranjado preso, e vestindo bermudas brancas de prega e uma camiseta polo listrada, ela parecia uma hóspede típica do resort. No entanto, observando-a mais atentamente, Jack notou que ela estava distraída e com os olhos inchados, como se tivesse acabado de chorar.

Ele pegou duas camisas, aproximou-se de Sissy e disse:

– Com licença, pensei se poderia me ajudar. Vim para cá em cima da hora. Eu estava na lista de espera, eles me ligaram e disseram que tinha um lugar vago no avião. Infelizmente, não trouxe roupas adequadas. Notei que usa aliança, por isso deduzo que ajude seu marido a escolher roupas – ele levantou as duas camisas. – O que acha? Qual das duas?

Ela mal as notou.

– A de palmeiras.

– Minha esposa normalmente me ajuda com isso, mas, infelizmente, ela não pôde vir comigo.

Sissy deu um sorriso educado.

– Está em casa com as crianças?

– Não temos filhos. Mas estamos pensando em adotar – balançou a cabeça. – Não sei... Dizem que os amamos do mesmo modo...

Se Sissy Whitboro sabia que era adotada, não deixou transparecer. Apenas sorriu de modo distraído e seguiu em frente.

Jack conseguiu chegar ao caixa ao mesmo tempo que ela e, enquanto a atendente passava seu cartão, ele disse de maneira simpática a Sissy.

– Este resort é incrível. Acho que a dona deve ser famosa. Você sabe quem é?

Sissy balançou a cabeça.

– Tudo o que sei é que ganhei um concurso, por isso estou aproveitando ao máximo. Divirta-se com a sua camisa.

E saiu da loja.

19

Oficialmente, aquele era o jantar de ensaio do casamento. Mas para Michael Fallon, era mais uma desculpa para oferecer um churrasco gigantesco em sua multimilionária propriedade em Henderson – um evento imenso com mais comida do que seria possível consumir, uma banda de cinco músicos tocando ao vivo e champanhe à vontade. O sol de fim de tarde banhava a multidão feliz e bem vestida.

E Mike Fallon, magnata das apostas, conhecido por trazer multidões a Las Vegas, transformando-a em um paraíso dos que buscam diversão, Fallon, em suas calças brancas e camisa de colarinho aberto para revelar a pele bronzeada, o cabelo sem nem um fio branco apesar de seu sexagésimo aniversário ser dali a apenas dois anos, observava tudo com intenso orgulho. O juramento secreto feito na noite do nascimento da filha finalmente se concretizava. Ele e Francesca, governando o mundo.

– Ela está linda! – disse uma loira ao seu lado. Ela vestia um conjunto branco e azul marinho com estrelas douradas sobre cada peito. Fallon se recordava vagamente de tê-la levado para a cama; ela se mostrara selvagem e insaciável, tendo gostado tremendamente de chupá-lo. Ele lhe dera uma opala rara e dissera que ela era a melhor.

Fallon olhou para Francesca. Ela partilhava algum comentário engraçado com o bispo de Las Vegas, que estava em meio à multidão em sua longa batina preta, faixa roxa, barrete de três pontas na cabeça. O bispo conduziria a cerimônia pessoalmente e Fallon mostraria sua apreciação doando um novo prédio para a escola católica.

Francesca era alta, e os cabelos castanhos claros estavam radiantes na luz poente. Francesca, o centro do universo de Fallon. No sábado, ela entraria para o mundo rarefeito da realeza de Nevada, quando se casasse com Stephen Vandenberg III.

Depois de reformar o Wagon Wheel, mudando seu nome para Atlantis e transformando-o no hotel cassino mais rentável da Strip, Fallon descobrira que dinheiro não bastava. Pessoas como os Vandenberg chegavam a empinar o nariz para os milionários, como se estes viessem de uma linhagem questionável. Foi então que ele percebeu que a única entrada no mundo deles era por meio do casamento. Eles o aceitariam porque teriam de aceitar.

Fallon examinou a multidão à procura de seu futuro genro e encontrou Stephen profundamente envolvido em uma conversa com o juiz da Corte Suprema. Pelos seus gestos, pareciam estar discutindo golfe. Os pais de Stephen não estavam na festa. Eles viviam em uma mansão histórica imensa em Carson City e não conseguiram cancelar seus planos e voar até ali. Fallon não se importava. Tampouco se importava que eles desaprovassem o casamento. Não havia nada que eles pudessem fazer.

Fallon vivenciara um momento de pânico seis anos antes, quando Francesca se apaixonara por um paraquedista profissional. Arfando, ela confessou ao pai que conhecera sua alma gêmea. O homem não tinha um tostão e executava shows acrobáticos no ar. Se não fosse pelo trágico acidente com o paraquedas, Michael Fallon poderia ser obrigado a chamar o jovem de "filho" pelo resto da vida. Por sorte, um par de tesouras nas mãos certas podia ser comprado por cinco mil.

O luto de Francesca pela morte do rapaz assustou Michael. Ele não acreditou que o amor dela pelo paraquedista fosse tão profundo. O que o preocupou mais foi o juramento dela de nunca mais se apaixonar, pois estava nos seus planos que Francesca se casasse. Ela era o seu bilhete para o mundo que ele tanto cobiçava.

Felizmente, quando Fallon tramou para que seu caminho cruzasse com o do capitalista Stephen Vandenberg III, Francesca pôde superar o paraquedista e se tornara mais uma vez receptiva ao amor.

Fallon deixou a loira sedutora e foi se misturar aos convidados tal qual um rei com seus súditos. Havia seguranças misturados ali. Francesca não sabia disso. Ele sabia como ela se sentia com sua proteção obsessiva. Alguns anos antes, fingira relaxar e conceder-lhe mais liberdade, quando na verdade ele simplesmente transformara a segurança pessoal em uma operação disfarçada.

Ele sabia muito bem como era fácil sequestrar um bebê.

Enquanto avançava em meio à multidão, apreciando o calor de fim de tarde nos ombros, viu Uri Edelstein em um dos bares, conversando com o prefeito de Las Vegas. Fallon notara o interesse da esposa do prefeito por Uri – aos 57 anos, Uri mantinha-se em forma e era atraente de um modo intelectual, com seus óculos de aro de tartaruga. Mas ignorava descaradamente a mulher. A vida sexual de Uri intrigava Michael. Ainda com a mesma mulher, depois de todos aqueles anos. Como ele suportava? Onde estava o mistério? As mulheres eram como biscoitos da sorte – abra-os e nunca saberá o que encontrará. Mas quem abria o mesmo biscoito da sorte *duas vezes*?

Michael estava no topo do mundo. Ou quase. O casamento de sábado asseguraria isso. Contanto que ninguém soubesse do seu passado. Ele passara anos diligentemente controlando vazamentos aqui e acolá, silenciando quem pudesse abrir o bico. Dois restavam. Abby Tyler, a quem ele vigiava atentamente, e sua mãe, que ainda carregava um segredo que, se descoberto, poderia destruir tudo.

Francesca não sabia da avó mantida em segredo na Flórida, a irlandesa Lucy Fallon. E certamente também não fazia a mínima ideia de que seu pai poderia ser filho bastardo de um mafioso de Vegas. Há muitos anos, Michael inventara uma história para explicar seu sobrenome:

– Quando meu bisavô imigrou para a América, seu nome era Antonio Falconelli. Mas o agente da imigração em Ellis Island anotou Fallonelli. Seu neto, meu pai, abreviou-o para Fallon, para soar mais americano. Mas somos Falconelli até os ossos, querida – ele lhe garantira.

De repente, Fallon piscou diante do pôr do sol. Todos aqueles pensamentos sobre seu pai deviam ter criado uma alucinação porque ele podia jurar que, parado no portão, discutindo com um dos seguranças, estava ninguém menos do que Gino Gamboni, um comparsa do passado.

Jesus. Era Gamboni mesmo.

Michael se aproximou, instruindo o segurança a permitir a entrada. Abraçaram-se. Gino Gamboni fedia a naftalina. Ele tinha a palidez da prisão e lábios rubros. Sua triste história era que ele continuara a trabalhar para a máfia de Chicago muito tempo depois de Michael ser esperto o bastante para se desligar. Preso e condenado por evasão de impostos em 1974, ele, desde então, entrara e saíra da prisão.

– Acabei de sair de novo – o velhote disse ao engolir seu primeiro uísque em cinco anos. – Você foi esperto, Michael. Você viu o que ia acontecer, a mudança em Vegas, naquela época. Você sabia que não demoraria para os Federais limparem a cidade. Spilotro e os outros, eles não sabiam que seus dias estavam contados. Mas você soube – estendeu o copo para ser servido novamente.

O barman foi generoso com o Glenlivet.

– Linda menina você tem, Michael. Uma verdadeira princesa – ele olhou para as mesas carregadas com ravióli, espaguete e vitela na Marsala. – Faz um tempão que não como uma boa comida italiana.

Michael assentiu em sinal de empatia. O que seria da vida sem lasanha e um bom Chianti? Mas ele pensava que Gamboni estivesse morto. Michael teve de pensar rápido.

– Como tem passado, Gino? Quero dizer, você tem onde ficar? Tem dinheiro?

– Ah, que merda, Michael. Está difícil. O mundo não precisa mais de homens como a gente.

Sem nem uma palavra, Fallon colocou a mão no bolso e pegou seu clipe platinado com dinheiro. Gamboni viu muitas notas ali. Todas de cem. Michael contou dez e as pressionou na mão do velho camarada.

– Você precisa de um emprego – disse Michael –, venha amanhã. Nenhum amigo meu passa necessidade por aqui.

Gamboni começou a chorar.

– Somos amigos de longa data, desde as drogas trazidas do México, não, Michael?

Fallon sorriu.

– Claro, Gino. Uns cem anos atrás.

Gamboni virou o drinque.

– Lembra das viagens com os bebês que fazíamos? Lá por 1968? Sabe o que eu fiz uma vez? Cheguei a Fresno com um dos bebês e disse ao feliz casal que o montante era o dobro. Disse que a decisão não estava em minhas mãos porque me disseram para pegar vinte mil. Eles queriam muito o bebê. Eu disse que tinha de levar de volta, porque eles não tinham o dinheiro. Sabe o que aconteceu? Eles apareceram com o dinheiro extra e eu fiquei com ele, e aquele bastardo do Bakersfelt não ficou sabendo de nada. Aquelas viagens eram dinheiro fácil – ele acrescentou, saudoso.

– Ei, Gino – disse Michael, dando-lhe um tapa nas costas. – Devagar com a bebida, hein? Esta é uma festa para a minha filha, afinal. Veja bem, não sou nenhum esnobe, sabe disso. Mas você não está vestido para a ocasião. Sem ofensas, mas é pela minha filha. Sabe disso.

– Sim, claro, Mike.

– Então, vou fazer o seguinte: um dos meus homens vai te levar ao Atlantis e te acomodar numa suíte. Peça o que quiser para o serviço de quarto. Jogue nas mesas. O que me diz?

Gamboni chorou abertamente.

– Você é o melhor, Mike. É só coração.

* * *

Gamboni estava dormindo bêbado quando algo o acordou no meio do escuro. Ele precisou de um minuto para se lembrar de que não estava em uma cela de prisão, mas em uma das suítes luxuosas do Atlantis.

– O quê? – disse arrastado quando as luzes se acenderam.

Mike Fallon se inclinava sobre ele.

– Escute bem, seu pedaço de merda desprezível – disse Fallon, arrastando o homem para fora da cama. – Eu te levo até a minha casa e eu te dou dinheiro, e você fala um monte de asneiras! O passado já era, Gamboni. Eu não tenho mais nada a ver com aquilo. Nunca mais mencione o passado. Não comigo, muito menos na frente da minha filha. Entendeu?

Gamboni piscou como uma coruja enquanto Michael o arrastava até o carrinho de serviço de quarto onde estava o resto do jantar de filé que ele pedira. Antes que Gamboni se desse conta, Michael prendeu sua mão à mesa e, no instante seguinte, perfurou-a com a faca de serra.

Gamboni rugiu.

– Espalhe isso por aí, *capisci*? Ninguém fala do meu passado. Se falarem, perdem mais do que uma mão. Da próxima vez, arranco o seu pau. Fui claro?

Gamboni assentiu, os lábios contraídos, os olhos fechados de dor. Empalidecera e o suor lhe cobria o rosto. O sangue escorria da mão, presa à mesa como um contrafilé.

Michael chamou os dois seguranças que estavam à porta.

– Levem-no ao hospital e se certifiquem de que ele viva para passar a notícia para quem quer que esteja vivo daqueles velhos tempos.

20

"Para Linda. Você me transformou em um novo homem. Ed."

Depois de encerrar a ligação com a joalheria, Sissy permanecera em silêncio, em estado de choque, fitando as cores primárias do chalé Ave-do-Paraíso, tentando desesperadamente se convencer de que devia haver algum engano.

Mas, no fim, só lhe restara somar dois e dois e ter como resultado o fato insuportável de que Ed estava tendo um caso com sua melhor amiga.

Telefonara para Linda e, quando foi atendida pela secretária eletrônica, ligou para seu pager, algo que raramente fazia porque, sendo corretora de imóveis, Linda muitas vezes estava no meio de uma negociação. Linda atendeu do carro e, ao ouvir a voz jovial da amiga, Sissy se descontrolou. Havia prometido a si mesma que agiria como adulta e com tranquilidade quanto a tudo aquilo, mas era simplesmente demais.

Linda estacionou o carro no acostamento da estrada e, quando a fúria de Sissy se aplacou, disse:

– Amiga, eu posso ser a mulher mais cheia de tesão do estado de Illinois, e partes do Wisconsin, mas eu jamais transaria com o marido da minha melhor amiga!

Sissy começou a chorar. De algum modo, se Ed tivesse de ter um caso, existia algum conforto em pelo menos saber quem era a mulher. Agora, ela era uma desconhecida.

– Desculpe ter pensado que fosse você – dissera, pressionando um lenço de papel nos olhos. – É um golpe e tanto. A rejeição...

Sissy não precisava explicar. Linda sabia tudo a respeito do seu profundo medo de rejeição. Ele começara no dia em que Sissy soube que era adotada.

"A minha mãe biológica me entregou!" Sissy gritara. "Que mãe rejeita seu filho?"

Mas aquilo explicava por que sua mãe adotiva – a mulher que ela pensava ser sua mãe – a educara com tamanha indiferença. Ser rejeitada por duas mães já era suficientemente devastador, mas pensar que seu marido...

– Linda – disse ela, subitamente se lembrando de algo –, ontem à noite, no telefone, você me pareceu distante, como se estivesse escondendo algo de mim.

Com o barulho do trânsito ao fundo, Linda respondeu:

– Eu estava. No ano passado, quando você disse que Ed estava numa viagem de trabalho em Seattle, eu o vi em Chicago. Num restaurante, com uma loira atraente. Ela não me pareceu uma compradora de partes de maquinário.

– E por que você não me contou?

– Às vezes é melhor não saber esse tipo de coisa. Um marido dá uma escorregadela e só. Por que arruinar um bom casamento por causa de um passo em falso?

Depois de desligar, Sissy tive um acesso de raiva, gritando com Ed, amaldiçoando-o, jogando longe tudo em que colocasse as mãos, quebrando alguns vasos. Seu acesso alarmou os vizinhos, e eles vieram correndo, batendo na porta até ela abrir.

Ver seus vizinhos a acalmou imediatamente. A mulher estava com um uniforme de empregada branco e preto, os seios expostos, o homem com culotes e botas e segurando um chicote de montaria. Eles vieram ver se ela estava bem e, quando ela se acalmou, enxugou os olhos e lhes disse que acabara de receber más notícias, eles logo ficaram mais tranquilos e a convidaram para almoçar com eles.

Considerando o modo como estavam vestidos e o próprio estado emocional de Sissy, ela recusou. Em vez disso, seguiu até o Village no centro do resort e tentou se distrair com compras, mas acabou apenas ajudando um desconhecido a escolher uma camisa. Agora eram oito horas da noite e Ed ainda não telefonara conforme prometido na mensagem daquela manhã.

O cartão de crédito listava o Palmer House em Chicago, em todas aquelas vezes que Ed, supostamente, estava fora do estado. Ligando para o serviço de informações, Sissy conseguiu o número do hotel, ligou e pediu para falar com o quarto de Ed Whitboro. Uma pequena centelha de esperança foi apagada quando a recepcionista disse:

– Claro! – e a colocou em espera.

Tivera esperanças que lhe dissessem que não havia ninguém ali com aquele nome.

Mas Ed estava hospedado lá. Só não estava no quarto e aquele não era um assunto sobre o qual se pudesse deixar recado, por isso ela desligou.

Dessa vez, Sissy não pegou vinho. Em fúria, despiu as roupas e mergulhou na banheira quente, esfregando o corpo para tirar Ed de sua pele, para apagar as marcas que ele deixara em seu corpo nos últimos quinze anos. Esfregou o rosto e os lábios, e mergulhou a cabeça na água para livrar seus cabelos de Ed como na canção de *South Pacific*.

Ela trouxera alguns vestidos bonitos e escolheu o rosa. Maquiou-se e deixou os cabelos soltos em vez de fazer o costumeiro e recatado coque. Foi estranho sentir os cabelos soltos na nuca.

A raiva a conduziu na noite em meio às árvores, passando por lamparinas, ao redor de uma piscina iluminada onde pessoas nadavam e brincavam, até chegar ao enorme aviário onde criaturas aladas voavam de um lado para o outro, enjauladas.

Não sabia aonde estava indo, só sabia que *estava* indo. E não se dera conta de que estava quase correndo, até que fez uma curva e bateu em uma parede dura e quente que disse:

– Opa!

Sissy ricocheteou e teria caído no piso de pedras se não fossem por duas grandes mãos que seguraram seus braços e a sustentaram ereta.

– Calma! – disse uma voz séria. – Onde é o incêndio?

Mas ele estava sorrindo e, quando ela se desculpou por atropelá-lo, ele apenas riu.

– Já aconteceram coisas piores comigo – seu sotaque era ligeiramente sulista. Ele usava um boné preto com bordado dourado que dizia "Fuzileiros Navais dos Estados Unidos" e vestia uniforme de camuflagem verde e preto. Passou pela cabeça dela que talvez ele estivesse a caminho de visitar seus vizinhos esquisitos. Sissy recuou um passo para longe das mãos fortes, e quase caiu novamente.

Torcera o tornozelo.

– Deixe eu te ajudar, senhorita – ele disse, esticando um braço.

Mas Sissy não conseguia andar.

– É melhor te levar até a enfermaria – e, antes que ela conseguisse dizer qualquer coisa, ele a segurou nos braços, fazendo-a flutuar paralelamente ao chão. Ela rapidamente enganchou um braço ao redor do pescoço dele para não cair, e depois percebeu que não corria esse risco, pois a pegada dele era bem firme.

– Isso não é necessário – disse, sentia-se tola, mas também experimentando um frisson. O perfume dele era uma colônia pós-barba máscula, e ela notou um indício de barba no maxilar.

– Conheço um caminho por trás – anunciou, entendendo que ela não gostaria que as pessoas a vissem daquele modo. Enquanto seguiam um caminho mais escuro, iluminado apenas pelo luar, ele se apresentou como Primeiro Tenente John Parker.

– Por favor, só me leve para o meu quarto – disse ela, quase sem fôlego. As sobrancelhas dele eram incríveis, escuras e espessas e recaídas por sobre os olhos. Um homem acostumado a comandar. – Não preciso de enfermeira.

Ele sorriu com lindos dentes resplandecentes.

– O que a dama quiser.

Uma vez dentro do chalé, o Tenente Parker depositou Sissy com gentileza no sofá e foi até o frigobar para pegar uma garrafa de água gelada, como se morasse ali, assumindo o controle.

Tirou a tampa e, entregando-a a Sissy, ajoelhou-se diante dela e manipulou com cuidado o tornozelo machucado, perguntando:

– Está doendo?

Ele tirara o boné e ela via o corte militar dos cabelos loiros. O uniforme era limpo e estava muito bem passado – calças largas com bolsos nas laterais das pernas, camisa com mangas enroladas e desabotoada no colarinho. Emblemas dourados brilhavam nele Ele explicou que acabara de voltar de um plantão em combate e estava passando seu período de folga no resort. Sissy, educadamente, lhe perguntou onde ele havia combatido, mas ele não quis falar sobre o assunto. Disse que queria deixar aquilo para trás. Sissy estava enfeitiçada. Nunca antes conhecera um soldado. O mais perto que chegara de um homem de uniforme foi quando um guarda lhe deu uma multa por atravessar fora da faixa. O soldado a deixava sem ar. Só de pensar no que ele já vira, pelo que passara, o que tivera de suportar...

Sissy se assustou com a própria reação. Descobriu-se estudando o queixo dele, tão quadrado e bem definido, apenas um traço de barba curta – um homem preocupado demais com assuntos sérios para se lembrar de se barbear. Mas era limpo. Cheirava a limpeza. Na verdade, parecia até esfregado. Os braços estavam queimados de sol, assim como o rosto e o pescoço. Tempestade no deserto. Oriente Médio.

Isso fez sua pulsação acelerar.

Por fim, ele se levantou e recomendou que não apoiasse o peso no pé por um tempo. Depois foi até a porta, onde se virou e olhou para ela com olhos escurecidos. Ela sentiu o seu exame minucioso, o poder emanando dele. Seus pulmões lutavam para obter ar.

–Você está bem? – ele perguntou com voz rouca, como se ela também estivesse surtindo um efeito nele. – Gostaria que eu ficasse?

Não! Vá embora, rápido!

– Sim – ela sussurrou.

Ele a alcançou em três passadas, levantou-a do sofá, suspendendo-a com vigor e força, trazendo-a até seu rosto. O beijo foi firme e possessivo. Tudo nele era firme – as costas, os braços, as pernas. Ele a carregou até a cama e, quando ela pensou que ele fosse agir de modo impiedoso, arrancando-lhe as roupas e se aproveitando dela, ele a surpreendeu. Parando ao seu lado, primeiro despiu-a com o olhar, depois abaixou a mão calejada para desabotoá-la, afastando da pele a seda e a lingerie, expondo-a com uma lentidão enlouquecedora que a fez querer gritar para que se apressasse.

Ficou deitada hipnotizada, completamente nua, enquanto ele continuava de pé. Então ele começou a se despir – a camisa, a camiseta cor oliva onde chapas de identificação de metal tintilaram na corrente. Em seguida as botas de combate lustrosas, depois as calças, revelando uma cueca oliva que não continha sua ereção.

Quando ele ficou completamente despido, parou de pé tal qual uma estátua, mas sorria, e Sissy ficou louca de desejo. Olhou para seu membro magnífico e subitamente desejou fazer algo que nunca fizera antes, em toda a sua vida. Alcançou-o sem nem pensar. Não planejou, o gesto saiu natural. Enquanto as mãos escorregavam até as nádegas bem esculpidas, tomou-o com a boca.

Foi outra nova sensação, e uma tão inebriante que ela ficou ávida. Ele ficou de pé apenas dois segundos antes de recuar e pressionar Sissy de costas no colchão. Ele era grande – maior do que Ed e Alistair, e mais pesado, e foi poderosamente erótico tê-lo por cima, pressionando-a, e abrindo-lhe as pernas para preenchê-la. Sissy fechou os olhos e se deliciou com o ato, porque seu soldado não foi nem gentil, nem lento, mas todo macho, dominante, e cuidando do assunto com força.

Ele era perigo e batalha, guerreiro e coragem, armas e aviões de combate. Seus beijos eram potentes. Sua energia a atordoou. Quando ela pensava que ele chegaria ao fim, ele continuava, fazendo-a vivenciar um orgasmo após o outro até que, suando exausta, ela implorou que ele parasse.

Ela tentou ficar acordada, mas estava tão deliciada e satisfeita que cochilou em seus braços. E quando acordou mais tarde, ele tinha ido embora. Tudo o que restava era o cheiro dele em sua pele.

E seu tornozelo não estava mais doendo.

21

OPHELIA VASCULHOU AS PRATELEIRAS da pequena farmácia do Village e encontrou desde colírios até talco para os pés. Mas não havia testes de gravidez.

"Estou contente que esteja saindo de férias" sua mãe lhe dissera. "Você anda exausta, *bubeleh*."

David também a apoiara.

"Você trabalha demais, Ophelia" ainda nos tempos da terapia, ele lhe perguntara se ela sabia por que se esforçava tanto, por que precisava sempre ser a melhor, a mais inteligente, a mais rápida. Com quem ela competia? Ela respondera que simplesmente era assim e deixara o assunto de lado, e ele nunca mais lhe perguntara. Mas o incentivo dele para que aceitasse a semana no resort, para relaxar e pensar, sugeria que a pergunta ainda estava lá. Ele queria saber o que a motivava – mais, ele queria que Ophelia soubesse o que a motivava.

Workaholic assumida, ela trouxera consigo seu projeto atual, um livro chamado, *Em defesa dos nossos ancestrais*. Suas teorias foram tão mal interpretadas, atacadas e ridicularizadas que ela sentia a necessidade de uma réplica. Salvara em seu laptop a transcrição de todos os programas de rádio e TV dos quais participara, além da mídia impressa – artigos, resenhas de livros e entrevistas. David sugerira que o título passava a impressão errada – ela não estava de fato defendendo os homens das cavernas, mas a si mesma. Às vezes, Ophelia sentia que seria difícil estar casada com um psicanalista freudiano. Nem tudo precisava ser analisado.

Mas nada daquilo tinha a ver com o motivo que a levara a aceitar a estadia no resort.

Uma jovem funcionária da farmácia estava organizando aspirinas e protetores labiais.

– Posso ajudá-la?

Ophelia pedira o teste de gravidez, mas a jovem a orientou a procurar a enfermaria.

– Temos uma enfermeira em tempo integral no resort. Ela trabalha com um médico de Palm Springs e é muito competente e discreta.

A enfermaria de duas salas estava localizada no prédio principal do hotel, atrás dos escritórios. A enfermeira era jovem e prática, e rapidamente explicou que não era apenas uma enfermeira residente, mas também uma assistente treinada e licenciada para diagnosticar e prescrever remédios, sob o amparo do médico que ia ao resort duas vezes por mês para repassar todos os prontuários.

Quando Ophelia lhe disse do que precisava, a enfermeira foi para os fundos para procurar no estoque e, enquanto aguardava ansiosamente, Ophelia pensava na pequena Sophie, em como a doença dela mudara as vidas de sua irmã e de seu cunhado. Tudo girava em torno da doença. Todos os seus pensamentos e ações, os filmes que viam, o que comiam no jantar, tudo era regido por um gene amaldiçoado. Sua irmã se tornara obsessiva com aquilo. Sophie quase se tornara uma atriz secundária naquele drama.

– Lamento – disse a enfermeira, voltando para a sala em que ela estava. – Estamos sem testes de gravidez. Posso fazer um pedido e o teste será enviado no voo da noite.

Noite. Ophelia consultou o relógio. Ainda era meio-dia. Poderia esperar. Trabalharia em seu livro. Nadaria um pouco mais. Ligaria para David. Agiria normalmente.

22

ELE VIERA AO MEU quarto para pedir conselhos quanto a qual camisa vestir e, enquanto eu tirava a calcinha e o sutiã, para tentar caber na roupa minúscula de lantejoulas, Kenny espiou. Ele não deveria ter feito isso.

Então finjo ficar aborrecida e lhe digo que ele precisa ser castigado.

– Se espera que eu caiba nesta roupinha ridícula, coloque-a em mim – é uma ordem. – Mas você tem que ficar de olhos fechados.

Ele se ajoelha diante de mim com os olhos fechados e puxa a tanga pelas minhas coxas. Ele faz uma pausa. As mãos abandonam a tarefa e se movem sobre minhas coxas e nádegas, como se ele estivesse lendo em braille. Sinto a sua respiração em minha virilha. Seus dedos voltam para a tanga, mas em vez de subi-la, ele a abaixa. Fecho os olhos e, parada diante dele, me delicio com a sua exploração. Sei que seus olhos agora estão abertos, sinto o farfalhar dos cílios em minha pele. Estou sensível lá embaixo, o menor dos toques acende meu fogo interno.

Afasto as pernas para lhe dar um acesso melhor. Ele me alarga e me excita com a língua. Fico tonta e enterro os dedos em seus cabelos. Sinto-me uma deusa e Kenny está ajoelhado em meu altar. Seus dedos estão me enlouquecendo. Um toque a mais e eu explodirei. Mas o quero dentro de mim. Quero deitar de costas, com as pernas o mais afastadas que conseguir, Kenny pesando sobre mim, levando-me a alturas extraordinárias.

Caio de joelhos. Alcanço sua boca, onde sinto meu gosto. Sou salgada e doce. Seus braços me envolvem, caímos no carpete, espesso e exuberante contra as minhas costas nuas, e o membro magnífico de Kenny assume seu lugar de direito. Quero que dure para sempre. Suas investidas longas e profundas lançam ondas de prazer pelo meu corpo.

Quando Coco quase derrubou alguém no meio do caminho, assustou-se ao perceber que não fazia a mínima ideia de onde estava. Saíra do chalé para o aviário. Sem querer, se viu no lugar certo.

Kenny estava logo adiante, esperando.

– Desculpe meu atraso – disse ela, acrescentando que não se demoraria, pois tinha um jantar marcado com Abby Tyler. Ele estava usando o smoking para a apresentação da noite. Ela quase disse "Você escolheu a camisa rosa!", mas percebeu que aquilo fora apenas uma fantasia sua.

Exploraram o aviário que se elevava em uma bancada e cujo paisagismo era o de uma floresta, e sentiram o cheiro de barro e da vida primitiva. Não disseram nada até chegarem ao fim, onde falcões noturnos estavam empoleirados. Kenny sugeriu que fossem tomar um drinque em algum lugar.

Encontraram o bar ao lado da maior das piscinas, na qual luzes brilhavam contra a escuridão e as pessoas riam e nadavam, enchendo a atmosfera com sons de festa. Kenny pediu dois Chardonnays.

Enquanto sorvia um gole, Coco observou Kenny. A sua boca a intrigava. Estava morrendo de vontade de beijá-la. Enquanto ele falava, ela observava os lábios se moverem, e imaginou-os se movendo em sua boca e nos lugares secretos do seu corpo. Ficou imaginando se seria parecido com a sua fantasia.

– Ken, escute...

– Kenny, por favor. Ken é o namorado da Barbie.

–Vim a este resort por um motivo.

Ela não planejara contar a ele. Como se fosse um de seus flashes, a verdade simplesmente escapou. Mas, enquanto revelava a história da bola de cristal e de Daisy, e da promessa de que encontraria a sua alma gêmea no "pôr do sol", uma parte sua desejou que ele gritasse "Sim! Eu também tive um sonho assim! Você está procurando por mim!". Outra parte sua desejava que ele dissesse: "Bem, obviamente esse não sou eu, por isso vou te deixar em paz".

Ele ouviu atentamente, depois disse:

– Como sabe que não sou eu?

– Daisy insiste que ele conhece muito do mundo.

– Então vamos a Paris.

Ah, meu Deus, como eu quero ir!

– Coco, por que não pode simplesmente deixar isso acontecer naturalmente, como as outras pessoas?

– Eu tentei! Kenny, eu desejo o tipo de relacionamento que os meus pais têm. As alegrias que vivenciaram juntos.

– Você e eu podemos ter isso – Kenny disse com suavidade.

– Já estive em tantos relacionamentos fracassados...

– Como você pode saber que o nosso vai fracassar se não deixa ele começar? Olha, eu também desejo esse tipo de coisa. Uma família. Pais amorosos. Mas não pelos mesmos motivos que você. Coco, eu sou órfão.

Ela o encarou. Nunca conhecera um órfão antes.

– Minha mãe biológica não podia ficar comigo, e as pessoas que me adotavam mudavam de ideia, por isso fui colocado em vários lares provisórios. Vivi com muitas famílias diferentes depois disso, mas nunca por tempo suficiente para me afeiçoar a elas.

A garganta de Coco se fechou e ela sentiu as emoções em um gira-gira. Pela primeira vez na vida, se viu sem fala.

– Srta. McCarthy? – Coco quase deu um pulo. Era Vanessa Nichols, arrasando em uma túnica azul vibrante com bordados dourados. – Desculpe interromper. Vim para acompanhá-la até a residência da srta. Tyler.

Coco havia se esquecido. O jantar com a anfitriã. Despediu-se de Kenny e saiu com Vanessa, e ele ficou sentado lá, observando-a desaparecer.

* * *

Abby estava nervosa. Depois de três décadas procurando pela filha, será que se reuniriam finalmente?

Sissy cancelara o jantar. Parecia perturbada. Abby queria perguntar o porquê, mas achou melhor não. E Ophelia recusara novamente, dizendo que tinha trabalho a fazer. Por isso seria somente Coco.

Enquanto experimentava uma roupa atrás da outra, preocupando-se em causar uma boa impressão, ela se lembrou da noite em que sua filha fora concebida. Abby podia ter se deitado com um desconhecido, mas seu bebê fora concebido com amor. E agora, depois de anos de buscas, seguindo pistas falsas e chegando a becos sem saída, será que finalmente estava prestes a se reunir com sua filha?

* * *

– Aqui estamos – anunciou Vanessa ao chegarem à residência particular. Olhou com olhos brilhantes para Coco e se perguntou: *Você é o bebezinho que eu carreguei para fora da prisão trinta e três anos atrás?* – Boa sorte! – disse, e bateu à porta.

Coco estava pensando que aquelas eram palavras estranhas, quando a túnica de Vanessa resvalou nela e lhe transmitiu uma mensagem. Havia algo muito estranho com aquela mulher. Uma sensação de transitoriedade, uma alma de mudança. Ou prestes a fugir.

Lembrando-se do amor secreto de Vanessa por Zeb, o caçador branco da África, Coco estava prestes a lhe recomendar que deixasse Zeb saber dos seus sentimentos antes que se separassem, pois sabia que Vanessa não ficaria naquele lugar por muito mais tempo, que haveria um longo trajeto à sua frente, e que caso não declarasse seus sentimentos a Zeb logo, ela o perderia para sempre.

Mas aquele era um hábito do qual Coco estava tentando se livrar, por isso permaneceu em silêncio. E sua intromissão na vida pessoal de Vanessa poderia não ser bem recebida.

Abby Tyler abriu a porta e recebeu Coco com um sorriso acolhedor.

Cumprimentaram-se com um aperto de mãos e Coco não se conteve, pois o flash foi intenso demais.

– Você está preocupada – disse.

– Sim – Abby concordou com cautela, sabendo das habilidades psíquicas de Coco e perguntando-se o quão fortes elas seriam. – Problemas gerenciais.

Coco a fitou com estranheza. Não foi isso o que o flash lhe dissera. Abby Tyler estava preocupada com uma criança.

Saladas de frutos do mar frias já estavam servidas, além de vinho resfriado, pão fresco e manteiga. Luz de candelabros reluzia sobre a louça e os cristais, e a porta de correr estava aberta, permitindo a entrada do perfume da noite.

– Então, me conte a respeito desse prêmio – disse Coco, apanhando a taça de vinho. – Nunca participo de concursos. Como consegui estas férias maravilhosas?

– O homem que um dia foi proprietário destas terras quis criar um santuário para as pessoas em busca de paz. Mas ele era um filantropo, e se preocupava que o The Grove ficasse disponível apenas às pessoas com muito dinheiro. Por isso, ele estabeleceu um tipo de loteria aleatória.

Abby tentava não encarar sua hóspede. Os olhos de Coco eram como os seus. Será que o nariz e o queixo puxaram ao andarilho? Por baixo da tinta ruiva, qual seria a cor verdadeira do cabelo dela?

Uma mãe não deveria reconhecer instintivamente seu filho?

E como, afinal, ela tocaria no assunto da paternidade e da adoção? Será que Coco sabia que era adotada?

Abby lhe perguntou se ela estava aproveitando a estadia, e Coco mencionou Kenny.

– Sim, ele é muito talentoso – disse Abby, não acrescentando nada mais a respeito de Kenny. Abby o encontrara em uma de suas buscas. Seguindo uma pista sobre órfãos, o investigador particular contratado por Abby chegara a São Francisco. Embora Abby soubesse que seu bebê era uma menina, seu coração se abriu para Kenny, pois ele também fora um bebê sequestrado. Depois Abby ficara sabendo da rejeição por parte dos pais adotivos e da sequência de lares provisórios, e quisera fazer algo por ele. Ainda mais quando viu o quanto ele sofria com seu vício secreto. Ele precisava se curar. Então, por intermédio de Vanessa, Abby o convidara a trabalhar no The Grove.

Abby fez perguntas casuais a Coco, sem parecer se intrometer. Mas ela precisava saber. Por trinta e três anos comemorara cada aniversário, pensara no primeiro dentinho do bebê, nos primeiros passos, em sua primeira palavra. Imaginara o primeiro dia de escola da filha, imaginara-se fazendo coisas com a pequena, coisas que se tornaram o privilégio de outra mulher.

– Aceitei o prêmio como um presente – explicou Coco. – Não falta muito para o meu aniversário.

– Verdade?

– Dezessete de maio. Nasci em Fresno.

No relatório do investigador particular: "Menina, nascida em Amarillo, Texas, 17 de maio, vendida à família McCarthy, de Fresno, Califórnia."

– Mais alguém em sua família é vidente?

– Não. Fui diferente desde o nascimento. Desde o minuto em que nasci.

De repente Abby ficou alerta.

– Como assim?

– Nasci com polidactilia – Coco mostrou as mãos e mexeu os dedos, apontados para diminutas cicatrizes nas laterais. – Seis dedos em cada mão. Foram retirados quando eu era pequena. Imagina que pianista eu poderia ser!

Abby se lembrou das palavras de Mercy: *Um bebê perfeito, dez dedos nos pés e nas mãos. Nós contamos.*

Coco McCarthy não era sua filha.

23

A NOITE NO DESERTO estava repleta de uivos dos coiotes.

Parado à porta aberta de seu quintal, Jack pensou nas criaturas que soavam tão próximas do resort. Pareciam famintas e agitadas.

Virou-se e voltou a entrar, para se concentrar no trabalho.

Jack era bom no que fazia. Investigar e solucionar casos. Recebera uma condecoração ou duas, um aperto de mãos do prefeito. Colegas detetives o procuravam quando estavam sem ideias. Só que era Jack quem estava desnorteado desta vez.

As anotações de Nina o confundiam. Ela parecia acreditar que um elemento vital para a sua busca estivesse naquele resort. Mas ele não conseguia encontrá-lo. Talvez a chave fosse Ophelia Kaplan. Ele precisava de uma desculpa para bater à porta dela, e, por sorte, a livraria do resort ficava aberta até tarde. Então, deixando os coiotes uivando e o quintal, ele seguiu em direção à noite estrelada.

Sua sorte melhorou quando, fuçando nas prateleiras, ele encontrou o livro de dieta da doutora Kaplan, aquele pelo qual Nina fora louca, que a ajudara a perder treze quilos e não recuperá-los, e que também a fez se sentir mais saudável e cheia de energia. Aquele livro lhe daria a abertura de que precisava.

Estava prestes a ligar para o número de Elias Salazar, o chefe de segurança, para solicitar o número do quarto da dra. Kaplan, quando a viu saindo distraída do prédio principal.

Enquanto se aproximava, seus olhos de detetive a avaliaram: aquela mulher, que usava calças de cordão e camiseta regata, praticava o que pregava. Estava saudável, no auge da forma física. Ophelia Kaplan poderia arrancar a pele de um mamute apenas com os dentes.

Mentalmente, contudo, parecia confusa. Havia algo em sua mente. Teria algo a ver com Abby Tyler e a questão da adoção? Estava tentado a perguntar, mas não queria se expor. Pensou nas informações que Nina descobrira sobre aquela mulher. Será que Ophelia Kaplan estava ciente de sua origem incomum?

– Com licença – disse ele, chamando-lhe a atenção. – Desculpe incomodar, eu sei que a senhora deve ser abordada assim o tempo inteiro, mas poderia autografar o seu livro para mim? Isto é, o meu livro? – disse, com um sorriso ofuscante.

Ela se virou, sobressaltada, como se, de tão preocupada, tivesse se esquecido da existência de outras pessoas no planeta.

– Claro – disse –, sem problemas – pegou o livro das mãos dele.

– Eu te vi no programa do Jay Leno. Você lidou com ele de maneira brilhante.

– Só você e minha mãe acham isso – Ophelia jamais se esqueceria daquela noite em que, diante de milhões de espectadores, explicara o raciocínio por trás de sua tese: "O pão só surgiu vinte mil anos atrás, Jay. Nossos corpos não podem estar adaptados a consumi-lo. Digamos que algo novo para nossa fisiologia seja inventado hoje, algo que não existe na natureza, algo que os nossos corpos não estejam acostumados a metabolizar e, que, na verdade, provoca o caos em nosso sistema digestivo e causa todo tipo de doenças físicas e metabólicas. Mesmo assim nós começamos a comer isso às toneladas e passa a fazer parte da nossa alimentação diária. Acha mesmo que em meros dez mil anos isso se tornará um alimento saudável?".

Jay Leno se inclinara para a frente e dissera:

"Dra. Kaplan, está se referindo a *Twinkies*?[3]"

Ela abriu a capa do livro que Jack lhe entregara e apoiou a caneta na página do título.

– Para quem dedico?

Ele hesitou. Alguém dedicava livros aos mortos?

3 N.T.: *Twinkies* são bolinhos recheados do tipo "Ana Maria".

Mas, se estivesse viva, Nina teria adorado recebê-lo.

– Para Nina – disse com suavidade –, a melhor irmã adotiva que um irmão poderia ter.

Uma pergunta pairou brevemente nos olhos de Ophelia, depois ela escreveu, assinou o nome e devolveu o livro.

– Acabei de saber que minha irmã foi adotada – acrescentou Jack, no tom mais casual e amigável que conseguiu.

Ophelia o encarou. Ele não notou nenhuma reação em seus olhos diante da palavra "adotada". Em seguida, ela piscou e disse:

– Com licença.

E girou sobre os calcanhares como a mulher determinada que era, afastando-se.

Jack a observou por um momento enquanto Ophelia passava os dedos pelos cabelos escuros curtos e, percebendo que ela era outro beco sem saída, virou-se e andou a esmo em meio à folhagem e às fontes. Tudo era muito estranho. Três mulheres trazidas até ali por conta de um falso concurso e nem sabiam disso. Elas não conheciam Abby Tyler, porém havia uma ligação entre elas, como ele lera nas anotações de Nina. Qual seria essa ligação?

Ocorreu-lhe que talvez Tyler tivesse perdido uma filha para o sistema ilegal de adoção e estivesse à procura dela. Mas por que ela simplesmente não fazia um exame de DNA? Era o que Nina teria feito. Por que trazer as três mulheres ali sob um falso pretexto? Devia ser outra coisa.

Será que Abby, de algum modo, ficara sabendo das investigações de Nina? Que Nina vinha juntando os nomes de bebês sequestrados há muito tempo? Mas havia um arquivo com o nome de Nina no bangalô de Tyler. E ainda mais surpreendente era a própria Tyler. Ela obviamente estava se escondendo ali. Em suas investigações sobre o passado dela, ele nunca encontrara menção na imprensa, nada nas revistas de fofoca ou nas colunas sociais, o que era estranho para alguém com sua situação financeira e ligações sociais. Do que ela se escondia?

Mas o mais significativo fora Abby lhe perguntar quando o homicídio acontecera. Isso foi inesperado. Como se ela tivesse perguntando *qual* assassinato ele estava investigando. Em que assassinato ela estava pensando?

Ele parou e olhou para as estrelas, tão baixas, densas e brilhantes no céu do deserto que ele quase chegava a pensar que, caso se esticasse, apanharia um bocado delas.

Nina, você pode me perdoar? Eu não deveria ter permitido que você fosse sozinha naquele encontro. Eu devia ter desconfiado!

Percebendo que estava, de novo, muito perto de se perder em seu luto, controlou-se e segurou as lágrimas, porque um detetive emotivo era um detetive que perdia a motivação. Ele não choraria pela irmã até encontrar o seu assassino.

24

A PORTA DE CORRER do quintal estava aberta, permitindo a entrada da fragrância de madressilva e dama-da-noite, e do som dos coiotes agitados ao longe. Uma batida à porta da frente. Finalmente o massagista, com sua maca dobrável.

Vanessa fitou o belo corpo moreno debaixo da roupa de tênis branca. Ele era novo no resort.

–Você parece francês – comentou, permitindo que ele entrasse. –Você é?

As sobrancelhas dele se arquearam.

– *Oui, madam.* Estou impressionado. Conseguiu perceber.

– Qual é o seu nome?

– Pierre.

– Bem, Pierre, tive um longo dia e preciso desfazer alguns nós em meus músculos – ela o fitou demoradamente. – Suas mãos parecem boas. Tenho certeza de que sabem fazer coisas mágicas.

Vanessa se virou e desatou o nó do roupão de cetim, deixando-o cair no chão. Ela estava nua. Pierre levou um minuto para abrir a maca e arrumá-la, cobrindo-a com um lençol e um travesseiro imaculados. Enquanto ele se ocupava com seus suprimentos, óleos aromáticos e cremes retirados da maleta, Vanessa se esticou à vontade na maca, de barriga para baixo, o rosto apoiado nas mãos.

Ele começou pelos ombros, usando um óleo aquecido com fragrância de peônias. Vanessa fechou os olhos e sentiu as mãos fortes em seus músculos, descendo pelas costas, massageando, desfazendo os nós, derretendo toda a tensão do dia. Os dedos trabalharam nas nádegas e depois nas coxas, até os tornozelos. Ela suspirou enquanto ele trabalhava nos pés, relaxando cada uma de suas juntas.

Vanessa sentiu a mente e o espírito, assim como o corpo, relaxarem. Ela flutuava em uma nuvem sem nenhuma preocupação no mundo a não ser as mãos de Pierre nela.

Ele começou a voltar pelos tornozelos e coxas, mais devagar desta vez e com menos pressão, as pontas dos dedos escorregando pela pele oleosa. Ele não mais massageava, mas acariciava. Primeiro a lateral externa das coxas, depois a interna – devagar, provocante. Ela afastou as pernas. As mãos de Pierre captaram a dica, escorregando para cima e para dentro, os dedos tocando-a onde ela estava úmida.

As mãos escorregavam pelo interior das coxas e por cima das nádegas, acariciando com suavidade, depois pelas costas, descendo pela cintura e, em seguida, com gentileza, debaixo dos braços, subindo pelas costas, como se estivesse acariciando um gato ronronante. Desciam cada vez um pouco mais, movendo-se provocativamente sempre mais próximo aos seios.

Ela se arqueou um pouco para permitir que as mãos de Pierre escorregassem por baixo, apalpando-a nos seios. Ele os massageou, brincou com os mamilos, fazendo movimentos deliciosos na pele oleosa.

Quando ele moveu as mãos para as coxas mais uma vez, pressionando ali, esfregando acolá, Vanessa se entreteve com uma fantasia: ela e Zeb fazendo amor debaixo das estrelas na África. Abriu ainda mais as pernas e Pierre a penetrou com um dedo, com uma lentidão tão enlouquecedora que a sua impaciência aumentou. Ele a conduziu aos limites extremos, depois recuou. Ela gemeu. Ele a penetrou novamente, mais fundo, até o polegar encontrar outro ponto sensível. Quando ele a tocou, ela quase gritou. Ele a tocava tal qual um instrumento musical, compondo em sua pele a mais deliciosa das melodias. Sua respiração ficou mais rápida. Sua pele estava em fogo.

Ela imaginou Zeb, nu e rígido, abaixando-se sobre ela, as mãos em seus joelhos, pressionando-os para que se afastassem, abrindo-lhe as pernas ao máximo. Então, ela o sentiu se enterrar nela, vigorosa e possessivamente. Enquanto Pierre aumentava o ritmo, usando o indicador e o polegar para enviar magníficas ondas de prazer a todo o seu corpo, era Zeb quem ela sentia, rígido e penetrante.

Quando o orgasmo começou, ela segurou as laterais da maca. Flutuando desde os dedos dos pés, pelas pernas e até o abdômen, a onda se abateu sobre ela em uma série de sensações quentes e enlevadas. Para seu deleite, aquele não foi o fim. Ela sentiu mais uma onda seguir, começando nos dedos dos pés e desdobrando-se pelo corpo em um calor formigante e delicioso. Uma terceira onda, e depois mais uma, até ela simplesmente ficar deitada, exausta, enquanto Pierre a cobria com um lençol e guardava os óleos.

Por fim, ela se sentou, pegou o roupão e se virou para Pierre, que aguardava com expectativa. Vanessa sorriu.

– Você é muito bom – elogiou-o.

– Obrigado – ele respondeu, sem nem um traço do sotaque francês.

– Quando pode começar?

– Imediatamente.

Pierre já passara pelo exame clínico e de sangue, tendo a saúde aprovada pelo clínico geral do The Grove. Vanessa nunca fazia um teste sem isso.

Estava satisfeita com ele. Captara as dicas de imediato. Ela dissera que ele parecia francês e ele, imediatamente, fez o que era esperado. Seu sotaque era impecável e, quando ela lhe disse que suas mãos pareciam capazes de produzir magia, ele logo entendeu que ela não estava interessada em sexo completo. Muitas hóspedes do The Grove eram tímidas ou recatadas demais para expressar abertamente o que queriam, por isso davam dicas. Na maioria das vezes, os acompanhantes do resort eram espertos e captavam essas dicas rapidamente. Raramente alguém interpretava mal as pistas, acabando por ofender um hóspede.

Vanessa sempre fazia os candidatos a acompanhantes passarem por um teste, e os orientava quanto às regras de conduta sexual do The Grove. A equipe feminina de acompanhantes era recrutada por um serviço de Los Angeles, e não necessitava daquele tipo de teste, visto que essas moças já conheciam o trabalho. Com os homens, contudo, isso era necessário. Na época em que o resort começara a oferecer serviços íntimos às hóspedes do sexo feminino, aconteceram alguns problemas: "Ele goza em dois segundos" era a queixa costumeira. "Dormiu e roncou depois. Agiu como se eu estivesse lhe prestando um favor." Por isso, Vanessa assumira o comando do programa e o transformara no serviço de primeira classe que era hoje em dia.

Enquanto Pierre fechava a maleta, Vanessa fitou as nádegas arredondadas e firmes. Ela não tinha terminado. Ainda havia o teste final. Olhando significativamente para a virilha dele, sorriu e disse:

– Agora estou pensando que você se parece mais com Sir Galahad.

Ele sorriu, captando a mensagem.

Uma hora depois, Pierre saía do bangalô de Vanessa, onde a deixara satisfeita e adormecida. Pierre, ele pensou. Era um bom nome, como outro qualquer. Ele era conhecido por tantos codinomes que, às vezes, tinha de parar para pensar qual era o seu verdadeiro nome.

Certificou-se de que não havia ninguém no caminho deserto, pegou o telefone via satélite e apertou a discagem automática. Enquanto ouvia chamar, resolveu que iria gostar da sua nova missão. Já trabalhara disfarçado, encoberto, antes, mas nunca "debaixo das cobertas".

Pierre não sabia quem era o alvo no resort, mas desejou que suas ordens não lhe fossem dadas tão cedo. Aquele parque de diversões estava cheio de estrelas de cinema, celebridades e vadias ricas. Ele poderia se divertir antes de resolver seu assunto verdadeiro.

Quando atenderam, Pierre disse duas palavras baixinho:

– Estou dentro.

Então desligou e riu. Ele mal podia esperar – por qualquer dos trabalhos.

QUARTA-FEIRA

25

SISSY NÃO TIVERA A intenção de ler a respeito de *ménages à trois*. O livro, *Trinta passos para um sexo melhor*, simplesmente caíra aberto naquele capítulo. E quando ela olhou as ilustrações, chocantemente gráficas, viu-se incapaz de desviar o olhar.

Então era assim que três pessoas faziam aquilo, ela pensou, enquanto os olhos percebiam os múltiplos braços e pernas, lábios, seios e nádegas, a genitália dele e dela. Sentiu-se culpada ao olhar para o livro, mas também excitada, de modo que, apesar das suas ressalvas, foi atraída pela fantasia...

Sua campainha toca. É a vizinha do chalé ao lado, vestida com um corselete de couro preto que empina os seios, impossibilitando que não se notem os piercings nos mamilos. Cintas-ligas pretas e meias arrastão, saltos altos finos. A virilha estava depilada. Ela veio convidar Sissy para uma festa particular. Sissy está chocada e quer fechar a porta, mas a mulher a segura pelo pulso e, com um sorriso travesso, a conduz pelo caminho que leva até o outro chalé.

O homem está usando um protetor peniano, como o dos atletas, mas de couro preto, e uma coleira de cachorro com espinhos. Seu sorriso é tão receptivo que Sissy perde o medo. Ela estava apenas de roupão quando a vizinha chegara, e eles pedem que o retire. Ela está tímida. Embora tenham trancado a porta da frente, e o jardim seja murado para privacidade, Sissy teme que alguém veja.

Por isso, eles a ajudam a retirar o roupão, os dedos resvalando em sua pele nua enquanto afastam o tecido dos seios, dos ombros e dos braços. Em um ato reflexo, ela cobre os seios com as mãos, e a mulher ri.

– Não fique tímida – ela sussurra e, afastando os braços de Sissy, brinca com seus mamilos.

Sissy, instantaneamente, pega fogo.

Eles a conduzem à chaise longue *de tapeçaria de cetim rosa. A mulher pressiona Sissy contra as almofadas e diz:*

– Abra as pernas, querida. Um pouco mais.

O homem se inclina sobre ela para olhar.

– Muito bom – diz, com um sorriso.

Eles vendam os olhos de Sissy com uma peça de seda e prendem seus pulsos em algemas macias, ancorando-os na cabeceira da chaise. *E então começam.*

Ela não tinha como saber que parte do seu corpo seria tocada, se seria de modo gentil ou firme. Ela não sabia quem tocava, se o homem ou a mulher. Lábios nos mamilos, sugando, e depois outra boca no outro mamilo. Dedos explorando a sua umidade. Algo toca seus lábios, pressionando, querendo entrar. Ela afasta os lábios e sente gosto de chocolate. Abre mais a boca e percebe que se trata de um morango coberto por chocolate. Ela morde e mastiga lentamente enquanto algo suave a provoca no interior das coxas nuas.

Em seguida algo duro a penetra, preenchendo-a. E subitamente começa a vibrar. Sissy grita. Jamais vivenciara algo tão delicioso.

– Ai, meu Deus, ah, ah... – ela grita, explodindo em um orgasmo.

O livro caiu do colo de Sissy quando ela se recostou na poltrona, ardente, e tão chocada quanto aborrecida consigo.

Jamais se sentira tão confusa. Emocionalmente, estava brava e ferida por Ed. Fisicamente, porém, ela sentia como se foguetes morassem em seu interior. E agora fantasiava com coisas que nem sabia que existiam.

E cometera adultério, algo que nunca imaginou que pudesse fazer. Ou, caso viesse a cometer tal pecado, sempre imaginara que isso a faria se sentir desprezível, imperdoável. Mas não sentia isso. Não estava apaixonada por nenhum dos dois homens com quem fizera sexo no resort. Será que era isso que fazia diferença? Não entregue seu coração e não haverá traição.

Estaria Ed apaixonado por Linda?

Sissy entendeu que esse era o motivo do seu sofrimento. Se fosse apenas sexo...

Seus pensamentos a intrigaram. Se tivesse descoberto a traição de Ed antes de vir ao The Grove, ela jamais teria dito "se fosse apenas sexo". Não havia uma linha tênue. Dormir com outra pessoa era errado. E ponto. Mas agora que ela mesma o fizera, ela via a distinção. Sexo com um estranho era uma coisa, apaixonar-se, outra.

Ed ligara na noite anterior, enquanto ela estava fora – sendo carregada por um fuzileiro naval, depois de torcer o tornozelo. Não notara a luz piscando até aquela manhã.

"Que pena que não te encontrei" dissera ele. "Você deve estar se divertindo. Está tudo bem por aqui, não se preocupe com a gente."

Está tudo bem por aqui.

Ele realmente achava que ela era estúpida! Ele não fora para casa? A mãe dele não lhe dissera que Sissy telefonara?

Dor e raiva começaram a dar lugar à indignação e ao aborrecimento. Ele poderia ao menos lhe dar algum crédito por tê-lo flagrado. Bem, a manhã estava linda e ela ainda tinha quatro dias naquele resort fabuloso antes de voltar a Rockford para tentar decidir o que fazer com o resto da sua vida.

Ao sair do chalé para a luz do sol, deparou-se com o casal vizinho. Imediatamente ficou envergonhada, lembrando-se de sua fantasia. Eles poderiam ler seus pensamentos? A loira estava de sandálias de tira e salto alto, uma minissaia que mal cobria o alto das meias finas e a cinta-liga, os seios gigantescos estavam visíveis debaixo da blusa fina. Sissy pensou que se ela se vestisse assim nas ruas de Rockford, Illinois, seria presa.

Nesse instante, Sissy percebeu que o homem não era o mesmo que lhe sorrira do jardim na manhã de segunda-feira e que ontem estivera de culotes. Mas o modo como se abraçavam indicava que não eram estranhos. A mulher lançou para Sissy uma piscadela e um aceno sensual – como se ela realmente pudesse ler seus pensamentos – e eles desapareceram, rindo, pela porta do chalé ao lado.

Sissy ficou olhando na direção deles. Achava que era um casal em lua de mel, mas agora, lembrando-se do "serviço de acompanhantes" que o resort oferecia, ficou imaginando se sua vizinha não era apenas uma secretária de Detroit ou uma enfermeira de St. Louis, gastando um ano das suas economias para realizar suas fantasias com diversos parceiros sexuais do The Grove. Em outros tempos, Sissy teria ficado chocada. Contudo, muita coisa acontecera naqueles dois últimos dias.

Pensou em Alistair e na ponte japonesa. Tão educado e perfeito, com uma técnica sexual impecável. Na verdade, em retrospecto, ele era perfeito *demais*. E se mostrara incrivelmente hábil e discreto com o preservativo. Será que ele trabalhava no The Grove? O jardim japonês seria o seu lugar, onde ele esperava que mulheres solitárias e frustradas o encontrassem? E o tenente da Marinha, tão perfeitamente másculo e hábil, e mesmo assim pedindo permissão a cada passo dado. Também colocando o preservativo antes que ela percebesse. Seriam parceiros para fantasias?

Estranhamente, essa possibilidade não incomodava Sissy. Afinal, ela se deliciara nas duas ocasiões. E tampouco estava à procura de um relacionamento, apenas de encontros fisicamente prazerosos. Os homens vinham fazendo isso há milhares de anos.

Mas o amor – essa era a parte vital. Se Ed amasse Linda, ele estaria rejeitando Sissy, e Sissy já fora rejeitada duas vezes. Isso a devastaria.

Ligando para o serviço aos hóspedes, pediu que a conectassem com a srta. Coco McCarthy. Sissy se lembrou do que ela dissera na sala de embarque do aeroporto, que ela era vidente, e que se oferecera para ver o seu futuro.

A mulher do Serviço aos Hóspedes informou que deixaria um recado, por isso Sissy esperou, desejando que Coco ligasse em seguida. E, quando o telefone tocou, ela o atendeu com o coração aos pulos, percebendo que depositava muita esperança no que Coco poderia lhe dizer.

Mas não era sua colega de prêmio que estava ligando, e sim Vanessa Nichols, perguntando se Sissy gostaria de almoçar com Abby Tyler no chalé particular da dona do resort.

Sissy precisava resolver alguns problemas antes.

– Pode ser no jantar? – perguntou.

– Certamente, sra. Whitboro. Irei ao seu chalé às sete, para acompanhá-la.

Sissy estava prestes a sair quando o telefone tocou novamente. Era Coco, dizendo que ficaria muito feliz em ajudá-la.

– Posso estar aí em meia hora.

* * *

– Não comando meu dom – explicou Coco quando se acomodaram no sofá de Sissy, na sala laranja e azul. – Já tentei. Mas não funciona assim. E, por motivos que não sei explicar, eu me conecto melhor com mulheres do que com homens.

– Talvez as mulheres sejam mais abertas espiritualmente, mais informadas – sugeriu Sissy, subitamente nervosa, se questionando se deveria prosseguir com aquilo. A Igreja Católica não desaprovava os videntes e os médiuns e o envolvimento com as atividades paranormais?

– Quando peguei a sua bolsa na sala de embarque no domingo à noite – disse Coco –, tive um flash muito forte de que você receberia um tremendo choque aqui.

– Recebi mesmo. Mas preciso saber mais – Sissy ia começar a contar a Coco quais eram os problemas, mas Coco a deteve.

– É melhor se eu fizer uma "leitura livre". Assim, eu não vou ter nenhuma pré-concepção para atrapalhar a mensagem. Muito bem, me dê algo para segurar. Algo relacionado ao problema – Coco deixara a bola de cristal no quarto. O cristal era apenas para o seu uso e de ninguém mais.

Sissy entregou o recibo do relógio.

O silêncio se fez entre elas, preenchido pela brisa da manhã e de risadas ao longe. Coco fechou os olhos e relaxou.

Sissy revirou os dedos e mordiscou o lábio.

Coco respirou suavemente. Deixou a brisa brincar com seu cabelo e rosto. Imagens e sensações preencheram sua mente. Por fim, ela disse:

– Delgado.

Sissy esperou por algo mais.

– Só isso?

– Lamento – Coco deixou o recibo de lado.

– É o nome de uma pessoa?

– Não sei.

– Poderia ser *Linda* Delgado?

– Não faço ideia. Foi o que me veio à mente. Pode não significar nada. Sinto muito não ajudar mais do que isso – disse ao se levantar.

– Obrigada por vir – respondeu Sissy.

Depois que Coco saiu, Sissy olhou para o telefone ao lado da cama e soube o que teria de fazer. Discando para o Serviço de Informações, com a maior calma que conseguiu, pediu o número de Linda Delgado, em Chicago, Illinois.

26

Ele estava nu em meio à folhagem, como Adão no Jardim do Éden. Mas, conforme se aproximava, Vanessa viu que Zeb não estava de fato nu, mas apenas sem camisa, o torso delgado reluzindo de suor. Isso a fez pensar no dia em que o vira pela primeira vez.

– Encontrei alguém para cuidar dos animais – Abby informara um ano antes, depois que o veterinário do resort pedira demissão para se casar. Ele cuidava dos pássaros exóticos, das tartarugas do deserto residentes, dos gatos domésticos que mantinham a população de roedores ao largo, e de ocasionais animais silvestres, como raposas e coiotes, que debandavam para o resort. Abby usava um serviço de empregos hoteleiros em São Diego para recrutar sua equipe; eles encontraram Zeb e encaminharam seu currículo impressionante para Abby. – Ele é perfeito. Ele era guarda-caça no Quênia.

– Ele é *africano*? – Vanessa perguntou, animada. Seu caso de amor com a África datava da infância.

Abby fora interrompida por um telefonema e não lhe dera mais detalhes, a não ser para dizer que ele chegaria no voo noturno. Visualizando Sidney Poitier, Denzel Washington e todos os lindos homens negros de quem conseguia se lembrar, Vanessa passou duas horas se arrumando, descartando roupa após roupa antes de se decidir pela túnica marroquina com bordados dourados. Para que ele soubesse que ela era uma "irmã".

Quando ela viu um belo homem negro sair do avião para a noite do deserto, seu coração deu um salto. Ele era ainda mais impressionante do que ela esperara, com um bigode espesso negro e postura nobre. Ele mal chegara ao último degrau da escada quando ela estendeu a mão e recebeu--o efusivamente ao The Grove, tão feliz em tê-lo como parte da família, não deixando que ele dissesse nada até que o confuso homem conseguisse desprender a mão da dela e comentar que ouvira falar da hospitalidade do The Grove, mas que aquilo era inacreditável. E foi então que um homem atrás dele, um homem *branco*, disse:

– Srta. Nichols, acredito que esteja procurando por mim.

E Vanessa descobriu outro tipo de preconceito racial. Nos anos 1960, crescendo no Texas, ela e as amigas tiveram a entrada negada em restaurantes em que apenas brancos eram servidos. Até se lembrava da distinção de bebedouros. Mas hoje ela não recriminava os brancos porque, afinal, eles também marcharam e carregaram placas e ajudaram a mudar as leis. Ela não fazia ideia de que não era tão livre de preconceitos quanto imaginara. Africano, para ela, equivalia a negro. Como um homem branco podia ser africano?

Ficou sabendo que Zeb nascera no Quênia, filho de colonizadores ingleses. Ele nem mesmo fora mandado para uma escola inglesa, como tantos outros filhos de colonos, mas se sentara lado a lado com as crianças nativas na escola missionária em Nyeri. Falava suaíle, usava camisas feitas de tecido *kanga* e contava histórias das terras altas do Quênia como se fosse tão nativo quanto os próprios nativos. O que, obviamente, ele era.

Isso fez a cabeça de Vanessa girar. Nunca preferira homens brancos. Nem mesmo homens morenos. Preferia seus homens negros, perigosos e poderosos. Na aparência, é claro. E ali estava um estranho de pele rosada, cinquenta e sete anos de idade, com cabelo rareando, mas viril do mesmo modo, e de sua boca saía o romance de um continente que ela amava e desejava um dia poder conhecer.

Zeb não era do tipo forte e silencioso. Forte, sim, mas nada silencioso. Ele adorava falar, e as histórias que ele contava encantavam muitos hóspedes do The Grove. Entretanto, Vanessa sentia que, por trás de tanta eloquência, havia um segredo muito bem guardado. Como um homem que falava e ria tão livremente ainda passava a impressão de ser misterioso?

O que a intrigava era o que ele *não* dizia.

Ela se lembrava da noite em que se apaixonara por ele.

Ele estava bebendo bastante. Um artigo no *Los Angeles Times* o aborrecera. Quatro toneladas de marfim ilegal foram encontradas à venda na Nigéria.

– Vinte anos atrás – Zeb reclamara, na companhia de uma garrafa de Foster Lager –, havia mais de um milhão de elefantes no mundo. Hoje, menos da metade desse número persiste. Em alguns países, Senegal, Costa do Marfim, eles foram dizimados. Logo não restará nenhum.

Tomado de indignação, Zeb gritara e socara a mesa. E depois chorou por dias melhores, por antigas lembranças, e por uma África que desaparecera para sempre.

– Eles nos chamaram de assassinos brancos. Mas éramos nós que policiávamos os parques. Nós fazíamos as regras. As fêmeas não podiam ser mortas, e apenas um macho por freguês. Nós respeitávamos as nossas presas. Não permitíamos matanças aleatórias, sem sentido. Éramos reguladores firmes e atirávamos nos invasores. Mas, depois que fomos banidos, os invasores avançaram e ninguém está policiando eles!

Vanessa se sentira imensamente tocada. Mas não sem se perguntar por que, já que se importava tanto, ele não voltava para salvar os animais. Tudo fazia parte do seu mistério.

Ela o viu entre a folhagem no aviário principal, o tronco reluzente no sol matutino. Ele levantou o chapéu para limpar o suor da testa. Era um boné dos Dodgers, Zeb era apaixonado pelo beisebol americano. De abril a outubro, ele não perdia um jogo sequer. Era outra faceta sua que Vanessa considerava fascinante, e ela percebera que nunca antes estivera tão apaixonada em sua vida. E nunca tão infeliz por causa disso.

Ela jamais poderia lhe contar a verdade a seu respeito.

Ao fazer uma curva na trilha que serpenteava até o imenso aviário, parou ao lado de um hibisco em flor, o coração e o corpo ardendo de desejo, e uma pergunta lhe veio à mente: por que não contar?

Subitamente lhe ocorreu que, com Abby de malas prontas, prestes a partir, e um detetive de homicídios investigando por aí, um capítulo em sua vida estava chegando ao fim. Ela e Abby aproveitaram trinta e três anos de relativa liberdade, mas isso agora estava chegando ao fim e nenhuma delas sabia o que traria o amanhã.

Aquela provavelmente seria a sua última oportunidade com Zeb. Por que não lhe contar a verdade sobre si e sobre o seu passado?

Seu coração começou a acelerar enquanto a perspectiva de confessar a verdade a Zebulon Armstrong a fez acreditar que poderia haver uma chance para eles – ele mantinha um segredo, quem sabe não sentiria empatia pelo seu? Ele não aparentava ser um homem que julgava os outros e, além disso, o crime que ela cometera fora há tanto tempo *e* em legítima defesa.

Sim, pensou, em uma súbita excitação, sentindo a coragem aumentar dentro de si. *Vou contar para ele!* Agora, de uma só vez, naquele lugar reservado em meio aos pássaros e flores exóticos, com a luz do sol difusa atravessando a tela superior que protegia o aviário e a sua vida silvestre. Naquele jardim tão intocado e intacto quanto o Éden – tão puro quanto a própria África! Contaria a ele agora, porque amanhã tudo seria diferente e todas as oportunidades se perderiam.

Mas, enquanto ela dava um passo em direção a ele – Zeb estava de costas para ela, sem perceber sua presença –, alguém apareceu na trilha adiante, vindo da entrada norte do aviário. Uma hóspede, de pernas longas e loira, correndo na direção de Zeb e dizendo:

– Aí está você! Acordei de manhã e você tinha sumido!

Ela passou os braços ao redor do pescoço dele e plantou um beijo em sua boca. Vanessa viu em choque quando Zeb, sem protestar, retribuiu o beijo.

Atordoada, Vanessa lentamente retrocedeu na trilha, até estar escondida atrás de folhagens densas, e deixando-os fora do alcance dos ouvidos. Ela não queria escutar o que se passava entre aqueles dois.

O que havia pensado? Como pôde imaginar que poderia haver qualquer coisa entre ela e Zeb? Eram de mundos diversos, diferentes raças. E ela lembrou que Zeb era um homem de forte moral e ética, que vivia segundo um código pessoal rigoroso. Como ela poderia explicar que o homem que ela matara era um cafetão, que ela o fizera em legítima defesa? Como explicar o incêndio da prisão White Hills, onde as prisioneiras eram submetidas a tratamento cruel? Ficou satisfeita que a loira tivesse aparecido. Isso a impediu de se fazer de tola.

27

Abby tinha um sonho recorrente.

Começava com uma batida à porta.

– Srta. Tyler?

– Pois não?

– Sou da Promotoria – ele sempre tinha sotaque texano, mas as roupas variavam. – Revisamos o seu caso e chegamos à conclusão de que a senhorita não é culpada pela morte de Avis Yocum. A condenação foi revogada. A senhorita foi exonerada.

Contudo, na noite anterior, pela primeira vez, o sonho foi diferente:

Ela abriu a porta e encontrou Jack Burns parado lá, informando-a que sua condenação fora revogada. Depois a pegou pela mão e ela disse:

– Para onde está me levando?

– Para a liberdade – respondeu ele e, quando ela passou pela porta, viu que estavam na praia.

Caminharam descalços na areia úmida, o luar iluminando o caminho enquanto ondas de cristas prateadas lavavam a costa. Abby percebeu que usava uma camisola de tecido transparente, que resvalava em sua pele. A sensação despertou todos os seus sentidos. Ela se sentia repentinamente excitada.

Quando foi que Jack se livrara da jaqueta? Onde estava sua camisa? A pele dele estava molhada, como se tivesse acabado de sair da água, as estrelas reluzindo nos músculos esculpidos. Ela quis lamber o sal daquela pele.

Ele se virou repentinamente, puxou-a para si e capturou sua boca em um beijo profundo. Sem ar, ela retribuiu o beijo enquanto a maré lambia seus tornozelos, lançando-se sobre eles para uni-los às criaturas do mar.

Jack recuou para despir os jeans, lentamente descendo-os pelas pernas para ficar magnificamente nu sob o luar. Em seguida, pegou a barra da camisola encharcada dela e a suspendeu de seu corpo, passando pela cabeça. Seus olhos varreram cada centímetro da nudez de Abby, e depois as mãos seguiram, explorando cada curva e reentrância. Ela também o tocou, os braços firmes de arqueiro, o peito rígido, o maxilar que implorava para ser beijado.

Pegando-a novamente pela mão, ele a conduziu para dentro do mar frio e mergulhou em uma onda esmagadora, para depois emergir com Abby nos braços, as bocas se unindo num beijo eletrizante enquanto o oceano ondulante os suspendia e abaixava, os braços fortes de Jack sustentando-a, as pernas dela travadas ao redor de suas coxas. Ele a penetrou, em meio às ondas, o luar brilhando em seus cabelos e ombros, e a maré os levava para frente e para trás, enquanto cavalgavam o Pacífico juntos.

Pressionando os lábios à sua orelha, ele murmurou:

– Nade comigo para os confins do mundo...

E ela respondeu:

– Sim...

Ela despertou encontrando-se no emaranhado dos lençóis, com a camisola ao redor da cintura. Ardera com um desejo que mesmo agora, horas mais tarde, continuava reluzindo em seu interior enquanto aguardava em frente a porta do chalé de Jack.

Ele a surpreendera com um telefonema mais cedo, convidando-a para o café da manhã. Abby tanto queria aceitar como recusar o convite. Não gostava do efeito que ele surtia nela. Nenhum homem a fizera se sentir tão fraca nem tão viva. Mas ela precisava saber por que ele estava ali. Descobriu que Jack Burns tivera conversas com Coco, Sissy e, na noite anterior, com Ophelia. Isso a alarmou. Se estava investigando o assassinato da irmã, então por que ele falaria com *elas*?

Bateu na porta.

A camisa social azul estava aberta no colarinho, as mangas viradas e o cabelo curto revirado de um lado para o outro, como se ele ainda não tivesse se penteado. Ela olhou para a sua boca e imaginou se ele beijava tão bem na vida real quanto em seu sonho.

– Olá! – ele disse, ficando de lado para que ela entrasse. Jack não via Abby desde o dia anterior, quando ela lhe apresentara Elias Salazar, o chefe de segurança. Ele imaginara que esbarraria com ela depois disso, mas Abby era difícil de encontrar. Além das exigências ligadas ao gerenciamento de um resort exclusivo, ela também tinha uma agenda social cheia. Tentara jantar com ela, mas Abby já tinha compromisso marcado. Precisava saber por que ela investigara sua irmã, e o que descobrira. Por isso, telefonara logo cedo para convidá-la para o café da manhã. Para sua total surpresa, Abby concordou.

E agora lá estava ela, e Jack estava pensando que ela ficava tão fabulosa de manhã quanto em outras horas do dia, quando na verdade ele deveria estar pensando em um modo de descobrir que informações ela tinha sobre a sua irmã.

Notou que ela fitava suas luvas.

– Eu estava trabalhando no meu equipamento – explicou, e ela viu o arco apoiado na parede, as flechas espalhadas sobre um jornal no chão. Abby se surpreendeu ao ouvir música clássica saindo do aparelho estéreo. Brahms ou Schumann. Ela imaginara que Jack fosse um homem do jazz.

Jack estava hospedado no chalé Sierra Nevada. O exterior era o mesmo dos outros chalés – reboco pintado em tons brandos do deserto, propositadamente projetado para ser imperceptível –, mas o interior se assemelhava a um chalé rústico de montanha, com uma imensa lareira de pedras, mobília de couro de vaca, tapetes indígenas e pinturas de alces e ursos pardos. Abby pensou que Jack, um homem vigoroso, se encaixava bem ali.

Olhou de relance para o quarto, onde viu a cama de dossel feita de madeira mal talhada, a colcha de retalhos puxada, os lençóis revoltos. A camareira ainda não viera arrumar o quarto. O travesseiro de Jack tinha a marca onde a cabeça repousara, e Abby visualizou-o na cama, lembrando-se de terem cavalgado a corrente do oceano, a firmeza dele dentro de si...

– O serviço de quarto ainda não chegou – ele disse, ao se ajoelhar no chão para fechar a tampa de uma garrafa na qual havia um líquido de cheiro forte.

Abby ficou intrigada pelo equipamento de arqueiro. Ele parecia estar à vontade naquela réplica de casa de caçador.

– Eu mesmo fabrico as minhas flechas – explicou Jack ao juntar alicates, faca, lixas, cera e tinta. – Isso me relaxa. Adoro o cheiro do cedro, a sensação da madeira entre os meus dedos. Coroando com as minhas tintas. Emplumando eu mesmo.

– Coroando? Emplumando?

Ele fechou a caixa de ferramentas.

– Pintar aros ao redor da flecha e encravar penas na ponta.

Quando notou o modo que ela fitava o arco, como fizera no dia anterior quando ele voltava de seu treino no deserto, ele teve uma ideia súbita. Fazia dois dias e três noites que Jack estava no resort e ainda não conseguira obter as digitais dela. A oportunidade era perfeita.

Ainda usando as luvas macias de trabalho, ele pegou o pano de lustrar e o arco.

– Já segurou um destes? – perguntou, cuidadosamente limpando o cabo de madeira.

– Nunca sequer *vi* um desses – ela respondeu.

– Deixe eu te mostrar – ele pegou algo do bolso e lhe entregou. – Se for destra, vista isto na mão direita.

Ela vestiu a luva.

– Estão faltando alguns dedos.

– Só se usam três dedos para puxar a corda. Nas juntas finais, assim – ele disse, tocando-a de leve.

Abby sentiu um lampejo e se perguntou por que estava fazendo aquilo.

Mas Jack lhe entregava o arco e ela o pegou. Era surpreendentemente leve, um quilo aproximadamente, mesmo ele sendo quase do seu tamanho.

– É tão grande! – ela arfou.

Jesus, ele pensou. Ela fez o comentário parecer sexual.

Talvez aquilo fosse um erro, pensou Jack, lembrando-se do seu sonho em que fizeram amor no planalto do deserto. O sonho fora tão real que ele teve de se lembrar que *não* a tocara em pontos íntimos, nem a beijara até ficar sem ar. Mesmo agora, ele conseguia ouvir o grito de êxtase dela, ecoando pelos desfiladeiros vermelhos e profundos.

– Ok – ele disse –, ele tem trinta quilos de potência. Você vai precisar de ajuda.

Parado atrás de Abby, Jack pousou as mãos sobre as dela e suspendeu o arco fazendo seus braços ficarem alinhados e paralelos ao chão. Em seguida, pegou a mão direita dela e enganchou os dedos na corda. Abby sentiu o peito dele em suas costas. Jack inspirou a fragrância do cabelo dela, a centímetros do seu rosto. No mesmo instante, ficou excitado.

– Puxe com as costas, não com o braço – a voz dele era baixa, os lábios próximos ao ouvido. Abby ficou atordoada com a intimidade do momento: música romântica clássica no tocador de CDs, a sala de estar imersa na luz dourada do deserto e o corpo rígido de Jack Burns contra o seu. A sensação era a mesma do seu sonho na praia. O resto seria também?

– Você tem de manter um nível alto de tensão ou as flechas vão voar com inconsistência – ele explicou, trazendo o braço de Abby para trás, os dedos ao redor dos dela na corda. O peito agora estava firme contra as costas dela, os braços alinhados e se tocando, ele envolvendo-a em um abraço.

Enquanto puxava a corda na direção do rosto dela, disse:

– As pessoas preferem diferentes âncoras, você tem de descobrir o que é mais confortável para você – as pontas dos dedos tocaram-na levemente no rosto. – Aqui – murmurou – ou aqui – tocou-a no queixo. A pele dela era quente, lembrando-o do fogo secreto que ele suspeitava que ela tivesse em seu interior.

Miraram o muro do jardim. Abby mal conseguia falar, pois a proximidade dele era inebriante.

– Isso não é perigoso?

– É seguro. Só vamos atingir a parede – o perfume dela era doce e delicioso, não como um perfume, mas como se Abby fosse uma das flores que cresciam em seus jardins. Por que diabos ele estava fazendo aquilo? Jack queria saber mais a respeito de Abby Tyler, mas não *aquilo* a mais, a sensação dela ao seu encontro, a fragrância do cabelo, o calor da pele. Aquele era um conhecimento perigoso.

Ele tinha de parar agora. Ele poderia parar agora – as digitais dela estavam no cabo lustrado do arco. Mas, em vez disso, ele disse:

– Apenas empurre o cabo com a palma, os dedos relaxados – hálito quente contra a face dela.

O arco oscilou e Abby subitamente riu. Jack riu com ela, apreciando o momento, esquecendo-se por um instante o motivo de estar ali.

– Quando quiser soltar, simplesmente relaxe os dedos. Não puxe a corda.

Soltaram a corda ao mesmo tempo. A flecha atravessou o jardim e o braço direito de Abby recuou em um ricochete. Ela caiu ao encontro de

Jack e, por um instante, ele a segurou em seu abraço, prendendo-a contra si, o rosto dela erguido para o seu. Então ouviram a flecha atingir a parede de pedra e Abby virou a cabeça, dizendo:

– Atingimos alguma coisa?

Jack abaixou os braços e recuou um passo para libertá-la.

Estava bravo consigo. Por que deixara aquilo acontecer? Uma vez que as digitais estavam no cabo, ele deveria ter simplesmente pegado o arco, dizendo que era pesado demais para ela, e que ela deveria começar com um mais leve. Em vez disso, dera seguimento à demonstração. Por quê? Ele sabia por quê. Fora uma desculpa para estar perto dela. Para tocar nela.

Pegou o arco pelas curvas superior e inferior, com cuidado para não contaminar as impressões no cabo, e deitou-o na cama. Finalmente conseguira as digitais de Abby. Impressões claras e completas.

– Bem – disse ela, afastando-se dele, subitamente embaraçada, perguntando-se o que acabara de acontecer. Consultou o relógio –, o serviço de quarto está atrasado. Espero que não estejamos com problemas na cozinha de novo.

Jack estava ansioso para que ela saísse logo. No instante em que ela saísse, ele ligaria para o Serviço ao Hóspede e pegaria o primeiro assento livre no avião para ir embora. Levaria o arco para a central, faria o cabo ser pincelado para obter as digitais, consultaria o banco de dados do FBI...

– A cascata deveria estar funcionando.

– O quê?

– A cascata no seu jardim. Deveria estar funcionando.

– Eu desliguei – explicou. – Estava me distraindo.

Ela ficou pensativa, depois disse:

– Isso nunca me ocorreu. Sempre pensei que o som da água corrente fosse relaxante. Será que os outros hóspedes também se incomodam com as fontes e cascatas dos seus jardins?

Enfiou a mão no bolso da calça de linho bege e pegou um gravador pequeno e fino. Falou brevemente nele:

– Observação: encontrar com Gordon, rever as fontes e cascatas dos jardins particulares, botões de ligar e desligar – depois voltou a colocar o equipamento no bolso e disse com um sorriso: – Gosto de fazer melhorias quando posso.

Ele mudou o peso de um pé para o outro. Queria que ela saísse. Queria que ela ficasse.

–Você projetou este lugar?

– Sou arquiteta paisagista. Pelo menos era, até me tornar dona de hotel – Abby trabalhara em dois ou três empregos ao mesmo tempo, frequentara a escola noturna e conseguira o diploma, tudo com um objetivo: encontrar sua filha. Bons detetives particulares não eram baratos. – Está me encarando, detetive.

Ele gaguejou um pouco, e ela disse:

– Sei que não existem muitas mulheres nesse ramo. Depois que obtive minha licença, foi impossível encontrar emprego. A maioria dos arquitetos já estabelecidos não queriam contratar uma mulher na época, e aqueles que concordaram em me contratar, não me deram liberdade criativa, e não me ouviam quando eu sugeria que eles estavam fazendo algo errado – a infância no viveiro do avô ensinara a Abby muito mais do que as aulas na faculdade jamais poderiam. Mas quem se importava? – Por isso decidi trabalhar por conta própria, encontrar meus próprios clientes – lembrava-se do dia em que estacionara em uma rua de Bel Air e vistoriara o cenário. Sorriu ante a lembrança. – Havia uma casa nova sendo ajardinada e os homens estavam plantando as árvores do lado errado da propriedade. Deveriam estar *deste* lado, para mascarar o barulho do trânsito da Sunset Boulevard. O caminho até a piscina era reto, e deveria ser sinuoso e plantado com uma sequência de experiências visuais, como moitas, flores, fontes e bancos. E as flores! O vento ia para o oeste na metade do ano, e vinha da praia na outra metade. Mas as flores que eles plantavam floresciam durante os ventos do oeste, e, do jeito que eles estavam fazendo, a fragrância seria levada para o jardim dos vizinhos, sem beneficiar o dono *daquela* casa!

Jack notou o quanto ela estava se animando, falando de flores e ventos, e ele pensou na Vinícola Crystal Creek, no folheto que ele ainda conservava embora tivesse deixado de lado o seu sonho de comprar o lugar. Então a campainha tocou. Abby fez uma pausa em sua história enquanto ele abria a porta para o garçom, que murmurou desculpas pela entrega demorada do desjejum, corando imediatamente ao ver sua patroa. Depois que o homem se retirou, Jack disse:

– Conseguiu o emprego? – ele tinha as digitais dela. Poderia ir embora. Por que estava fazendo aquilo?

Por Nina. Sim, era por Nina.

– Encontrei o dono da casa nos fundos e fiz algumas observações. Ele disse: "O que diria se eu te contasse que essas foram ideias minhas?". Fui franca com ele. "Você não vai ficar satisfeito quando o trabalho estiver concluído." Ele me desafiou. Então eu observei que ele estava plantando flores amantes de água debaixo de uma árvore que preferia pouca água. Por causa das flores, ele teria que regar bastante, o que mataria a árvore. E aquela era uma árvore bem cara.

Ela serviu o café e entregou uma xícara a Jack, como se aquele fosse o seu quarto e ela, a anfitriã.

– Caminhamos pela propriedade por uma hora e, quando terminamos, ele despediu o paisagista e me contratou. Ele foi o meu primeiro cliente e isso me levou a muitos outros.

Ela não contou o resto a Jack Burns: que o nome do primeiro cliente era Sam Striker, um rico corretor de imóveis, e que, dezesseis anos atrás, Sam trouxera Abby até o deserto para lhe mostrar aquelas terras.

"Comprei por uma pechincha" dissera Sam. "Meus amigos me chamam de louco, mas contratei um geólogo e ele diz que há poços artesianos aqui, que eu só precisava trazer a água à tona. E foi o que eu fiz. Subi a água e plantei essas árvores."

Abby ficara atordoada. Solo improdutivo até onde os olhos alcançavam, e ainda assim havia aquele bosque verdejante, como se transplantado das margens do Nilo.

"Tem muito mais água embaixo" Sam dissera. "O geólogo me disse que pode durar cem anos ou mais. Pensei em transformar isso no meu retiro. Case comigo, Abby. Eu vou te proteger." Àquela altura, ela e Sam tinham se tornado amantes, e ele conhecia a sua história. "Caçadores de recompensas jamais te encontrarão. Construiremos algo especial aqui."

"Sam" ela lhe dissera naquele dia, há dezesseis anos, "gosto de você, mas a minha filha...".

Ele colocara um dedo sobre seus lábios.

"Eu sei. A sua filha vem antes. Não vou te atrapalhar. Eu vou te ajudar em sua busca. Mas quero cuidar de você. Você trouxe tanta beleza e tranquilidade à minha vida. Me deixe fazer o mesmo por você."

– Então – disse Jack Burns ao ver o café da manhã servido no carrinho do serviço de quarto: ovos, pãezinhos, frutas –, foi trabalhando como arquiteta paisagista que você conseguiu comprar esta propriedade?

– Ah, não. Meu marido era dono disto aqui.

Ele se virou para fitá-la.

– Eu não sabia que era casada.

– Sou viúva. Depois que ele morreu e a propriedade passou para mim, decidi transformá-la num refúgio para o mundo exterior.

Jack notou o cuidado com que ela evitou o nome do marido. Mas agora ele tinha uma pista a seguir: uma simples pesquisa nos registros imobiliários e ele teria o nome do proprietário daquelas terras, antes de Abby Tyler.

O telefone dela tocou.

– Com licença – desculpou-se, antes de ligar pelo celular. – Desculpe – disse a Jack, guardando o telefone. – Uma crise na academia exige a minha imediata atenção – estava relutante em sair. O motivo que a levara a aceitar aquele convite foram suas esperanças de saber mais a respeito dele e do homicídio que ele supostamente estava investigando.

Ela se virou para a porta, mas parou e disse:

– Essa é a sua irmã?

Jack se virou para ver o que ela estava olhando. Em uma das mesas de canto estava uma foto em uma moldura de estanho. Uma jovem com longos cabelos loiros. A foto de Nina de que Jack mais gostava, tirada quando ela tinha vinte anos.

– Ela é adorável! – elogiou Abby.

A fúria se fez dentro dele, súbita e repentinamente. Fora levado ao esquecimento por aquela mulher sedutora. Como ele podia se deixar atrair por aquela mulher que ali, parada, fingia descaradamente não conhecer Nina?

A sensação de tê-la nos braços enquanto puxavam a corda do arco...

Jack mentalmente se deu um chute no traseiro. Estava enfraquecendo, esquecendo-se do motivo de estar ali!

Quando percebeu as feições dele se retorcendo de emoção, ela pensou nos artigos de jornal que solicitara junto ao *Sentinel* de Palm Springs, enviadas especialmente ao The Grove, e que ela lera antes de ir até o chalé dele. Quando Vanessa sugerira que Jack Burns estivesse ali com um falso pretexto, dizendo: "Como pode ter certeza de que ele está investigando o assassinato da irmã? Ele pode estar aqui por sua causa!", Abby solicitou aqueles jornais. E o que lera a chocou.

E também explicava parte do mistério de Jack Burns. Ele estava enterrando suas emoções. A morte da irmã era tão recente, as feridas ainda muito vivas, que ele levava uma vida superficial. Mas aquele era um modo doentio de viver, talvez até perigoso.

– Gostaria de falar a respeito? – perguntou com suavidade.

–Você tem que ir – disse ele, com uma voz contida. – Crise na academia.

Ela o seguiu até a porta, incomodada com a inesperada reviravolta. O que houvera com a irmã dele? Ele falara com Ophelia, Sissy e Coco. Nina era adotada? Estivera à procura da mãe biológica? Abby estava para lhe contar sua história, que ela também estava envolvida em uma busca de adoção, mas isso significaria ter de contar-lhe tudo – a acusação de homicídio, a fuga da prisão, o prêmio por sua cabeça – e ela suspeitava que Jack Burns seguisse um rígido código de ética no que se referia ao trabalho policial. Assim que soubesse que ela era procurada pelo FBI, ele não teria alternativa senão prendê-la.

– Detetive, quando me contou que estava investigando o homicídio de sua irmã, pedi para me enviarem alguns jornais de Palm Springs e li a respeito. Eu sinto muito. Se houver alguma coisa que eu possa fazer para ajudar...

– Não há nada – disse ele em um tom tão sofrido que Abby se compadeceu.

– Muito bem – disse ela –, mas se mudar de ideia...

– Minha irmã era muito especial para mim. Eu era catorze anos mais velho e sempre cuidei dela. Ela dependia de mim. E eu a desapontei.

Abby ouviu na voz dele um tom em que ela própria muitas vezes falava. Jack se culpava pela morte de Nina.

– Nem sempre conseguimos salvar as pessoas que amamos – disse ela, pousando uma mão no braço dele.

Ele lhe dirigiu uma expressão furiosa.

– Nina entrou numa situação perigosa e eu não fiz nada a respeito. Ela deixou um recado no meu telefone, uma maldita mensagem, dizendo que se encontraria com alguém naquela noite, alguém que desejava anonimato... – as palavras dele saíram ríspidas. – Ela disse que tinha descoberto algo grande. Eu cheguei tarde em casa e acabei dormindo no sofá. Eu estava trabalhando num caso, estava exausto. Só chequei as minhas mensagens na manhã seguinte quando já era tarde demais – a voz dele se rompeu.

– Ela deixou um recado? Então como você poderia ter ajudado? Ela não tinha como saber a que horas você ouviria.

Ele abriu a porta, e a luz do sol e a brisa do deserto entraram. Ele tinha as digitais. Não havia mais nada para ele ali. Ele iria embora no próximo voo.

– Jack, na mensagem, ela *pediu* a sua ajuda?

Ele estava parado, calado, ao lado da porta, com um olhar torturado.

– Sei o que significa se torturar por algo assim. A sensação de culpa. Mas você não tinha como controlar nada. Eu sei, já estive numa situação assim.

A postura dele era rígida, e ela sabia que ele estava lutando para se controlar. Ela quis lhe dizer que para sobreviver durante uma tempestade era preciso ser maleável e se inclinar, como as palmeiras. Não como o carvalho rígido, que continuava encravado pelas raízes até ser derrubado.

Ela deu um passo para fora e se virou.

– Se quiser falar a respeito, estarei aqui – disse, perguntando-se como poderia ajudar, ainda que soubesse que não havia tempo suficiente. Ela sabia que Jack iria embora do The Grove no sábado.

No mesmo dia em que ela própria iria embora.

28

Havia algo em voar a 900 km/hora que causava uma ereção em Michael Fallon. Era a própria imagem atravessando o espaço em uma aeronave em forma de falo. Ele não conseguia se concentrar no que a secretária estava dizendo.

Ela era linda. Cachos escuros pensos sobre um bloco de taquigrafia, pernas lisas cruzadas de modo que um tornozelo esguio balançava enquanto ela escrevia. A blusa tinha um botão aberto, revelando uma porção de pele. Sua cintura era fina e os quadris largos, do jeito que Michael gostava. A sua concentração sumiu.

– Onde estávamos, srta. Jones?

– O governador e a esposa, senador Watson e esposa. Arnold Schwarzenegger e Maria... – estavam revisando o RSVP da lista de convidados do casamento de Francesca.

– Eu te dou um milhão de dólares se abrir a blusa para mim – disse Fallon com um sorriso sensual. Do lado de fora, nuvens fofas engolfavam o jatinho particular enquanto do lado de dentro uma música suave preenchia a cabine luxuosa. Uri Edelstein cochilava alguns assentos mais atrás; voar sempre surtia esse efeito nele. Mas não em Michael. Ele subitamente estava rijo como uma rocha.

Rindo suavemente, a srta. Jones deixou o bloco de anotações de lado e lentamente desabotoou a blusa de seda azul, propiciando ao patrão uma bela vista dos seios gigantescos mal contidos pelas taças rendadas. Seu nome era Ingrid e ela fora uma stripper de Vegas antes de aprender taquigrafia.

Michael se levantou e foi para os fundos do avião. Ela o seguiu. Ele puxou a cortina da pequena cozinha de bordo e se reclinou contra o painel. Ingrid sabia o que era esperado dela. Ter habilidades de secretária era apenas um dos requisitos do seu emprego. Ajoelhando-se, desceu o zíper e segurou a ereção de Fallon. Um pouco de carícias leves e depois ela o tomou pela boca. Michael não se moveu, deixou-a fazer todo o serviço. Nem mesmo a tocou. Fechou os olhos e pensou em jatinhos e velocidade, e gozou na boca dela.

Ela o deixou imediatamente, e voltou ao seu lugar enquanto Michael entrava no banheiro para se limpar. Sexo sempre trazia à tona esse seu lado afetado. Enquanto se arrumava e lavava as mãos, fez uma anotação mental para comprar algo na Flórida para a secretária, talvez uma pulseira de diamantes. Então a voz do comandante soou:

– Aterrissaremos em poucos instantes, senhor.

Fallon ia visitar a mãe.

Se Michael não sabia quem o gerara, ao menos sabia quando e onde: no Hotel Flamingo, durante sua inauguração, em 1946. "Nascido em Vegas", Fallon gostava de se gabar. Nascido nos anos gloriosos do crime e de homens como Lucky Luciano, Meyer Lansky, Bugsy Siegel. Isso sim era poder. Se alguém quisesse impedi-los de se mudarem para lá, construindo cassinos com o dinheiro das drogas mexicanas e os milhões de dólares conseguidos com heroína, seria subornado, aterrorizado ou silenciado até a morte. A máfia! Bugsy Siegel matara trinta homens com as próprias mãos, e incontáveis outros por meio de seus capangas. Bugsy se safara de tantas execuções que chegara a acreditar que assassinato não era crime se cometido por ele.

Ainda que Michael jamais tivesse conhecido o homem, e Siegel não fosse italiano, Fallon o admirava: sozinho, Bugsy criara e construíra o Flamingo. Sem ele, Fallon não estaria na face da Terra hoje.

Aos dez anos Michael estava inspecionando a caixa de joias da mãe, na esperança de encontrar algo para vender – mas era tudo bijuteria, eles eram muito pobres – quando se deparou com "A Ficha". Ele só estava na quinta série, mas sabia o que significava uma ficha de jogo da cor verde azulada. Alguém presenteara a sua mãe com mil dólares. Era do Flamingo.

Até havia uma data nela: dezembro de 1946, portanto, feita especialmente para a abertura do novo cassino. Ela jamais sacara o dinheiro. Guardara a ficha como suvenir. Um lembrete, Michael concluiu, da noite em que se deitara com um dos grandes mandachuvas.

Quando estava com quinze anos, lera a respeito de Lucky Luciano. Ainda que o gângster não estivesse em Vegas em 1946, mas escondendo-se em Cuba, o jovem Michael fantasiara que Luciano se esgueirara até os Estados Unidos para presenciar a grande inauguração do Flamingo e que permanecera por tempo suficiente para entreter uma jovem garçonete chamada Lucy Fallon antes de ser apanhado pelos Federais e deportado de volta para a Itália.

No decorrer dos anos, Fallon devorara todo tipo de reportagem que encontrava a respeito da inauguração do cassino. Um repórter a descrevera como tendo a "opulência afetada do funeral de um dos grandes criminosos", o que soou irônico, considerando-se que Bugsy Siegel foi assassinado sete meses mais tarde, quando um pistoleiro na janela de sua casa em Beverly Hills o alvejou na cabeça com tanta precisão que a polícia encontrou o globo ocular de Bugsy a quatro metros de distância.

A namorada de Bugsy, Virginia Hill, apelidada pelo FBI como "uma mulher de grande mistério", dormira com cada um dos grandes mafiosos do país antes de acabar na cama de Bugsy. Foi por causa de Hill que o Flamingo ganhara esse nome – por causa das longas pernas que Siegel tanto adorava. Ela tinha audácia. Em 1951, o Comitê Kefauver estava investigando o crime organizado e as fraudes em Vegas e intimou Hill a depor. Quando um político distinto lhe perguntou o segredo do seu sucesso, ela respondeu: "Senador, sou a melhor chupadora de paus do mundo".

Em segredo, Michael mantinha um livro de recortes repleto de artigos de jornal que coletara sobre os gângsteres, tentando descobrir quem era o seu pai. O último, acrescentado há apenas algumas semanas, era o obituário de um antigo gângster de Vegas, Carlo Bellagamba, que os Federais forçaram a sair do estado de Nevada nos anos 1970. Ele morreu de ataque cardíaco em Chicago (em um prostíbulo, diziam os boatos, enquanto tentava transar com duas mulheres ao mesmo tempo). Fallon fitava a foto antiga do morto, retirada de um antigo registro policial, estudando as feições italianas, procurando por si mesmo nelas, silenciosamente perguntando: *Você era o meu pai?*

A enfermeira encarregada o recebeu calorosamente e o acompanhou pelo corredor cheio de camas, cadeiras de rodas e diversos anciões em diferentes estados de consciência.

Por mais de cinquenta anos, Michael tentara descobrir o segredo da mãe. Talvez daquela vez ela fosse persuadida. Afinal, Lucy tinha setenta e oito anos de idade e recentemente fora transferida para um asilo por conta de uma queda que fraturara seu quadril. Ela necessitava de medicação diária e só caminhava com a ajuda de um andador. Talvez a consciência de que estava tão perto de se reencontrar com o Criador afrouxasse sua língua. E o livro de recortes poderia ajudar. Ele viraria as páginas e perguntaria: "É ele? É este aqui?", facilitando para ela.

Ela estava em um quarto particular, apoiada em travesseiros, com uma jaqueta rosa ao redor dos ombros finos.

– Mikey! – exclamou, em sinal de surpresa contente. Fitou-o com olhos brilhantes. Seu lindo filho. Quase sessenta anos e ainda tão em forma, com cabelos tão escuros.

– Mãe – disse ele, baixinho. – Quem foi o meu pai? Me diga o nome dele – se fosse muito ruim, como Lucky Luciano, Michael poderia alegar que ela fora estuprada. Mas ele precisava de um nome para poder formular sua versão.

Lucy pressionou os lábios. Jamais lhe contara, por conta do orgulho. Ele não entendia isso? Ela acreditava que ele deixaria isso de lado há muito tempo. De que importava saber quem era seu pai? Lucy queria manter sua dignidade. Contanto que jamais mencionasse o nome dele, ela poderia manter sua honra.

– Mikey, preste atenção. Isso não vai mudar em nada a sua vida. Você se saiu bem. Está rico. Tem poder. Me permita esse pedacinho de dignidade, *por favor.*

Fallon reconhecia intransigência quando a via, e soube que não obteria nenhuma informação com ela.

O casamento seria dali a três dias. Muita coisa dependia daquilo – Mike Fallon apostara a vida inteira e sua fortuna naquela troca de votos. Não poderia arriscar um passo em falso por parte de sua mãe velha e sentimental. Não importava o quanto Francesca e Stephen estivessem apaixonados, se os Vandenberg percebessem um mínimo de escândalo – o avô da noiva, um notório gângster! –, eles cancelariam o casamento e Stephen (Fallon conhecia bem o seu tipo) obedeceria.

Sem se despedir, saiu do quarto e se escondeu na soleira de uma porta para abrir o celular. Ainda tinha contatos na Flórida. Aquilo tinha de ser feito imediatamente. Não se importava com os detalhes – o assassino podia se disfarçar de visitante ou médico, e poderia usar um travesseiro ou drogas letais –, Michael só se importava que o incidente parecesse uma morte natural.

29

"ENTÃO, O QUE ESTÁ dizendo, dra. Kaplan, é que a prostituição *não* é a profissão mais antiga do mundo?"

Ouvir a voz do locutor de rádio em sua fita cassete a fez se irritar novamente, do mesmo modo que quando a entrevista original fora ao ar. Ophelia gravara a conversa informal e agora incorporava a transcrição ao seu livro inédito: *Em defesa dos nossos ancestrais*.

Concentrar-se no trabalho evitava que ela ficasse obsessiva quanto à possibilidade de estar grávida – um fato do qual ela só teria certeza após a chegada do teste de gravidez.

– Sinto muito, doutora Kaplan – a enfermeira dissera na noite anterior. – A farmácia em Palm Springs se enganou quanto ao nosso pedido. Já solicitei novamente. Mas eu te garanto, no primeiro voo da manhã...

Ophelia consultou o relógio. Quase oito. O jatinho chegaria a qualquer minuto. Levantou o rosto para o céu azul e pensou em como ele era profundo e infinito. O mesmo céu sob o qual pessoas viveram há milhões de anos.

O povo de Ophelia.

"Então, qual é a profissão mais antiga, se não a prostituição?" a voz do locutor foi carregada pela brisa perfumada. Ophelia estava sentada em um dos jardins floridos do The Grove, repleto de botões primaveris. E enquanto ouvia a sua resposta, digitava no teclado do seu laptop: "Evidências arqueológicas indicam que os habitantes das cavernas viviam em grupos separados pelo gênero. Mulheres e crianças em um lado do abrigo, homens no outro. As mulheres não precisavam dos homens, ou de companheiros, para ter proteção ou alimento. Elas tinham o seu grupo. Portanto, não havia a necessidade de "vender" favores sexuais. Os humanos se relacionavam sexualmente do mesmo modo que os animais silvestres. Foi só depois que os humanos se agruparam em pares, e as mulheres se viram dependentes de um homem para conseguir abrigo e alimento, que o sexo foi utilizado como moeda de troca. Antes disso, existiam outras profissões mais importantes. O curandeiro ou xamã. O coletor de ervas medicinais. O guardião do fogo. Sem eles, o clã pereceria, portanto, tais membros do grupo eram mantidos em alta estima e recebiam favores do clã".

– Dra. Kaplan?

Ophelia parou de digitar e estreitou o olhar para a pessoa parada sob o sol. A enfermeira.

– O avião acabou de chegar e estou indo para a pista. Devo ter a encomenda dentro de alguns minutos. Se quiser vir ao consultório...

– Não – Ophelia respondeu rapidamente. – Prefiro fazer o teste sozinha – afinal, era por isso que estava ali, longe de David, da mãe e das irmãs. Aquilo era algo que ela tinha de enfrentar a sós.

A jovem sorriu.

– Muito bem. Posso te encontrar em sua suíte em, digamos, quinze minutos – e se afastou, a longa trança negra balançando vigorosamente em suas costas.

Quinze minutos. E Ophelia conheceria seu destino. E o destino do seu casamento.

– Estou contente que estejamos de acordo quanto a filhos – David dissera quando começaram a discutir a possibilidade de se casarem. David não queria filhos. – É perigoso demais – dissera ele, referindo-se ao gene defeituoso, para o qual ele fora testado positivamente. – Temos um ao outro, e os nossos trabalhos.

Ophelia concordara. Depois do que a irmã passara com a doença incurável de Sophie e com sua morte aos cinco anos de idade, Ophelia jurara nunca querer filhos e estava contente por ter encontrado um homem que concordasse com ela.

Posso te encontrar em sua suíte em quinze minutos.

Ophelia desligou o gravador e fechou o laptop. Juntou o resto das suas coisas, levantou-se do banco de mármore e, no instante em que uma brisa soprou, um perfume floral que ela não percebera antes subitamente a envolveu.

Ophelia cambaleou, segurando-se a um poste para se equilibrar. O perfume era dominador. Sufocante – doce demais para ser agradável. Mas conhecido. Ela não sabia o nome, de que flor ele vinha – mas o conhecia! De onde? O que aquele perfume significava?

Sua visão subitamente foi tomada por outras imagens: um quarto de hospital tomado de flores, uma sala de espera cheia de pessoas e Ophelia, criança, sufocada e com medo.

Uma lembrança? Mas do quê?

Ela seguiu o perfume nauseante até localizá-lo em uma flor específica no jardim, grande e branca. A plaqueta a identificava como narciso. Ela a deixava enjoada. E aterrorizada. Começou a suar frio e se sentiu subitamente tonta. Tropeçando até o banco, sentou-se rapidamente e pressionou a testa nos joelhos.

Depois de alguns minutos, a crise – ou o que quer que aquilo tivesse sido – passou. Mas a deixara molhada de suor e com as pernas trêmulas. Ao se erguer nos pés instáveis, uma lembrança surgiu em sua mente: Ophelia sentando-se no colo do avô em uma reunião familiar. Na época, ele não era tão idoso – ela se lembrava dos cabelos espessos e negros e da risada forte. Ela era bem pequena. Mas algo acontecera, *Zaydeh* Abraham disse ou fez algo que a magoara. Ela apagara a lembrança. David tentou ajudá-la a se lembrar, até mesmo sugerindo hipnose, mas sem sucesso. Ele acreditava que a competitividade e a necessidade premente de sucesso de Ophelia estivesse enraizada naquele momento.

O que seu avô fizera?

Ophelia fugiu do jardim, do passado, do locutor do rádio que a acusara de ser promíscua, do cheiro nauseante da flor que a aterrorizava.

O pacote já estava em seu quarto. A enfermeira, sabiamente, encomendara duas caixas.

Com o coração aos saltos, Ophelia abriu a primeira.

"A Doença de Tay-Sachs é causada pela ausência de uma enzima vital chamada hexosaminidase A." O médico informara com uma voz fria e objetiva, como se fizesse uma palestra sobre o ciclo de vida de um sapo, enquanto Ophelia e a irmã ouviam em silêncio atônito. "Os portadores da doença podem ser identificados com um simples exame de sangue que mede a atividade da hexosaminidase A. Os dois pais têm de ser portadores para que a doença afete a criança. Quando os dois têm a mutação genética na hexosaminidase A, existe a probabilidade de 25% de a criança ser afetada pela Doença de Tay-Sachs."

"Quais são as chances?" Ophelia perguntara. Ela e a irmã estavam sentadas juntas, encarando o médico atrás da escrivaninha. Ophelia estava lá para apoiar a irmã porque o cunhado não pudera ir. Elas já conheciam boa parte dessas informações por causa de Sophie, que morrera aos cinco anos por causa da doença. "Quais são as chances de acontecer de novo?"

"A probabilidade de uma pessoa ser portadora da DTS" respondera o médico, "é significativamente maior se ele ou ela for de origem judaica no leste europeu, isto é, de descendência asquenaze. O que, pelo que sei, vocês são. Aproximadamente um a cada vinte e sete judeus nos Estados Unidos é portador do gene da DTS".

Saíram desapontadas do consultório do médico e, seis meses depois, o marido da irmã a abandou.

Depois, Ophelia conheceu David, que também era de descendência asquenaze e já sabia ser portador do gene. Ele havia feito o teste quando chegou perto de se casar, alguns anos antes.

"Não quero filhos" ele dissera quando o relacionamento com Ophelia se tornou mais sério.

Ela dissera que também não desejava filhos, que era dedicada à carreira. Ela não tinha como saber se falara sério naquela época. Ela queria David, e queria uma carreira. Filhos eram pequenas sombras vagas na visão periférica. E diante do túmulo de Sophie ela jurara: *Isso jamais acontecerá comigo.*

Por isso, ela não se submetera ao exame genético. Usava pílula. A probabilidade de engravidar era remota. Ainda assim, todos diziam que ela devia fazer o exame. Quando lhe perguntavam por que não o fazia, Ophelia respondia que ele não era necessário. Mas David achava que na verdade ela não queria ouvir que possuía um defeito. Ophelia *tinha* de ser bem-sucedida e perfeita o tempo todo. Genes mutantes eram para as outras pessoas.

Enquanto coletava a amostra de urina e desembalava o bastão com mãos trêmulas, desejou ter feito o teste genético. Será que haveria uma criança crescendo dentro dela, naquele instante, destinada a morrer antes de seu quinto aniversário?

Ela mergulhou a ponta do teste na urina e observou o bastão mudar de cor. Diferentemente do teste anterior, que mostrava duas linhas rosa como confirmação de gravidez, aquele ali dizia com palavras.

Depois de sessenta segundos, letrinhas pretas apareceram fantasmagoricamente no bastão. "Você Está Grávida."

30

Coco está sentada em sua tenda de cartomancia na Feira de Caridade, esperando o próximo cliente. Por fim, a cortina se abre e a luz do sol traz um desconhecido moreno. Ele fecha a cortina atrás de si, tornando o interior da tenda aconchegante e íntimo, iluminado apenas pela luz das velas. Ele se senta diante de Coco e aguarda ansiosamente. Ela está surpresa. Homens não costumam procurar videntes. Ela se pergunta o motivo de ele estar ali.

Ele é belo em um estilo mediterrâneo. Ela imagina que seu nome possa ser Carlo ou Dimitri.

– Dê-me suas mãos – ela diz, já se sentindo excitada apenas pela aparência e proximidade, mas agora as mãos dele lhe transmitem calor e ela sente uma atração súbita e recíproca.

Ela tenta se concentrar, mas o estranho de pele morena a investiga com seus olhos de Rodolfo Valentino.

– Está quente aqui, não? – ele pergunta com sotaque.

– Sim – ela sussurra.

Ele retira a jaqueta para se sentar com a camisa entreaberta, os pelos escuros se curvando no colarinho. Em seguida, para impressionar, Coco remove o xale cigano e sente os olhos dele passarem por seus ombros nus, até o busto. O decote de elástico de sua blusa de camponesa está puxado para baixo, e ela percebe que há pele demais exposta.

– Você é um homem passional – ela murmura, recebendo as vibrações masculinas sem nenhuma sombra de dúvida.

Os olhos dele se aprofundam nos seus, depois navegam pelo seu corpo, despindo--a, vendo-a nua, detendo-se aqui e acolá com tamanha intensidade que ela consegue senti-los sobre si.

– Preciso ter você – anuncia ele abruptamente.

Ele fica de pé, preenchendo a tenda com a sua altura e domínio. Coco estremece. Ela sabe que será uma conquista formidável. Mas eles ousarão? Com todas aquelas pessoas na feira, qualquer um poderia entrar a qualquer instante.

Ela não se importa. Levanta-se para se deparar com o abraço dele e derrete-se nos braços fortes, pressionando a boca na dele. Ela sente o sabor de alho e de vinho. Ele afasta as cartas de tarô e a bola de cristal da mesa e acomoda as nádegas de Coco ali, suspendendo a saia cigana e forçando-se entre suas pernas.

– Espera! – ela diz, envergonhada, ao perceber que se esquecera de vestir a calcinha pela manhã.

Ele não espera. Abaixando o elástico da blusa, expõe os seios e se serve, explorando-os, afagando-os, acariciando-os.

Seus beijos se aprofundam. Ele está rijo ao seu encontro. Agora ela está contente por ter esquecido a calcinha. Seus dedos conseguem abaixar o zíper dele com uma paixão própria. Ele se liberta com energia impressionante.

Com uma mão ele a alarga e chega ao alvo. Coco se segura com os braços ao redor do pescoço dele. Enquanto se beijam, ela abre os olhos.

O cabelo escuro se tornara loiro. A pele morena agora era branca.

Kenny!

E ele diz:

– Tem alguém à porta.

Coco abre os olhos.

Já era bastante ruim se sentir atraída por Kenny, mas ele tinha de se intrometer em suas fantasias particulares?

Maldição, ela tinha um homem para encontrar!

Naquela manhã, depois de voltar do chalé de Sissy Whitboro, onde a atendeu, Coco passou uma hora com a bola de cristal até ela finalmente aparecer com uma informação nova a respeito da sua alma gêmea. Uma sintonia mais fina com o mundo espiritual informara-lhe que ele não era especificamente viajado ou conhecedor do mundo. Ele era sábio.

Aquilo não lhe viera como uma palavra, mas sim como uma sensação, como se Daisy tivesse convidado uma sábia alma anciã para visitar o cérebro de Coco e desfilar nele, dizendo: "Eis o que você está procurando.

Alguém como eu". Ela visualizou Sean Connery, Mahatma Gandhi, Albert Einstein.

Mas não Kenny.

No entanto, enquanto pretendia devolver o cristal à sua caixa, ela se deixou envolver pela atual fantasia com Kenny. Por que sua libido não podia acompanhar o mundo espiritual?

Pela segunda vez, ela ouviu a batida que a retirara de seu transe.

Provavelmente a camareira. O quarto de Coco estava uma bagunça.

Era Kenny, parado ali no sol do meio-dia, vestindo uma bermuda e uma camisa repleta de palmeiras, e ela ficou tanto entusiasmada como desalentada ao vê-lo. Será que ele percebia que ela vinha tendo pensamentos maliciosos a seu respeito?

– Quero que saiba uma coisa a meu respeito – ele disse de modo solene. – Podemos conversar em algum lugar?

Coco estava para recusar quando notou um respingo minúsculo de gema de ovo na camisa dele, como um ornamento de Natal em uma das palmeiras da camisa. Ela quis chorar de compaixão. Kenny se lembrava de todos os fatos conhecidos pela humanidade, mas não se lembrava de usar um guardanapo quando comia ovos quentes moles.

O Village tinha uma maravilhosa cafeteria externa onde as pessoas se deliciavam com omeletes e croissants ao lado de uma fonte.

– Já sabe quem é? – Kenny perguntou, entre mordidas de sanduíche de brotos de feijão e abacate.

Coco desejou não ter contado a Kenny sobre a busca de sua alma gêmea. À luz do dia, rodeada de pessoas normais, aquilo parecia tão ridículo!

– A bola de cristal nunca é específica. Recebo pistas genéricas. Sensações, na verdade. Mas de vez em quando um detalhe aparece sorrateiramente. O meu último caso foi uma criança desaparecida. Eles me deram o ursinho da criança e eu logo pressenti que ela estava em um lugar escuro, amarrada. Quase deixei passar um detalhe importante, porque fiquei tensa. Isso é o mais importante. Me manter relaxada.

– Qual era a pista?

– Um som. Algumas vezes, se tenho sorte, sou clarividente auditiva. Ouvi o apito de uma fábrica e os policiais conseguiram localizá-la. Encontraram a garotinha, quase morta, mas ainda viva.

Coco sorveu um gole de vinho.

– Você disse que queria me contar uma coisa – a luz do sol fazia coisas nos cabelos de Kenny, dourando-o aqui e acolá. Ela ficou imaginando como seria passar os dedos naqueles cabelos espessos e tão loiros. Lembrou-se do beijo muito real de sua fantasia, quando ele se transformou de Dimitri em Kenny. Seria tão bom assim na vida real?

Colocando a mão no bolso, ele pegou uma fotografia e disse:

– Vou te mostrar uma coisa que nunca mostro pra ninguém. Uma coisa que eu carrego como um lembrete.

Coco olhou para a foto. Era um rapaz ao lado de um bonde em São Francisco. Mas o bonde parecia diminuído ao lado dele.

– Quem é? – ela perguntou.

– Sou eu, com cento e sessenta quilos. Essa era a minha aparência quando Vanessa Nichols me conheceu.

Ela ergueu as sobrancelhas.

– Esse é *você*?

– Eu amava doces. Meus colegas de trabalho me faziam atuar, apostavam no quanto eu conseguiria me lembrar. Eu voltava para casa e me consolava com barras de chocolate.

Ele pegou um broto de feijão e o colocou entre os lábios.

– E então o Senhor Memória nasceu. Pedi demissão do meu trabalho de engenheiro da computação e me tornei um apresentador de shows. O meu tamanho não atrapalhava o meu show, uma vez que eu já era uma aberração. Com isso ganhei um bom dinheiro, que concentrei em comida. Um dia, Vanessa Nichols viu minha apresentação em São Francisco. Nós conversamos, e ela me ofereceu emprego aqui. Ela disse que o The Grove poderia me ajudar a me livrar do açúcar – ele estreitou o olhar ante a luz solar. – Eu não achava que nada pudesse ajudar. Mas este lugar sabe conquistar – ele voltou a fitá-la, dois olhos castanhos cheios de luz do sol. – É como se houvesse magia no ar, ou na água. Nas minhas primeiras semanas aqui, eu reconheci meu comportamento destrutivo e reagi. Isso foi há três anos.

Coco notou como os dedos bem formados pegavam o resto dos brotos de feijão e os conduziam aos lábios muito bem delineados de Kenny.

– Meu Deus, mas você está em ótima forma.

– Ainda é uma luta. Sinto desejo de comer – ele fitou Coco longamente, revirando o garfo, mexendo no copo de chá gelado, pigarreando. – A verdade é que eu sou um covarde. Estou me escondendo aqui. Não estou, de fato, vivendo. Tenho medo de voltar para o mundo, medo de voltar a ficar viciado em açúcar.

Ele esticou o braço e descansou a mão sobre a de Coco. Ela prendeu a respiração. Emoções a assolaram – as de Kenny e as suas, colidindo, girando. Mas não afastou a mão.

– Eu te contei que passei um tempo no Instituo Carl Jung, na Suíça. Eles ainda me escrevem. Querem a minha ajuda. Eles acreditam que meu cérebro ímpar pode ter a chave das causas e curas para doenças que envolvam a memória, como Alzheimer. Quero ajudá-los, Coco, mas tenho medo de que, se deixar este lugar, eu volte a ter cento e sessenta quilos.

Coco ficou tão comovida que não conseguiu falar. Seu peito se apertou, a garganta se fechou. Enquanto abria seu coração para ele e o envolvia em compaixão, ela percebeu algo que quase a fez sair dali em um salto. Não estava simplesmente atraída por Kenny – estava se apaixonando.

– Senhor Memória!

Os dois se sobressaltaram, e uma sombra encobriu o sol. Coco levantou o olhar para ver duas jovens paradas acima deles, dando risadinhas com os olhos cintilantes.

– Nós vimos o seu show ontem! – as duas exclamaram, acossando Kenny como se Coco não estivesse ali. Deviam estar na casa dos vinte e estavam muito bronzeadas, usando shorts e a parte de cima do biquíni. – Você foi fantástico! Como faz aquilo? Queremos te oferecer uma bebida...

As duas chegaram a puxar cadeiras e se entusiasmaram tanto com Kenny que Coco pensou que elas o atacariam ali mesmo.

– Garotas... – ele disse, confuso e embaraçado.

A mais alta delas pressionou os seios fartos no braço dele e sussurrou:

– Você é *tão* inteligente!

Coco reconheceu os sinais. Ela já os vira em tietes que frequentavam bares de policiais, querendo transar. Decidiu sair rapidamente, afastando a cadeira:

– Obrigada pelo almoço! – murmurou antes que Kenny conseguisse detê-la, e, enquanto saía apressada, olhou para trás e o viu autografando um guardanapo enquanto uma das garotas sussurrava em seu ouvido.

31

Jack nunca sentira tamanha dor.

Nem mesmo no enterro de Nina. Desde a manhã da sua morte, ele se esforçava para suprimir as emoções, e, embora elas viessem à tona à noite, em forma de pesadelos, durante o dia ele era capaz de se controlar.

Até Abby Tyler aparecer. *Seus braços ao redor dela para ajudá-la a puxar a corda do arco.* Ela o afetava como nenhuma mulher fizera antes. Havia força dentro dela, e certa vulnerabilidade. Porém, ele também sentia nela um enorme poço de compaixão, como se você pudesse lhe contar qualquer coisa sem que ela o julgasse. Ele sentia que poderia deitar a cabeça no colo dela e despejar seu sofrimento e que ela o tomaria para si, dando-lhe paz.

Ele desejou poder fazer isso. O assassinato brutal de sua irmã, estuprada, e a encenação de que ela fosse viciada. Ele não tinha como aceitar isso – não naquele instante, e talvez nunca. O único modo de sobreviver era enterrar as emoções o mais profundamente possível e viver uma vida superficial. Contudo, havia algo em Abby que exumava seu fardo de emoções. Ele precisava sair daquele quarto, daquele resort. Encontrar o controle no arco e flecha.

Zeb estava voltando do deserto com o carro cheio de hóspedes. Quando Jack lhe perguntou se havia algum veículo disponível, Zeb consultou o relógio e disse:

– Não gostamos que os hóspedes saiam dirigindo sozinhos. É perigoso demais. Mas ficarei contente em te acompanhar, senhor. Onde gostaria que eu te levasse?

– O mais longe que puder – disse Jack, acomodando seu equipamento na parte de trás do Jeep.

Apoiando o braço no vidro abaixado da janela, Jack fechou os olhos e sentiu a brisa quente e seca no rosto. Assim que conseguira as impressões digitais, ele quis sair do resort. Mas todos os voos daquele dia estavam lotados, ninguém podia ir embora de carro e não havia nenhum avião particular para ser alugado. O Serviço aos Hóspedes informara que ele poderia chamar uma limusine em Palm Springs. Mas então lhe ocorrera que as digitais de Abby poderiam não estar registradas, então ligou para os registros imobiliários para descobrir o nome do proprietário do The Grove antes de Tyler. Abby dissera ter herdado a propriedade do falecido marido, portanto o registro anterior informaria a Jack o nome do homem com quem ela foi casada. Depois disso, bastaria telefonar para o Cartório Civil e ele teria tudo de que precisava para acessar o cuidadosamente escondido passado de Tyler.

Nesse meio-tempo, o sofrimento estava insuportável e a única coisa que o ajudaria seria lançar flechas em um alvo até se sentir exausto.

Enquanto atravessavam o deserto sem pistas, Jack não via nada por quilômetros e quilômetros além de dunas, cactos, árvores-de-Josué e uma ocasional tartaruga do deserto.

– Aposto como não se compara com a África – disse ao companheiro.

– Não da parte da África de onde venho – respondeu Zeb. Enquanto os olhos do africano varriam o deserto à frente, com suas rochas pintadas e céu azul, em sua mente entrou a única pessoa no mundo inteiro que parecia compreendê-lo quando ele falava sobre a caça ao marfim e os elefantes fadados. Vanessa Nichols. Que o visitava em seus sonhos agitados e nas noites insones.

Naquela manhã no aviário, ele a vislumbrou afastando-se às pressas. Será que vira a loira beijando-o? Esperava que não. Mas, se tivesse visto, ele rezava para que ela o tivesse ouvido dizer à loira: "Ontem à noite foi agradável, querida. Por que não deixamos isso assim mesmo?". Zeb não estava à procura de um relacionamento. Era sempre apenas um encontro de uma noite para ele, do tipo que acontecia em resorts e cruzeiros.

A verdade era que seu coração já estava tomado. Não que ele o tivesse dado espontaneamente. Quando Zeb deixou o Quênia, fora com uma promessa para si mesmo de que nunca mais amaria uma mulher como amara Miriam. Por isso, jamais voltaria a se apaixonar. Nos anos desde então, muitas vezes ele chegava perto, mas rapidamente seguia em frente, para evitar envolvimentos catastróficos, e com isso seu coração era a medida de quanto tempo ele se demorava em um mesmo lugar. Contudo, das outras vezes não se apaixonara de verdade, e desta vez sim.

Por uma princesa de feições africanas, de olhos rasgados, altas maçãs do rosto e lábios fartos e viçosos com dentes brancos maravilhosos que o faziam querer tanto beijá-la que ele se condoía. Vanessa o lembrava da África.

Um lembrete *doloroso*.

Zebulon Armstrong, antigo caçador branco e agora cuidador de pássaros e de hóspedes no resort no deserto da Califórnia, desejava voltar para casa, por os pés na terra vermelha do leste africano, embriagar-se com o ar rarefeito do Monte Quênia, estar em meio ao seu povo novamente. No entanto, sentia que jamais seria capaz de voltar.

Quando começou a trabalhar no The Grove, há um ano, ele gostara que Vanessa o fizesse se lembrar da África, disparando doces lembranças. Mas agora as lembranças, e a proximidade dela, estavam se tornando dolorosas. Era hora de ir embora.

– Fiquei sabendo que está investigando um assassinato, sr. Burns.

Quando Jack o olhou surpreso, Zeb explicou:

– O chefe de segurança, Elias Salazar, me contou. Ele e eu somos fãs de beisebol. Acompanhamos os jogos e temos uma rivalidade amistosa, apesar de eu não entender o que ele vê nos Giants. Gosta de beisebol, sr. Burns?

– Gosto de esportes um pouco mais rápidos.

Zeb riu.

– Entendo. Muitas pessoas não captam o charme secreto do beisebol.

– E qual seria?

– A espera! Observar a tacada seguinte. O prazer, sr. Burns, não está no ato, mas nas preliminares.

Jack o encarou. Zeb podia estar falando de sexo.

– Então, como vai a sua investigação, sr. Burns?

A pergunta foi feita de modo casual, mas Jack teve a sensação de que aquela não era uma simples conversa. O chefe de segurança do resort, a quem Abby o apresentara na véspera, parecia ser um homem que mantinha segredos. E Abby lhe garantira a absoluta discrição de Salazar, por isso

Jack duvidava que o homem tivesse comentado com Zeb os seus assuntos no resort.

Estaria Abby por trás das perguntas indiretas de Zeb? Isso não o surpreenderia. Ela queria saber que homicídio ele investigava, ou talvez estivesse ainda mais interessada no que ele *descobrira*.

– É cedo demais para saber – respondeu e estreitou o olhar para abutres voando em círculos no céu ao longe. Algo morto mais além no deserto.

O motor subitamente produziu um som estranho, começou a tossir e a diminuir a velocidade, até que o Jeep parou por completo. No meio do nada.

– O que aconteceu? – Jack perguntou.

Zeb coçou a cabeça.

– Vou dar uma olhada – ele saiu e se meteu debaixo do capô, fazendo sons de desagrado por cima do motor aquecido.

– O que foi? – perguntou Jack, aproximando-se.

– Acontece sempre no deserto. A areia se infiltra. Isso vai me tomar alguns minutos. Não se preocupe.

Jack vasculhou o cenário. Nada além de areia e cactos até onde a vista alcançava.

– O que é esse barulho? – perguntou, sentindo um calafrio lhe percorrer a espinha.

Zeb parou para prestar atenção. Um latido entre rochas próximas.

– Coiotes. Pelo som, filhotes.

– São perigosos?

– Podem ficar, se os filhotes estiverem ameaçados. Só não se aproxime das rochas.

Enquanto Jack recuava em seus pensamentos, Zeb voltava para baixo do capô. Pegou um radinho portátil do bolso da camisa e sintonizou-o para uma rádio de esportes para ouvir o jogo dos Dodgers em Chavez Ravine. No entanto, pela primeira vez desde que descobrira a paixão do beisebol americano, ele não conseguia se concentrar no jogo. Só conseguia pensar em Vanessa. Desejava-a tanto que isso o mantinha acordado à noite. Não que ela retribuísse esse sentimento. Era sempre muito profissional com ele. Amigável, sim, mas nunca flertava. Educada e direta ao ponto. Além disso, Zeb não esperava um relacionamento com ela. Nem com nenhuma outra mulher.

Mas, especificamente, não esperava ter nada com Vanessa Nichols. Enquanto percebia que chegara mais uma vez ao ponto de tomar uma decisão que mudaria sua vida, pegou a chave inglesa e atacou furiosamente a bomba de gasolina.

Enquanto Zeb trabalhava em silêncio concentrado, Jack sentiu o vento do deserto no rosto, ouviu o grito de um gavião e combateu a angústia que se recusava a permanecer enterrada.

Quando o capitão e seus colegas detetives lhe deram condolências, quando os vizinhos disseram o quanto lamentavam saber da morte de Nina, quando qualquer pessoa debaixo do sol mencionava sua irmã, Jack sempre fora capaz de manter o controle.

Mas não com Abby Tyler. Ela olhara para a foto de Nina e dissera "Ela é adorável", e Jack sentiu suas bandagens emocionais sendo arrancadas.

"Isso me atormenta, Jack" Nina lhe dissera durante um de seus jantares juntos. No Mario's em Santa Mônica, comendo linguini ao molho de frutos do mar, o favorito da irmã. Fazia três anos que ela vinha procurando pela mãe biológica e já acumulara uma pilha de informações. Todas pertencentes a outras pessoas.

Os pais de Jack deixaram um pouco de dinheiro para eles, mas Nina também ganhava bem como executiva de publicidade, e, portanto, fora capaz de contratar mais de um investigador particular. Ela e Jack se reuniam e ela o colocava a par do que descobria.

"Tantos nomes, Jack, tantas pessoas que foram separadas. Encontrei sites onde adotados e mães biológicas colocam informações. Filhos à procura de suas mães, mulheres à procura de seus filhos."

Enquanto uma tempestade fustigava o oceano Pacífico além das janelas do restaurante, Nina deixava o prato intocado e dizia:

"Isso está acabando comigo, pensar no sofrimento, na angústia e no medo. E quanto à minha mãe, Jack? Ela foi uma garota forçada a entregar a filha? Voltou as costas por um minuto e quando olhou para o carrinho, o bebê tinha sido levado? Tenho que saber, Jack. Preciso encontrá-la."

"Você vai, irmãzinha" dissera ele, porque, por mais que agora soubessem da adoção, ela ainda era sua irmã de verdade, nada mudaria aquilo. Jack ajudara no que pôde, usando o banco de dados da polícia, seguindo pistas mais de uma vez. Mas não fora o suficiente. *Eu deveria ter feito mais.*

O vento do deserto aumentou e lágrimas surgiram em seus olhos. Pegando um lenço, enxugou-as.

– Está tudo bem? – Zeb perguntou.

– Areia – Jack mentiu.

– Isso acontece. Quando o vento aumenta por aqui, você tem que proteger os olhos.

Jack ficou imaginando se deveria armar o alvo ali mesmo para começar a lidar com as emoções que o assolaram no quarto. E depois pensou: *Não, concentre-se. Foque no trabalho.*

–Você gosta de trabalhar no The Grove?

Zeb se endireitou e enxugou a testa.

– Abby Tyler é a melhor patroa que já tive. Ela trata os funcionários tão bem quanto trata os hóspedes. Ela é como uma mãe para todos. Não que ela tenha idade para isso, mas é o jeito dela. Carinhosa, se é que me entende. Se um funcionário está doente, Abby manda flores.

Jack ouviu um tom especial na voz de Zeb, o que o fez imaginar se ele já fora íntimo de Abby. E depois se perguntou: será que ela tinha um amante? Ela se aproveitava do serviço de acompanhantes do resort?

Maldição, repreendeu-se, *não siga esse caminho.* Jack sempre fora capaz de compartimentar sua vida: romance em um lugar, trabalho policial em outro. Mas Abby Tyler estava embaralhando esses limites, dificultando que ele se concentrasse. Ele estava ali para encontrar um assassino, e não o amor.

– Na primeira vez em que a vi – Zeb disse –, fiquei encantado com o sotaque. As pessoas me dizem que o meu sotaque é exótico, mas, para os meus ouvidos quenianos, o modo como Abby fala é fora deste mundo.

Jack encarou-o. Depois pensou. Não notara nenhum sotaque. Ou sim? Agora que pensava melhor, um leve sotaque escapara quando ele visitou seu bangalô na segunda-feira à noite. E mesmo naquela manhã, quando soltaram a corda juntos e ela se recostou nele, rindo. Será que ela se esforçava para escondê-lo, mas ele escapava quando estava cansada ou relaxada?

Será que essa era a pista que ele esperava?

– De onde ela é? – perguntou, sem querer parecer óbvio.

– Não sei. Não sou nenhum perito, mas de algum lugar do sul, acho – Zeb abaixou a tampa do capô. – Consertado! Podemos seguir em frente agora.

– Sabe de uma coisa? Mudei de ideia. Se não se importar, eu gostaria de voltar para o hotel.

Voltar e conversar com Abby, desta vez prestando atenção ao sotaque. Não queria encontrar-se com ela novamente, expondo sua vulnerabilidade, mas, pelo bem de Nina, era o que faria.

Zeb estava mais do que contente em voltar. Chegara a uma decisão, e queria resolver aquilo logo. Estava na hora de ir embora. Entregaria seu pedido de demissão a Abby na manhã seguinte.

32

Ophelia sabia exatamente o dia em que acontecera.

Como psiquiatra proeminente, com um consultório de prestígio e cadeira de magistrado na maior universidade e em hospitais escola, David muitas vezes era chamado como perito para testemunhar em casos de homicídio. Seis semanas atrás, ele subira ao banco de testemunhas no que seria o momento central de um julgamento sensacionalista – a defesa alegava insanidade do réu, e tudo dependia do que o dr. David Messer teria a dizer.

Ophelia estava sentada no fundo da sala lotada do tribunal, observando seu belo noivo enquanto ele respondia tranquilamente primeiro às perguntas da acusação, depois às da defesa. Ouvindo como a voz poderosa dele hipnotizava os espectadores, Ophelia observou como as juradas e as espectadoras o fitavam. Todas estavam enfeitiçadas por ele. Talvez estivessem até fantasiando. Ophelia ficou excitada. David, tão atraente, no controle, o homem com o poder naquele instante, em seu terno, o cabelo negro bem cortado. Observá-lo, e saber que cada uma das mulheres do tribunal o desejava, foi excitante.

Enquanto os advogados se digladiavam quanto à opinião de David, o entusiasmo se elevou, a atmosfera se tornou carregada.

– Dr. Messer, admite que o acusado ouve vozes?

– Sim.

– Vozes que parecem reais para ele?

– Sim.

– E admite que elas *ordenam* que ele mate pessoas?

– Sim. Mas ele não tem que acatar essas ordens.

– Protesto!

– Meritíssimo, posso me aproximar?

Uma discussão acalorada e apressada no tribunal, todos os olhos pregados em David, que causara tamanho furor, todos ligados nele – o juiz, os advogados, o júri, o jornalista da corte, os meirinhos e os espectadores – cada uma daquelas pessoas concentrada em David, o macho alfa do clã, e Ophelia se sentiu arder.

Quando o recesso foi chamado, ela procurou David em meio à multidão, onde os repórteres imediatamente o circundaram e as mulheres o devoravam com olhos famintos. Ela chamou sua atenção, e quando ele notou a coloração e o sorriso furtivo dela, afastou-se, segurou a mão de Ophelia e correu com ela por um corredor. David abriu a primeira porta que encontrou destrancada, puxando a noiva para dentro e fechando a porta sem se importar em trancá-la, enquanto rapidamente suspendia a sua saia e abaixava a calcinha. Era uma pequena sala de reuniões, a mesa oval bem lustrada era grande o suficiente para Ophelia se deitar enquanto David a penetrava, os dois pensando na porta destrancada e na multidão do outro lado do corredor.

Foi ali que aquilo aconteceu. Foi quando, por algum motivo, as pílulas anticoncepcionais de Ophelia falharam e a concepção aconteceu dentro dela.

Agora, em sua pomposa suíte francesa no The Grove, Ophelia abria o segundo teste de gravidez e se testava novamente. Torcendo, *rezando*, para que o primeiro tivesse dado falso positivo.

Mas o segundo bastão de teste não deixou dúvidas. Ela estava grávida.

Seu mundo se inclinou, girou e caiu aos seus pés. Aquela mulher forte, que liderara protestos e falara diante de enormes multidões, esticou a mão para se equilibrar, de tão grande que era o seu medo súbito.

Sua boca secou. O coração acelerou.

O que vou fazer?

Foi direto para o telefone e ligou para sua médica.

– Estou grávida. Como posso estar grávida? Estou tomando pílula!

A dra. Cummins não pareceu tão perturbada quanto Ophelia achou que ela deveria estar. Será que ela não sabia que o mundo tinha acabado de acabar?

– Ophelia, a pílula não é cem por cento eficaz. Mesmo assim, é raro ela falhar. Você tomou algum remédio desde a sua última menstruação?

– Não, claro que não – em seguida: – O meu oftalmologista me deu tetraciclina por causa de uma conjuntivite.

Uma pausa do outro lado.

– Ophelia, a tetraciclina pode cortar o efeito de alguns anticoncepcionais. O seu médico deveria ter perguntado se você estava usando contraceptivos orais.

– Tudo o que ele me disse foi que a tetraciclina podia me deixar mais suscetível à queimadura do sol. Eu estava usando filtro solar, quando deveria ter usado preservativo!

– Ophelia, você está nervosa. Eu entendo. Agora, preste atenção. Venha para cá testar o seu líquido amniótico. Se der positivo, podemos pôr um fim à gestação imediatamente.

Pôr um fim!

– Não!

– Neste momento é apenas um embrião. Não é nem um feto ainda...

Feto...

É um bebê! Meu filho ou minha filha! Não algo que se possa dissecar no laboratório da escola.

Ela desligou.

Sentiu-se entorpecida. Sentiu-se enlouquecida.

Seus olhos pousaram no trabalho espalhado sobre a mesa de centro de vidro, o projeto do seu próximo livro: *Em defesa dos nossos ancestrais*. E, subitamente, ela desprezou seus ancestrais, aqueles judeus longínquos que a presentearam com um sangue ruim. Por causa *deles*, Ophelia se via diante de dar à luz uma criança fadada.

Aborto era errado. Ia contra as leis da natureza e de Deus. A mulher pré-histórica que tentasse provocar um aborto era condenada pelo clã ao ostracismo, porque a morte de uma criança era a morte do clã. A sobrevivência era a única lei. Diante de quantas clínicas de aborto Ophelia organizara piquetes? Entregara panfletos? Carregara placas? Gritara para as mulheres que passavam por aquelas portas? Chamando-as de assassinas, porque ela se recusava a acreditar que existisse um "outro lado" naquela história?

Mas agora, subitamente, ela estava do outro lado.

Andou furiosamente para lá e para cá entre as cadeiras Luís XIV, retorcendo as mãos.

Como poderia seguir adiante com aquela gestação?

Ophelia agora se sentia grata por ter ganhado aquele concurso e vindo até o The Grove. Aquilo era algo que ela precisava resolver sozinha, longe da influência da família cheia de opiniões. Longe da compaixão sufocante de David.

Enquanto pegava o maiô no chuveiro, onde o pendurara para secar, resolvendo que daria umas braçadas para desanuviar a cabeça, Ophelia captou a fragrância dos narcisos brancos novamente. Mas era impossível! Não havia flores em seu quarto!

E mesmo assim o perfume estava lá, espesso e sufocante, nauseando-a. Freneticamente, ela pegou os artigos de higiene oferecidos pelo hotel e os despejou pelo ralo, lavando as embalagens. Vasculhou gavetas e prateleiras, pensando se algum outro hóspede teria deixado para trás um buquê das flores brancas, que agora teriam ficado marrons, apodrecendo, permeando o ar com seu perfume doce de morte...

Não encontrou nada. E, por fim, ela percebeu que o perfume estava em sua mente. Mas por quê? O que os narcisos brancos significavam?

Zaydeh Abraham, aquele dia há tantos anos... Ophelia sentada em seu colo. O que acontecera?

"Ophelia é uma batalhadora desde muito pequena" a sra. Kaplan orgulhosamente dissera a David quando os dois começaram a sair. "Sempre competitiva. Mesmo aos seis anos de idade. Tinha que ser a melhor em tudo."

Agora, enquanto lutava contra a fragrância que a deixava enjoada, Ophelia percebeu que a sua agressividade de algum modo se originara naquele momento, no colo do avô.

Ela não conseguia respirar. Precisava sair dali, precisava do ar fresco do deserto para pensar. Não queria perder David. O único homem com quem podia ser frágil e vulnerável. O único homem que enxergava através da sua bravata de amazona e reconhecia a garotinha perdida por debaixo. David, que poderia sair correndo se soubesse que ela estava grávida.

Ophelia pegou o maiô e a toalha, ajustou os óculos de sol no lugar e, engolindo em seco em busca de coragem e rezando para que as respostas surgissem, abriu a porta. E lá, no corredor, com uma mala na mão, estava David.

33

Sissy não queria jantar com Abby Tyler. Ela queria embarcar em um avião, voar até Chicago, marchar até o quarto de Ed no Palmer House e perguntar a Linda Delgado como ela *ousava* roubar o marido de outra mulher.

Conseguira o telefone de Delgado. Ele aparecia inúmeras vezes nas contas telefônicas secretas de Ed, coincidindo com as estadias dele no Palmer House. O que significava que Ed telefonava para ela na noite antes de se hospedar lá.

Sissy não fizera nada com a nova informação. Em vez disso, fora até o Village com o cartão de crédito secreto de Ed e aproveitara-se dele, fazendo compras, concedendo-se o luxo de artigos que antes não compraria, voltando para o quarto com sacolas de compras cheias de chocolates Godiva, lenços de seda Hermès, perfumes e joias, e se sentara para uma última crise de choro reparador antes de enxugar os olhos e jurar que superaria aquilo e que daria continuidade à sua vida, não importando o que acontecesse quando voltasse para casa.

Uma coisa era certa: Ed não ficaria com as crianças. Duas mães podiam tê-la rejeitado, mas Sissy não seria como elas. Adrian e os gêmeos saberiam o que era o amor de mãe.

Mas, antes, ela jantaria com Abby Tyler. Depois disso, Sissy começaria a planejar sua vida nova.

Bem, *depois* que experimentasse um dos acompanhantes do resort em uma fantasia. Ou duas.

* * *

O relatório do investigador particular dizia: "Menina, nascida em Odessa, Texas, 17 de maio de 1972, vendida à família Johnson, de Rockford, Illinois. Recebeu o nome de Sissy. Em 1990, casou-se com Ed Whitboro, de Rockford".

A mesa da sala de jantar de Abby estava posta com uma variedade de pratos frios – camarões e saladas apimentadas de mamão papaia com molho tailandês de amendoins para acompanhar, sopa fria de batatas, ovos com musse de tomates – para que não fossem interrompidas por alguém que as fosse servir. Por fim, Vanessa conduziu Sissy ao bangalô, fez as apresentações e depois se retirou.

Com o coração acelerado, Abby fitou os olhos de Sissy e viu os olhos de um hippie andarilho, trinta e três anos antes. E Sissy parecia ter também o sorriso de Jericho, a risada e as covinhas do avô que Abby amava, mas que morrera precocemente por conta do escândalo.

Abby decantou o vinho gelado e convidou Sissy a se sentar. A louça de porcelana e as taças de cristal reluziam; uma delicada fragrância emanava do arranjo de mesa.

– A srta. Nichols mencionou que você está com problemas de família – Abby disse enquanto a outra se acomodava e colocava o guardanapo no colo. – Nada sério, espero.

– Ainda não sei. Acredito que meu marido esteja me traindo – Sissy não tinha por hábito divulgar seus problemas pessoais a estranhos, mas Abby Tyler tinha uma aura ao seu redor, como uma boa terapeuta, ouvindo como se estivesse se importando, convidando os outros a se abrirem. – Sei que é o tipo de notícia devastadora para qualquer mulher, mas, para mim, é uma maldição tripla.

– De que modo?

– Fui adotada quando bebê.

O garfo de Abby parou no meio do caminho até a boca.

– Adotada?

Sissy escolheu um camarão grande e o mergulhou no molho de amendoim.

– Fiquei sabendo disso bem nova ainda, mas não soube dos detalhes até mais tarde. Quando completei dezoito anos, a minha mãe achou que eu deveria saber a verdade. E isso explicou muita coisa. A minha mãe era uma mulher fria. Isto é, a minha mãe adotiva. Não era culpa dela. Ela não podia ter filhos e teve esperanças de que a adoção fizesse brotar seu instinto materno. Não deu certo. Eu me senti rejeitada por ela durante toda a minha vida. E, claro, fui rejeitada pela minha mãe biológica.

– Você não tem como saber isso – Abby disse com cautela, mantendo as mãos trêmulas sobre o colo.

– Tenho, sim. A minha mãe me contou que não fui adotada pelos canais legais.

Abby permaneceu em silêncio absoluto.

– A minha mãe me disse que um dia eu fui levada à casa deles, por um homem e por uma mulher, e o homem estava pedindo mais dinheiro, o que levantou as suspeitas do meu pai. Meus pais achavam que a adoção fosse legal. Mas o homem não queria entregar o bebê até que meu pai desse cinco mil dólares a mais. Por isso ele foi até o banco e sacou o montante. Ele tentou obter mais informações do casal, saber onde eu tinha nascido, o motivo de a minha mãe ter desistido de mim, mas sem sucesso. E depois, uma semana mais tarde, a mulher apareceu à porta deles dizendo que, por mais cinco mil, ela daria as informações que eles queriam.

Sissy sorveu um gole do vinho, e Abby se esforçou para permanecer calma. *Diga*, incitou-a, *diga que você é a minha filha.*

Sissy retomou a história.

– A mulher entregou ao meu pai um endereço em Odessa, e ele voou até lá para conhecer a minha mãe. Era um lar para mães solteiras, e a garota já tinha voltado para casa. Mais dinheiro foi envolvido e ele conseguiu o endereço da garota. Ela só tinha dezesseis anos e os pais tinham forçado ela a entregar o bebê.

Abby começou a sentir as esperanças definharem, mas se conteve. Estavam falando de contrabandistas de bebês, como podiam acreditar no que lhes contavam?

– Meu pai não deu pra ela seu nome, nem endereço. Disse que não queria que a garota mudasse de ideia e desejasse o bebê de volta. Ela garantiu que isso não aconteceria.

– E foi isso? – Abby perguntou, sem conseguir se conter. – Quero dizer, como pode ter certeza...

– Quando completei dezoito anos, a minha mãe me contou toda a história, inclusive o nome da minha mãe biológica. Disse que não me culparia caso eu quisesse conhecê-la. E foi isso o que fiz.

Abby a encarou.

– Eu a encontrei em Dallas. Quando abriu a porta e olhou para mim, pensei que ela fosse desmaiar. Ela me deixou entrar, mas aquele não foi um reencontro feliz. Ela havia se casado e tinha filhos. Me mostrou as fotos. As filhas dela pareciam ser minhas gêmeas. Me mostrou também uma foto de quando ela tinha dezoito anos, e aquela poderia ter sido eu. Mas, fora a forte semelhança física, não havia nada entre nós. Ela nunca me amou e nunca amaria. Por isso, fui embora, deixando-a no passado.

– Eu sinto muito – disse Abby, tanto por Sissy quanto por si mesma. Aquela mulher não era a sua filha.

– Mas está tudo bem. Desde que cheguei ao The Grove, venho descobrindo coisas ao meu respeito. Sou mais forte do que pensei que fosse. Srta. Tyler, não sei como consegui ganhar o concurso, mas estou realmente contente de ter aceitado o prêmio.

Abby ofereceu sobremesa – bolo de chocolate com calda quente –, mas Sissy declinou, dizendo que comeria a sobremesa mais tarde, em seu chalé.

Depois que Sissy saiu, Abby apreciou uma fatia do delicioso bolo na solidão do seu bangalô, sentindo-se estranhamente desapontada e ao mesmo tempo otimista. Sissy não era sua filha. Com isso, restava Ophelia. E, agora que pensava a respeito, via a semelhança.

Mas Ophelia recusara seus convites até então, mesmo para um café. Abby consultou o relógio e considerou procurá-la em seu chalé, mas logo se lembrou de que o noivo dela estava ali. Ele telefonara naquela manhã, pedindo um lugar em um voo. Dissera que desejava fazer uma surpresa à noiva. Então, Abby não podia atrapalhar, não naquela noite. Pela manhã, porém, ela telefonaria e convidaria a ambos para o desjejum.

Após levar o prato de sobremesa até a pequena cozinha, Abby virou-se para a sala de jantar e encontrou um envelope no chão. Alguém o passara por debaixo da porta.

Um envelope branco comum, sem nenhum nome nem nada escrito. Colado. Estava prestes a abri-lo quando foi surpreendida por uma batida à porta.

Era Jack. E ela sentiu a familiar centelha ante a sua aparição.

– Isto é seu? – perguntou, mostrando o envelope fechado.

– Não.

Ela olhou de um lado para o outro do caminho de acesso ao seu bangalô.

– Passou por alguém?

Ele balançou a cabeça.

– O que é isso?

– Não sei. Acabei de encontrar debaixo da minha porta. Por favor, entre.

Mas ele continuou na soleira.

– Vim me desculpar pelo meu comportamento hoje de manhã. Foi injusto te tratar daquele modo. Eu estava bravo e não deveria ter descontado em você.

Jack se apressara de sua viagem de volta do deserto, desejando falar com Abby, para ouvir o sotaque dela. Contudo, ela estivera indisponível, envolvida em diversos assuntos, e depois tivera um compromisso para o jantar.

Será que ela o estaria evitando de propósito?

Só havia uma coisa a fazer. Ir diretamente até o bangalô dela e bater à porta.

Agora ela o fitava e o luar reluzia nos olhos dela – uma centelha *quente*, Jack pensou, maravilhando-se com o fato de que somente Abby conseguia fazer o luar parecer quente.

– Você não tem que se desculpar – disse ela. – O que aconteceu com a sua irmã foi algo terrível. Entendo que seja difícil falar a respeito.

E lá estava, bem como Zeb especulara: um mínimo sotaque sulista. Como se ela tivesse praticado para disfarçá-lo.

Depois de voltar do passeio de carro, ele encontrara um fax dos registros imobiliários informando que o antigo proprietário do terreno fora Sam Striker. Um breve telefonema para o Cartório Civil e Jack conseguiu o que precisava. Samuel E. Striker e Abilene Tyler. Casados no Cartório Civil de Los Angeles em 1988.

A naturalidade de Abby estava listada como sendo Bakersfield, na Califórnia, mas um telefonema para o cartório de lá revelara que não havia nenhuma certidão de nascimento com aquele nome. Ela devia ter nascido em algum outro lugar, uma cidade que mantinha em segredo.

Enquanto ela falava agora, sugerindo que ele conversasse com alguém a respeito de Nina, dizendo conhecer um excelente terapeuta do luto, Jack prestava atenção ao discurso cultivado de alguém que conseguira superar um sotaque. Não, definitivamente não sulista. Não exatamente. Jack apostaria em alguma fazenda no Texas. Porque os fatos, subitamente, se encaixavam.

Abilene. Tyler. Duas cidades texanas.

– Bem, era só isso – disse ele. – Eu só queria me desculpar – e, quando ela o convidou a entrar novamente, ele viu, atrás dela na sala de estar, as pastas de arquivos sobre a escrivaninha. Ele ainda não conseguia entender por que ela continuava a mentir quanto a conhecer Nina. Não apenas a conhecia, mas tinha informações a respeito dela. Jack queria se abrir e perguntar, no entanto, ele não poderia arriscar a investigação. E se Tyler estivesse ligada ao homicídio? Ela poderia dar uma pista falsa e o assassino jamais seria encontrado.

Por isso Jack disse boa-noite, ansioso para se livrar do feitiço dela, mas também querendo ficar e se deixar enfeitiçar. Abby o viu se afastar, suas emoções em conflito enquanto pensava em seu desejo crescente por Jack, sua vontade de ajudá-lo a se curar. Pensava também em Ophelia, que era sua filha; na fuga do The Grove, que se daria dali a dois dias; e no futuro desconhecido e assustador que tinha diante de si.

Depois que fechou a porta, lembrou-se do envelope misterioso. Abrindo-o, viu que ele continha uma notícia cortada de um jornal. Abby franziu o cenho ao começar a ler: "Darryl Jackson, que fugiu da prisão há trinta e dois anos, foi capturado na semana passada em Maryland, de acordo com o Departamento Correcional da Califórnia".

Seu horror cresceu quando entendeu o significado da notícia: "Jackson, 62 anos, era um dos fugitivos mais antigos da Califórnia, tendo servido pouco mais do que cinco meses de sua sentença de quinze anos...". Os olhos de Abby pularam para o fim da notícia. "Só existem dois fugitivos da Califórnia que estão desaparecidos há mais tempo do que Jackson. Um escapou em 1965 e o outro em 1966. A polícia ainda está à procura de 296 fugitivos."

O sangue de Abby gelou quando ela viu, no fim, escrito em letra de forma com tinta vermelha: "Você é a próxima".

34

– Dá pra saber muito a respeito de um homem pelo modo como ele trata uma mulher na cama. Estou te dizendo, Coco, esse aí é um psicopata!

Subitamente, ela despertou, os olhos arregalados na escuridão enquanto procurava se orientar. Tateando para alcançar o abajur ao lado da cama, Coco o ascendeu e viu as horas. Oito da noite. Então se lembrou: tirara um cochilo para se livrar de uma dor de cabeça. Mas a soneca só lhe trouxera uma lembrança ruim, um incidente há tempos esquecido: sua irmã lhe contando sobre o homem com quem vinha saindo e que lhe fizera coisas horríveis na cama. Só de lembrar, Coco se sentia nauseada.

E depois se lembrou: *Kenny não tem o luxo de se esquecer.*

Enquanto seguia para o banheiro para uma ducha, imaginando aonde ir para o jantar, não conseguia tirar a fotografia dele da cabeça, Kenny parado ao lado do bonde, com cento e sessenta quilos e irreconhecível; não era o Kenny que ela conheceu no The Grove.

Um homem atormentado, assustado com o mundo, e com sua fraqueza. Um homem incapaz de fugir de lembranças terríveis, impossibilitado de enterrá-las como fazem todos os outros. Isso fazia Coco estremecer de medo: a ideia de se lembrar de cada coisa ruim, cada experiência negativa, cada evento horrível que aconteceu em sua vida. Isso a enlouqueceria. Ela queria pegar Kenny nos braços e lhe dizer que tudo terminaria bem. Queria fazer amor lenta e suavemente com ele, por toda a noite e nos dias vindouros, beijá-lo, beijá-lo e nunca mais parar.

Mas Kenny nunca deixaria aquele lugar. Que futuro eles poderiam ter?

Debaixo do jato revigorante de água, Coco tomou uma decisão. Naquela noite, ignoraria a bola de cristal, que não a estava ajudando, e procuraria Kenny. Ela o levaria para tomar um café e explicaria o motivo de continuar fugindo dele. Então lhe ofereceria conselhos, incitando-o a voltar para o mundo, ir para a Suíça ajudar a descobrir uma cura para o Alzheimer.

Sentindo-se melhor do que há muito tempo – era bom se sentir no controle novamente –, Coco se enxugou, secou o cabelo com o secador, aplicou um pouco de maquiagem, depois vestiu um par de jeans *stretch* e uma regata por debaixo de uma túnica bordada.

Estava pronta.

* * *

Kenny vasculhava o saguão lotado à procura de Coco, desejando que ela aparecesse, quando os olhos recaíram sobre um casal do outro lado da cascata interna, em um abraço apertado, beijando-se.

Nós não estaríamos do outro lado da cascata, estaríamos debaixo *dela.*

O pensamento o surpreendeu. Normalmente, ele tentava não fantasiar, porque as fantasias às vezes se transformavam em lembranças. Mas ele não conseguia se conter. Ele sabia exatamente como aconteceria.

Ele caminha em meio à floresta de sequoias nos limites de São Francisco. Silêncio e pureza o rodeiam. Ele ouve vozes logo adiante, risos rudes e motores roncando. Saindo de entre as árvores, ele vê, em uma clareira, três motoqueiros circundando uma andarilha. Ela está balançando um cajado na direção deles, mas isso só os faz zombar ainda mais.

Seu chapéu voou, expondo cachos ruivos bagunçados. Ela tenta combatê-los, mas não é páreo para aquele grupo de molestadores. Instantaneamente tirando a mochila das costas, Kenny avança sobre eles. Sua faixa preta de caratê vem a calhar enquanto ele os enfrenta um a um, derrubando, chutando, girando o corpo, colocando-os para correr. Em seguida, vira-se para a mulher, que está ajoelhada, amparando um cotovelo ralado.

– Deixa eu te ajudar – ele diz, e se derrete ao ver os lábios grossos.

– Como posso agradecer? – ela sussurra enquanto se segura a ele. Ela diz que seu nome é Coco e que estaria morta se não fosse pela sua bravura.

Ambos estão cobertos de terra e folhas, e o dia esquentou. Está úmido em meio às sequoias e à folhagem. Kenny conhece um lugar onde podem se livrar da sujeira.

A lagoa não fica longe dali, mas, quando a alcançam, Coco já está louca de vontade de se livrar das roupas e mergulhar na água. Ela se despe sem recato e corre até a lagoa, os seios balançando de um modo que o faz ficar alerta. Ela se vira e o chama, os mamilos rosados convidando-o. A cintura é estreita, os quadris, largos e convidativos. Mãe Terra. Ele gosta de como os olhos dela se arregalam ante a sua ereção, como ela mantém o olhar ali conforme ele avança em sua direção, lentamente entrando na água até estar imerso na altura da cintura.

Ela estende os braços, dizendo:

– Nunca antes vi um homem tão forte e corajoso.

– Não foi nada – ele a atrai para si, sente a fartura dos seios contra seu peito nu. Debaixo d'água, seu membro escorrega por entre as coxas e ela reage com um sorriso amplo.

– Nunca vi movimentos de artes marciais tão incríveis – diz ela ao passar as mãos pelo peito musculoso. Ela respira profundamente. Seu rosto está corado.

Ele passa as mãos por trás dela, segura as nádegas fartas e a puxa em sua direção.

– Conheço alguns outros movimentos também – ele diz.

Ela ri e seu beijo o toma de surpresa, tão firme e exigente, a língua tomando posse de sua boca. As unhas vermelhas longas afundam em suas costas, afiadas e excitantes. Ele se sente como um animal, e ela está fabulosamente selvagem em seus braços.

Ela o surpreende repentinamente soltando-se e afundando na água para tomar sua ereção na boca. Passar da água fria para o calor da boca é um choque enlouquecedoramente erótico. Ela sobe em busca de ar e é a vez dele de sugar. Seus seios são um banquete e ele poderia ficar ali o dia inteiro.

Eles nadam até a cachoeira onde a água gelada é estimulante na pele quente. Kenny lhe dá prazer com os dedos, e depois a penetra quando ela se suspende, enlaçando-o com as pernas, flutuando na água. Ela o cavalga naquele mundo molhado, gritando debaixo da cascata, os seios almofadando seu rosto.

– Ei, você!

Kenny virou o rosto na direção da entrada do Java Club, onde tinha acabado sua apresentação, e viu Coco vindo na sua direção.

– Eu tinha esperança de que você viesse! – disse, corado e agitado, desejando que os poderes de vidente dela não conseguissem captar a fantasia com que vinha se entretendo. – Estou um pouco envergonhado pelo modo como nos separamos da última vez, quando aquelas duas garotas nos interromperam.

– Está tudo bem – disse ela, captando uma vibração interessante da parte dele, inexplicavelmente sentindo-se quente e formigante.

– É o palco – ele disse, pigarreando e recuando um passo, como se precisasse de ar. – Existe algo no ato de se apresentar que torna a pessoa especial. Apresente-se em um palco e as mulheres se jogam aos seus pés. Mas se você trabalhar como encanador, elas dizem: "Viu o nariz daquele cara?".

Coco riu. Mas Kenny estava usando o smoking da apresentação, e isso a fez se lembrar da fantasia com a roupa de lantejoulas, de modo que seu riso foi mais um modo de encobrir o nervosismo do que uma expressão de divertimento. Será que ele, só de olhar, poderia saber no que ela estava pensando?

Ele a segurou pelo cotovelo.

– Deixe eu te oferecer um drinque.

Foram até o bar no saguão, do lado oposto às portas duplas com um cartaz que dizia "CAPELA MATRIMONIAL". Quando percebeu para o que Coco estava olhando, Kenny disse:

– Caso seja programado antes, eles providenciam um juiz de paz. Na verdade, um casamento está sendo realizado bem agora.

Coco pediu um *mai tai* e pensou em como começar. Ela não queria que ele pensasse que aquilo era um encontro, que o relacionamento entre eles avançaria. Ela fora até ali para se explicar.

– Kenny, você *nunca* sai do The Grove? – perguntou, entrando devagar no assunto.

– Quer ouvir uma coisa patética? – ele perguntou, olhando para o cabelo dela, os olhos vagando pelos cachos como se desejasse poder caminhar entre eles. – Há três anos, quando cheguei aqui, vim de carro. Não saí por seis meses. Àquela altura eu estava perdendo peso e seguia um programa de emagrecimento. Então resolvi aproveitar a minha folga em Palm Springs, ir ao cinema, fazer compras. No entanto, acabei cedendo. Como um alcoólatra. Fiquei sentado no carro e me enchi de doces e *donuts*. Eu estava descontrolado. Voltei pra cá e nunca mais saí. O meu carro ainda está aqui, deixo os outros funcionários usarem. Porque tenho medo de mim mesmo.

– Mas você pode se salvar. Pode sair, ir para a Suíça, fazer algo nobre com o seu dom.

Ele riu com suavidade.

– Kenny, você é sábio? – ela perguntou de supetão.

– O quê disse?

–Você se considera um homem sábio?

– Por quê?

– Porque é isso o que a minha alma gêmea é, um homem sábio. Foi isso o que a minha bola de cristal me disse.

– Isso é alguma brincadeira?

– Como eu queria que fosse! Eu gosto de você, Kenny, mais do que gostei de qualquer homem em muito tempo. Mas nós não temos um futuro. Eu saberia se tivéssemos! Ouça – disse ela, falando rapidamente agora que começara. – Eu morei com um homem uma vez. Estávamos noivos. Tínhamos planos, uma casa escolhida, até mesmo os nomes das crianças, de tão sérios que estávamos. Ele estava se preparando para uma viagem de trabalho. A Londres. Eu estava consultando a minha bola de cristal quando vi o avião cair no mar. Implorei que ele não fosse. Era uma reunião importante, que lhe traria uma bela promoção. Mas eu estava com tanto medo, tão histérica, que ele acreditou em mim e cancelou a viagem.

Kenny esperou. As portas da capela se abriram e a música de dentro se fez ouvir.

– O avião não caiu – Coco disse com urgência, elevando a voz acima da marcha nupcial de Mendelssohn. – Ele aterrissou em Londres. Meu noivo perdeu a promoção e nós terminamos. Não por causa da promoção perdida, mas porque ele disse que não poderia viver com alguém que preveria o futuro todos os dias e que comandaria nossas vidas a partir de uma bola de cristal. Eu não pude culpá-lo. Demorei muito tempo para esquecê-lo e, depois disso, jurei nunca mais me relacionar dessa forma.

– Então você vai viver sozinha o resto da vida?

As pessoas começavam a sair da capela, carregando sacos de confete.

Coco balançou a cabeça.

–Vou deixar a bola de cristal decidir por mim.

– Ela é uma muleta, Coco, assim como o açúcar é para mim.

– Não – replicou, levantando-se e afastando-se do bar. O som de aplausos preencheu saguão quando os recém-casados saíram. – Kenny, a minha conexão com você é muito forte.Você incendeia a minha pele quando me toca. Mas você não é o homem certo!

Ele deu um salto.

– Esqueça o que a bola de cristal diz!

– Não posso! O homem que estou procurando está destinado a ficar comigo pra sempre. Eu e você, isso um dia vai terminar. E eu não suporto mais fins de relacionamento.

– Pelo amor de Deus, Coco, tudo termina. Relacionamentos, a vida, até mesmo o tempo. Você não pode parar de viver por causa disso!

Ela começou a se virar, Kenny esticou-se na direção dela, e, naquele instante, foram envolvidos pela multidão da capela – pessoas alegres, gritando felicitações e jogando confete.

– Coco, por favor, vamos conversar sobre isso.

Ela esticou a mão na direção dele, mas foi afastada pelo grupo. Kenny avançou na direção dela, esticando o braço, enquanto Coco era carregada para trás, surpresa e rindo ao mesmo tempo.

Quando a multidão começou a se dispersar, Coco se libertou, rindo sem fôlego. Kenny a alcançou enquanto os últimos festeiros passavam correndo.

– Acho que o casal felizardo... – ele começou a dizer, e um homem esbarrou em Coco, resvalando o ombro no dela, apressando-se. Coco virou a cabeça em um rompante, com um olhar chocado no rosto.

– O que foi? – Kenny perguntou.

– Uma daquelas pessoas... Aquele homem... – ela voltou os olhos imensos em sua direção. – Aquele homem vai matar alguém!

– O quê?! – ele perscrutou a multidão que tinha praticamente se dispersado em pleno ar. – Qual homem?

– Não sei. Foi tão rápido. Mas eu *senti*. Tenho certeza. Ele está planejando um homicídio. Kenny, nós temos que contar para alguém!

Cinco minutos mais tarde, estavam no escritório da segurança, Coco amparando um copo de conhaque enquanto os dentes tiritavam de medo.

– Nunca senti algo tão... Horrível.

Abby estava lá, bem como o chefe de segurança, e ouviam, confusos, o relato.

– Tem certeza? – Elias Salazar perguntou. – Talvez tenha sido algo que tenha ouvido sem querer ou...

– Eu *senti*. Não houve nenhuma palavra.

– A srta. McCarthy é vidente – Abby explicou. – Ela trabalha com a polícia – seu rosto estava pálido, a costumeira cor vivaz de suas faces fora lavada pelo medo. Ela não podia contar a ninguém sobre a notícia de jornal e as palavras "Você é a próxima". Será que Coco esbarrara no homem que colocou o envelope sob sua porta?

– Foi tão *frio*! – disse Coco, enquanto Kenny permanecia atrás dela, as mãos em seus ombros. – Como se eu tivesse despertado no meio do pesadelo de alguém.

Salazar se sentou de frente para ela e disse, em um tom solene:

– Tem certeza de que era assassinato o que ele tinha em mente? Talvez ele estivesse apenas bravo com alguém ou *desejasse* poder matar alguém?

Ela balançou a cabeça e ergueu o copo até os lábios com as duas mãos. O conhaque desceu quente pela sua garganta.

– Não havia nenhuma raiva, nenhuma emoção. Ele estava planejando. Como o cérebro de um assassino verdadeiro.

– Faz ideia de quem possa ser o alvo?

Ela balançou a cabeça de novo, tomada por um acesso de tremor.

– Qualquer detalhe pode nos ajudar. Conseguiu perceber como ele ia cometer o assassinato?

– Uma pistola, acho... Sim, uma pistola.

Salazar olhou para Kenny.

– Você viu o homem?

– Não, mas posso descrever todos que saíram da capela.

Salazar conhecia o talento de Kenny.

– Vou precisar da lista de convidados do casamento – disse o chefe de segurança.

– Não tenho certeza de que ele tenha saído da capela – Coco disse. Estava exausta. Flashes psíquicos às vezes a exauriam. – Posso voltar ao meu chalé agora?

– Sim, claro – Abby disse. – Vou pedir que um dos seguranças te acompanhe.

– Está tudo bem – interveio Kenny. – Eu acompanho a srta. McCarthy.

Caminharam em meio à brisa da noite, sem falar nada até chegarem à porta do chalé, quando Coco disse:

– Me sinto nauseada. Quando senti os pensamentos dele, era como se *eu* quisesse matar alguém.

Ela e Kenny estavam debaixo da luminária da entrada, sem perceberem a sombra que se movia entre os arbustos próximos, um homem que os seguira e que agora assistia e escutava – um homem com uma pistola.

O rosto fantasmagórico de Coco, os olhos como dois poços profundos, e o modo como ela tremia... Kenny pensou que ela não parecia a mesma mulher impetuosa que se levantara durante a sua apresentação dizendo: "Sou a próxima!".

– Ei... – murmurou, puxando-a para si, os braços segurando-a firme. Sentiu as mãos dela agarrarem o tecido de sua camisa, como quem está se segurando à vida. Ela tremia em seus braços como uma gatinha assustada. Ele se sentiu dominar. Não teve a intenção de beijá-la, não naquele momento vulnerável, mas seu corpo agiu por vontade própria. E Coco retribuiu o beijo, os lábios úmidos e desesperados ao encontro dos seus, os braços curvando-se ao redor do seu pescoço, atraindo-o para si.

– Estou com medo! – sussurrou.

Gentilmente segurando-lhe o rosto entre as mãos, ele disse:

– Coco, eu tenho uma solução para o nosso dilema.

– Uma solução...

– Case comigo – ele disse, sem saber do sorriso que isso trouxe aos lábios do homem que observava das sombras.

35

Abby Tyler lhe oferecera um bolo de chocolate, recém-saído do forno, coberto com calda quente e chantilly. Então, quando Sissy regressou ao seu chalé, resolveu ligar para o serviço de quarto e pedir um. Acrescentou uma garrafa de champanhe Cristal ao pedido e começou a encher a banheira com água quente.

O serviço de quarto chegou e Sissy, salivando ante a enorme fatia regada com calda quente, resolveu se deliciar mais tarde, para primeiro saborear o banquete que estava por vir.

Voltando ao banheiro, onde agora a banheira estava cheia e fumegante, abriu a garrafa de champanhe e a deixou sobre o mármore. Quando estava para despir o roupão e entrar no banho borbulhante, ouviu um som. Ao virar-se, viu um estranho na soleira. Como conseguira entrar sem fazer nenhum barulho?

Ela prendeu a respiração ao fitá-lo através do cômodo iluminado apenas por velas: ele era alto e magro, e usava um terno de risca de giz. Ele parecia sombrio e perigoso.

– Quem é você?

– Segurança especial – ele respondeu, os olhos viajando demoradamente sobre seu corpo, detendo-se sobre os seios. – A gerência me enviou para certificar-se de que a senhora estivesse bem – ele abriu o botão do terno e Sissy viu uma pistola no cós da calça. Arfou.

Quando ele se aproximou, ela viu as íris escuras ao redor da pupila negra; cílios espessos para combinar com os cabelos escuros em sua cabeça. O pescoço era musculoso, obscurecido por um maxilar esculpido. Ela abaixou o olhar para a pistola e sentiu o coração acelerar.

– Uma dama tão bela quanto você – ele disse, em um tom autoritário e firme – não deveria estar se banhando sozinha. Qualquer coisa pode acontecer.

Ele esticou a mão e afastou o roupão, expondo-lhe os seios – uma sensação tão erótica que a respiração de Sissy ficou presa em sua garganta. Pegando uma das taças de champanhe, ele tomou o primeiro gole, ofereceu a ela, e, depois que ela bebeu, ele virou a taça cuidadosamente, permitindo que o resto da bebida escorresse pelos seios nus, o frescor repentino a sobressaltou e a estimulou.

Ele recuou um passo e, os olhos negros fixos nos dela, despiu-se lentamente, primeiro o paletó e a camisa, deixando a pistola exposta perigosamente no cinto. Sissy não conseguia despregar os olhos. Nunca vira uma arma na vida real. Quando a camisa flutuou até o chão, ele abriu o cinto e abaixou o zíper, apanhando a pistola antes que ela caísse. Ele a segurou por um instante, depois a colocou de lado. Por fim, abaixou as calças, saiu de dentro delas enquanto a luz de velas ondulava em suas coxas fortes. Ele já estava excitado, e a visão da ereção fez o coração dela perder uma batida.

Com um movimento fluido, ele passou um braço ao redor da cintura de Sissy, atraindo-a; pressionou a boca na dela enquanto afastava o roupão dos ombros, largando-o no chão. O sabor daquele beijo era de champanhe caro. Ela ficou imaginando qual seria o sabor do restante do corpo.

Ele a suspendeu nos braços e a carregou até a banheira fumegante, beijando-a, a língua se enroscando na dela. Abaixou-a na água quente, que subiu pelas laterais e caiu no tapete rosado. Recostou-a contra o mármore inclinado e suspendeu suas pernas, fazendo os joelhos se dobrarem para então se acomodar entre eles. Tomou-lhe um dos mamilos na boca, e ela gemeu. Ele o soltou para abocanhar o outro. Os dedos dela afundaram nos músculos rijos das costas. Ela fechou os olhos e imaginou missões perigosas – policiais perseguindo assassinos entre ruas molhadas de chuva, noites longas em salas de interrogatório com fumaça de cigarro.

Ela o ajudou com o preservativo, usando os lábios e a língua para desenrolá-lo em seu membro. Era rosa e tinha sabor de morango.

Com as mãos em sua cintura, ele a penetrou até a água balançar e formar mais bolhas, e o vapor se elevar em nuvens perfumadas. Ela lançou os braços ao redor dele, curvando as pernas sobre as coxas dele para travá-lo em seu interior enquanto fechava os olhos e se entregava à pura sensação de prazer. A pistola estava tão próxima. A arma a assustava e excitava. Quando começou a arquear as costas e emitiu um grito de alívio, ele se permitiu gozar, fazendo os prazeres se chocarem, agarrando-se, até ela cair na água, arfando maravilhada.

Ela não disse nada quando ele se desvencilhou em silêncio e, pegando pistola e roupas, saiu. Sissy fechou os olhos enquanto o vapor subia ao seu redor, e sorriu de satisfação.

Então eram assim os acompanhantes de fantasias no The Grove.

* * *

Pierre voltava para o dormitório dos funcionários, desejando poder ficar na suíte de uma das hóspedes, mas esse era o preço de trabalhar disfarçado. Ele assobiou e desejou que o homem que o contratara demorasse a pedir a execução do serviço. Pierre cumprira diversos tipos de serviço para seu patrão, mas nenhum se mostrara tão prazeroso.

Pelo menos agora ele sabia quem era o seu alvo. Abby Tyler. Quando viu o segurança do lado de fora da porta dela, ele riu. Aquele homem não a protegeria. Pierre ficou imaginando o que havia no envelope que colocou sob a porta de Tyler antes do seu encontro com a moça da banheira. Devia ter sido algo importante, porque, ao vê-la agora, enquanto passava diante de seu bangalô, notou a silhueta demarcada na janela dourada e o rosto virado para as estrelas. *Sem dúvida se preocupando com a mensagem do envelope*, Pierre deduziu, ao seguir adiante.

QUINTA-FEIRA

36

– TEM CERTEZA DE QUE vai ficar bem? – Abby perguntou, preocupando-se com a decisão de Vanessa de permanecer no The Grove.

Era por causa da notícia de jornal colocada debaixo de sua porta: "Você é a próxima". Ela fora encontrada. Era apenas uma questão de tempo antes que o remetente anônimo a abordasse solicitando dinheiro, ou com uma ordem de prisão. Abby já preparara sua antiga mala de viagem há um bom tempo, e sempre tivera em mente que, quando deixasse o The Grove, Vanessa ficaria encarregada.

Mas agora aquilo seria perigoso demais para Vanessa.

– A polícia sabe que fugi com uma garota negra – Abby disse antes de aplicar a última camada de corretor debaixo dos olhos. Não conseguira dormir à noite. – Todos sabem que você e eu somos amigas há muitos anos. Não é difícil de deduzir. Tudo o que precisam é das suas impressões digitais. E você não tem como provar que não dirigiu aquele carro até a loja de bebidas onde aquelas duas pessoas foram mortas num assalto. Como pode provar que abandonou o carro? – Abby pousou a mão no braço da amiga. – Vanessa, por favor, por mim: vá para um lugar seguro.

Mas Vanessa cruzou os braços e levantou o queixo.

– Não vou a parte alguma. Você criou este resort e eu não vou deixar que estranhos o administrem. Vão acabar com ele, muito provavelmente – seu tom se mostrou gentil ao falar. – Mas você não deveria mais estar aqui. É perigoso demais, Abby. Vá embora enquanto pode. Eu cuido de tudo.

Abby balançou a cabeça. Ainda tinha de se encontrar com Ophelia Kaplan. Caso Kaplan não soubesse que era adotada, Abby não diria nada. Seria suficiente saber que a filha levava uma vida boa, feliz e cercada de amor. Então, Abby deixaria o The Grove sem olhar para trás.

– Muito bem, vou procurar Ophelia agora. Me deseje boa sorte – as duas se abraçaram.

* * *

Ophelia e David discutiram e fizeram amor alternadamente durante a noite, até que, quando o dia nasceu, David caiu em um sono exausto.

Ophelia despejara seus medos nele; discutiram se colocariam ou não um fim à gravidez; ela culpara a si mesma, a ele e a seus ancestrais. No fim, ela não conseguiu chegar mais perto de decidir o que fazer em relação à gravidez.

A solução de David era ir direto ao consultório da médica de Ophelia e se submeter a uma amniocentese. Se o bebê fosse normal, eles seguiriam em frente e o teriam.

– E se o resultado para a Doença de Tay-Sachs der positivo? – questionara ela.

David recorreu a um velho clichê:

– Pensaremos nisso quando chegar a hora.

Agora, de pé perto dele, com a luz passando pela janela (ela descobrira, ainda bem, que a vista da Torre Eiffel podia ser retirada, como uma cortina), ela o via dormir na suntuosa cama de Maria Antonieta.

Na noite anterior, quando o encontrou à sua porta, Ophelia se mostrou tão aliviada quanto ultrajada.

– Eu sabia que tinha algo te aborrecendo – ele disse. – Na segunda à noite, quando você saiu dirigindo daquele jeito. E você não estava retornando as minhas ligações.

Ophelia nem percebera a luz de mensagem piscando no telefone. Ela culpava a distração, mas sabia que David veria significados subentendidos nisso. Ela quis dizer que estava tudo bem e mandá-lo para casa, mas ele ficou ali parado, tão lindo e no comando, um homem com quem ela podia abaixar as defesas... E Abby Tyler se esforçara para acomodá-lo no voo noturno vindo de Los Angeles –"Ela foi surpreendentemente gentil", ele dissera – que Ophelia, por fim, dera um passo para o lado, deixando-o entrar.

Ele recebera a novidade da gravidez como um bom analista freudiano – calmo, distante, perguntando, antes de emitir a própria opinião, o que *ela* pensava daquilo. Se ficou com medo, não demonstrou. E, se tinha opiniões quanto a como a gravidez acontecera – obviamente ela deveria saber que tetraciclina interferia em contraceptivos orais, ela sempre lia as bulas –, se ele achava que aquilo fora um desejo subconsciente de engravidar, ele manteve para si mesmo. E nem tocou no motivo pelo qual ela jamais se testara geneticamente, como todo o resto das famílias de ambos – motivo pelo qual David sabia ser portador –, ainda que, certa vez, ele tivesse dito que Ophelia talvez não quisesse descobrir que possuía um defeito. Durante toda a discussão, nada disso foi mencionado. Mas agora, de pé ao seu lado, observando-o dormir e com a lembrança de seu toque impressa na pele, ela se questionou se ele estaria certo quanto ao seu medo de ter um defeito, e se ele estaria certo ao pensar que ela cometera algum tipo de autossabotagem. Se sim, por quê?

Na noite anterior, ela quase perguntara a David sobre o narciso branco, sobre a forma como captara a fragrância no jardim e desde então o imaginava em todos os lugares. Mas aquela seria uma questão totalmente diferente para depositar aos pés deles. Naquele momento, havia a gravidez.

E o que fazer a respeito dela.

Ophelia escovou os dentes tranquilamente, lavou o rosto e vestiu um par de jeans desbotados e uma camisa de mangas compridas. O deserto era frio pela manhã. Sapatos para caminhar, óculos de sol e chapéu. Deixou um bilhete: "Saí para pensar. Volto logo".

Seis horas mais tarde, ela ainda não havia regressado.

* * *

– Abilene Tyler – Jack disse ao telefone para seu amigo no laboratório forense. – Acredito que tenha nascido no Texas. Pesquise as certidões de nascimento. Nos anos 1950, em Abilene e em Tyler, no Texas.

Jack desligou e, estreitando o olhar sob a luz do sol em seu jardim murado, tomou uma decisão.

Ele inventara diversos motivos para não seguir para Los Angeles depois que conseguira as impressões digitais de Abby. Sempre tinha a ver com Nina, ele se dizia. Mas estava na hora de enfrentar a realidade. A própria Tyler era o motivo de ele ainda estar ali. Ela exercia um poder sobre Jack que ele considerava cada vez mais difícil de romper.

Era chegada a hora dessa ruptura. Não importando o que o seu amigo forense descobrisse, Jack cuidaria disso quando estivesse na delegacia de Los Angeles. Onde poderia, novamente, controlar suas emoções.

Ajustando a pistola no coldre e vestindo a jaqueta, pôs-se à procura de Abby Tyler.

A cabeça dela estava em Ophelia enquanto se apressava pelo caminho, quase colidindo com Jack ao dar a volta no aviário.

– Detetive! – exclamou. Jack também estivera em sua cabeça. Pensava no sofrimento dele, desejando poder ajudá-lo.

– Estou contente por te encontrar – disse ele. – Acabei de saber que precisam de mim na delegacia, por isso vou fazer o meu *check-out*.

– Mas a sua reserva é até sábado! – replicou ela, pensando que depois de sábado ela talvez nunca mais voltasse a vê-lo.

Ele evitou o seu olhar.

– Não posso ficar. Eu gostaria que providenciasse para mim um lugar no primeiro voo disponível.

* * *

David estava agitado de tanta preocupação. Onde estaria Ophelia?

Rabiscando um bilhete rápido para o caso de ela voltar enquanto ele estivesse fora, foi procurar alguém encarregado. Um funcionário o acompanhou até Abby Tyler, que estava próxima ao aviário, falando com um homem de jaqueta de couro.

– Dr. Messer! – ela disse surpresa.

– Estou preocupado, srta. Tyler. Acho que aconteceu algo com a minha noiva. Ophelia saiu hoje cedo pra caminhar e ainda não voltou. Ela não é de fazer esse tipo de coisa.

Abby mascarou seu súbito alarme. Zeb reportara inesperadas atividades de coiotes nos últimos dias. Diversas fêmeas dando à luz e machos agressivamente à procura de comida.

– Estou certa de que ela está bem. As trilhas ao redor do resort são seguras e bem delimitadas.

– A senhora não está entendendo. Ela está grávida.

Abby pegou um pequeno walkie-talkie do bolso e chamou Vanessa.

– Chame Zeb e a equipe de segurança. Peça que sigam em todos os veículos disponíveis – virou-se para Jack, pálida e com a voz trêmula. – Cuidarei da sua reserva assim que puder, detetive.

– Isso pode esperar – ele disse. – Vou me juntar ao grupo de busca.

37

Sissy acordou sorrindo e se espreguiçando. Nunca se sentira tão bem.

Na noite anterior, depois de seu jantar com Abby Tyler, Sissy regressara ao chalé e pedira duas sobremesas especiais: um bolo e um "segurança especial" com uma pistola. E agora despertava naquela quinta-feira ensolarada pensando na noite que se aproximava, e em algo especial que ela gostaria de experimentar. Um dos quartos para fantasias, talvez...

Mas antes ela precisava cuidar de uma coisa.

Estava calma quando discou o número. A pessoa do outro lado atendeu ao primeiro toque.

– Linda Delgado.

– Srta. Delgado, aqui quem fala é Sissy Whitboro. A esposa de Ed – fez uma pausa para que a outra compreendesse a situação. – Sei que Ed tem te visto.

Uma leve hesitação.

– Sim.

– Bem, só queria que soubesse que pode ficar com ele. Vou pedir o divórcio – Sissy desligou e sentiu um misto de tristeza e alívio. Ainda amava Ed; não seria possível jogar pela janela quinze anos de amor, casamento, filhos e lembranças. Mas aquela era uma nova manhã, e ela era uma nova Sissy.

O telefone tocou quase imediatamente. Era Ed.

– Linda acabou de me telefonar. Deus, Sissy, como você descobriu?

– Através dos extratos bancários secretos, das cobranças de cartão de crédito, dos recibos de hotel... Achou que eu nunca descobriria? – estava repugnada.

– Ah, Deus...

– Apenas me responda uma coisa, Ed. Você teve um caso?

– Sissy...

– Seja honesto comigo. Sim ou não.

– Sim, eu... tive...

Ela engoliu um nó dolorido.

– Então não há mais nada a dizer. Não agora. Não pelo telefone. Depois que eu voltar para casa.

– Sissy, espera...

O telefone tocou o dia inteiro, mas Sissy não estava lá. Ela estava no Village, fazendo compras com o cartão de crédito secreto de Ed.

38

ONDE É QUE ELA estava?

Envolvida em pensamentos e andando muito rápido, Ophelia descobriu que tinha se afastado do The Grove. Na verdade, nem o enxergava mais. E, com o sol a pino, ela não fazia ideia de que lado era leste, oeste, norte ou sul.

Decidindo descansar, sentou-se em um grupo singular de rochas e abriu a garrafa de água. Depois que o sol seguisse para o horizonte, ela poderia determinar uma localização e voltar para o resort.

Surpresa, descobriu-se excitada. Talvez fossem os hormônios gestacionais, ou o deserto. O vento era antigo, como se ela tivesse viajado no tempo. Visualizou os indígenas, mil anos atrás, fazendo sua dramática jornada rumo ao oeste em busca de água e terras férteis – os anasazi, que pareceram ter desaparecido misteriosamente. Desapareceram mesmo? Ela fechou os olhos e levantou o rosto para o céu. Seu corpo clamava por uma bênção. Abaixando a mochila e a garrafa de água, abriu a camisa e deixou--a escorregar dos ombros.

O sopro do vento era erótico. A fez pensar em David, os dedos dançando de leve em sua pele. Seus seios doíam. Retirando o sutiã, ela fechou os olhos e deixou o sol e o vento do deserto envolverem-na em um abraço antigo. Subitamente desejou estar nua. Correr livremente entre as dunas e sentir a sombra do búteo-de-cauda-vermelha voar sobre sua pele. Desejou ter cabelos longos, para resvalá-los nas costas em uma carícia leve. Imaginando-os assim, levantou-se, inclinou a cabeça para trás, fechou os olhos e abriu os braços em cruz, abrindo-se para os espíritos e para a energia sexual terrena.

David se materializa diante dela – um David diferente, ressuscitado de um passado primitivo: pele acobreada, cabelos longos, vestido em pele de camurça. Aquele guerreiro desconhece ternos listrados e sofás de analista. Ele está ligado à terra, em compasso com os ritmos da natureza. Suas necessidades são básicas e primitivas: caçar e acasalar.

A lança que ele carrega está ensanguentada na ponta. Ele está arfando como se tivesse percorrido grandes distâncias correndo. Ele imobiliza Ophelia com o olhar intenso e faminto.

Sim...

O cheiro de seu suor, pungente e forte, invade as narinas de Ophelia. E há também outro perfume – animal. Ela nunca se sentiu tão selvagem.

A tanga de couro sai com um puxão e ela vê o quanto ele é magnificamente másculo. Ela lhe mostrará a fêmea que é. Ela o traz para o solo quente e o deita de costas. Retirando a própria saia de pele, senta-se sobre ele, observando-lhe o rosto enquanto se abaixa em sua ereção. Ele geme de prazer. Suas coxas são fortes e ela poderia cavalgá-lo para sempre.

Mas, antes de se libertar, ele a suspende e assume o comando.

Põe uma mão em seu abdômen, como que idolatrando a magia que habita seu interior. Eles criaram uma vida. Estão próximos dos deuses. O guerreiro lhe dá prazer de um modo gentil que a surpreende. Aquele não foi o ato vigoroso com que conceberam a criança; agora ele é carinhoso e atento à sua condição.

Enquanto se move em um ritmo potente, ele abaixa a mão e a toca em seu ponto mágico, levando-a ao orgasmo. Depois, ele também chega lá e os dois riem, se abraçam e agradecem aos deuses pelo sol e pelo céu.

Ophelia abriu os olhos e estreitou o olhar ante as cores ocres do deserto, salpicado de rochas, cactos e árvores-de-Josué. Repleta de amor por David, pelo homem que é seu parceiro e seu igual, mas também seu guerreiro e protetor, ela entende como a vida é simples e básica. Ela se permitira ser apanhada por uma corrida da qual não desejava participar. Agora sabia por que viera ao The Grove. Porque as respostas, todas elas, estavam aqui.

Pegando a camisa, perscrutou o horizonte. Estaria muito longe do resort? Não existiam telefones públicos ou estradas, nenhuma placa apontando para nenhuma parte. Para ter uma vista melhor, começou a subir a rocha, mas seu pé escorregou. Perdeu a firmeza das mãos e caiu de cabeça entre as grandes rochas que eram mais antigas do que o próprio tempo.

39

TRÊS HORAS MAIS TARDE, o grupo de busca não encontrara nada. Ophelia não estava em parte alguma.

Kenny ficou sabendo a respeito da hóspede desaparecida e quis se juntar ao grupo de busca, mas estava preocupado com Coco. Na noite anterior... Ocorrera sua breve incursão na mente de um assassino impiedoso. Ela parecia tão desolada quando a deixara no quarto, que ele teve uma noite de sono agitado.

O homem que os seguira a partir do escritório da segurança – um guarda armado, que esperou educadamente até Kenny se despedir – já não estava estacionado do lado de fora da porta dela. E ela não estava atendendo à campainha.

Onde estaria?

Na noite anterior, naquele mesmo degrau, ele a pedira em casamento. Primeiro ela pareceu muito chocada e disse: "Você enlouqueceu", mas logo franziu o cenho: "Você está falando sério...". Então ela simplesmente lhe desejou boa-noite, garantiu que ficaria bem, que gostaria de ficar sozinha, e deixou as coisas sem definição.

Mas Kenny não deixaria.

Abrindo caminho entre uma vegetação densa que abarcava a pequena construção, ele encontrou uma janela com as cortinas entreabertas, e espiou, vendo que Coco saía do banheiro vestindo um roupão atoalhado, o cabelo ainda úmido pelo banho.

Continuando a volta pela casinha, encontrou o portão do jardim destrancado. Silenciosamente passou por ele, começando a suar. Em parte queria recuar, mas a maior parte dele queria avançar. Estava prestes a tomar uma das decisões mais importantes da sua vida.

Na última vez em que saíra do The Grove, ele se empanturrou de doces e quase passou dos limites. Fazia dois anos e meio que ele não saía de lá, e estava morrendo de medo de fazer isso. Mas Coco precisava da sua ajuda.

Ele bateu na porta de vidro, sobressaltando-a. Havia sombras debaixo dos olhos dela, mas ela sorriu ao abrir a porta e dizer:

– Kenny! Quanta inconveniência da sua parte!

Ele apoiou as mãos em seus braços e observou o rosto dela.

– Como você está?

– Não consegui dormir. Saí pra caminhar. O homem ainda está por aí, sinto isso – fitou-o nos olhos cheios de preocupação. Na noite anterior, ele a pedira em casamento, chamando aquilo de solução, mas Coco sabia que isso só pioraria a situação, prendendo-os em um relacionamento do qual, no fim, os dois iriam querer sair.

– Vim lhe falar do meu pedido.

– Não consigo pensar direito.

– Então, vamos sair daqui. Eu ainda tenho o meu carro.

Ela o encarou.

– Faria isso por mim? Sair do The Grove? – mas ela parecia indecisa. E quando olhou de relance para a bola de cristal, acomodada em seu suporte de madeira, Kenny disse: – Deixe que essa seja uma decisão sua, Coco. Escute, só até Palm Springs. Que tal assim? Vamos e voltamos – ele já estava pensando na loja de *donuts* da rua Palm Canyon e na sorveteria Baskin Robbins da avenida Mecca, e na farmácia com seu imenso balcão de balas. E isso tudo o aterrorizava.

Vinte minutos mais tarde, estavam na estrada, passando pelos veículos do resort que procuravam Ophelia Kaplan. O sol logo se pôs e caiu a noite no deserto. Coco e Kenny falaram pouco, ela pensando no susto da noite anterior e desejando poder encontrar uma cura para sua vidência maldita, ele sentindo o coração acelerar enquanto abandonava o seu refúgio. Kenny ligou o aquecedor do carro e sintonizou o rádio para uma estação que tocava melodias suaves. A cabeça de Coco pendeu e ela logo adormeceu.

* * *

– Acorde, Coco – uma voz suave, uma mão gentil em seu ombro.

Ela abriu os olhos e ficou confusa por um instante. Onde estava? Em seguida percebeu estar em um carro. Mas ele não estava se mexendo. E Kenny não tinha as mãos no volante, mas estava sentado de lado no banco, sacudindo-a com suavidade para acordá-la.

– O que aconteceu? – perguntou, espreguiçando-se. – Estamos em Palm Springs? – mas logo ouviu um rugido estranho e sentiu um cheiro diferente. Endireitou-se. – Onde estamos? – espiou pela janela. Piscou diante da praia banhada pelo luar, onde ondas se quebravam na areia e, mais além, o oceano Pacífico se estendia pelo horizonte estrelado.

– A menos que a Califórnia finalmente tenha tido o seu grande terremoto e Palm Springs agora seja no litoral, não estamos onde você disse que iríamos.

– Estamos em Malibu.

– Você me trouxe aqui de propósito?

– Eu te sequestrei.

– Por quê?

– Porque preciso que você rompa a sua dependência da bola de cristal, Coco. E esse foi o único modo em que pensei para fazer isso.

– Me leve de volta.

– Só tenho combustível suficiente para mais quinze quilômetros. E aquele posto já fechou.

Agora ela percebia o cenário à esquerda, através da janela de Kenny. Desfiladeiros fortificados por estacas, um posto de gasolina, um loja de conveniência e um pequeno hotel de beira de estrada.

– Estamos com sorte – disse Kenny. – Conseguimos o último quarto vago.

O quarto era pequeno e rústico, mas limpo, e o banheiro era surpreendentemente imaculado, com sabonetezinhos em embalagens individuais. Só havia uma cama, e não era *king size*.

Coco ficou parada no meio do quartinho minúsculo, com as mãos nos quadris. Do lado de fora, só havia o silêncio da noite e o sussurro do oceano. E Kenny sentado na beira da cama, parecendo encabulado.

– Eu te dou uma barra de Hershey's se me levar de volta – disse ela.

Ele sorriu.

–Vejo que não perdeu o senso de humor.

– Quem está brincando?

Seus olhos se encontraram. O momento se alongou. O cheiro salgado do mar invadiu o quarto, preencheu suas cabeças. E o quebrar rítmico da maré...

Alcançaram-se em duas passadas, os lábios se fundindo, se encaixando, perfeitamente saborosos. Braços se envolvendo, apertando. Os dedos de Coco se deliciaram nos cachos dourados de surfista enquanto Kenny descobria os seios e os mamilos. O sexo foi urgente, porque estavam famintos e porque sabiam que teriam a vida toda para um tipo de intimidade mais demorada. Lágrimas quentes rolaram pelo rosto de Coco, entrando nas bocas unidas enquanto pensava, feliz, que aquele era o homem com quem passaria o resto de sua vida, e Kenny também chorava, porque aquela era a primeira de muitas recordações maravilhosas que preencheriam sua mente dali por diante.

Mais tarde, quando estavam deitados satisfeitos nos braços um do outro, Coco disse:

–Talvez as almas gêmeas não sejam tudo aquilo o que dizem. Talvez nós não as *encontramos*, mas as criamos.

– Quer saber de uma coisa engraçada? – ele se levantou da cama e Coco viu as costas nuas enquanto ele ia para onde suas calças estavam dobradas sobre uma cadeira. Ele era magro e não muito musculoso. Tinha revelado que, quando era criança, sonhara em se tornar um campeão de caratê, mas nunca sequer chegara à faixa "rosa", de tão descoordenado que era. Mas ela nunca vira nádegas tão bem esculpidas. Elas ainda traziam as marcas de onde os seus dedos cravaram e seguraram enquanto ele a penetrava. Só de pensar nisso, ela já ficava excitada.

Em seguida, Kenny voltou para a cama e o olhar de Coco se viu preso ao maravilhoso pênis que, diferente de todo o resto dele, não perdera peso no The Grove. Kenny era bem dotado e isso se revelara uma surpresa maravilhosa.

Notou que ele pegara a carteira.

– Lembra ontem à noite, quando você me disse que estava à procura de um homem sábio? Você me perguntou se *eu* me considerava assim, um homem sábio, e eu perguntei se aquilo era brincadeira? – ele lhe entregou a carteira, aberta na sua carteira de habilitação.

Os olhos dela se arregalaram e o queixo caiu.

– Ai, meu Deus... – ela sussurrou – Kenny *Wiseman*[4]? Mas por que não me contou?

– Porque eu queria que a sua decisão viesse do coração, de você mesma, e não da bola de cristal.

Ela passou os braços pelo pescoço dele e o trouxe para si, beijando-o apaixonadamente.

– Kenny Wiseman – ela disse, enchendo a boca com o nome dele. – Você se considerava um covarde, por se esconder no The Grove, temendo o mundo, temendo voltar ao seu vício por doces. Mas você não é covarde. Você fez algo valente, me afastando da minha insanidade, me trazendo de volta ao mundo real. Me conduzindo ao meu lugar, bem aqui, com você. Kenny, quero te levar pra casa, pra você conhecer a minha família. Sei que vão te adorar – e ele nunca mais seria órfão. – Vamos para a Suíça! Deixe eles te estudarem para encontrar a cura para o Alzheimer.

– É uma decisão importante – disse ele, e ela entendia o que ele estava dizendo.

Relembrando seus encontros sexuais no The Grove, ela percebeu que eles não foram ruins, existira química neles, e, na verdade, qualquer um deles poderia resultar em um envolvimento. No entanto, ela encontrou defeitos em cada um daqueles homens. Teria sido de propósito, porque no fundo ela sabia que queria Kenny?

– Não preciso consultar Daisy, nem nenhuma bola de cristal. Sei o que eu quero. E quero ir para a Suíça com você.

– Você seria feliz lá? Sem o seu trabalho na polícia, o que você faria?

Ela sorriu ao abraçá-lo.

– Talvez a força policial suíça possa fazer uso de uma boa vidente.

---

4 N.T.: Wiseman, em inglês, significa "homem sábio".

40

Chamavam aquilo de malandragem. Malandragem era poder, dinheiro, posição social e influência. Era por meio da malandragem que as coisas funcionavam em Vegas, era assim que se chegava ao sucesso, se sobrevivia. Gregory Simonian tivera essa malandragem.

Há muito anos – antes que a esposa do editor do jornal beijasse seu pau, antes de ser chamado de gângster pelo jornal, antes de se casar com Gayane Simonian –, Fallon era solteiro e estivera no Wagon Wheel jogando vinte e um. Ele vinha ganhando bastante e a banca deduziu que ele estava contando as cartas, por isso reportou o fato para Simonian, que o colocou para fora do cassino. Fallon riu a respeito, mas secretamente planejara se vingar.

Casando-se com a filha de Simonian e assumindo o cassino.

Naquela noite, enquanto Michael Fallon seguia para o bar de mármore e ouro que ocupava toda uma parede na sala de estar da sua cobertura e se servia de uma dose de uísque, ele sorriu ao se lembrar daquele dia, há tanto, tanto tempo, quando fora jogado para fora do Wagon Wheel por ordens de Gregory Simonian.

– Maldito albanês! – Michael dissera na calçada. Ele tinha vinte e dois anos e seu orgulho fora ferido.

– Acho que ele é armênio – disse seu melhor amigo, Uri, que estava com ele.

Albanês, armênio… Simonian era um homem morto.

Mas Michael vira a filha de Simonian e teve uma ideia melhor.

Simonian acreditava que a filha estava sã e salva atrás dos muros da Escola para Moças Barrington. Talvez estivesse a salvo dos homens comuns, mas não de Michael Fallon. Seu dossiê a respeito dela incluía fotos, hobbies, amigos e uma lista das coisas de que ela gostava e de que não gostava. Também não era feia. Seduzi-la seria moleza. Localizá-la em seu lugar predileto, flertar com ela, primeiro com os olhos, depois com o corpo. Michael sempre se dera bem com as moças, encantando-as, tratando-as bem e, depois, sendo generoso. Ele pensara em engravidar Gayane para forçar Simonian a aceitar um casamento às pressas, mas resolveu tentar uma abordagem mais respeitável, que pudesse vir a calhar algum dia.

Michael não só antecipara que Simonian se oporia ao relacionamento, como contara com isso. E Fallon sabia que uma coisa era certa em relação às mulheres: negue-as algo que elas queiram e elas vão querê-lo ainda mais. Gayane ameaçara se casar sem o consentimento paterno – afinal, estavam em Nevada – e Simonian, pego entre a cruz e a caldeirinha, decidiu que seria melhor agradar a filha e, ao mesmo tempo, ficar de olho no cretino do Fallon, dando-lhe um emprego no cassino.

Na noite de núpcias, Michael foi amoroso com Gayane, não porque gostasse dela, mas para que ela não tivesse uma desculpa para voltar chorando para o pai, dizendo que seu casamento fora um fracasso. A união sem amor não o incomodava porque aquela era a pedra fundamental para a sua verdadeira ambição: possuir o Wagon Wheel.

E depois o amor o cegara, acertando-o bem no meio dos olhos quando ele menos esperava. Esquecera-se completamente de Gayane, deitada morta em meio ao lençóis ensanguentados, quando sua atenção se concentrou no bebê em seus braços.

Francesca, por quem ele mataria.

Por quem ele *matara*.

E Fallon pretendia, após o casamento no sábado, ficar de olho em Stephen, certificando-se de que ele fizesse Francesca feliz, garantindo isso.

* * *

Eles haviam feito amor entre lençóis de cetim pêssego-alaranjados, e agora Francesca estava deitada acordada, refletindo sobre o futuro.

Stephen era um amante maravilhoso, atencioso, que se demorava o necessário, garantindo que ela ficasse satisfeita. E ela sempre gostava de vê-lo dormindo depois. Mas, naquela noite, foi diferente. Com o casamento a apenas dois dias, Francesca ainda estava em conflito. *Estou mesmo fazendo isto para agradar o papai?*

Francesca e o pai eram tão próximos, e há tantos anos, que por vezes ela não sabia onde a sua identidade terminava e a dele começava. No passado, muitas coisas nas quais ela acreditava serem seus desejos se revelaram, na verdade, vontades do seu pai. Francesca jamais sentira um desejo ardente por frequentar a faculdade de administração, mas foi o que fez, seguindo os anseios do pai e se convencendo de que aquele era o seu sonho se tornando realidade.

E agora o casamento.

Ela amava Stephen. Queria estar com ele. Mas seus sentimentos por ele eram tão inexoravelmente misturados aos seus sentimentos pelo pai que ela não estava mais tão certa dos seus motivos. Tivera esperanças de que, com a aproximação do casamento, se sentisse mais segura de estar fazendo a coisa certa. Mas já era quinta-feira e o casamento seria no dia depois de amanhã, e a única certeza que crescia nela era a de que ela não estava fazendo aquilo por si, mas pelo pai.

– Devo isso a ele – dissera à sua terapeuta. – Papai quer tanto ser aceito pelo círculo dos Vandenbergs!

– E por isso vai sacrificar a sua vida? – a dra. Friedman perguntara.

O pai não sabia que ela estava se consultando com uma terapeuta. Ele ficaria louco se soubesse disso. Mas procurar conselhos do padre Sebastian de nada ajudara.

– Casamento é mais do que apenas amor físico – lhe dissera o padre, um homem que jamais fora casado.

– Eu tirei a minha mãe do meu pai – Francesca dissera à dra. Friedman. – Ela morreu no parto. Eu lhe devo algo em troca.

Saindo sorrateira da cama para não acordar Stephen, Francesca caminhou com suavidade sobre o carpete espesso até a cômoda onde estava o retrato de sua mãe. Gayane Simonian aos vinte e um anos. Linda de modo assombroso. E morrera tão jovem por causa da filha.

– Tive que escolher – o pai de Francesca lhe dissera. – O médico disse que havia uma hemorragia interna que ele não tinha como conter a menos que tirasse o bebê. Ele poderia salvar Gayane, mas o bebê seria sacrificado. Ou ele salvava a criança, e Gayane seria sacrificada.

Quando Francesca tinha quinze anos, fugiu de casa. Ela vira, no canto do escritório do pai, uma pilha de brinquedos novos para o seu aniversário que se aproximava – bonecas, conjuntos de panelinhas e até um cavalinho de balanço. Ele estava tão envolvido no cassino e em enriquecer que nem notara que Francesca estava crescendo. Ela disse a si mesma que seria por isso que fugiria – porque seu pai não se importava, nem a notava. Mas esse não era o real motivo. Demorou muito para Francesca lidar com a culpa que carregava desde que tivera idade suficiente para saber que a mãe morrera ao lhe dar à luz. Quando os homens de Fallon a levaram de volta a Vegas, ele não a castigou, somente lhe perguntou o motivo da fuga. Ele lhe dava tudo. Nunca faltava nada para Francesca. Ela era a sua princesa. Foi nesse momento que ela sucumbiu e, soluçando, disse que não queria viver com a morte da mãe em sua consciência.

Ela jamais esqueceu a expressão chocada no rosto dele quando ela exclamou:

– Você me ignora! É porque eu te lembro da minha mãe.

Ele gaguejou:

– Eu não te ignoro, Francesca. Eu te amo! Eu não te dou tudo o que você pede?

– Coisas! – ela exclamou. – Você me cerca de estranhos e me dá objetos! Eu nunca te vejo. E sei por quê. Você acha que eu matei a mamãe!

Ele a puxou para os braços e os dois choraram juntos, e depois disso tudo mudou. Nada mais de seguranças e acompanhantes. Nada de tutores e de horários e regras rígidos. Nada de ficar na cobertura com desconhecidos enquanto o pai permanecia embaixo, cuidando do cassino. Aproximaram-se, pai e filha fazendo coisas juntos, indo a lugares. Ele a levou em um cruzeiro ao redor do mundo e depois em um tour de três meses na Itália, onde ela aprendeu sobre as suas origens. Ele repetiu inúmeras vezes que ela não era responsável pela morte da mãe. Que aquilo estava nas mãos de Deus, e que às vezes a natureza agia daquela maneira e não cabia a nós questionar.

Francesca aceitara, mas às vezes, tarde da noite, como naquela noite, ela ficava parada junto à sacada e olhava para o mar de luzes coloridas, para além do deserto escuro e se questionava...

– Amor?

Ela se virou. Stephen estava sentado na cama, o cabelo bagunçado de um modo juvenil, os olhos sonolentos.

– Volte a dormir – ela disse com suavidade, e afastou da cabeça uma lembrança que costumava ressurgir em momentos como aquele: Erik. O paraquedista que ela amara tão profunda e desesperadamente, há seis anos.

Acreditava que jamais superaria a morte dele. E, por um bom tempo, consumira-se com a ideia de buscar vingança. Erik sempre foi muito cuidadoso com o próprio paraquedas, portanto ela sabia que alguém deliberadamente cortara as cordas. Mas quem? Especulava-se que tivesse sido um competidor, um antigo rival. Depois de um tempo, Francesca enxergou a futilidade em vingar a morte de Erik e acabou aceitando que não existiam provas de que ele não fora simplesmente descuidado com o equipamento. Aceitou que aquele havia sido apenas um infeliz acidente de um esporte de risco.

Stephen não praticava esportes. Era um intelectual. E ela o amava. *Mas será que amo o suficiente?*, perguntou-se novamente enquanto as luzes de Las Vegas reluziam às suas costas. Como podemos saber se queremos passar o resto da vida com um homem? Seu pai lhe dissera ter se apaixonado por Gayane à primeira vista. Ele nem sabia quem ela era, não sabia que ela era a filha de Gregory Simonian. E quando descobriu, temeu que o sr. Simonian não aprovasse. Mas o pai de Gayane recebeu Michael Fallon de braços abertos. Francesca desejava poder ter visto isso, ter conhecido a mãe e o avô. Adorava quando o pai lhe contava histórias daquela época, e sobre o choque que sofrera quando Gregory morreu em um estranho acidente de helicóptero, como isso devastara seu pai e como ele precisara de meses para se recuperar.

Foi nessa época que ele construiu o Atlantis.

– Eu sofri tanto com a morte do seu avô que mergulhei no trabalho. Foi o que me salvou. O trabalho, e você.

Durante toda a vida, Francesca e o pai só discordaram sobre uma coisa: voar.

A primeira vez que ela voou no jatinho particular dele – na cabine de comando porque era a filha do chefe – Francesca se apaixonou pela liberdade dos céus. Ela era jovem demais na época para saber que a sua nova paixão por voar se enraizava na vida restrita que levava, uma vida de vigilância constante por parte de um pai superprotetor, que se preocupava todos os minutos do dia com a possibilidade de sua filha ser sequestrada. Enquanto as outras meninas colecionavam bonecas, Francesca colecionava modelos de aeronaves. Ela os montava e pendurava no teto do quarto. Mike Fallon periodicamente os retirava, dizendo que garotinhas não deveriam brincar com aquilo. Mas não importava quantas bonecas, casinhas, ursinhos, bebezinhos de plástico e brinquedinhos delicados ele lhe desse, Francesca secretamente contrabandeava os kits de aviões e colava miniaturas de Beechcraft Bonanzas e pequenos Grumman Wildcats.

Mas seu verdadeiro desejo era aprender a pilotar.

Ela conseguira levar a melhor aos quinze anos, depois de aterrorizar o pai ao fugir de casa. Ele lhe prometera que ela teria aulas de pilotagem quando completasse dezesseis e que, em seu décimo oitavo aniversário, ganharia seu próprio Piper Cub. Depois, nos anos da faculdade de administração e direito, Francesca preencheu o tempo livre com horas de voo. Eram os únicos momentos em que ela se sentia verdadeiramente livre e em paz.

– Não consigo dormir – disse a Stephen.

Ele saiu da cama, lindamente nu, e se aproximou dela, passando os braços em sua cintura.

– É só o nervosismo por causa do casamento.

Ela fechou os olhos e pressionou o rosto no peito do noivo para que ele não visse suas lágrimas.

–Você está tremendo.

– Estou com frio – *estou com medo.*

Será que ela concordara em se casar com Stephen porque ele dissera que filhos não eram uma prioridade? Que ele não se importava caso nunca tivessem filhos, pois suas carreiras vinham antes? Ele dissera as palavras que a mente aterrorizada dela tanto queria ouvir? Francesca secretamente temia que lhe acontecesse o mesmo que acontecera com a mãe. Pensar em ter filhos fazia o seu coração parar, embora um médico tivesse lhe dito que ela era perfeitamente saudável. Gayane também não fora perfeitamente saudável?

– Stephen... – disse ela, em um impulso. –Vamos casar longe daqui!

– O quê?

–Vamos embora agora, para o México, para o Canadá.Vamos encontrar um vigário em alguma cidadezinha da qual nunca ninguém ouviu falar, e seremos só você e eu – enquanto falava, com as palavras jorrando da boca, surpreendendo até a ela mesma, Francesca viu uma vida completamente nova para os dois, morando em uma comunidade em alguma montanha, com um pequeno escritório de advocacia que lhes permitisse tempo para voar e viajar...

Ele a abraçou forte e riu com suavidade.

– E o que o seu pai vai pensar disso?

E foi assim que seu sonho desvaneceu.

41

– Não estou gostando desse vento – Zeb observou ao segurar firme o volante. O vento, gemendo e esbofeteando o SUV, carregava uma sensação de mau presságio. Caso se transformasse em uma tempestade, eles jamais encontrariam Ophelia Kaplan.

Vanessa estava morrendo de preocupação. Fazia horas que Ophelia estava desaparecida. Estava tarde. A noite caíra, lançando o deserto em sombras, e agora o vento de Santa Ana vinha do nordeste, ameaçando envolver a região em nuvens de areia.

Além disso, ouviram coiotes uivando. Não os uivos que pareciam garotinhas rindo, nem aqueles que eram quase musicais. Mas uivos afiados e ameaçadores de coiotes protegendo seus covis. Abby ordenara que todos portassem armas.

Por que Ophelia saíra do resort? O noivo dissera que ela estava diante de uma importante decisão e que saíra para caminhar e espairecer a mente. Vanessa notara o comportamento distraído da dra. Kaplan desde a sua chegada ao resort. Estaria isso relacionado à gravidez?

A preocupação de Vanessa estava misturada à excitação e à esperança. Não só tinham, finalmente, encontrado a filha de Abby, mas agora havia a perspectiva de um neto! Desejou que o reencontro fosse feliz, com Abby reivindicando publicamente a filha para si. Infelizmente, se Ophelia não soubesse que era adotada, e se estivesse feliz, Abby não tinha intenção alguma de revelar a verdade. Além disso, o futuro de Abby estava decidido, na mala pronta e na passagem de avião, planos que não incluíam uma filha. Nem ninguém mais.

Vanessa percebera como Abby olhava para Jack Burns, como seu rosto corava quando o via. Depois de anos negando o amor de um homem, ali estava ele, praticamente caindo aos pés dela. Tarde demais.

Vanessa olhou para Zeb, o perfil rígido enquanto examinava o deserto escuro por sinais de Ophelia. Ele estivera calado demais durante o dia, o que não lhe era característico. Preocupação com a hóspede perdida? Ou algo mais? Na noite anterior, depois de conduzir de volta ao resort o último grupo de safári, em vez de relaxar com um drinque como sempre fazia, Zeb lançara um distante boa-noite a Vanessa e se retirara aos seus aposentos. Será que acontecera algo enquanto ele esteve fora com os hóspedes? Ela queria conversar, mas jamais invadira sua privacidade antes e não começaria a fazer isso agora.

– O que é aquilo? – Zeb disse subitamente, apontando para a frente.

Vanessa estreitou o olhar em meio à areia que soprava. Uma centelha de luz.

Zeb virou o volante e direcionou o carro para o facho fraco de luz. Ao se aproximarem, os faróis iluminaram um agrupamento de rochas.

– Ali! – exclamou Vanessa. – Aquilo não é uma pessoa?

Zeb parou o veículo e saiu prontamente, correndo antes mesmo que Vanessa abrisse a porta.

– Graças a Deus! – Ophelia disse, fraca. – Vi os faróis... – ela segurava uma lanterninha em uma corrente. Suas roupas e rosto estavam sujos, o cabelo uma bagunça só. – Escorreguei e não consegui me soltar. Pensei que fosse morrer aqui.

Zeb se ajoelhou prontamente, inspecionando o pé preso nas rochas. O vento soprava ao redor deles, suspendendo a areia, lançando-a em seus olhos. Enquanto Zeb afastava as rochas com o auxílio de um pé de cabra, Vanessa estava ao walkie-talkie, informando que haviam encontrado Ophelia e que a estavam levando de volta.

– Ela está machucada – disse contra o vento uivante. – Avisem a enfermeira.

Zeb dirigiu na velocidade máxima até o resort, onde Abby e David os encontraram. Ophelia foi transferida para um carrinho de golfe e levada dali, com Zeb e Vanessa indo logo atrás.

Abby permaneceu ansiosa ao lado de Ophelia; não desejava sair. Em seu colo estava uma carta, escrita há muito tempo. Fora endereçada à filha e falava de amor, devoção e promessas. Abby esperara lê-la para Coco, depois para Sissy. Agora, sabia que era para Ophelia.

Mas a enfermeira lhe disse:

– Preciso cuidar dela, srta. Tyler. Mandarei chamá-la quando puder vê-la.

Abby hesitou. Depois de todos aqueles anos, de toda a procura e das noites insones, ser mandada embora? Olhou para a carta, o envelope amarelado pela ação do tempo, e outra pessoa lhe veio à mente, alguém sofrendo como ela, que precisava se curar.

Deixando David com Ophelia, Abby partiu em direção às acomodações de Jack Burns, enquanto Vanessa e Zeb, deixando o prédio principal, paravam para observar as copas das árvores sendo açoitadas pelo vento noturno.

– Não estou gostando disso – comentou Zeb. – Acho que vai ter uma tempestade. É melhor eu fechar o aviário.

– Vou ajudar – ofereceu-se Vanessa.

O aviário era uma estrutura em forma de colmeia, construída de uma malha de arame para propiciar a sensação de estar ao ar livre. Fora equipado com uma lona que podia ser abaixada para proteger os pássaros durante tempestades de areia ou outro tipo de clima inclemente. Mas quando Zeb virou o botão, nada aconteceu. O mecanismo estava emperrado.

– Vou ligar para a manutenção – disse Vanessa.

Mas Zeb a deteve.

– Não dá tempo! – gritou, estreitando o olhar para o topo da gaiola, onde pássaros exóticos voavam freneticamente no vento, batendo as asas contra a malha de arame. – Eles estão assustados. Vão acabar se machucando.

Ele avaliou a estrutura e sabia que seria perigoso subir com aquele vento, mas a cobertura só poderia ser liberada manualmente.

– Vou subir! – anunciou, e Vanessa observou, com o coração na boca, enquanto Zeb escalava a enorme gaiola.

Ele se agarrava tal qual uma mosca, escalando centímetro a centímetro enquanto os pássaros guinchavam e batiam as asas. Toda vez que o pé escorregava ou a mão não se sustentava, Vanessa pressionava a mão na boca aterrorizada.

Pareceu levar uma eternidade. O vento aumentava e Vanessa precisava dobrar o pescoço para trás para enxergar. Zeb se perdeu na escuridão do topo, os pássaros criando uma cacofonia que se misturava ao vento uivante. Mas, subitamente, ouviu-se um estalar alto e o som de algo se desenrolando.

Vanessa deu um salto para trás quando a lona rolou para baixo. Dentro do aviário, os pássaros se aquietaram.

Por fim, Zeb voltou, saltando para o chão.

Vanessa se apressou para junto dele.

– Você está bem?

Ele riu.

– Vou sobreviver.

Ela estava tão aliviada que impulsivamente lançou os braços ao redor dele.

– Você é um herói! – e sua boca cobriu a dele antes que ela notasse o que estava fazendo.

Zeb a segurou firme. Fazia muito tempo que não se sentia um herói. A sensação era boa.

Mas logo ele recuou, mostrando-se sério.

– Vanessa, preciso te contar uma coisa.

Algo que ela sabia que o incomodara o dia inteiro. E ele estava tão solene agora que Vanessa já não queria mais ouvir. Mas permaneceu em silêncio e o deixou falar.

– Estou deixando o The Grove. Vou entregar a minha carta de demissão amanhã.

O coração dela afundou. Ela recuou um passo.

– Para onde vai? Voltar para a África?

Ele balançou a cabeça.

– Nunca vou poder voltar para lá.

Ela esperou. O vento noturno soprava ao redor deles, balançando as roupas e os cabelos longos de Vanessa. Moitas e folhagens eram lançadas umas sobre as outras até parecer que mesmo as estrelas seriam sopradas do céu. Zeb segurou as mãos de Vanessa e a trouxe para junto da proteção da parede de pedras, postando-se ao lado dela, a voz carregada de paixão ao dizer:

– Quero que saiba algo a meu respeito, algo que nunca contei a ninguém – seu rosto estava próximo ao dela enquanto ele falava. – Depois que a caça foi banida no Quênia, eu me tornei guia turístico, conduzindo safáris fotográficos. Mas quando vi as atrocidades que eram cometidas pelos caçadores ilegais, o completo desrespeito pelos animais em risco de extinção, eu comecei a me pronunciar contra o governo e a sua política de caça. Fui descuidado. Amigos me aconselharam a me calar, mas eu não conseguia, de tanta raiva que sentia. Vanessa, eu era casado. Quando minha esposa morreu em um acidente de carro, eu fiquei amargo e fui embora. Não posso voltar.

Ela desejou chorar por ele, confortá-lo e arrancar toda a dor que ele sentia.

– Tem certeza? Você veio embora há vinte anos.

Zeb ergueu o olhar para as copas das árvores sendo açoitadas contra o céu escuro. Muito vento ali em cima, mas não embaixo, onde estavam protegidos pelo quebra-vento do oásis.

Ele olhou para Vanessa. Levou uma mão aos cabelos dela, depois ao rosto.

– A minha esposa vivia me alertando para ficar de bico fechado, dizia que as paredes tinham ouvidos. Eu não dei atenção. Não pensei que a polícia secreta iria atrás *dela*.

– Eu sinto muito.

– Agora sabe por que eu não posso voltar. E entende, não entende?

– Sei muito sobre homicídios e sobre a polícia – então, tudo escapou atropeladamente, como se as palavras tivessem se avolumado por doze meses, amontoando-se atrás de seus lábios, à espera do momento em que tivessem permissão para escapar: o cafetão que acabara com seus dentes, Vanessa partindo-lhe o crânio com um taco de beisebol, a condenação e a sentença de prisão perpétua, o ano em White Hills, o incêndio e a fuga. Deixou de fora apenas a garota chamada Emmy Lou, que se tornou Abby Tyler, porque a história de Abby não interessava a Zeb, mas ela quis que ele soubesse a verdade a seu respeito e, se ele lhe desse as costas por causa disso, tudo bem. Mas ele não fez isso, ele ouviu em descrença e ela mal pronunciara as últimas palavras "estou na lista de procurados do FBI" quando ele começou a beijá-la com avidez.

Ela retribuiu o beijo, atraindo-o para um abraço desesperado. Estivera sozinha por trinta e três anos. À exceção de Abby, Vanessa não tinha ninguém. Certa vez, voltara à cidade natal, no Texas, e soube que a mãe falecera e que as irmãs haviam se casado e se mudado para outras cidades. Não restara nada para ela ali, nada que pertencesse a Mercy. Portanto, ela fechou aquele capítulo de sua vida e nunca mais olhou para trás.

Mas agora, nos braços daquele homem, saboreando seus beijos, sentindo-se pegar fogo, Vanessa sabia que um novo capítulo se iniciava.

– Meu Deus… – ele murmurou, fitando-a, os olhos se enchendo com a visão dela. – Meu Deus…

– Zeb, a morte da sua esposa… Tem certeza de que foi culpa da polícia secreta?

– O que quer dizer?

– Você disse que foi um acidente de carro.

– Mas foram eles que o orquestraram.

– Como sabe?

Ele piscou. Abriu a boca e a fechou. E então algo lhe ocorreu pela primeira vez na vida: ele não tinha como saber *com certeza* o que causara o acidente.

– Pode ter sido apenas uma coincidência – Vanessa disse, de modo tranquilo e sábio. – Às vezes pensamos que o universo gira ao nosso redor, que o mundo inteiro está falando de nós e que está preocupado somente com o que nós pensamos ou fazemos. Na verdade, o mundo pouco se importa, porque está ocupado demais se preocupando consigo mesmo. Às vezes – disse, solene –, um acidente de carro é apenas um acidente de carro.

Zeb foi assolado pelo alívio de pensar que talvez a morte de Miriam não fosse culpa sua; livrou-se do pesar que carregava há tanto tempo. Não tudo de uma vez, mas aquele era um começo.

O vento aumentou, pegando-os em um pequeno redemoinho. Ele pegou Vanessa pela mão, e eles correram em meio à vegetação turbulenta até chegarem às acomodações dele, uma pequena suíte atrás dos escritórios.

Era a primeira vez que Vanessa entrava nos aposentos de Zeb e ela ficou surpresa com o que viu. Esperara ver um tema do leste africano, com tambores e troféus de animais. Em vez disso, encontrou uma parede repleta de prateleiras com livros de bolso de ficção e mistério, e outra coberta com cartões de beisebol, pôsteres autografados, a luva de um apanhador em um mostruário de vidro e, em uma prateleira iluminada por um facho de luz, uma bola de beisebol autografada.

– Essa – disse ele, com orgulho – é uma bola da Liga Nacional Oficial autografada por Sandy Koufax, do Hall da Fama, campeão de 1959 e 1963, três vezes não rebatido, lançador perfeito. É a pérola da minha coleção – disse ele, fitando-a fundo nos olhos. – E eu desistiria dela sem pestanejar para passar esta noite com você.

Beijaram-se novamente, sem pressa, sem o vento forte os envolvendo, apenas com a música suave vindo do aparelho de som. Beijaram-se enquanto se exploravam, deliciando-se com o contraste do negro e do branco, do rijo e do suave, seus opostos sendo tão eróticos que eles nem chegaram ao quarto.

Zeb pressionou o rosto contra os seios marrons fartos e sentiu a dor em seu coração começar a se dissolver. Aquela mulher não era Miriam, não era a África, era ela mesma, Vanessa – firme, quente e cheia de compaixão. E quando Vanessa se abriu para ele, abriu-se para a África, porque ele fez amor com mais do que apenas o corpo, mas com a voz, com um sotaque que a fez pensar em céu azul infinito, em montanhas cobertas de neve cingindo as pessoas da raça negra que viviam no solo de terra vermelha do Quênia desde antes do início dos tempos. A boca dele, deixando marcas em seu corpo, imprimia-lhe uma nova identidade. Ele sussurrou carícias em suaíle. Ela fechou os olhos e eles estavam fazendo amor no monte Kilimanjaro.

– Quis fazer isso desde a noite em que nos conhecemos – disse ele, mais tarde, enquanto ficavam deitados um no braço do outro.

– Você é um homem branco muito devagar.

– E você é uma linda mulher negra – ele fitou seus olhos, amendoados, puxados, exóticos e se maravilhou com aquela criatura incrível que o trouxera de volta do precipício, fazendo-o se sentir homem novamente.

E também o fazendo pensar em savanas de leões debaixo do sol equatorial, em árvores espinhentas e em rebanhos pastando, no Kilimanjaro com seu topo coberto de neve ao longe, e ao seu lado, esta mulher incrível, levando-o de volta para casa.

42

Enquanto Vanessa e Zeb saíam para cuidar do aviário, os hóspedes procuravam abrigar-se do vento e os funcionários cobriam as piscinas, prendiam a mobília e fechavam os bares externos, Abby se apressou para o chalé Sierra Nevada.

Não queria ter deixado Ophelia, mas a mulher estava exausta e desidratada, e também tinha o pé machucado. A enfermeira prometera chamar Abby assim que Ophelia estivesse bem o suficiente para receber visitas.

Por isso, Abby resolvera visitar Jack uma última vez. Aquela noite era a sua única chance. Por causa do bilhete ameaçador "Você é a próxima", ela adiantara em um dia sua partida do The Grove. Alguém conhecia sua verdadeira identidade. Abby queria se reunir com a filha antes de partir. A qualquer minuto as autoridades federais chegariam com um mandado e algemas. Àquela hora, no dia seguinte, ela estaria a milhares de quilômetros de distância.

Jack cuidadosamente desmontava o arco e selava o cabo em um saco plástico de evidências. Sairia do The Grove na manhã seguinte, bem cedo.

Pensou em Abby. Que surpresa ela se revelara! Abby Tyler respeitava a privacidade dos hóspedes, parecia não julgar nem eles nem seus pedidos estranhos, não fofocava, não fazia comentários maldosos ou maliciosos sobre ninguém. Uma mulher que não se submetia aos ricos e famosos. Uma mulher de classe, que produzia coisas somente com a água subterrânea, como se o deserto lhe desse permissão para plantar um oásis ali, como se ela tivesse feito um acordo com a terra.

E calorosa. Jack podia não saber muitas coisas mais a respeito dela, mas sentia o calor interno de Abby, como se o entardecer quente do deserto estivesse dentro dela e continuasse a brilhar e reluzir. Ele estava atraído por esse calor, que tiraria toda a frieza de sua vida, o gelo dos defuntos e dos casos não solucionados.

Mas ela estava escondendo alguma coisa. E mentia.

Arco, flechas, aljava e alvo já guardados, ele juntava os pertences pessoais espalhados pelo chalé. Colocara a foto emoldurada de Nina no console da lareira, junto ao folheto do vinhedo. Estavam unidos pelo destino. O folheto estava em seu bolso na noite em que Nina morreu. Ele teria um encontro marcado com o proprietário do vinhedo no dia seguinte – um encontro ao qual ele nunca foi.

Jack virou os olhos para o jardim açoitado pelo vento do lado de fora do chalé. Tivera esperanças de que, àquela altura, já tivesse encontrado o assassino de Nina e começado a projetar seu futuro novamente. Mas ele não podia fazer isso. O vinhedo ainda era um sonho desbotado, que parecia destinado a nunca ser vivido. Jack se perguntou se ele mesmo voltaria algum dia à vida.

Ele ouviu um som à porta e pensou que fosse o vento, como se algo estivesse rolando pelo caminho do lado de fora. Mas, quando o ouviu novamente, percebeu que era alguém batendo.

– Srta. Tyler!

– Espero que não esteja muito tarde!

Ele a encarou, pensando que o ar revolto lhe caía bem. E com a blusa da cor do pôr do sol, enfiada dentro de calças laranjas, era como se ela tivesse trazido o poente consigo.

– Como está a dra. Kaplan?

– Ela está descansando. A enfermeira disse que ela vai ficar bem. Detetive, eu vim te mostrar uma coisa.

Ele olhou para o envelope na mão dela e levantou a guarda. Com relutância, abriu caminho para que ela entrasse. O vento entrou com ela, como um invasor insistente, passando por Abby e Jack para soprar pela sala de estar que fora construída para se parecer com um chalé de caça, com a mobília de couro, os tapetes indígenas e a lareira de pedras.

Enquanto Jack fechava a porta, uma rajada fez papéis voarem do console da lareira, flutuando até o chão e aterrissando aos pés de Abby. Jack se inclinou para apanhá-los, mas Abby foi mais rápida.

Suas sobrancelhas se levantaram quando ela viu o folheto da Vinícola Crystal Creek em Rancho Califórnia. Curiosa, ela leu a descrição do vinhedo mostrado no folheto, que era verdejante e carregado de frutos. Trinta acres de vinhedos e instalações para fabricação de vinho de diferentes tipos, áreas de degustação interna e externa. Localizado nas encostas de uma colina que propiciava aos visitantes uma vista espetacular do vale abaixo. No meio do caminho entre Los Angeles e San Diego, com quinze outros vinhedos no vale, Crystal Creek era popular nas visitações de degustação. Parecia maravilhoso.

Números e símbolos de dólares estavam escritos à tinta, e também a palavra "entrada".

– Detetive Burns – disse ela, devolvendo o folheto e a foto para o console –, trouxe uma coisa para você ler. É algo particular, que escrevi há muito tempo. Nunca deixei ninguém ler. Mas acredito que possa ajudá-lo.

Ela o prendeu com aquele olhar novamente, firme, sem piscar, como se tivesse visto tudo no mundo e soubesse de tudo.

– Não preciso ler nada.

– Fico aflita com o seu sofrimento.

– Isso só diz respeito a mim – disse ele. Então notou uma mecha de cabelo revolta contra a face de Abby e, em um gesto que surpreendeu a ambos, esticou a mão e ajeitou-a.

Os lábios rosados de Abby se partiram em um leve arfar. Jack sentiu o rosto corar. Aquilo fora um impulso. E agora ele ainda sentia o calor da pele dela na ponta dos seus dedos.

Agitada e surpresa com o choque que o toque dele lhe provocara, Abby pigarreou e estendeu o envelope.

– Por favor, leia. Isso vai ajudar.

Ele voltou uma expressão furiosa para ela.

–Você quer ajudar? Então me fale de Nina. Admita que conhece ela.

– Por que insiste em dizer que...

– Maldição, vi o arquivo dela, Abby. Eu sei do dossiê. Por isso, pare de mentir e me conte a verdade.

–Jack, eu não sei do que...

– Vá embora! – ele disse, virando-se. – Se não vai ser honesta comigo, então saia daqui.

Ela o fitou, sentindo-se magoada e brava, e depois se virou e seguiu para a porta. Isso surpreendeu Jack. Ele não imaginara que ela fosse de desistir fácil. Mas então viu que, em vez de pegar a maçaneta, ela começara a apertar teclas em um painel na parede ao lado da porta. Então apressou-se até ela.

– O que está fazendo? – gritou, segurando-a pelo pulso.

– Esse é o código superior de segurança – ela libertou o braço, apertou um último botão e um bipe agudo soou. – Agora estamos trancados.

– O quê?! – ele tentou digitar a própria senha.

– Você não vai conseguir – Abby caminhou até o sofá e se sentou, como se estivesse se preparando para ficar ali para sempre. – Quero que leia algo, um poema – disse, estendendo o envelope. – E depois que tiver lido, pode decidir se estou mentindo para você.

Ele olhou desconfiado para o envelope, atraído por ele, mas também assustado.

– Não – respondeu.

– Muito bem, eu leio para você.

Ele tentou não escutar, determinado a não deixar aquela mulher manipulá-lo, mas a voz dela era firme e atraente, e o atraiu tal qual uma mariposa para uma chama.

– Para a minha filha preciosa – leu Abby –, onde quer que esteja. Eu esperei... Para contar seus dez dedinhos dos pés e da mãos./ Para segurá-la nos meus braços e beijar seus olhos sonolentos./ Para dizer: eu te amo, sou sua mamãe./ Mas você nunca chegou. Não esteve lá./ Onde está meu bebê? Eu chorei./ Disseram-me que você estava morta, mas eles mentiram./ Você sobreviveu. Você era forte.

Apesar de sua resolução, Jack foi atraído por ela. Sentou-se ao seu lado no sofá enquanto o vento varria o jardim e palavras suaves preenchiam a noite.

– Em meu caminho solitário,/ você foi a minha companheira./ Mantida em cada batida do meu coração./ Sagrada. Próxima. Viva./ Outros nos separaram./ Contudo, culpei-me por tanto tempo./ Procurar você é a minha cura./ A esperança me dá forças./ *Jamais* desistirei.

Ela levantou a cabeça e fitou Jack diretamente quando disse os últimos versos:

– Eu a amei naquela época./ Eu te amo agora./ Eu te amarei para sempre. Eu te espero...

O silêncio ecoou por trás das palavras dela enquanto seus olhares se sustentavam, e o vento do deserto gemia além das paredes. Jack engoliu em seco enquanto observava Abby dobrar o papel e recolocá-lo dentro do envelope.

– Houve uma época, Jack, quando o sofrimento era grande demais, que eu pensei que não fosse conseguir viver. E uma noite, quando cheguei ao fundo do desespero, peguei caneta e papel e despejei meus sentimentos nas palavras. Ajudou um pouco. Mantive este poema comigo e o lia e relia, e, conforme o tempo foi passando, ele se tornou um bálsamo para a minha dor. A pessoa para quem escrevi o poema jamais o leu, nunca ouviu estas palavras, e eu nem sei se um dia vai ouvir, mas isso me ajudou a lidar com um trauma que quase destruiu a minha vida.

Ele mal conseguia falar.

– O que isso tem a ver comigo?

Ela apoiou uma mão no ombro dele.

– Escreva para Nina. Diga a ela o quanto você a ama e o quanto lamenta não ter sido capaz de protegê-la. Existe cura nas palavras, Jack.

– Não sou nenhum poeta...

– Não precisa ser um poema. Escreva uma carta. Conte a ela o que está no seu coração.

A dor o engolfou quando ele subitamente começou a se lembrar das coisas boas de Nina que ele enterrara em seu pesar, emergindo agora como sóis brilhantes: a risada divertida de Nina, que terminava em um guincho; o modo como ela nunca conseguia contar uma piada, o que deixava tudo muito mais engraçado; seu coração mole por animais e os gatos perdidos que ela sempre acolhia em casa; e a sua generosidade ao abrir a carteira para um amigo necessitado.

Sucumbiu e chorou. Abby continuou ao lado dele, esperando. Por fim, ele disse, com a voz estrangulada:

– Meus pais sofreram um acidente de carro quando Nina tinha oito anos. Meu pai morreu e a minha mãe ficou seriamente ferida. Nunca se recuperou completamente e tinha dificuldades para cuidar de uma criança. Eu tinha acabado de me formar na faculdade, por isso voltei para casa, para ajudar minha mãe e Nina. Foi nesse momento que nos aproximamos. Acho que me tornei mais uma figura paterna do que um irmão mais velho para ela. Fiquei morando com elas e trabalhei em vários empregos, sustentando as duas, até entrar para a polícia. Nina acabou conseguindo um diploma universitário e começou a trabalhar com publicidade, mas sempre fomos próximos, e cuidamos da nossa mãe.

Ele olhou para Abby, depois para o papel na mão dela, vendo-o através de olhos borrados.

– Para quem esse poema foi escrito?

– Tiraram meu bebê de mim. No instante em que ela nasceu.

A compreensão súbita se fez no rosto dele.

– É por isso que você está envolvida no esquema de adoção ilegal.

– Como sabe sobre *isso*?

– Através de Nina. Abby, você tem um arquivo a respeito dela. Eu vi na sua escrivaninha. Não abri, mas vi vários papéis e o que parecia ser a ponta de uma fotografia. Na segunda-feira à noite, quando você saiu da sala para ir buscar um crachá de segurança, eu vi o arquivo na sua mesa. Nina estava tentando encontrar a mãe biológica. Na investigação, ela juntou nomes de crianças adotadas. Ela tinha os nomes de três mulheres, Ophelia, Sissy e Coco. É por isso que vim pra cá, pra ver se descobria algo por intermédio delas. Vi os arquivos delas na sua mesa, e o de Nina.

– Eu tenho um arquivo sobre Nina?

– Pensei que soubesse! Pensei que estivesse mentindo para mim sobre isso.

– Jack, o meu investigador particular seguiu várias pistas e depois restringiu a três nomes. Mas eu pedi a ele que me mandasse todos os arquivos que tinha coletado, mesmo que não me pertencessem, porque vou entregar essas informações para uma organização não lucrativa que está tentando unir crianças que foram tiradas dos seus pais verdadeiros. Jack, eu nunca olhei para esses outros arquivos. Eu não sabia que um deles era da sua irmã.

Ele passou as mãos pelo rosto e, quando olhou para Abby, ela viu um imenso pesar em seus olhar.

– Desculpa – disse ele. – Eu não deveria ter te acusado de mentir.

Abby quis fazer mais, segurá-lo em um abraço reconfortante e mantê-lo junto ao peito, mas ele estava vulnerável, por isso ela manteve as mãos no colo e disse:

– Jack, escreva uma carta para Nina, como a que escrevi para a minha filha.

Os dedos dele se curvaram ao redor dos dela e Abby sentiu os calos dos anos da prática de arco e flecha. O desejo aflorou dentro dela.

Em seguida, ele a puxou para si e a beijou com voracidade. Abby subitamente ardia em fogo. *Sim!* Mas enquanto o abraço dele apertava, ela pensou: *Não!* E retrocedeu.

– Jack, preciso te contar algo. Algo que nunca contei a outra alma viva.

Ela lhe contou rapidamente, antes que perdesse a coragem, enquanto Jack, sério, ouvia a história do seu passado. E terminou dizendo:

– Meu bebê nasceu na prisão e foi tomado de mim. Me disseram que ela tinha nascido morta, porém, mais tarde descobri que a diretora do presídio vendia bebês no mercado negro de adoção. Tenho procurado por ela desde então – sobre o resto, a fuga da prisão e o prêmio sobre sua cabeça, ela não podia falar agora. Jack era policial e seria obrigado a prendê-la. Talvez depois que aquilo terminasse...

– Com a ajuda de um investigador particular, rastreei três possibilidades. E agora as restringi para uma. Ophelia Kaplan.

Os olhos dele se arregalaram.

– A mulher que se perdeu no deserto hoje?

– Acredito que ela seja minha filha. Ela ainda não sabe. Não tivemos a oportunidade de conversar.

Jack gemeu. Queria beijá-la de novo, queria fazer amor com ela, deixar que Abby dissolvesse a sua dor e ele, a dela. Mas as emoções estavam turbulentas e o assustavam.

O ar noturno se tornou carregado quando ele disse com paixão:

– Não deixe ela escapar por entre os seus dedos, Abby. Eu daria tudo para ter Nina de volta. Não perca sua filha. Vá até ela. Agora. Conte a verdade.

– Não posso, Jack. Não seria justo com Ophelia. Ela é um indivíduo e tem a própria vida. Não posso permitir que as minhas necessidades e desejos sejam mais importantes do que a felicidade dela.

E subitamente ele enxergou algo pela primeira vez: que Nina era um indivíduo com vontade própria, tomando decisões, e que a certa altura um pai, ou um irmão mais velho agindo como pai, tinha de deixar o filho seguir o próprio caminho.

– Nina sabia que a investigação estava entrando em território perigoso. Eu falei para ela tomar cuidado. Ela não me deu ouvidos.

– Jack, você precisa se perdoar, e perdoar Nina também.

Ele entendeu que ele e Abby tinham algo em comum: ele perdera uma irmã, Abby perdera uma filha. E os dois as reencontravam agora. Duas pessoas sofrendo, culpando-se por algo que acontecera a pessoas amadas.

– Abby, vim para cá não para descobrir quem matou Nina, mas para saber quem eram os pais biológicos dela. Eu lhe devo isso.

–Vou te ajudar de todo modo que puder. Tenho toneladas de informações que você pode ler quando quiser.

–Você é uma mulher extraordinária – disse ele, levantando a mão até o cabelo dela.

– É a esperança – disse ela, querendo beijá-lo, querendo se entregar nos braços fortes de Jack e se render ao desejo. – Uma flor sempre se volta para o sol. Mesmo se você a reposicionar, a flor sempre encontrará o sol. Os humanos são assim quanto à esperança. Não importam as circunstâncias, sempre nos voltamos para ela.

E ele percebeu que ela tinha razão. Ele perdera a esperança. Mas talvez agora pudesse reencontrá-la.

Trouxe-a para si e a beijou novamente, dessa vez com suavidade, tocando-lhe o pescoço, os ombros, maravilhando-se com aquela mulher que entrara em sua vida, sentindo o calor permear sua pele, músculos e ossos entrando direto na alma. E Abby, quase chorando de alegria, se inclinou sobre ele enquanto o coração se abria pela primeira vez em trinta anos.

O telefone de Abby tocou, assustando-os. Era a enfermeira, relatando que Ophelia estava bem para receber visitas.

–Vá até ela – disse Jack, não querendo que Abby saísse, mas sabendo que ela voltaria. – Boa sorte!

Ela fez uma pausa na porta e disse:

– Escreva uma carta para Nina. Escreva para ela como se ela fosse ler. Conte tudo o que está no seu coração, Jack, e você vai começar a se curar.

Depois que ela saiu, ele se levantou, foi até a escrivaninha, pegou um bloco de papel e uma caneta, puxou uma cadeira e se sentou para escrever.

43

ABBY PRESSIONOU O DORSO da mão na boca, onde o beijo de Jack ainda queimava.

Nunca se sentira tão viva. Há anos, quando jurara nunca se apaixonar, pensou que fosse uma promessa fácil de cumprir. Nem mesmo ao lado de Sam Striker, por quem desenvolvera laços profundos de afeto, Abby se sentira tão eletrizada e em sintonia com o mundo.

Querido Sam. Quinze anos mais velho, careca, com saúde frágil. O novo jardim fora projetado para o seu tempo restante na Terra, e o paisagista contratado estava fazendo tudo errado. Mas Abby se apresentara e criara um terreno maravilhoso com árvores e moitas, terraços, lagoas e cascatas. Isso não poupara Sam do câncer, mas prolongou sua vida por tempo suficiente para que ele, em troca, lhe oferecesse um refúgio, na forma do seu nome. Ele tinha razão, nenhum policial investigaria a esposa do rico corretor de imóveis Sam Striker e a ligaria à fugitiva em um pôster de procurados.

– Algum dia você vai se apaixonar, Abby – ele lhe disse em suas semanas derradeiras, quando o resort que construíram juntos no deserto estava quase completo. – E eu espero que esse homem de sorte perceba que prêmio recebeu.

Será que Jack sentia por ela o mesmo que ela sentia por ele – aquela repentina e inesperada onda de paixão e desejo? Abby teria de pensar sobre isso mais tarde, explorar seus novos e assustadores sentimentos. Naquele instante, algo mais urgente exigia a sua atenção.

Depois de trinta e três anos se preparando para aquele momento – três décadas de fuga, temendo ser capturada, procurando pela filha, com medo de descobrir que ela estivesse morta, carregando o poema para mostrar a Ophelia que jamais se esquecera dela –, Abby percebeu que não estava nem um pouco preparada. Seu coração galopava enquanto estava parada diante da suíte Maria Antonieta.

Em seu bangalô estava a mala pronta, com um casaco dobrado e a bolsa por cima. A reserva no avião fora feita. Aqueles minutos seguintes com Ophelia colocariam fim a uma vida que ela sabia que seria apenas temporária. Amanhã, ela partiria para outra, longe daquele lugar.

Bateu à porta.

David atendeu. Um belo homem, com aparência distinta e cabelo muito escuro. Cumprimentaram-se com um aperto de mãos.

Ophelia estava deitada em um sofá rococó de tapeçaria rosada e pernas douradas. Se estivesse usando um vestido ao estilo imperial, Abby pensou, Ophelia poderia ser uma das damas da corte de Versalhes. Mas ela estava envolvida em um roupão de algodão simples e parecia muito desgostosa consigo.

– Lamento muito, srta. Tyler – disse ela, soerguendo-se –, fazer todos passarem por toda essa confusão. Causar tamanha preocupação. Não sei onde eu estava com a cabeça. Por favor, sente-se.

A resposta ficou presa na garganta de Abby. Trinta e três anos antes, acordara da anestesia e ouvira que o bebê tinha morrido e, algumas semanas mais tarde, Mercy lhe disse que sua filha estava viva. Foi naquele instante que a jornada de Abby se iniciara. Ela quis voltar para a prisão, para lutar pela sua liberdade por meio dos canais legais. Mas a necessidade de encontrar a filha foi maior, por isso ela começara sua vida como fugitiva da justiça. Contudo, agora que aquele caminho a levava finalmente à realização de seu sonho, ela estava sem palavras.

– Essas coisas acontecem – disse ao se sentar. – Ficamos felizes em encontrá-la bem.

Enquanto olhava para Ophelia, a criança roubada antes que ela sequer a segurasse nos braços, Abby pensou em todos os aniversários que perdera, todos os "primeiros" da vida de uma garota. A verdade estava na ponta de sua língua. Mas, se a contasse, então todo o resto também teria que ser revelado. E como contar àquela mulher que o homem que ela pensava ser seu pai, Norman Kaplan, contador público que, de acordo com o relatório do investigador, era conhecido pelas suas obras de caridade e filantropia, não era, de fato, seu pai? Como contar que o homem que a concebera era um assassino impiedoso, que matara uma senhora por causa de cinquenta centavos?

Ophelia puxou um fio do roupão.

– Eu tinha uma decisão difícil a tomar. E precisava ficar sozinha para pensar.

Decisão difícil? Abby agora percebia uma tensão velada no quarto. Algo não estava certo ali. Ela se virou para David e disse:

– Dr. Messer, o senhor se importaria em me deixar alguns minutos a sós com a sua noiva?

Ele olhou para Ophelia, que disse:

– Eu adoraria um sorvete. O deserto me secou a garganta.

Depois que ele saiu, Abby tentou pensar em como começar. Pensava que Ophelia, apaixonada, grávida, prestes a se casar, estaria extremamente feliz. Abby se acalmou com a crença de que a filha tinha uma vida maravilhosa.

– Espero que tenha conseguido tomar a sua decisão difícil – e esperou que Ophelia lhe desse uma explicação espontaneamente.

– Peço desculpas, srta. Tyler – disse Ophelia, esforçando-se para se levantar do sofá. O tornozelo estava enfaixado por uma bandagem plástica, o pé estava vermelho e inchado. – Não tive a intenção de envolver a senhorita em meus problemas – mancou até uma cômoda ornamentada com cenas pastoris, serviu dois copos de água e disse: – Me diga, como consegui este prêmio? Eu nunca participo de concursos.

Abby pensou em contar a Ophelia o que contara a Coco e Sissy, a respeito da filantropia de Sam Striker, mas a falsidade não cabia ali. Abby precisava conhecer a origem dos problemas de Ophelia, precisava saber se e quando eles seriam resolvidos.

Ophelia estendeu um copo de água para Abby – sem perguntar se ela queria, e Abby notou que Ophelia era uma mulher no comando – e voltou para o sofá. Os olhos se moveram para a porta fechada e Abby soube, pelo seu olhar confuso, que ela não estava, de fato, interessada no prêmio.

Abby tinha de se arriscar. Aquela mulher era a sua filha. Por trinta e três anos, Abby não estivera ao seu lado. Agora poderia estar.

– Quer falar a respeito?

Ophelia olhou para sua anfitriã. Ouvira dizer que Abby era uma reclusa. Criara aquele resort há muitos anos e não colocara os pés para fora nenhuma vez. Uma mulher bela e delicada, em seus quarenta e tantos anos, vestida com bom gosto, e sua característica mais marcante eram os olhos – francos, abertos, como janelas de uma alma compreensiva.

– É por causa da minha gravidez – disse baixinho.

No deserto, presa entre as rochas, completamente só com o vento, a areia e o céu, Ophelia fora encontrar respostas, mas em vez disso vivenciara uma surpreendente epifania.

Enquanto caminhava sob o sol e ouvia o silêncio, pensou no mundo pré-histórico, inocente e intocado, como a paisagem que dera à luz os ancestrais da humanidade, eles mesmos inocentes e intocados. O vento a circundou, sussurrando, refrescando-lhe o rosto do ar quente, e ela então sentiu a alma voltar no tempo. O mundo dos livros, dos programas televisivos e dos protestos sumira enquanto as cores do deserto se sobressaíam, e seus sentidos se aguçaram até ela quase entender o que o búteo-de-cauda--vermelha, circulando no ar, lhe dizia com seus guinchos ecoantes.

Ao parar para descansar, Ophelia sentara-se sobre as rochas e se imaginara usando roupas de pele, comendo raízes e frutos e cuidando do seu bebê. Alcançara seu interior, seu eu primitivo, sua mulher Cro-Magnon, uma fêmea para quem não havia perguntas, nenhum dilema, nenhuma decisão difícil a tomar. A vida era a vida. Aquela era a soma total da equação da sua existência. Jamais surgiria a questão sobre manter ou destruir a vida em seu ventre. A vida era sagrada e crucial para a sobrevivência da espécie.

Um dia, um apresentador de um programa de entrevistas lhe perguntara se ela praticava o que pregava, fazendo troça de como deveria ser a caverna dela em Beverly Hills, perguntando onde ela encontrava carne de mastodonte na Rodeo Drive. Fazendo parecer que ela não podia praticar o que pregava, já que seu mundo era tão diferente daquele dos ancestrais hominídeos.

Mas Ophelia sabia agora que *podia* praticar aquilo que pregava. Não importavam as roupas, ou o tipo de moradia, ou o fato de que os homens de Neandertal não dirigiram carros. Aquilo era algo *interno*.

Agora, de volta ao mundo moderno, ela disse a Abby:

– Fui caminhar no deserto porque eu tinha uma decisão importante para tomar em relação ao meu bebê. Não era para eu estar grávida. O meu contraceptivo oral falhou. Srta. Tyler, eu sou de descendência judia asquenaze, assim como David. Ele foi testado positivamente para um gene mutante que causa a Doença de Tay-Sachs.

– Já ouvi falar dela.

– Então sabe o que significaria se eu trouxesse essa criança ao mundo. Por isso, eu considerei o aborto.

A mão de Abby subiu para a garganta.

– Mas isso não passou de uma breve consideração. Vou manter o bebê, srta. Tyler. Ele ou ela pode não viver muito, mas nenhum de nós tem uma vida longa garantida. Enquanto o meu filho estiver vivo, ele vai conhecer o amor, a alegria e a felicidade. David e eu garantiremos isso.

Abby fitou-a, confusa. Será que Ophelia não era sua filha, no fim das contas?

– Você também recebeu o resultado positivo para Tay-Sachs?

– Não fiz o teste genético ainda. Pretendo fazer isso assim que voltar para casa.

– Mas se o teste der negativo – *e dará!* –, então não terá com que se preocupar.

Mas Ophelia disse:

– Eu me preocuparia todos os dias da minha vida. Como posso confiar em um teste de laboratório, se não posso confiar em uma pílula anticoncepcional? Eu iria de médico em médico só para garantir. E quando eu poderia ficar satisfeita? A nuvem sempre estaria sobre mim: será que o laboratório errou, vou dar à luz um bebê que vai morrer antes do seu quarto aniversário?

Havia mais: a excitação da intimidade entre ela e David jazia na sua espontaneidade, que os fazia continuar interessados um no outro, sempre à procura dos sinais, mantendo o romance fresco e excitante. Perderiam tudo aquilo? A preocupação da gravidez os transformaria em parceiros cautelosos que consultavam o calendário e carregavam preservativos?

Abby se levantou da poltrona e foi até a lareira, que tinha figuras rococós e relógios dourados sobre o console. Do lado de fora, o vento do deserto fustigava as árvores e moitas do The Grove como em uma dança tarde da noite. Abby se virou para Ophelia.

– Dra. Kaplan, e se a senhorita não fosse de descendência asquenaze?

– Mas eu *sou*.

– Hipoteticamente – disse Abby. – Só para debatermos a questão – o momento era aquele. Ela inspirou fundo. – Dra. Kaplan, preciso te contar algo a meu respeito. Quando eu tinha dezesseis anos – disse, voltando-se para a poltrona –, tive um romance de verão com um rapaz que não ficou em minha vida por muito tempo.

Ophelia ouvia atenta, curiosa quanto à mudança de assunto.

– Um assassinato foi cometido em nossa pequena cidade, e eu fui acusada e presa. Não cometi o crime, mas minha defesa era fraca, o meu advogado público chegou até a cochilar durante o julgamento – ela pigarreou. – Eu estava grávida na época e não sabia. Quando isso foi revelado pelo médico da cadeia, causou um enorme rebuliço. Era uma cidade governada pela Bíblia. Os homens no júri ficaram escandalizados. Fui considerada culpada e mandada para a prisão.

Abby parou para tomar um gole de água enquanto Ophelia aguardava e se perguntava o que aquela história tinha a ver com ela.

– Meu bebê nasceu na prisão e... – Abby se deparou com os olhos de Ophelia. Buscou se controlar. – E eles tomaram minha filha de mim e a venderam no mercado negro.

Parou por ali, para Ophelia absorver tudo aquilo. Ophelia já não parecia confusa ou educadamente paciente, mas muito preocupada.

– Isso é horrível! – disse, pensando no seu bebê, com poucas semanas, mas já uma pessoa, uma alma.

– Quando saí da prisão, comecei a procurá-la. Isso demandou anos, muito dinheiro e vários investigadores particulares. Cheguei a becos sem saída, segui muitas pistas falsas. Coletei fatos, datas e nomes e os compilei em um banco de dados. Assinei serviços de *clippings* para receber artigos que mencionassem adoções ilegais, mercado negro de bebês, adotados à procura de suas mães biológicas, mães procurando os filhos que lhes foram tomados. Mas, em meio a toda essa informação crescente, eu não encontrava pistas que pudessem me levar ao meu bebê.

Tomou mais um gole de água.

– Por fim, o último detetive contratado teve sorte.

Ophelia viu Abby deixar o copo de lado, levantar-se da poltrona Luís XIV e ir até a janela. Estava fechada, mas o rugido do vento de Santa Ana podia ser escutado do outro lado. Abby viu um mundo em tumulto. Seu precioso e delicado resort estava à mercê dos ventos do deserto.

– Ele encontrou a diretora do presídio onde dei à luz. Outros detetives tentaram falar com a mulher, mas ela sempre se recusou a falar do passado. Daquela vez, porém – Abby se voltou para Ophelia –, o meu investigador encontrou uma mulher aposentada em estágios avançados de falência do fígado, e que *queria* falar sobre o passado. Durante seus anos no sistema penal no Texas, ela tinha se envolvido em várias atividades ilegais e, acho que por estar perto da morte, desejou limpar a consciência. Ela deu uma pista ao meu investigador.

Enquanto Ophelia se perguntava aonde aquilo levaria, Abby continuou explicando que seu investigador estreitou a busca para um homem: Spencer Boudreaux, que ele localizara em um hotel imundo e que se mostrara disposto a falar em troca de uma garrafa de vinho.

– Boudreaux disse que transportou bebês nos anos 1960 e 1970. Embora ele não fosse claro quanto aos detalhes, falou de uma enfermeira que tinha a mente afiada e que ajudaria a preencher as lacunas. Meu investigador a localizou e ela lhe deu outros nomes, que o levaram a obter mais informações até que, finalmente, ele restringiu a busca para três bebês que poderiam ter se originado da prisão White Hills na noite de 17 de maio de 1972.

Abby fez uma pausa, com o coração acelerado. Aquele era o último momento em que ela poderia parar, sair pela porta e deixar Ophelia ignorante quanto aos verdadeiros fatos do seu nascimento. Se não fosse pela gravidez e pelos medos que Ophelia sentia em relação à criança, Abby pararia ali. Mas Ophelia precisava conhecer a verdade. Que ela não era de descendência judaica e que, portanto, não poderia ser portadora do gene mutante.

Ophelia franziu o cenho.

– Dezessete de maio de 1972, o dia em que *eu* nasci.

– Eu sei – disse Abby. Trouxera os papéis consigo, para o caso de precisar. Ao colocar a mão na bolsa que trazia sobre o ombro, tirou uma pasta e disse: – Minha filha nasceu na madrugada do dia 17 e na mesma noite foi entregue neste endereço. É por isso que tenho motivos para acreditar que você seja a minha filha.

– O quê?! – Ophelia pegou a pasta e a abriu, perscrutando as palavras nos papéis.

– Sabemos que Boudreaux já tinha dois bebês no carro quando parou na prisão White Hills – explicou Abby. – Só não tivemos como descobrir qual das três ele apanhou naquela noite. Já descartei duas candidatas, o que faz restar apenas você.

Ophelia a olhou de modo vago.

– Acha que *eu* sou a sua filha? – devolveu a pasta. – É um equívoco. Sei quem é a minha família.

– Dra. Kaplan, você não ganhou concurso algum. Esse foi o modo que encontrei para trazê-la até aqui...

– Srta. Tyler, eu *não* fui adotada. O seu detetive particular cometeu um erro.

– Os fatos estão aí – Abby disse, apontando para a pasta. – Lamento. Eu não tinha a intenção de te contar. Eu não tinha o direito. Você tem a sua vida. Que direito tenho eu de atrapalhar você e as vidas daqueles que estão ligados a você? Mas as circunstâncias mudaram. Você não tem descendência asquenaze. Os meus ancestrais são escoceses. Seu bebê não corre perigo.

– Isso é impossível – disse Ophelia, pondo-se de pé. – A minha mãe teria me contado... – e, de repente, o quarto foi tomado pelo perfume pungente de narcisos brancos. Ela se sentiu subjugada.

Abby se levantou em um salto.

– Você está bem?

Ophelia alcançou uma cadeira para se equilibrar.

– Ai, meu Deus...

Abby observou, com a respiração em suspenso.

– Eu tenho uma lembrança – Ophelia disse de repente – que ficou enterrada por anos, mas quando eu estava em um dos jardins ontem, senti o perfume de narcisos brancos e isso fez essa lembrança voltar à tona. Eu tenho tentado me lembrar. Tem algo a ver com meu avô. Eu estava sentada no colo dele...

Ela parou e encarou Abby.

– Eu lembrei!

O vento de Santa Ana rugia além das janelas, fazendo as palmeiras se chocarem contra os vidros.

– Eu tinha sete anos. Estava numa reunião familiar. Lembro de ter tentado colocar os braços ao redor do pescoço do meu avô. Ele os afastou. Ele me tirou do colo e me colocou no chão. E disse para a minha mãe... – Ophelia voltou os olhos arregalados para Abby. – Ele disse: "Ela não é uma de nós e nunca será".

Ophelia olhou para o papel colocado sobre a mesinha de centro. "Menina entregue em 17 de maio de 1972, para Rose e Norman Kaplan, Dos Padres Drive, 633, Albuquerque, Novo México. Eles a chamaram de Ophelia. Formada em 1995 pela UCSB com bacharelado em Antropologia."

O relógio dourado sobre o console da lareira deu as horas. Ophelia levantou o olhar. Viu o rosto pálido de Abby Tyler e a angústia em seus olhos.

Ophelia foi até o telefone e discou. O tempo pareceu parar enquanto ela aguardava que a ligação fosse atendida. Abby ouviu um barulho de batida do lado de fora e os gritos assustados dos pássaros no aviário.

– Oi, pai – Ophelia disse com a boca seca. – Mamãe está aí? Sim, está tudo bem. Pareço estranha? Deve ser a ligação. Sei que é tarde, mas... preciso falar com a mamãe por um minuto.

Ophelia colocou a mão sobre o estômago enquanto esperava, o cheiro do narciso sufocando-a. *Ela não é uma de nós*. Os nomes e os endereços no relatório do investigador, os fatos irrefutáveis. Não podia ser!

– Mãe? Preciso perguntar... Sim, estou bem. Escute. Preciso saber... Mãe, eu disse que estou bem. Só escuta, tá? Preciso perguntar uma coisa – Ophelia respirou fundo. – Mãe... Eu fui adotada? – ela ouviu. – Não é uma pergunta boba, mãe. Tem uma mulher aqui que alega ser a minha mãe. Ela tem até documentos.

Ophelia ouviu. Depois franziu o cenho.

– O que foi? – sussurrou Abby.

– Minha mãe me disse que precisamos conversar. Mas não pelo telefone.

– Convide-a a vir para cá. Eu mandarei o jatinho.

– Mãe, é verdade? – ela perguntou ao telefone. Abby viu as juntas dos dedos de Ophelia ficarem brancas, de tanta força que ela fazia para segurar o telefone. – *Eu sou adotada?*

Ela ouviu, assentindo sem dizer nada. Abby a viu engolir com dificuldade e se lembrou da garganta seca. Pegou um copo de água e o entregou a Ophelia enquanto ela dizia:

– Mãe, vão mandar um jatinho para pegar você e o papai – a voz dela estava áspera. – V-vocês podem vir imediatamente? Logo de manhã? – ela olhou para Abby, que concordou. Depois disse: – Ok, sim, eu sei que você me ama. Também te amo, mãe.

Ophelia estendeu o aparelho.

– A minha mãe quer falar com você.

Abby pegou o aparelho, fez uma pausa para criar coragem, depois o colocou ao ouvido.

– Sra. Kaplan, aqui quem fala é Abby Tyler – disse calmamente. – A sua filha Ophelia está aqui comigo. Acho... Tenho motivos para acreditar que ela seja *minha* filha. Os documentos que me foram entregues... Pode repetir? – Abby relanceou para Ophelia, que empalidecera tremendamente. – Sim – concordou Abby. – Dezessete de maio de 1972. Através de um homem chamado... – Abby fechou os olhos. – Sim, Bakersfelt. O mesmo homem. Como disse? Entendo, sra. Kaplan. Vamos conversar quando estiverem aqui. A minha assistente vai telefonar em alguns minutos para providenciar o voo. Boa noite.

Depois que desligou, Abby disse para Ophelia:

– Eles estarão aqui pela manhã.

A voz de Ophelia saiu em um sussurro.

– O que a minha mãe disse?

Abby mal conseguia encontrar as palavras.

– Ela disse que é verdade. Eles adotaram você há trinta e três anos.

SEXTA-FEIRA

44

Sissy despertara aquela manhã com o coração dividido. A noite anterior fora maravilhosa, na verdade espetacular – o quarto de fantasia decorado como a torre de um castelo, com armaduras, paredes de pedra, tapeçarias. Sissy usara um vestido de corpete justo e saia ampla, um chapéu rendado na cabeça, o cabelo preso em um coque com cachos soltos sobre as orelhas. Deram-lhe um trabalho de ponto cruz para passar o tempo e, bem quando ela pensava que haviam se esquecido dela, um homem entrou pela janela, literalmente voando para dentro, fazendo Sissy dar um pulo e gritar. Mas quando ela viu a casaca e as calças até os joelhos, o magnífico chapéu de plumas e o quanto ele era lindo com seu cabelo escuro e sorriso malicioso ao implorar que ela não deixasse a guarda noturna saber de sua presença ali – ele, "um capitão dos Mosqueteiros do Rei" –, Sissy logo interpretou o papel.

Sissy quisera tentar algo de um dos manuais do sexo. Ela pensara que teria de dizer explicitamente, explicar para ele o que queria, mas não foi necessário. Um pouco de vinho, um pouco de flerte, alguns sinais da parte de Sissy, e as coisas seguiram seu curso.

Na terça à noite, com o fuzileiro naval, Sissy tentara algo que nunca havia feito antes e gostou. Na noite anterior, os papéis foram invertidos. Ela se deitara em um torpor sonhador enquanto o seu acompanhante fazia amor com ela usando a língua. Ela jamais imaginara que aquilo pudesse ser tão delicioso. E quando gozou, o orgasmo foi explosivo.

A parte maravilhosa foi que, depois do sexo oral, seu acompanhante ainda foi capaz de atuar de uma maneira um pouco mais convencional, usando seu pênis sensacional para lhe proporcionar mais picos de prazer.

Uma semana maravilhosa – Alistair na ponte, o tenente da Marinha na folga do combate, seu parceiro armado e, por fim, a noite anterior – Sissy sentia como se tivesse acordado em um corpo novo. Cada uma de suas moléculas dançava com energia. Hoje era o seu último dia e ela não estava nem um pouco ansiosa para partir.

Mas, ao mesmo tempo, sentia saudades das crianças, e mal podia esperar para abraçá-las, para ouvir sobre o treino no futebol, as provas de soletração e os filmes a que eles haviam assistido. Também sentia falta de Ed, e temia o confronto inevitável que aconteceria entre eles. Definitivamente, ela o deixaria. Sissy podia ter se relacionado sexualmente com quatro desconhecidos, mas não entregara o coração a nenhum deles.

Secando-se após um banho revigorante, tentou se concentrar no dia. Como Scarlett O'Hara, lidaria com o futuro quando ele viesse. Por enquanto, ela ainda tinha vinte e quatro horas no The Grove e pretendia aproveitá-las.

Quando ouviu a batida à porta, pensou que fosse o serviço de quarto. Pedira filé mignon com ovos mexidos, suco de mamão, kiwi e um maravilhoso pão de queijo que só era encontrado no The Grove. Apertou o cinto do roupão de seda na cintura (não vestia nada por baixo) e pensou no garçom do serviço de quarto da segunda-feira e no olhar que ele lhe lançara. Pensando em talvez convidá-lo para dividir o desjejum com ela, abriu a porta.

E recebeu um choque.

– Ed!

– Olá, Sissy – os olhos dele se arregalaram. – Meu Deus, você está maravilhosa!

– O que está fazendo aqui?

– Temos que conversar. Posso entrar?

Ela se manteve no lugar.

– Como chegou aqui?

– Quando não atendeu aos meus telefonemas, liguei para a gerente, a srta. Nichols. Eu expliquei o meu problema e ela me arranjou um lugar no voo desta manhã. Sissy, escute o que tenho a dizer.

Ver Ed após quase uma semana de separação a desorientou. Ele ainda era bonito, com as covinhas e o cabelo esparso no topo, e os óculos de aro de metal que o faziam parecer um garotinho. Quinze anos de lembranças a assolaram – a noite do baile no último ano na escola, o casamento, a lua de mel, o nascimento da filha, todos os Natais e aniversários, Ed caindo na neve e Sissy queimando o primeiro jantar deles, e a pequena Adrian aos quatro anos aprendendo a dizer "Ave Maria cheia de graxa". Era difícil acreditar que aquele homem a tivesse traído e magoado da maneira que fizera.

Sissy deu um passo para o lado e ele entrou. Assim que ela fechou a porta, as palavras jorravam da boca dele:

– Sissy, eu te amo. Não me apaixonei por ninguém. Foi só curiosidade. Eu queria saber como era. Pensei que estivesse deixando de aproveitar alguma coisa.

Ela ouviu calmamente enquanto as emoções ardiam. Ela se recusava a chorar, mas as lágrimas ameaçavam cair.

– Tudo começou na despedida de solteiro do Gary, você se lembra? Alguém levou duas strippers e, bem, uma coisa levou a outra e eu descobri que gostava. Era excitante. Tentei me afastar, Sissy. Mas acho que me viciei.

– O clube – ela disse, em um tom seco. – Duas noites por semana com Hank Curly?

Ele enrubesceu.

– Eu tenho ido àquele lugar na estrada, além do limite da cidade.

O queixo dela caiu.

– Aquele que é chamado de clube de *cavalheiros*?

– Um cliente do Oregon, Hank Curly, me levou até lá. Eu não conseguia me afastar. Chame de crise de meia-idade. Sei lá. Não tenho orgulho de mim. Mas eu não estava tendo casos, Sissy. Eu não me apaixonei.

Sissy pressionou os lábios e ergueu o queixo. O maxilar de Ed estava coberto de barba por fazer. Havia sombras debaixo dos olhos dele. Ele parecia acabado. Ainda assim, fora ele que a magoara.

– Linda gostou do relógio?

Ele gemeu.

– Sissy, sinto muito que tenha descoberto isso – ele enfiou a mão no bolso. – O joalheiro que te contou poderia ter dito que eu também encomendei isto no mesmo dia – era uma linda pulseira de ouro com os nomes dos dois gravados nela.

Sissy sentiu uma fenda em sua determinação.

–Você não respondeu a minha pergunta.

– Linda não aceitou o relógio. Disse que não era apropriado – ele puxou um cartão da carteira e o entregou a ela. – Linda Delgado é terapeuta de casais. Ela disse que não era ético da parte dela aceitar um presente de um paciente.

Sissy olhou para o cartão.

Ed disse:

– Eu estava confuso, Sissy. Não sabia mais quem eu era e o que queria. Eu só sabia que queria encontrar o meu caminho de volta para você, para nós. Padre Ignatius me recomendou essa mulher. Ela aconselha casais católicos. Saí da cidade porque não queria que nenhum dos nossos amigos soubesse.

– Por que procurou uma terapeuta? Por que não *me* procurou?

O rubor dele se acentuou.

– Porque, bem, é embaraçoso, Sissy. Linda Delgado é especialista em terapia sexual. Eu não podia falar com você sobre isso. Quero dizer, as nossas noites de sábado, sinto muito, Sissy, mas elas não bastam – ele passou a língua pelos lábios. – Sissy, eu te amo, e sempre vou te amar. Não estou tentando desculpar o que eu fiz, mas quero que saiba que nunca foi amor. Era só sexo.

Ele se calou e esperou por uma resposta, notando as diferenças na aparência dela. Ela emagrecera? Engordara? As sardas sumiram por conta de um bronzeado? A maquiagem estava diferente. Não, era o roupão de seda, que ele nunca tinha visto, o modo como estava preso na cintura, enfatizando os seios fartos, os mamilos eretos contra o tecido. Ele engoliu com dificuldade. Estava confuso. Nunca antes vira Sissy tão... *sexy*.

– Eu sinto muito. Sei que você não vê isso como "apenas sexo". Que dormir com outras mulheres é errado, mesmo sem amor...

Ela pôs um dedo sobre os lábios dele.

– É possível que eu entenda o que você quer dizer com "apenas sexo" – mas ela não se explicou, e não contaria sobre Alistair e os outros. Era melhor que algumas coisas ficassem em segredo.

Ele pegou a mão dela entre as suas.

– Sissy, estou aqui para implorar o seu perdão e pedir que me dê uma segunda chance.

Ela sorriu e disse:

– A culpa não é só sua, Ed. Deve haver algo de errado em mim se você sentiu que não podia ser franco e honesto comigo. Por isso, eu te perdoo, Ed, e vou te dar uma segunda chance, porque também quero uma segunda chance.

– Então você vai comigo se consultar com a dra. Delgado? Ainda não estou curado. Ainda sinto a necessidade da excitação...

– Ed, não precisamos de terapia. Podemos resolver isso sozinhos, e o The Grove é o lugar perfeito – e com isso ela o levou para o quarto, sabendo agora o que estava faltando em sua vida e também na de Ed: a excitação e o romance. Pensou na surpresa que Ed teria quando ela o guiasse para um novo mundo de paixão e intimidade, percebendo que, se não fosse pelo The Grove, ela talvez não tivesse perdoado Ed, nem lhe dado uma segunda chance. Mas ela própria tivera uma amostra daquilo, com Alistair, com o fuzileiro naval e com os outros. Ela entendia a fascinação do sexo com desconhecidos excitantes. Mas, dali por diante, ela e Ed seriam esses desconhecidos excitantes, um para o outro, e juntos explorariam um território desconhecido de amor erótico, e Sissy o apresentaria à interpretação de papéis, às fantasias e aos brinquedinhos sexuais.

A primeira coisa que faria de manhã seria solicitar uma extensão da estadia no The Grove. Usando o cartão de crédito de Ed, claro.

45

Abby já deveria ter deixado o resort àquela altura, mas, por causa de Ophelia, postergara a partida.

Na noite anterior, depois que Abby tomara providências para que os Kaplan viessem ao The Grove, Ophelia disse querer ficar sozinha com David. Abby entendeu. Todos tinham muito em que pensar. Estava contente por Ophelia ter David para apoiá-la e confortá-la. Ela mesma gostaria de procurar Jack em busca da mesma coisa, mas sabia que ele estava fazendo as pazes com a irmã e não queria atrapalhá-lo. Por isso, telefonara para o bangalô de Vanessa, sendo atendida pela secretária eletrônica. Vez ou outra Vanessa não passava a noite na própria cama. Então, Abby ficou sozinha com suas lembranças e temores, pensando no passado, mas determinada a enfrentar o futuro, sem conseguir dormir, e imaginando quem teria lhe mandado o recado "Você é a próxima". Esperava já ter tido mais notícias a respeito disso. Mas ninguém agira. Pelo que estavam esperando?

Finalmente a manhã chegou e agora Abby aguardava na pista de pouso, esperando pela chegada da sra. Kaplan. A sra. Kaplan, que estava para ter a filha tomada de si.

Os ventos diminuíram, o ar estava mais calmo. O resort estava coberto de areia e pó, e a equipe de limpeza já estava trabalhando, varrendo as passagens, retirando entulho das piscinas, levantando a lona do aviário.

Os motores do avião puderam ser ouvidos antes mesmo que a aeronave estivesse à vista. Abby se preparou. Parada entre ela e David, Ophelia esperava pela mulher que, por trinta e três anos, ela acreditara que fosse sua mãe. Suas emoções estavam conturbadas. Não pertencer à família à qual acreditava pertencer – depois de todos esses anos! As irmãs e o irmão. As tantas tias, tios e primos. *Zaydeh* Abraham dizendo: "Ela não é uma de nós".

Mas isso também significava que o seu bebê não era um deles, talvez nem fosse judeu. E já não corria o risco de morrer com a Doença de Tay-Sachs.

O jatinho taxiou até parar, as escadas se desdobraram até o chão. Os Kaplan foram os primeiros a desembarcar.

Norman e Rose Kaplan estavam na casa dos sessenta, rechonchudos e com cabelos grisalhos, Rose mais baixa do que o marido. Quando se aproximaram, Abby estendeu a mão para um cumprimento. Mas, em vez disso, Rose colocou as mãos nas faces de Abby e disse:

– A mãe da minha filha! – falou com tanto carinho que Abby quis chorar. – Cuidamos muito bem do seu bebê. Nós a amamos como se fosse nossa. Lamento muito que ela tenha sido tirada de você. Não sabíamos disso. Nos disseram que ela vinha de um orfanato judeu, que a mãe dela tinha morrido.

Andaram em um carrinho de golfe até o bangalô de Abby, onde Vanessa os aguardava com bebidas.

Enquanto Vanessa servia o chá que ninguém tomou, Abby fez um pequeno resumo do seu passado e da subsequente procura pela filha, mostrando aos Kaplan o relatório do investigador. O sr. Kaplan, em silêncio, folheou o relatório, depois o deixou de lado com um suspiro.

– Como nos disseram que a mãe tinha morrido, nunca tememos que algum dia ela aparecesse.

Ophelia fitou os pais. David estava ao lado dela no sofá, segurando sua mão.

– Então é *verdade*?

Rose voltou os olhos tristes para ela.

– Seu pai e eu estávamos casados há cinco anos e nada de filhos. Consultei especialistas. Eles disseram que eu não podia ter filhos. Decidimos adotar. Mas queríamos uma criança judia. O nosso advogado disse conhecer um homem que cuidava de casos especiais como o nosso. Estávamos na sala de espera e ouvimos ele conversar ao telefone com um homem chamado Bakersfelt. Uma semana mais tarde, ele ligou dizendo que uma mulher judia morrera no parto. De acordo com ele, o bebê era uma menina saudável, da nossa cor, da nossa ancestralidade – a sra. Kaplan retorcia o lenço. – Mas ele disse que tinha outros casais na nossa frente. E deu a entender que tinha um jeito de nos colocar no topo da lista.

– Dinheiro – concluiu Ophelia.

– Ele disse que seria um donativo para o orfanato. Uma boa causa. Nossos dez mil dólares deixariam todos felizes. Por isso, nós pagamos.

– E então – Norman Kaplan interveio –, seis meses depois que você veio para nós, a sua mãe descobriu que estava grávida. Era a sua irmã Janet. E depois vieram Susan e Benjamin. Foi como sempre ouvimos, bebês adotados fazendo as mães engravidarem – ele sorriu tristemente.

O rosto de Ophelia parecia esculpido em mármore.

– Por que vocês nunca me contaram?

– Nós tínhamos a intenção. Mas a cada ano nós dizíamos que contaríamos no ano seguinte. Tínhamos medo de que isso a tornasse menos nossa. Do jeito que eram as coisas, os meus pais já não conseguiam te aceitar.

Aquele dia no colo do avô. Ophelia percebia agora que as palavras do avô eram a raiz de sua competitividade, de querer constantemente provar seu valor.

– Qual o significado dos narcisos brancos?

– Você se lembra disso? Você era tão pequena. A sua avó estava doente no hospital. As pessoas levaram narcisos brancos, a flor favorita dela. Quando nós te levamos para visitá-la, o meu pai, *Zaydeh* Abraham, não te deixou entrar no quarto. Ele tinha se oposto à adoção e dito que jamais te aceitaria. Eu não sabia que você se lembrava disso.

Um momento pesado se fez sobre eles, enquanto cada um se debatia com novos pensamentos, novas emoções.

– Mãe... – disse Ophelia indo se sentar ao lado de Rose Kaplan. – Mãe, eu tenho uma novidade. Estou grávida.

A mulher mais velha arfou, depois puxou Ophelia para um abraço.

– Graças a Deus! – soluçou ela.

Abby observou enquanto as duas se abraçavam, enquanto Ophelia contava à sra. Kaplan sobre os seus medos, a possibilidade de Tay-Sachs, e que fora esse o motivo de ela ter ido ao The Grove sozinha. O coração de Abby se derreteu por Rose Kaplan, chorando no ombro de Ophelia, que também estava chorando, sem querer soltar a mulher que sempre conhecera como sendo sua mãe.

Por fim, a senhora Kaplan se afastou e secou os olhos com o lenço. Ela deu um sorriso triste a Abby e disse:

– Quanta ironia. Queríamos uma filha judia, mas agora, graças a Deus, é uma boa coisa ela não ser. O bebê está a salvo... – e, após se recompor, acrescentou: – Vocês duas têm muito que conversar!

Mas Abby olhou para Rose horrorizada. Ela não tivera a intenção de que isso acontecesse.

– Eu tenho que ir embora – disse.

– Por quanto tempo? – Ophelia perguntou alarmada.

– Talvez por um longo tempo. Nunca planejei me revelar para você. Mas, com a sua gravidez, você precisava saber que o seu bebê não corre perigo... – as palavras se prenderam em sua garganta. – Mas eu tenho que ir. Hoje. Você talvez nunca mais tenha notícias minhas – não poderia arrastar a filha, recém-descoberta, para o que ela planejava em seguida.

Ninguém falou nada e o ar ficou tenso, até que David se levantou e disse:

– Acho que precisamos recuar um pouco para absorver tudo isso.

Com alívio, todos concordaram.

– Tentamos tanto tornar Ophelia nossa filha... – a sra. Kaplan disse enquanto se encaminhavam para a porta. – Até mudamos a data de nascimento dela. Não é uma tolice?

– O que disse?

A sra. Kaplan pegou na bolsa uma certidão de nascimento, o documento que acompanhara o bebê.

– Decidimos que a sua data de nascimento seria o dia em que ela veio para nós. Mas veja aqui – ela entregou o papel dobrado para Abby –, Ophelia é três dias mais velha.

Abby fitou em estado de choque. O documento era semelhante aos que ela tinha de Sissy e de Coco, ambas nascidas em 17 de maio nas proximidades de Amarillo. Mas aquele dizia: "14 de maio – *Boston, Massachussetts*".

Ophelia não era sua filha.

* * *

Uma hora mais tarde, Abby acompanhava os quatro até o jatinho particular do The Grove que partiria de volta para Los Angeles. Embora lhes tivesse oferecido os serviços do resort, Ophelia estava ansiosa para estar junto à família. Precisaria de tempo para se acostumar com a ideia de ser adotada, mas, no fim, os Kaplan eram o seu povo. E se eles mentiram a respeito da sua origem, e se talvez ela não tivesse vindo de uma mãe judia, isso não importava.

– Posso não ter nascido judia, mas sou judia mesmo assim.

Aquilo tudo fora um enorme choque emocional: a gravidez acidental e depois a descoberta de ter sido adotada. Era coisa demais. Ela precisava recuar e lidar com tudo aquilo friamente. Mas, pela primeira vez, David se pronunciara não para fazer sugestões sutis que normalmente terminavam em "Faça o que achar melhor", mas para dizer: "Não. Não recue das suas emoções. Siga-as. Uma vez na vida, deixe de ser cientista e apenas sinta como um ser humano".

Querido David. Como ela o amava.

– Eu era arrogante e cheia de opiniões. Como suportou isso?

Ele sorriu.

– Porque você também é inteligente e valente e age de acordo com os seus princípios. Você não fala da boca pra fora como tanta gente.

Ela também aprendera uma lição. Um dia, do lado de fora de uma clínica de aborto diante da qual ela fazia uma manifestação, alguém lhe falara algo sobre calçar o sapato do outro. Agora Ophelia *calçara* o sapato de outra pessoa, e entendeu algo pela primeira vez. Nem todas as mulheres que entravam nas clínicas de aborto tinham as mesmas histórias, não havia como saber pelo que elas passavam, o que as levara a entrar por aquelas fatídicas portas. Nós, do outro lado, não podemos julgar, Ophelia agora entendia. Aquilo era entre aquelas mulheres e Deus.

A lembrança do que o avô lhe dissera também explicava muita coisa. Ela nunca aceitara fazer o teste genético. Todos lhe perguntavam o motivo, mas ela não conseguia explicar. David dissera que era porque ela não queria descobrir que tinha um defeito. Ophelia precisava ser bem-sucedida e perfeita em tudo. Mas agora percebia que a lembrança do avô dizendo "Ela não é uma de nós" estava enterrada dentro dela. Subconscientemente, ela sabia que o teste genético confirmaria isso.

Ela também se questionou se seus estudos apaixonados pelos humanos pré-históricos não tinham sua raiz na rejeição do avô. O que ele dissera não teria muito impacto consciente em uma menina de cinco anos, mas a semente fora plantada, nascera e crescera em seu subconsciente: o fato de ela não ter uma história. Por isso ela gravitava ao redor do estudo das pessoas sem história – porque se sentia como eles, e estava em busca de si mesma entre eles.

Com a promessa de voltar, e rezando para que Abby encontrasse a filha, Ophelia se despediu. Abby observou o avião levantar voo, silenciosamente desejando toda a felicidade do mundo a Ophelia e David. Então, Vanessa disse à amiga:

– O que vai fazer agora? Vai deixar o The Grove?

Abby, em silêncio, balançou a cabeça. Não poderia ir. Era devastadora a decepção de descobrir que nenhuma das três mulheres era sua filha. Mas ela não seria dissuadida. Sua filha ainda estava por aí, e Abby estava determinada mais do que nunca a encontrá-la.

– Não entendo – disse enquanto o ronco dos motores do avião diminuía no céu cor de safira. – Será que o investigador deixou alguma coisa passar? – lembrou-se do que ele lhe dissera a respeito de Spencer Boudreaux, um alcoólatra que vivia de garrafa em garrafa. Depois de tantos anos, a memória dele seria confiável? E a enfermeira, com seus setenta e poucos anos, que admitira ter participado de inúmeras entregas de bebês em tantos estados? E, depois, algo ocorreu a Abby: – Vanessa, você tem certeza de que o bebê era menina? Você chegou a *ver*?

Vanessa se virou para a amiga, desejando poder aplacar o sofrimento dela. Ela mesma também estava dilacerada pela decepção.

– Eu nunca tinha participado de um parto. Tinha muito sangue. Fiquei tonta. Tive que me sentar, por isso não cheguei a ver o bebê nascendo. A diretora lavou e o envolveu numa manta antes de me entregar. Não, eu não vi, mas posso jurar que a diretora se referiu ao bebê como sendo "ela" – Vanessa massageou a nuca. Passara a noite com Zeb e dormira pouco. – Mas agora... Não posso garantir. Abby, o bebê *pode* ter sido um menino.

Abby sabia de uma coisa: não passaria os próximos trinta e três anos procurando um filho. Boudreaux e os outros não estavam mais vivos, mas havia um homem que ela sabia ter as respostas.

Um homem perigoso, o investigador particular a avisara, um homem que fazia as pessoas desaparecerem. Mas Abby não tinha escolha. Todas as pistas que o investigador seguira levaram a pessoas que agora estavam mortas – Boudreaux, a enfermeira, a diretora da prisão e outros. Só restava um homem que tinha conexões com a gangue que sequestrara sua filha.

Gângster ou não, Abby confrontaria Michael Fallon.

46

– Sr. Fallon – o climatologista disse –, o que está propondo simplesmente não pode ser feito. Isso é o deserto e nós...

– O deserto que se foda! – replicou Michael. Estavam na parte de trás da sua limusine, com plantas abertas diante deles. – Se você não pode fazer isso, encontrarei alguém que possa.

– Muito bem, sr. Fallon – disse o homem, recuando. – Começarei a trabalhar nisso imediatamente.

O carro parou e ele saiu.

O plano de Fallon para criar uma vasta floresta tropical já fracassara uma vez. Os custos de irrigação foram altos e as plantas não sobreviveram. O clima e o solo do deserto simplesmente não podiam sustentar aquilo. O que o fez odiar ainda mais o deserto. Mas ele estava determinado a conseguir o que queria. A floresta tropical seria o que "pararia o trânsito" para o Atlantis, algo que todo supercassino necessitava. O Luxor tinha a sua esfinge e o Treasure Island tinha seu navio pirata. O Atlantis teria de se sair melhor. Já estivera na capa da revista *Time* e aparecera na *National Geographic*. Michael Fallon fora capa da *People*, e a *Forbes* o colocara na sua lista anual entre os quatrocentos americanos mais ricos, estimando sua fortuna em 200 milhões de dólares. Extraoficialmente, ele era considerado o mais poderoso proprietário de cassino na Strip.

Motivo pelo qual estava de mau humor naquela manhã de sexta-feira: os Vandenberg. Eles deveriam se sentir *honrados* por sua filha estar se casando com o filho deles. Em vez disso, eles mostravam sua desaprovação de várias pequenas maneiras. Não convidando Fallon para o coquetel de recepção para os noivos, uma festa da qual toda a sociedade de Nevada participaria. A sra. Vandenberg fazendo insinuações de que o casal deveria pensar mais antes de se comprometer – "Tirar férias separadas", sugerira a vadia. E Stephen Senior, presidente do torneio de golfe para a caridade com profissionais e celebridades, menosprezando Michael Fallon ao deixá-lo de fora da lista de convidados.

Parecia até que o filho deles era o segundo Messias, pelo modo como o tratavam. Mas Stephen, com seus trinta e três anos, não era nem um pouco notável, segundo Michael. Ele selecionara o rapaz por causa do seu pedigree e porque ele parecia alguém que acatava ordens. Michael Fallon pretendia ter poder sobre os preparativos do casamento de Francesca, quer os Vandenberg aceitassem isso ou não. E ele cuidaria para que o casamento acontecesse, a despeito da sutil campanha de sabotagem da sra. Vandenberg.

Michael Fallon tinha uma garantia. Ele descobrira um segredinho indesejável a respeito do filhinho deles.

A limusine parou e estacionou. Fallon estava indo se confessar, porém tinha um breve compromisso antes.

O consultório da dra. Rachel Friedman ficava no quarto andar. Não havia nenhuma recepcionista. A própria terapeuta atendeu a porta.

– Sr. Fallon – disse ela, estendo a mão.

– Obrigado por me receber, doutora, sei que é uma mulher ocupada – ele apertou a mão dela e a fitou nos olhos. Mulher de boa aparência, madura e cheia de classe. Enquanto se cumprimentavam, ele sentiu o flexionar rápido e involuntário dos dedos dela, como sempre sentia quando uma mulher se conectava a ele, e, ao notar a pulsação na base do pescoço dela, pensou que adoraria levá-la para a cama.

– Sente-se, por favor. O que posso fazer pelo senhor? – a dra. Friedman sentia como se já conhecesse esse homem. Sua paciente, Francesca, passava boa parte das sessões falando do pai. E também ouvira a respeito dele pela cidade. Michael Fallon era tão bonito na vida real quanto nas fotos das revistas, e o charme era tudo aquilo que os outros comentavam. Mas havia mais. Só de estar sentado diante dela, ele exalava poder, que parecia sair dos seus poros como o suor em outros homens. Ela ficou imaginando como ele seria na cama.

– Tenho que te dizer – disse, sorrindo nervosamente ao puxar os punhos franceses da camisa –, eu não estava esperando uma bela mulher quando descobri que minha filha estava vendo um terapeuta. Eu tinha alguém mais velho em mente, sabe, mais sem graça. Se não se importa que eu diga, doutora, você é de arrasar.

Rachel se perguntou se aquilo não seria encenação, mas ficou lisonjeada do mesmo modo.

– E inteligente também – disse ele, apontando para os diplomas. – Eu nunca terminei a escola – ele corou. – É sobre a minha filha, doutora. Estou preocupado com ela.

A dra. Friedman não disse nada.

– Sei que ela tem vindo aqui...

– Ela te contou?

Ele corou e riu constrangido.

– Eu mandei que a seguissem. Sou o pai dela. Eu a protejo. Ela estava indo a algum lugar uma vez por semana, com a regularidade de um relógio, e eu me preocupei, entende. Quando me disseram que ela estava vendo um psiquiatra, isto é, uma psicóloga, fiquei assustado. Ela está bem?

– Lamento, sr. Fallon, mas isso é confidencial. Não posso divulgar o que é dito entre mim e um paciente.

– Tem certeza? Sou o pai dela. E só estou preocupado. Quero dizer, não precisa me dar os detalhes, só, sabe, os assuntos genéricos pelos quais ela veio aqui.

Ela lhe lançou um sorriso tranquilizador.

– Converse com Francesca. Tenho a sensação de que ela gostaria disso.

Ele olhou ao redor do consultório, com os dedos tamborilando no braço da poltrona.

– Não sei. Tenho a sensação de que ela está me escondendo algo. Ela vai se casar amanhã.

– Está em todos os jornais.

– Casamento grande – disse ele com um sorriso. – Para a minha garotinha. Talvez você possa apenas me deixar dar uma olhada no arquivo dela? Assim não estaria me *contando* nada, não é mesmo? – ele piscou. – Que tal, um segredo nosso?

– Os meus arquivos também são confidenciais, sr. Fallon.

Ele assentiu.

– Entendo. Mas um pai não pode deixar de tentar – ele se calou, os dedos ainda tamborilando na poltrona, o anel de esmeralda no mindinho captando a luz do teto. Seus olhos se tornaram inescrutáveis e sombrios, e Rachel sentiu uma centelha de excitação dentro de si. Era treinada para não se deixar manipular pelos pacientes, tinha anos de experiência lidando com pessoas, desde as mais tímidas até as mais agressivas. Mas Michael Fallon não se encaixava em nenhuma categoria. Ela sentiu a mulher dentro de si escapar da terapeuta e cruzar as pernas de um modo que a saia subiu acima do joelho, chamando a atenção dele. Ela o fitou em expectativa. Suspeitava que ele fosse imprevisível. E isso a excitou.

– Obrigado pelo seu tempo – disse ele, levantando-se. – Pensei que valia a pena tentar, mas respeito que proteja a privacidade dos seus pacientes. Humm, belo quadro. É verdadeiro?

– Sim.

– Deve ter custado uma fortuna. Deduzo que os negócios andem bem – ele estendeu a mão. – Não que esteja num negócio. Você é uma médica, ajuda as pessoas. Eu, porém… – ele espalmou a mão sobre o peito. – Sou um homem de negócios. E os negócios vão bem, se me permite me gabar um pouco. Para falar a verdade, estou expandindo. Diversificando, como dizem.

Ela o acompanhou até a porta, apreciando a estatura dele, o perfume caro, o riso autozombeteiro.

– No que está diversificando, sr. Fallon? – perguntou, surpresa ao se ver desapontada por aquele encontro ter sido tão breve.

– Para o negócio de limpeza de carpete. Sério. Vou te mostrar – ele abriu a porta externa do consultório e chamou um guarda-costas robusto, que entrou e fechou a porta atrás de si. – Tony – disse Fallon –, me passe o limpador de carpetes. Talvez a doutora queira se juntar a mim, quem sabe investir na minha empresa?

O homem pegou um frasco com um líquido marrom de dentro do casaco.

– Agora veja – Michael abriu a tampa –, esta é a solução limpadora de carpetes mais forte e eficiente do mundo todo. Tira qualquer mancha. Vê aquela mancha ali?

Ela olhou para baixo, franzindo o cenho. Não havia mancha alguma. Seu carpete era novo.

– Veja isso! – e ele derramou algumas gotas no chão.

Fumaça e um odor acre subiram do carpete. A dra. Friedman deu um pulo para trás, olhando horrorizada para um buraco preto fumegando na lã.

– Mas o que é isso? – Mike Fallon gritou para o outro homem. – Você trouxe a fórmula concentrada! Estragou o carpete da doutora!

– Está tudo bem – disse ela, abanando o ar com a mão, de tão forte que era o cheiro.

– Sinto muito, doutora. Esta coisa tem que ser diluída antes de ser aplicada no carpete – ele balançou o braço que carregava o frasco e a dra. Friedman recuou outro passo. – A base da solução é ácido. Come qualquer coisa, até mesmo pele humana. Você tem que tomar muito cuidado com a sua pele, pois pode acabar desfigurada para sempre. Permita que eu lhe compre um novo carpete – disse ele, com um sorriso de desarmar.

Rachel Friedman ficou parada um instante, olhando para o rosto bonito e charmoso de Mike Fallon, para o frasco com ácido e para o homenzarrão bloqueando a porta.

– Que impressão causei! – Fallon disse ao tampar o frasco e devolvê-lo ao seu companheiro, balançando a cabeça. – Venho aqui perguntar sobre a minha filha e acabo estragando o seu carpete. Por favor, permita que eu o substitua.

Os olhos continuavam fixos na dra. Friedman, o sorriso ainda no lugar, mas agora provocavam um tremor frio dentro dela.

Ela afastou-se mais um passo de Michael Fallon, um medo súbito retirou-lhe o ar dos pulmões e ela disse:

– Está tudo bem com o carpete, por favor, não se preocupe.

– Me preocupar é tudo o que faço ultimamente. Com Francesca se casando e tudo o mais...

– Sr. Fallon, agora que pensei melhor, não vejo nenhum problema em deixar o senhor dar uma olhada no arquivo da sua filha... – disse, amaldiçoando-se por sua covardia e por ter aceitado como paciente a filha de um mafioso. Ligaria para Francesca bem cedo e recomendaria que ela procurasse outro terapeuta.

– Obrigado, doutora – disse ele ao receber o arquivo. – Que tal sairmos para jantar um dia desses? O que me diz?

* * *

A limusine parou diante da igreja e Mike Fallon subiu dramaticamente os degraus de pedra, certificando-se de que todos o vissem. Do lado de dentro, fitou o confessionário com prudência.

Quando Mike era criança, sua mãe o forçara a se confessar todos os sábados à noite para que pudesse comungar na manhã seguinte. Ela nunca soube, mas o pequeno Mike Fallon mentia para o padre. Ele não podia contar a verdade e se arriscar caso o homem o dedurasse para a mãe, ou pior, para a polícia. Quando completou dezoito anos, parou de ir à igreja, só voltando depois do nascimento de Francesca. Mesmo assim, nunca mais se confessara.

Mas agora isso se fazia necessário. Amanhã Francesca teria o maior casamento da Igreja Católica, e como ele ficaria, com todos aqueles católicos seguindo pelo corredor para pegar a hóstia enquanto o pai da noiva se sentava no banco como um pecador? Claro, a confissão mudara desde os seus tempos de criança – agora era chamada de "celebração do sacramento da reconciliação" –, mas ele ainda teria de fazer aquilo. Outros estavam esperando para entrar. A maioria das pessoas era de uma geração anterior, que não confiava em uma confissão que não passasse por um padre. Se sua mãe ainda estivesse viva, ela estaria entre eles, ajoelhando-se com o xale cobrindo a cabeça. Mas Lucy estava morta. Fallon recebera um telefonema de Miami na noite anterior – tudo levava a crer que Lucy sofrera um ataque cardíaco.

A identidade secreta de seu pai morrera com ela. Mas, pelo menos, isso significava que Francesca jamais conheceria a verdade, e proteger Francesca do seu passado era o que Michael fazia da vida.

Quando chegou sua vez, ele afastou a cortina, entrou no cubículo sufocante e esperou, tenso. Quando o painel se abriu, ele viu o perfil vago do padre Sebastian e fez o sinal da cruz.

– Perdoe-me padre porque pequei. Faz quarenta anos que não me confesso. Estes são os meus pecados.

Na noite anterior, Fallon fizera um exame franco e honesto de sua vida. E tudo o que fizera, fizera por Francesca. O padre entenderia isso? Se você comete um pecado por um filho, isso ainda é um pecado?

– Faltei a algumas missas de domingo. Praguejei algumas vezes. Posso ter dito o nome do Senhor em vão de vez em quando, mas só porque me vi forçado a isso – o resto dos seus pecados (roubo, fornicação, mentiras, homicídios) ele não mencionou. Eram apenas negócios, afinal.

Seu telefone tocou.

– Desculpe, padre – ele murmurou, e pegou o celular. – Jesus! – disse em voz alta no confessionário. Abby Tyler entrara em contato. Queria encontra-se com ele.

A conversa foi breve. Ele disse que iria no seu jatinho particular. Depois de desligar, ligou para o seu contato que, por sua vez, se comunicaria com o homem infiltrado no The Grove, cancelando o contrato. Fallon resolveu cuidar ele mesmo daquele assunto. Do mesmo modo como cuidaria dos Vandenberg.

Depois ligou para o Aeroporto McCarran e lhes disse para aprontar o avião e chamar o piloto. Michael nem voltaria ao Atlantis. Ele queria cuidar daquele último fiapo solto.

47

Naquele momento, Jack queria mais do que tudo estar com Abby. Abraçá-la, beijá-la, dizer o quanto estava grato. Uma carta parcialmente escrita para Nina estava sobre a sua escrivaninha. Não era perfeito, mas era um começo. Porém, mais do que isso, ele queria dizer a Abby que a desejava em sua vida. Mas ela estava aproveitando o reencontro com a filha e ele não queria atrapalhar.

Enquanto desmontava e embalava o equipamento de arco e flecha, pensou no futuro e em como tudo mudara. Sentia-se inundado por novas emoções sobre as quais precisava pensar e entender. Jack sabia que não era mais o mesmo homem que chegara ao The Grove cinco dias atrás, mas vivera tanto tempo com a dor e a raiva que não sabia como se desprender delas. Mesmo depois de começar a carta para Nina, havia algo dentro dele que Jack não conseguia exorcizar. Em algum momento ao longo do caminho, a raiva se tornara o seu sangue, e a vingança, a sua respiração. Portanto, iria para casa, lidaria com a morte de Nina e pensaria no que fazer em seguida. Provavelmente devolver o distintivo e a pistola, depois comprar a Vinícola Crystal Creek. E convidaria Abby para visitar e ficar...

Havia tanto que ele queria partilhar com ela – seu passado e as suas paixões, e descobrir o resto da história dela depois do nascimento da filha na prisão, como ela conseguira ser solta, e como se sentira ao ser exonerada após tamanha provação.

Que mulher incrível! Ela redespertara seu sonho de possuir um vinhedo. A primeira coisa que ele faria quando chegasse a Los Angeles seria ligar para a Vinícola Crystal Creek e ver se ela ainda estava à venda. Se não estivesse, ele encontraria outra, ou daria início à sua. Parecia estranho e bom ter um futuro novamente, algo para o que viver.

Enquanto polia o cabo do arco – não precisava mais das digitais de Abby –, ele ouviu o vento além de sua porta. Já estava soprando forte e o dia mal começara. E depois ouviu outro barulho: o seu fax. Ele emitira um som e agora imprimia uma folha de papel.

Era um bilhete do seu amigo forense: "A sua intuição a respeito das cidades de Abilene e Tyler estava certa, Jack. A minha pesquisa revelou que Tyler Abilene nasceu em Abilene, Texas, em 1938, e, em 1955, deu à luz uma filha em Little Pecos – Emily Louise Pagan. As datas e outros detalhes batem. Você não vai acreditar, Jack. Há um prêmio pela cabeça do seu pombo".

Uma segunda folha apareceu – um pôster de procurados do FBI, mostrando uma garota chamada Emily Louise Pagan.

Jack ficou olhando, em estado de choque. A foto era de uma garota de dezesseis anos, mas a semelhança existia. E a descrição dos hobbies – jardinagem e horticultura. E depois que ele leu o resto...

Sentiu o mundo girar ao seu redor enquanto as palavras *mentiras* e *traição* ecoavam em sua mente.

Abby não lhe contara toda a história! Sobre atear fogo na prisão, a fuga no carro roubado, a morte de duas pessoas em um assalto a uma loja de bebidas. Ela convenientemente deixara aquilo tudo de fora enquanto fingia ser honesta com ele.

Ele gritou. Sentiu como se levasse uma marretada no peito. Quis socar a parede. Caíra no truque mais antigo: ser seduzido por um rostinho bonito. As velhas raiva e amargura, não muito abaixo da superfície, ressurgiram, mais ardentes do que nunca.

Chegou a uma decisão penosa. Não tinha escolha. Ela era uma fugitiva. Ele, um policial. *O dia da formatura da academia de polícia, com o distintivo novo preso no uniforme, a mão erguida ao recitar o juramento policial de proteger, servir e defender a lei das pessoas e da cidade de Los Angeles.*

Ajeitou a pistola e o distintivo, dobrou o pôster de procurada, guardou-o no bolso e partiu para o vento à procura de Abby.

48

A SRA. VANDENBERG VINHA agindo de maneira estranha.

Não que Francesca tivesse se entendido com ela de primeira, a mãe de Stephen era uma mulher inalcançável. Mesmo assim, enquanto estava diante do espelho para o último ajuste da costureira em seu véu, Francesca podia jurar que sua futura sogra, que estava vistoriando toda a delicada operação, parecia extraordinariamente agitada.

– Vire-se, querida – disse a sra. Vandenberg, lançando um olhar crítico para o vestido de vinte mil dólares. – Branco não é mesmo a sua cor, é?

Que coisa para se dizer a uma noiva! Francesca controlou a irritação. Stephen conhecia muito bem a personalidade da mãe e prometera a Francesca que não permitiria a interferência dela depois do casamento.

Mas sogras tinham um jeito todo próprio para lidar com seus filhos...

Foram interrompidas por uma batida à porta. Uma criada entrou com um pacote de entrega especial, endereçado ao seu pai, marcado como "Urgente". Francesca viu o endereço do remetente. Miami, na Flórida – de um médico. Deixou o pacote de lado e despiu cuidadosamente o vestido de noiva. Depois que a senhora Vandenberg e a costureira se retiraram, Francesca voltou-se para o pacote e franziu o cenho.

Seu pai fora chamado para fora da cidade a trabalho. Tio Uri fora com ele, e eles só voltariam à noite. Qual seria a urgência do pacote? Pensando que talvez fosse algo de que ela pudesse cuidar – Francesca muitas vezes cuidara de assuntos legais para o pai –, abriu-o.

O pacote continha dois itens: a certidão de óbito de uma mulher chamada Lucy Fallon e um envelope selado com instruções escritas à mão em uma letra caprichada: "Para ser entregue ao meu filho Michael Fallon, em Las Vegas, Nevada – após a minha morte."

Francesca o fitou. A *mãe* de seu pai?

Pensando que se tratasse de um equívoco, pegou o telefone e discou para o número no papel timbrado. Uma enfermeira atendeu. Francesca pediu para falar com o médico que assinara a certidão de óbito e lhe informaram que ele já tinha se ausentado por todo o final de semana.

– Estou ligando a respeito da sra. Fallon e para saber as circunstâncias de sua morte.

– É parente?

– Michael Fallon é meu pai – Francesca informou, esperando que a enfermeira dissesse que não conhecia aquele nome, que aquela era uma outra sra. Fallon.

Mas a mulher disse:

– Tentamos entrar em contato com o sr. Fallon. O médico tinha esperanças de que ele chegasse a tempo, porque a mãe vinha perguntando por ele.

Francesca desligou. O pai tinha a mãe internada em um asilo na Flórida? Todos aqueles anos, uma avó sobre a qual ela nada sabia? *Por quê?*

E depois outras dúvidas mais sombrias se formaram em sua mente. Rumores ouvidos no transcorrer dos anos, sussurros da suposta conexão do pai com bandidos há tanto tempo. Ela os dispensara como sendo apenas a mitologia normal de Las Vegas – como Elvis ainda estar vivo –, mas agora se perguntava...

Ele não lhe dissera aonde estava indo, não lhe dera um número para o caso de haver alguma emergência. Ela nem tinha o tio Uri para procurar respostas, pois ele acompanhara seu pai.

Só havia um modo de descobrir. Francesca pediu que trouxessem seu carro, apanhou a bolsa, as chaves e o envelope selado e dirigiu até o Aeroporto McCarran.

Seu esportivo Cessna 172 era mantido no mesmo hangar que o Lear Jet do pai. Os mecânicos a conheciam. Eles lhe informaram que o pai e o sr. Edelstein haviam voado para um destino no meio do deserto do Mojave, chamado The Grove. Ela já ouvira falar a respeito. Depois de verificar cuidadosamente o plano de voo e o avião, Francesca decolou seguindo para o sul, perguntando-se o motivo de estar fazendo aquilo, o porquê de não poder esperar pelo regresso do pai, à noite.

Mas ela sabia por quê. Por causa do casamento no dia seguinte. Não queria se casar com Stephen sob um véu de segredos.

★ ★ ★

Stephen Vandenberg parara no hangar, os pneus do seu Maserati guinchando. Haviam lhe dito que Francesca estava ali, e ele precisava vê-la imediatamente. Uma emergência surgira. Mas os mecânicos o informaram que ela decolara para um lugar chamado The Grove, e Stephen teve de tomar uma decisão imediata.

Aquilo não poderia esperar.

Consultando um mapa, calculou que, em velocidade máxima, ele chegaria ao The Grove em três horas. Não poderia chegar antes de Francesca, mas, com sorte, chegaria antes que ela recebesse a má notícia através do pai. Stephen queria ser aquele quem lhe contaria.

Francesca estava se aproximando do seu destino. Um vento soprou, súbita e inesperadamente, agitando a aeronave. Ela se comunicou com a base 29 Palms para uma atualização das condições climáticas e lhe disseram que uma tempestade estava crescendo no leste. Aconselharam-na a dar meia-volta.

Um ventinho à toa não assustava Francesca. Já voara em meio a tempestades antes. E o The Grove estava logo adiante. Agradecendo a torre, desligou.

Mas o ar começou a ficar obscuro com poeira e os pontos de referência no solo começaram a sumir. Então ela olhou para a esquerda e viu algo que fez seu sangue gelar.

Uma imensa parede marrom, crescendo e vindo do deserto. Uma tempestade de areia! E ela estava indo direto naquela direção!

49

FALLON GOSTAVA DE ESTAR acima do mundo, voando pelos céus como um deus. Dali de cima, em seu jatinho particular, ele se sentia como um soberano sobre o deserto que tanto desprezava.

Estava animado. Tudo estava dando certo, seu sonho de uma vida inteira, de ser membro da mais alta sociedade, se tornaria verdade em 24 horas. A pobreza da infância; o estigma de ser um bastardo; os anos no crime, fazendo o trabalho com que outros homens não queriam sujar as mãos; e até mesmo depois, como respeitável homem de negócios, tendo de tolerar as mulheres da alta sociedade, que o olhavam por cima dos narizes empinados. Amanhã Michael Fallon conquistaria o mundo.

E tudo de que precisara fora uma simples carta aos Vandenberg, informando-os de que sabia do segredo sobre o filho precioso, que eles mantiveram a sete chaves por tantos anos, sugerindo que quaisquer planos para impedir o casamento resultariam na publicação nacional desse segredo.

Com isso, Abby Tyler era o último obstáculo restante. Ele rastreara e cuidara de todos que soubessem algo a respeito do seu passado. Apagando Tyler, o passado também seria apagado. Um começo novo, imaculado, que Fallon preencheria com fortuna, posição e poder.

Ele riu em voz alta de tão bem que se sentia. Porque não importava o que Abby Tyler acreditava possuir contra ele, ela não teria a mínima chance de usar. Disso Fallon tinha certeza. Ele tinha uma surpresa para ela.

* * *

Stephen Vandenberg corria pela estrada com o olhar atento na Patrulha Rodoviária. Partira na direção do The Grove porque recebera novidades chocantes e queria que Francesca soubesse através dele. Mas agora fincava o pé no acelerador por outro motivo – acabara de ouvir no rádio que uma tempestade compacta de areia engolfava o deserto do Mojave. E Francesca estava voando em sua frágil aeronave.

Rezando para que ela tivesse tempo de dar a volta para contornar a tempestade, Stephen pressionou o pedal até o fim e o Maserati voou pela estrada.

* * *

Jack chegou ao bangalô de Abby com uma determinação inflexível. Ele não queria fazer aquilo, mas ela era uma fugitiva. E ele tinha de cumprir seu dever.

Quando Abby abriu a porta, parecendo preocupada e distraída, Jack notou que ela rapidamente enfiou algo no bolso da calça, mas não antes que ele visse o que era: uma passagem de avião. Ele chegara bem a tempo. Querendo pôr um fim àquela tarefa desagradável, levou a mão às costas para pegar as algemas que tinha enfiado debaixo do cinto, mas Abby disse:

– Que bom que está aqui, Jack. No fim das contas, Ophelia Kaplan não é a minha filha. Um homem está a caminho e acredito que ele tenha informações a respeito do meu bebê.

Ele firmou a mão.

– Um homem?

– De Las Vegas. Michael Fallon, dono do hotel Atlantis.

Jack a encarou. Será que ela sabia quem era Fallon? Um cara durão com lendárias ligações com a máfia.

– Escute, Abby... – ele começou, mas foi interrompido pelo pager dela. Um segurança na pista informava que o visitante dela acabara de chegar.

Fallon e Uri Edelstein desembarcaram do jatinho particular, inclinando as cabeças ante o Santa Ana que soprava do leste, e foram conduzidos até o bangalô particular onde Tyler os aguardava. Não era feia, Fallon pensou ao vê-la, o corpo delgado vestido com bom gosto, rica, mas não ostentosa. Em outras circunstâncias, ele a levaria para a cama. Para sua surpresa, só duas pessoas a acompanhavam: uma mulher negra em uma túnica árabe e um desconhecido com jaqueta de couro. Se o encontro tivesse sido no Atlantis, Michael teria se cercado de uma equipe de seguranças.

Ainda assim, não poderia subestimá-la. Abby Tyler conseguira despistar as autoridades federais por mais de trinta anos. Ela não era nenhuma idiota. Porém, por mais que aquele encontro estivesse acontecendo no território dela, era ele quem teria a vantagem. Descobriria o que ela tinha contra ele, e depois se certificaria de que essa informação estivesse a salvo. Ele esperava resolver aquilo em uma hora para, em seguida, voltar para Las Vegas.

Abby se preparou. Estava feliz por Jack estar ali. Fora avisada de que Fallon era perigoso, e quando entrou na sala de estar, seu visitante *exalava* perigo. Belo, com postura confiante, vestido em um terno cheio de estilo, com diamante e platina enfeitando seus dedos e pulsos, Michael Fallon era a personificação de um homem no poder. E charmoso, Abby observou. Ela conhecia homens como ele, e sabia que ele não era confiável.

Não houve apresentações. Antes que Abby conseguisse falar, Fallon tomou a frente e disse:

– Que tolice é essa sobre eu ter informações sobre o paradeiro da sua filha?

Abby lhe entregou um maço de papéis, fotocópias do dossiê do seu investigador particular. Era grosso e grampeado no canto. Fallon olhou de relance para eles, o relógio de trinta mil dólares reluzindo a cada virada do pulso.

A atmosfera ficou carregada de tensão enquanto esse momento se alongava e Fallon lia datas, nomes de parturientes, descrições das crianças sequestradas e das rotas viajadas, nomes e endereços dos pais adotivos e montantes em dinheiro entregues. Salpicado em todo o dossiê estava o seu nome.

Jack Burns observou-o com desprezo. Se ao menos metade do que ouvira a respeito das atividades criminosas de Fallon fosse verdade, o homem deveria ser executado. Jack não gostou do modo como ele entrara ali, agindo como se fosse dono do lugar, presunçoso e desrespeitoso com Abby.

Vanessa assistia com medo. Ela também sentira o poder de Fallon. E ele viera pretensioso e confiante àquele encontro. Mesmo agora, enquanto lia a montanha de provas contra ele – que poderia mandá-lo para a prisão para sempre –, não parecia perturbado. O quanto ele sabia, ela se perguntou, e quem era o homem que o acompanhava?

Fallon jogou os papéis na mesinha de centro.

– A palavra de beberrões, malucos e pessoas que, convenientemente, estão mortas – disse ele, em um tom de dispensa. – Não existe nem um pingo de verdade nisso aí.

– Sr. Fallon, onde está a minha filha? – perguntou Abby.

Ele a avaliou. Tyler tinha mais coragem do que ele esperara. Se lhe dissesse que o bebê da prisão White Hills fora o quarto daquela entrega, que morrera e fora enterrado no deserto, ela deixaria essa provocação de lado ou brigaria ainda mais? Decidiu, por enquanto, manter essa informação em segredo.

– Suponhamos que eu saiba alguma coisa – disse ele. – Não estou dizendo que eu saiba, mas, se eu tiver informações, o que você vai me dar em troca?

– Como assim?

– Sou um homem de negócios. Não tenho o hábito de dar as coisas de graça.

– Você roubou o meu bebê. Não tinha esse direito. Diga onde ele ou ela foi parar.

Ele não disse nada. O vento uivava do lado de fora, seco e elétrico, fazendo a nuca de todos formigar.

Jack se pronunciou:

– Diga à senhora o que ela quer saber.

– Está tudo bem, detetive – garantiu Abby. – Posso lidar com isso.

Fallon riu. Detetive! Isso deveria intimidá-lo? Ele fitou as unhas.

– Não faço ideia do que está falando.

Abby apontou para o maço de papéis.

– Aí existe um registro de uma criança nascida na noite de 17 de maio de 1972, em White Hills, no Texas. O *meu* bebê. Para onde ele foi levado?

Fallon deu de ombros e disse, deleitando-se com o momento e imaginando o quanto ele duraria:

– Não faço a mínima ideia de onde está o seu filho – a que extremos aquela mulher iria para ter informações? Era como brincar com um peixe no anzol. Brincaria com ela e então puxaria a linha. Depois a estriparia e colocaria em uma frigideira.

– Um homem que trabalhou com você, Spencer Boudreaux, contou ao meu investigador que você costumava se gabar de ter registros das adoções. Uma espécie de seguro, você dizia.

Ele puxou os punhos franceses de sua camisa de quatrocentos dólares.

– Quero esses registros – ela disse.

Fallon puxou uma linha da manga do terno escuro.

– Essa dita informação, que *supostamente* me liga ao tráfico de crianças, srta. Tyler... A senhorita percebe que, se expuser essas informações, vai expor o próprio envolvimento: uma condenada pela justiça parindo na prisão. Uma condenada fugida, procurada pelo FBI. Você será presa.

Agora Abby sabia quem lhe enviara a ameaça. Alarmava-se por pensar que Fallon tinha um agente trabalhando para ele dentro do The Grove sem que ela soubesse.

Quando ele viu a expressão no rosto dela, disse:

– Sim, eu sei quem você é.

– Quero esses registros, sr. Fallon – disse ela, destemida.

Vanessa, nervosa, mudou de posição. Ela preferiria morrer a voltar para a prisão. E Jack enrijeceu, suspeitando do homem com Fallon. Parecia um advogado ou contador, mas também podia ser policial.

Fallon saboreou as palavras seguintes. Ver uma mulher implorar por piedade era muito excitante.

– Você disse que eu me gabava desses registros como uma apólice de seguros. Mas eu tenho um seguro. Não do tipo que está imaginando – enfiando a mão no bolso do peito do paletó, ele puxou um envelope branco. – Eu tenho um mandado de prisão. Estou aqui, srta. Tyler, ou deveria dizer srta. Emily Louise Pagan, para te levar de volta à prisão.

* * *

– Controle de terra Grove! – Francesca gritou no rádio. – Aqui é o Cessna 1277 X-ray. Consegue me ouvir? – mentalmente, ela se deu um coice. Devia ter tido mais juízo! Crescera no deserto, tivera suas primeiras aulas de pilotagem no deserto... Fora a descoberta da avó desconhecida (por que o pai mantivera Lucy Fallon em segredo?) que atrapalhara seu julgamento. Agora ela voava em direção a uma tempestade de areia, sem ter como escapar. Tentou outra frequência. – Cessna 1277 X-ray chamando o resort The Grove. Estou oito quilômetros ao sul. Requisitando instruções para pouso!

Os ventos sopravam a 65 km/hora. A visibilidade caíra para obscurecimento parcial. Francesca acendeu as luzes de pouso, mas não enxergava o chão.

– Grove, aqui é o Cessna 1277 X-ray. Preciso de ajuda!

Ela acendeu as luzes de pouso e procurou a pista. Mas era como se estivesse voando em meio a um mar marrom. O avião sacudia e estremecia. Um objeto pesado bateu na frente do avião. Francesca viu chamas. Perdeu o controle.

– Mayday! Mayday! Estou pegando fogo! Vou cair! Controle do Grove, consegue me ouvir? Grove...

* * *

O vento guinchou pelo bangalô de Abby, as luzes piscaram, as árvores eram açoitadas no jardim. Abby disse para Fallon:

– Me prenda, então – e esticou os braços, com os pulsos unidos.

Todos os olhos se viraram para Fallon. Ele se mostrou imperturbável.

– Estou falando sério – disse ele, sem levar em consideração o blefe dela.

– E eu também – ela replicou. – Todos esses nomes, datas, lugares, informações sobre as mães e as famílias adotivas. Centenas delas. Tudo leva ao senhor, sr. Fallon – disse ela, apontando para as fotocópias. – E vou expor tudo isso.

Ele gargalhou.

– Quem acreditaria em você, uma mulher na lista dos procurados pelo FBI?

– Não importa quem acreditaria *em mim*. Eu vou entregar as informações para os jornais em todo o país. Para o *60 Minutes*. Para as organizações que se dedicam a reunir as crianças que foram tomadas de suas mães. Eles não precisam acreditar em mim. Eles só vão precisar olhar para esses dados.

Fallon pressionou os lábios.

– Sabe que o Texas tem pena de morte. Isso significaria a cadeira elétrica para você.

Mas ela falou com paixão.

– Você roubou o meu bebê e o vendeu a estranhos. Você vitimou mulheres em todo o país. Tratou crianças como mercadoria. Se eu não conseguir encontrar o meu bebê, então farei com que outros consigam. Se eu for executada, pelo menos saberei que algum bem nasceu do meu sacrifício.

Ele piscou. Pigarreou.

– Você deve achar que eu sou idiota. De qualquer jeito, eu saio perdendo.

– Me dê os seus registros – ela disse. – Combinarei com os meus, e apagarei todas as menções ao seu nome, como também os de Karl Bakersfelt, Spencer Boudreaux e qualquer outro que, no fim, poderia te incriminar.

Fallon estudou o anel de rubi na mão direita, ajustou as abotoaduras Montblanc. Pensou nos Vandenberg, a sua porta de entrada para o mundo político. Não mais satisfeito com o mundo dos negócios, Michael Fallon agora tinha os olhos voltados para o cargo de governador.

– O seu bebê foi o quarto no carregamento de 17 de maio – disse ele, de maneira prática. – Mas morreu.

– Cretino! – Vanessa sussurrou.

– Quero provas – disse Abby, mantendo-se firme, apesar de um tremor percorrer seu corpo. – Me mostre o registro daquela noite.

– Tenho uma ideia melhor – disse Fallon, pensando no agente infiltrado no The Grove, que estivera pronto a semana toda à espera do sinal para abater aquela mulher. Fallon lhe daria essa ordem no minuto em que ele e Uri fossem embora. – Me dê os originais dessas fotocópias e não te prenderei.

Ela levantou o queixo.

– Me dê os seus registros e eu não contarei ao mundo ao seu respeito.

As sobrancelhas dele se ergueram.

– Você se arriscaria a ir para a prisão e enfrentar a pena de morte do Texas, por um punhado de estranhos que você nem mesmo conhece?

– Posso não conhecer essas crianças, as famílias adotivas e as mães biológicas, mas sei pelo que eles passaram. Conheço a angústia delas. Se eu nunca puder abraçar o meu bebê, então, pelo menos, posso ajudar outras mães a segurar seus filhos nos braços.

Fallon a encarou. Não previra aquilo. Chegaram a um impasse, cada um esperando que o outro recuasse, com Vanessa, Jack e Uri testemunhando, o vento aumentando, gemendo e batendo na janela, fazendo entulho bater contra as paredes externas e criando uma cacofonia. Quando a porta se abriu, todos se sobressaltaram. Zeb estava ali, com um lenço contra o rosto.

– Abby! Um avião particular acabou de cair perto das Indian Rocks. O piloto se identificou como Francesca Fallon.

– O quê? – empurrando Abby, Fallon saiu para o vento.

– Espere! – Zeb o chamou, mas o vento engoliu sua voz. – Abby, ele vai se perder na tempestade de areia!

– Onde o avião caiu em relação às Indian Rocks?

– Não sabemos.

– Ok. Zeb, envie grupos de busca para o norte e o leste das rochas. Você e Vanessa vão para o oeste. Eu vou para o sul.

– Você não pode ir para lá! – disse Jack, colocando uma mão no braço de Abby.

– Sou a melhor pessoa para ir lá fora. Conheço esse terreno como a palma da minha mão. E já estive em tempestades de areia antes. Além disso, se alguém se ferir na minha propriedade, a responsabilidade será minha.

– Vou junto – Uri disse. Quando Abby começou a protestar, ele disse: – Francesca Fallon é minha afilhada.

Zeb gesticulou para ele.

– Está bem, você vem comigo.

Jack e Abby abriram caminho em meio ao resort castigado pelo vento, até o local em que os veículos estavam estacionados. Saltaram para dentro do SUV e mergulharam na tempestade de areia. Enquanto Jack dirigia em meio à escuridão parcial, Abby desempacotou os suprimentos de emergência com que todos os veículos do The Grove eram equipados.

– Não consigo enxergar nada! – Jack gritou enquanto pedras, areia e fragmentos de cactos batiam no para-brisa.

Abby abriu duas embalagens de máscaras cirúrgicas de papel – o kit de sobrevivência do deserto incluía rações de comida, garrafas de água e remédios – e rezou para que Francesca Fallon ainda estivesse viva.

– Preste atenção, Abby, esse homem é perigoso. Ele é conhecido por fazer as pessoas desaparecerem. É especialmente conhecido por manter seu passado em segredo. Existem boatos sobre um carteador que fez referências às conexões de Fallon com a máfia... – o SUV atingiu uma rocha, voou no ar e aterrissou com um baque. – Um mês depois ele foi pescado sem cabeça no Lago Mead.

O veículo bateu em outra rocha e se descontrolou. Quando parou, as rodas da frente se enterraram em uma duna de areia enquanto o vento rugia ao redor deles.

– Vou a pé! – Abby exclamou ao apanhar o kit de primeiros socorros. – Jack, é melhor você ficar aqui. Eu conheço o terreno.

Mas ele apanhou uma máscara e uma lanterna e saiu atrás dela.

Seguraram um ao outro enquanto enfrentavam a tempestade, porém, em questão de minutos, acabaram se separando.

– Jack? – Abby virou-se, tentando vê-lo em meio à areia flutuante. Ela mal conseguia respirar. A areia encontrava frestas debaixo dos seus óculos de sol e fustigava seus olhos – *Jack!*

Ela prosseguiu, indo contra o vento que quase a derrubava. A tempestade soprava quente e fria, e a bombardeava com areia e destroços. Quando ela tropeçou em uma rocha, o kit de primeiros socorros voou de sua mão. Ela não enxergava nada além de poucos centímetros à frente, e um momento depois a caixa de metal foi enterrada.

Abby esforçou-se para se por de pé, chamando: "Olá?", só para o vento lançar a palavra de volta para sua boca.

Por fim, ela viu uma forma densa mais à frente, e quando alcançou o Cessna caído, viu uma jovem com o corpo deitado metade para fora da aeronave fumegante, a testa sangrando. Abby a ajudou a se levantar e tentou avaliar sua condição, mas a tempestade estava tão densa que mais parecia um pesadelo e sua lanterna propiciava pouca iluminação. Mas ela ouviu a jovem gemer e dizer:

– Onde estou?

– Você está bem, srta. Fallon! – Abby gritou acima do vento. – Vou te levar para um abrigo!

Ajudando Francesca a sair do avião, Abby parou para sentir o vento. Percebeu a direção da qual vinha, para onde os grãos voavam, prestou atenção às rajadas que passavam por ela e soube onde estava as Indian Rocks.

Cambalearam juntas em meio à tempestade, Abby apoiando a moça. O vento uivava e gritava, açoitando seus cabelos e roupas, e aspirava o ar dos seus pulmões. Quando chegaram a uma parede de pedra, Abby tateou freneticamente até encontrar uma abertura pela qual puxou Francesca bem quando a jovem despencou no chão.

A caverna fornecia pouco abrigo. Era baixa e apertada demais, e depois a lanterna de Abby iluminou algo que fez seu sangue gelar: pequenos ossos de animais e restos de frutos.

Estavam em um covil de coiotes.

⋆ ⋆ ⋆

Fallon cambaleou às cegas em meio à tempestade de areia até dar de frente com os destroços do avião, encontrando a porta aberta, sangue no para-brisa. Onde estava Francesca? Então ele viu o envelope da Federal Express no assento. Enquanto o vento uivava ao seu redor, castigando a pequena aeronave, ameaçando enterrá-la junto a Fallon em um monte de areia, ele só conseguiu ler a escrita no envelope. E entendeu o motivo de Francesca ter voado até lá.

Com um lenço cobrindo a boca, ele estreitou o olhar através da areia flutuante. Em uma distância próxima, viu um facho de luz. Pegando a pistola, ele se lançou na tempestade.

⋆ ⋆ ⋆

Pensando em coiotes, famintos e ameaçadores, Abby disse:

– Não podemos ficar aqui. Tem um pequeno túnel que leva para dentro das rochas. Você consegue andar?

Francesca pressionou uma mão sobre a testa, que sangrava.

– Estou tonta... Mas, sim, consigo andar.

Abby passou um braço ao redor da cintura da moça e a ajudou a se suspender.

– Estou no The Grove? – Francesca perguntou. – Meu pai está aqui?

Abby não respondeu e manteve a lanterna direcionada para o chão, pensando em cobras e escorpiões, forçados pela tempestade a saírem de suas tocas. A passagem era estreita e baixa, elas tinham de avançar com as cabeças abaixadas, paredes rochosas raspavam seus braços, a areia caía em seus cabelos.

– Espera – Francesca disse, quando chegaram a um espaço mais aberto, tossindo e esforçando-se para respirar. – Preciso sentar. A minha cabeça...

Abby a ajudou a se sentar, depois tirou a máscara e os óculos, e usou a lanterna para avaliar o abrigo.

Estavam em uma pequena caverna com túneis se ramificando. Ela tentou pensar. Há muitos anos, ela e Sam haviam explorado aquelas cavernas com um guia indígena. Havia uma saída daquele espaço subterrâneo, mas qual seria? A direção errada as levaria para as minas abandonadas, que há muitos anos haviam sido declaradas perigosas.

De repente ela viu um círculo de luz varrer a parede oposta.

– Aqui! – gritou, mas sua voz ecoou pelas paredes da caverna. – Jack? Zeb?

Mas era Fallon, segurando uma pequena lanterna que apanhara no avião. Ele correu até Francesca e a pegou nos braços.

– Filha! Graças a Deus! Você está bem?

– Papai, me desculpa!

Ele secou o sangue do rosto dela com um lenço de seda, depois olhou para Abby:

– Sabe sair daqui?

Ela havia escutado as correntes de vento, sentido o fluxo das brisas frias que passavam pelas cavernas, cheirado o ar e tateado as paredes em busca de umidade. As Indian Rocks ficavam sobre uma falha geológica provocada por terremotos, motivo pelo qual existiam os poços artesianos debaixo do The Grove. Mas a água podia ser tanto benéfica como letal. Um daqueles túneis levava até um lago subterrâneo.

Por fim, respondeu:

– Por ali.

Tiveram de se curvar às vezes quando o teto ficava baixo, e tropeçaram no chão desnivelado enquanto prosseguiam, seguindo a lanterna de Abby. O ar estava pesado. Os ouvidos entupiram com a pressão.

Ao ouvir um som, Abby fez seus acompanhantes pararem.

– O que foi? – reclamou Fallon, Francesca se apoiando nele. Ele estava preocupado com o ferimento na testa da filha.

– Escutem! – pediu Abby. – Isso é...

Em seguida o som ficou mais claro: era alguém chamando:

– Olá?

– Jack? Aqui! Estamos aqui!

Passadas se aproximaram e, de repente, a câmara foi inundada por uma luz mais forte que a do sol. Francesca reclamou, cobrindo os olhos. Jack diminuiu a potência da lâmpada fluorescente que pegara no SUV.

– Graças a Deus! – exclamou Abby, correndo até ele. – Fiquei morrendo de medo quando te perdi na tempestade! – ela olhou além dele. – Onde estão os outros?

– Não sei – ele lançou um olhar carregado de suspeitas na direção de Fallon.

– Acho que se seguirmos este túnel – Abby disse –, vamos sair na parte norte das rochas. Me dê a sua lanterna. A luz é muito melhor – ela virou de costas. – Só vou dar uma olhada...

O tiro foi ensurdecedor. Francesca gritou. Jack caiu de costas e bateu contra a parede.

Abby se virou. Olhou para Fallon e sua pistola. Depois correu para junto de Jack.

– Você está bem? – perguntou, ao abrir a camisa dele para inspecionar o ferimento.

– Vou sobreviver – ele disse com uma careta, pensando na arma debaixo da jaqueta. – Mas que diabos...

O ferimento no ombro era profundo e sangrava profusamente. Abby rapidamente tirou a blusa, dobrou-a formando um montinho grosso e a colocou debaixo da camisa ensanguentada. Vendo o corpete rendado bege, Jack disse, com um sorriso torturado:

– Vai se resfriar.

– O que aconteceu? – Francesca perguntou ao abaixar as mãos dos olhos. A luz da lanterna ainda estava clara demais; fazia sua cabeça latejar. Mas ela viu a pistola do pai, e o outro homem deitado no chão. – Você *atirou* nele?

– Tive que fazer isso, meu bem, ele estava colocando a mão por debaixo do braço...

– Eu não estava... – Jack gemeu.

– Não entendo! Pai, o que está acontecendo aqui? Por que você veio para cá?

– Eu não ia contar nada para você porque não queria te assustar. Essas pessoas estão me chantageando. Estão ameaçando revelar informações sobre o meu passado, de muito tempo atrás, mentiras inventadas, mas que podem ser perniciosas para *você*. Vim aqui para negociar com elas. Estão exigindo cinco milhões de dólares.

– Isso não é verdade! – exclamou Abby.

– Mas... atirar nele? Pai, você poderia tê-lo matado...

– Foi para proteger você, meu bem. Se a chantagem não funcionasse, eles planejavam sequestrar você – ele segurou o braço de Francesca. – Vamos sair daqui. Você precisa de um médico.

– Não podemos deixá-lo!

Fallon olhou para Jack.

– Você tem razão. Vamos levar os dois até as autoridades – mas Fallon pretendia terminar o trabalho antes que encontrassem a saída.

Cambalearam pelo túnel do norte, Abby na frente, amparando Jack, Fallon ajudando Francesca, com a arma ainda em punho.

Por fim, ela não conseguia mais seguir adiante.

– Estou tonta. E com sede.

– Tem água perto daqui – Abby disse, segurando-se firme a Jack.

Chegaram a um riacho subterrâneo que corria fresco e límpido. A caverna era espaçosa e o ar, fresco. Enquanto Abby cuidava do ferimento de Jack, Francesca disse:

– Pai, quem é Lucy Fallon?

Ele sorriu e afagou o cabelo dela.

– Ela é uma senhora que mora em um asilo, e a equipe de lá está tentando localizar seus parentes. Recebi um telefonema há algumas semanas, mas eu disse para eles que não tenho parentes. Meu nome nem mesmo é Fallon, é Falconelli! É uma confusão administrativa. Só isso.

– Mas no envelope está escrito: "para o meu filho Michael Fallon, em Las Vegas".

– É só um equívoco, meu bem. Estão procurando por outro Michael Fallon. Sinto muito por essa pobre mulher. Bem que eu *queria* ser filho dela.

Abby avaliou o rosto de Jack. Ele estava muito pálido. Ela pegou um lenço no bolso da calça e, com cuidado, tirou a poeira do rosto e da testa dele.

– Jack, por que ele atirou em você?

– Não sei. Eu não ia pegar a minha arma. Ele nem sabe que eu tenho uma.

Ela olhou olhou de relance por cima do ombro, pensando em maneiras de sair dos túneis e se afastar de Fallon.

– Deixa eu pegar um pouco de água para você – disse, e se afastou.

Jack observou Abby, seu coração doído ao ver as costas brancas e ombros delicados, o corpete de seda sustentado por alças finas, Abby Tyler, forte e vulnerável ao mesmo tempo.

Ele passou o olhar de Abby para Francesca, iluminada pela lanterna. Encarou-a.

– Meu Deus! – sussurrou. E nesse instante entendeu o motivo real pelo qual Fallon viera ao The Grove, e por que atirara em Jack.

Jack pensou rapidamente enquanto observava Abby. Obviamente ela ainda não conhecia a verdade. Mas ele sabia que, no instante em que Abby percebesse quem Francesca era, ela não conseguiria mascarar sua reação, então Fallon perceberia e suas vidas não valeriam mais nada.

Jack gemeu alto. Abby correu de volta para o seu lado, com água nas mãos em forma de concha.

– O que foi?

– A bala se mexeu – ele a puxou para baixo e pressionou os lábios em seu ouvido. – Finja que está inspecionando o ferimento – sussurrou. – Não deixe Fallon perceber que estou falando com você.

Abby olhou de relance para Fallon, que andava de um lado para o outro ansiosamente.

– Abby... – Jack sussurrou, rouco. – Francesca...

– O quê?

– Não reaja. Não deixe Fallon saber...

– Saber o quê?

– Francesca... é a sua filha.

Ela franziu o cenho.

– Do que está falando?

– No meu bolso... dobrado. O pôster de procurados... Abby, a sua foto, é igual a Francesca. E a descrição do cabelo, loiro arruivado. O de Francesca...

Abby olhou rapidamente sobre o ombro e viu Francesca sob a luz da lanterna, os cabelos refletindo a luz em brilho castanho acobreado. E teve a lembrança de algo que o avô lhe dissera: "*Lembro do dia em que a sua mãe te trouxe para casa, Emmy Lou. Com apenas uma semana e toda sorridente em seu cabelo acobreado. É o seu cabelo que faz o povo comentar. É como se alguém estivesse polindo moedas de um centavo e você tivesse se misturado no meio e sido polida também*".

Francesca Fallon, sua filha? Seria possível?

– Não estou vendo a bala, detetive – disse, com a voz trêmula.

– Abby! – Jack sussurrou. – Controle-se. Fallon atirou em mim porque pretende nos matar. Ele sabia que assim que nós víssemos Francesca, descobriríamos a verdade. Contanto que ele ache que ainda não sabemos da verdade, ainda teremos uma chance. Mas se ele achar que descobrimos tudo, estamos mortos.

– Mas, Jack, se você estiver certo... Tenho que contar a ela que não vamos machucá-la. Jack, ela precisa saber!

A voz dela ficara alta demais. Fallon olhou para ele. Jack abaixou o rosto de Abby e prendeu a boca dela em um beijo profundo.

Fallon se virou para Francesca.

– Consegue andar, meu bem? Temos que ir em frente.

Ela assentiu.

Fallon gesticulou com a pistola.

– Você, de pé.

Abby começou a se levantar, e Jack sussurrou.

– Espera – pegando um punhado de sujeira, esfregou no rosto de Abby. Ela entendeu. Francesca ainda não vira seu rosto. Mas será que faria perguntas quando a visse e percebesse a semelhança assustadora? O que Fallon faria então?

Seria capaz de matar Francesca para manter seu segredo a salvo?

Abby se debatia com as emoções. Agora que vira Francesca na luz, soube que, de fato, ela era sua filha. Os olhos de Francesca eram os do seu avô, a boca pertencia à mãe de Abby, e o cabelo arruivado era igual ao seu. E, de perfil, o nariz perfeito e afilado de Francesca era o de um andarilho hippie que roubara e partira o coração de Abby.

Ela mal conseguiu se conter para não correr até Francesca e abraçá-la com força... depois de todos aqueles anos. *Minha filha!*, o coração de Abby gritou.

Quando se abaixou para ajudar Jack, Fallon disse:

– Ele não. Ele vai ficar. Você vem com a gente.

Quando ela começou a protestar, Fallon lhe mostrou a pistola e disse:

– Deixe-o ou eu acabo com ele.

– Papai!

– Vá em frente, meu bem. Vai ficar tudo bem. Os amigos dele o encontrarão. Mas vamos levar esta mulher como garantia. Eles não vão nos machucar, contanto que ela esteja com a gente.

– Não vou deixar Jack – afirmou Abby.

– Se eu o matar, você vai, sim.

– Vá! – pediu Jack.

– Escuta – Abby disse a Fallon –, vocês dois podem ir. Sigam o riacho. Ele levará vocês até um aquífero. Lá tem uma estação de processamento de água. Prometo, vocês jamais... – sua voz se emocionou. – Vocês jamais vão ouvir a nosso respeito de novo.

– Não assumo riscos. Agora venha até aqui e pegue a lanterna.

– Vá! – Jack sussurrou novamente. – Eu vou ficar bem.

Ela se ajoelhou rapidamente e o beijou na boca.

Mas, quando ela se aproximou de Fallon, ele disse:

– Não por aí, por aqui.

– Mas precisamos seguir o riacho! – ela protestou.

– E encontrar os seus amigos nos esperando na outra extremidade? Era o seu plano o tempo inteiro, não era?

– Eu não tinha plano algum! Não criei a tempestade de areia, nem fiz o avião cair. Sr. Fallon, preste atenção...

Ele apontou a pistola para ela.

– Posso resolver isso aqui mesmo – Francesca se recostou nele. A cor dela não era nada boa.

– Está bem – concordou Abby. – Vamos pelo seu caminho. Mas precisamos levar... a sua filha até um médico.

Com um relance final para Jack, Abby entrou no túnel e pegou a lanterna, deixando o detetive na mais absoluta escuridão. Ele ouviu as passadas dela sumirem, e, então, ficou sozinho.

– Sr. Fallon, o senhor tem que acreditar em mim: este não é o caminho certo – insistiu Abby após vários metros.

Ele não estava prestando atenção e, quando a luz da lanterna iluminou sua expressão, Abby viu um olhar letal que a alarmou.

Com um gemido, Francesca caiu. Abby correu para junto dela.

Fallon ficou de pé perto das duas mulheres, observando Abby, escutando a preocupação e o medo na voz dela, vendo a gentileza com que ela tocava em Francesca.

– O que está acontecendo? – ele perguntou com suavidade.

E Abby percebeu o que acabara de fazer. Levantou o olhar para ele.

– O quarto bebê não morreu, não é mesmo?

Quando Fallon permaneceu em silêncio, Abby perguntou:

– Por quê? – havia sofrimento na voz dela. – Por que tirou minha filha de mim?

Fallon olhou de relance para Francesca, que estava de olhos fechados, respiração lenta e profunda. E chegou a uma conclusão.

– Eu precisava de um bebê – disse, porque Abby Tyler podia muito bem saber o motivo por que morreria. Depois ele levaria Francesca até um local seguro e lhe diria que os dois bandidos receberam o que mereciam.

Sua voz parecia vir da escuridão da caverna profunda.

– Me casei com Gayane Simonian para ficar com o hotel cassino do pai dela. Quando ela engravidou, eu tive que protegê-la. Eu tinha inimigos. Gayane estaria vulnerável em um hospital. Por isso providenciei tudo para que o bebê nascesse em casa.

Os olhos de Fallon estavam concentrados na parede da caverna, como se estivesse vendo o passado em um filme antigo refletido na parede rochosa.

– Quando Gayane morreu no parto, e depois o bebê, poucos minutos depois, eu soube que perderia tudo. Por isso, liguei para um homem para quem trabalhei por um tempo, e perguntei se ele não tinha nenhuma entrega para ser feita. Ele disse que tinha quatro, do Texas. Ele me disse o nome de um hotelzinho na beira da estrada. Coloquei meu bebê morto em uma manta e dirigi até lá. Escolhi outro e fiz a troca.

Ele fechou os olhos e viu os bebês sobre a cama do hotel, todas meninas, uma com um dedo extra em cada mão, a segunda pequena e quieta demais, a terceira, uma judia, de acordo com o motorista. Fallon imaginava se ela se passaria por italiana, quando viu a quarta menina – a enfermeira, inexperiente, erroneamente acreditara que a menina tivesse morrido, mas ela apenas caíra no sono. Aquela chorava furiosamente agora, lutando para viver, mãos pequeninas agitando-se no ar, prontas para segurar a vida. Com cachos loiros arruivados e olhos que o fitavam diretamente.

– Ela veio da prisão White Hills – disse o motorista. – A mãe está servindo pena perpétua por homicídio.

Foi essa que Fallon escolheu e batizou de Francesca. Quando voltou ao Wagon Wheel, pagou a enfermeira e o médico, e mandou-os embora, sem lhes contar sobre a troca. E depois apresentou o bebê ao sogro, Gregory Simonian, que a aceitara como sendo sua neta.

O resto – ter segurado o bebê no colo, sentindo cada ossinho e curva através da cobertinha, ele, que jamais soubera o que era o amor, sentindo uma estranha emoção tomar conta do seu coração, esquecendo-se de que o bebê não era seu, e sua mente, ao longo dos anos, editando a noite do nascimento e o corpinho enterrado no deserto – ele não contou a Abby. Francesca era *sua*. Nada o faria desistir dela.

– Boudreaux disse que você serviria pena perpétua por homicídio. A diretora me garantiu que você não tinha parentes, que durante o tempo em que esteve em White Hills ninguém te visitou. Portanto, eu soube que ninguém viria atrás do bebê. Especialmente você, depois de ter fugido e fazer parte da lista de procurados do FBI. Mas eu a subestimei.

Abby se ergueu de pé, trêmula.

– O que vai fazer agora?

– Não posso permitir que viva.

– Eu lhe darei tudo o que tenho sobre as adoções – disse ela, rapidamente. – Todos os arquivos, as informações. Não contarei a ninguém. Tenho uma passagem de avião. A minha mala está pronta. Vou desaparecer.

A voz de Fallon surgiu de um lugar distante e encheu Abby de pavor.

– Isso não basta. Você é uma ameaça grande demais. Francesca vai se casar amanhã. Ela é o meu passaporte para um mundo no qual venho lutando para entrar desde que era garoto. Escolhi a dedo o homem com quem ela vai se casar. Trabalhei por muitos anos para atingir esse objetivo – franziu o cenho para a parede quando outra cena do passado se desenrolou ali. – Ela quase se casou com um paraquedista imprestável, sabe, mas eu cuidei disso.

Ele levantou a pistola, e Abby se preparou.

* * *

Com o ombro latejando, Jack tateou pelas paredes ásperas, cego como uma toupeira uma vez que Fallon levara sua lanterna. Foi contra o curso do riacho. Sabia que, se seguisse a favor do curso, chegaria a algum lugar seguro. Mas não podia abandonar Abby.

Suas pernas estavam bambas. O chão parecia escapar dele. *Então morrer é isso.*

Subitamente, uma fonte de luz iluminou a câmara e Jack ouviu Zeb dizer:

– Você está bem, detetive?

Mãos gentis segurando-o, Vanessa dizendo:

– Ele está ferido!

Alguns minutos depois, Jack se sentia melhor. Reanimaram-no com água e um tônico do kit de primeiros socorros. Vanessa limpara o ferimento, fizera um curativo para conter a hemorragia e lhe dera um analgésico.

– Fallon levou Abby, sob a mira da arma.

– Para que lado eles foram?

Ele apontou riacho acima.

– E tem mais. Francesca Fallon é a filha de Abby.

– O quê?!

– Temos que ir atrás deles. Não tem como saber o que Fallon vai fazer quando seu segredo for revelado.

– Consegue andar?

– Vou dar um jeito.

Jack os levou pela direção que Fallon tomara com as duas mulheres. Pararam quando viram três túneis ramificando-se.

– Sr. Armstrong, conhece esses caminhos?

Zeb balançou a cabeça.

– Existe um motivo para os índios locais chamarem estas cavernas de assombradas. As pessoas entram e não conseguem sair.

– Bem-vindo ao Hotel Califórnia[5] – Jack murmurou ao avaliar a entrada dos três túneis.

– Poderíamos nos dividir – Zeb sugeriu –, mas só temos uma lanterna e uma luz fluorescente. O que significa que só podemos seguir dois túneis.

Vanessa inspecionou a boca de cada um, analisando as paredes rochosas com a luz fluorescente.

– O que é isto? – ela se inclinou e examinou riscos recentes na pedra.

Zeb correu o dedo pelos riscos.

– Recém-feitos. Na altura da cintura.

– Abby usou o relógio para marcar o caminho!

Moveram-se cautelosamente pelo túnel, encontrando mais marcas. Agora ouviam o vento, e perceberam que não estavam longe da entrada. Mas chegaram a outra bifurcação. Jack espiou na escuridão e se lembrou do que sabia sobre a disposição das Indian Rocks.

Como se estivesse em uma competição de arco e flecha, sem distância marcada, atentou para o vento acima deles, notou a mudança das correntes de vento e mentalmente calculou a distância até o exterior.

– Existe uma abertura não muito longe daqui – ele disse, lembrando-se do dia em que fora atrás de uma flecha perdida e encontrara uma fenda. – Podemos usá-la para dar a volta e apanhar Fallon. Vamos!

---

5 N.T.: Referência à música *Hotel California*, do grupo Eagles.

* * *

– Pai?

Fallon se virou. Francesca estava se erguendo.

– É verdade?

Ele a encarou, com a arma ainda empunhada.

–Você se casou com a minha mãe para ficar com o cassino? É verdade? – ela se ergueu, cambaleante. – E Erik? Você o matou?

Um paraquedista imprestável.

Ela olhou para Abby e notou que não conseguia mais ver nenhuma caverna atrás de si: a sua semelhança com aquela mulher.

– Por favor, não a mate – Francesca levantou as mãos, suplicante. –Você ainda é o meu pai. Não importa como eu virei sua filha.Você me adotou. Vamos para casa.Vamos esquecer essas pessoas.Vou me casar com Stephen. Tudo será como deveria ser.

– Não – disse ele. – Não podemos confiar que ela não vai aparecer para arruinar tudo.Acredite em mim, querida, temos que nos livrar dela. Quero que a sua vida seja perfeita. Foi para isso que eu vivi – ele esticou a mão para tocar o rosto de Francesca, e Abby se aproveitou da breve distração de Fallon. Batendo a lanterna com força na cabeça dele, agarrou o pulso de Francesca e correu.

– Estamos perdidas? – Francesca perguntou, alguns minutos depois. Estava entorpecida pelo choque. A confissão do pai, de tê-la sequestrado quando bebê, de ter matado Erik. Aquilo era um pesadelo terrível.

Abby virou para um lado, depois para o outro, sentindo a mudança da corrente de ar, e disse:

– Por ali, aquela é a nossa saída.

Mas, após avançarem alguns metros, Francesca disse:

– O que é esse barulho?

Prenderam a respiração e escutaram.

– São bufadas – Abby disse. – Um coiote fêmea chamando os filhotes.

E lá estava ela, bem no meio do caminho, o rabo peludo erguido horizontalmente – um gesto de agressão.

– Não se mexa – instruiu Abby. – Se os filhotes estiverem por perto, o macho também estará – Abby passou a língua sobre os lábios secos.

– Recue devagar – disse, colocando-se entre Francesca e a fêmea que grunhia. – Olhe onde pisa. Não se apresse. Não faça movimentos súbitos.

O animal ficou parado, alerta e pronto para avançar, enquanto as duas mulheres recuavam cuidadosamente.

– Ela não vai nos seguir – Abby disse. – Só está protegendo o covil.

Refizeram seus passos, afastando imensas teias de aranha, pisando sobre ossos velhos até chegarem a um corredor aberto por ferramentas humanas. Abby se lembrou de que, nos anos 1930, mineiros cavaram ali. Vigas de madeira podre ainda sustentavam o teto.

Quando ouviram um som, pensaram que fosse o coiote, que o animal as tivesse seguido. Mas era outra variedade de predador do deserto que as encontrara.

Fallon.

* * *

– Consigo ouvir o vento! – disse Vanessa. – Devemos estar perto da entrada.

– Parece que a tempestade está acabando – observou Jack.

– O que é aquilo, logo ali? Parece... Ah, meu Deus!

Fallon mirou a arma.

– Francesca, venha aqui.

Mas Francesca vivera toda a sua vida se sentindo culpada por ter matado a mãe. E agora tinha uma segunda chance.

– Não. Não vou permitir que faça isso.

– Francesca, faça o que estou dizendo! – Fallon disse, com mais firmeza, ao armar a pistola.

Em seguida:

– Largue isso! – Jack Burns estava ali segurando a pistola, mirando-a na direção de Fallon.

Fallon virou e disparou. A bala atingiu uma viga apodrecida, partindo-a. O teto começou a ceder. Abby agarrou Francesca e correu na direção de Jack. Eles cobriram as cabeças enquanto o teto cedia em um rugido estrondoso. Quando a poeira abaixou, viram o túnel completamente bloqueado por rochas, trancando Fallon do outro lado.

Abby caiu nos braços de Jack.

– Graças a Deus, você está bem! – ele disse, abraçando-a.

– Jack, temos que tirar Fallon daí. Não existe outra saída.

Mas Zeb estava agarrando o braço de Vanessa.

– O resto do teto está prestes a cair. Rápido! Por aqui!

* * *

Fallon cavou freneticamente as rochas caídas que o separavam dos outros, prendendo-o naquela câmara pequena. A areia caía enquanto ele cavava até seus dedos sangrarem. Ele se sentia quente e sufocado. Tirou o paletó e o deixou de lado. Enquanto o ar ficava pesado de poeira, ele pensou ouvir a voz da mãe. Mas aquilo não era possível. O telefonema de ontem: "O serviço em Miami foi feito". Como? Envenenamento? Um travesseiro no rosto? *Será que Lucy soube que o filho encomendara sua morte?*

Enquanto a areia caía do teto, ele se lembrou de Rocco Guzman, de tantos anos atrás, enterrado até o pescoço e ficando roxo. E pensou nas outras covas no deserto ao redor de Las Vegas.

E na pequena – o bebê morto de Gayane –, enterrada atrás de um hotelzinho barato na beira da Autoestrada 91.

Apanhou a lanterna e iluminou a pilha de rochas, procurando um lugar para cavar. A luz recaiu sobre um objeto branco no chão da caverna: o envelope que ele encontrara no banco do Cessna. Esquecera-se completamente dele.

Abriu-o e examinou seu conteúdo na luz fraca da lanterna. Havia uma certidão de óbito, a ficha de mil dólares do cassino e uma carta.

As últimas palavras de Lucy Fallon, ditadas a uma enfermeira, três meses antes:

"Querido filho, estou velha e não tenho muito tempo mais para viver. O padre já ouviu minha confissão. Estou pronta para me encontrar com Deus. Esta ficha me foi dada na noite em que você foi concebido. Foi o seu pai quem me deu. Eu escondi o nome dele porque não queria que você seguisse seus passos. Mas você seguiu mesmo assim. Você é tão parecido com ele, aquele charmoso homem diabólico. Não tenho desculpas para o que aconteceu naquela noite de dezembro, durante a inauguração do Hotel Flamingo. Eu era jovem, ingênua e deslumbrada. Ele me seduziu.

Você quer que eu lhe diga que seu pai foi Bobby Bavacua ou Tony Cuzamano, homens com glamour nos nomes. Mas o homem que o gerou foi Benjamin Siegel, o monstro que todos chamavam de Bugsy. Quando contei a ele que estava grávida, ele riu de mim e me expulsou."

Fallon fitou estupefato a areia, que caía mais fortemente agora.

Bugsy Siegel, assassino da máfia judaica! Ele riu. Michael Fallon, em seu terno Giorgio Armani, sapatos Bruno Magli e gravata e relógio italianos, com os cabelos cortados por um barbeiro chamado Scorcese. Michael Fallon, que vivera toda a vida como o mais orgulhoso italiano na face da Terra, agora pensava: *Que coisa. Todos esses anos eu vinha frequentando a maldita igreja errada.*

Um pedaço do teto cedeu subitamente, e areia e pedra jorraram sobre a cabeça de Fallon.

– Não! – ele exclamou. Começou a cavar novamente, até os dedos ficarem em carne viva. Começou a soluçar. *Francesca!* Seus pulmões sugaram a poeira até uma dor trespassar seu peito. *Vamos embora juntos. Vamos nos esquecer do que aconteceu aqui…*

Um fragmento caiu do teto e o atingiu na nuca. Fallon viu estrelas e planetas. Caiu na pilha de sujeira e ficou ali até seus braços pararem de se mexer. O sangue escorria na duna de areia que crescia ao seu redor. Ele sentiu o gosto de sangue e areia enquanto a escuridão o envolvia e a lanterna se apagava.

Enquanto se viu imerso na escuridão da sua tumba, com a areia enchendo seus pulmões, percebeu que não estava nem um pouco surpreso com o que estava acontecendo. Michael Fallon sempre odiara o deserto. Depois de cinquenta e sete anos combatendo-o, admitia que o deserto finalmente vencera.

⋆ ⋆ ⋆

A tempestade de areia avançara e as equipes de busca e resgate do Condado de Riverside estavam escavando as cavernas à procura de Michael Fallon. Dentre as equipes de voluntários estava um empregado que vinha trabalhando com o nome de Pierre. Quando ele recebeu o telefonema dizendo que a sua missão fora cancelada, aceitou a dispensa com serenidade, tendo decidido permanecer no resort e talvez abandonar de vez o negócio dos homicídios, uma vez que as mulheres ali vinham se mostrando muito agradecidas pelos seus serviços.

A enfermeira do resort estava cuidando do ferimento na cabeça de Francesca, e Vanessa ao seu lado, pensando na noite em que a moça nascera. E agora lá estava ela, reunida com a mãe, finalmente.

Vanessa olhou para Abby, que estava dando um depoimento ao delegado, e pensou em como era irônico que sua amiga estivesse conversando abertamente com um oficial da polícia. *O quanto avançamos desde aqueles dias em White Hills...* Vanessa jamais deixaria de se admirar com a magia especial que a vida podia propiciar.

Ela e Zeb tinham planos de ir para a África. Na noite anterior, depois de fazerem amor pela primeira vez, antes da chegada de Fallon e da tempestade, eles conversaram até o raiar do dia sobre a África e sobre a paixão de Zeb pela preservação da vida selvagem ameaçada. Vanessa despertara seu antigo sonho. Em alguns dias, eles partiriam para o Quênia, ambos "indo para casa".

O delegado terminou de colher o depoimento, agradeceu a Jack e a Abby, depois se afastou.

– Como você está? – Jack lhe perguntou quando ficaram sozinhos. O braço dele estava em uma tipoia, o ferimento agora tinha um curativo apropriado em vez da blusa agora arruinada de Abby.

Um paramédico lhe dera uma coberta para ela proteger os ombros, mas uma das alças de seda aparecia.

Abby encheu os olhos ao fitá-lo. O rosto de Jack estava sujo, havia um pedaço de teia de aranha em seu cabelo. Ela surpreendia-se em pensar que cinco dias atrás não conhecia esse homem.

– Estou bem – respondeu. – E você, Jack?

Ele pensava que ela seria uma tremenda anfitriã na Vinícola Crystal Creek, e que ela poderia tornar aquele um lugar especial. Mas ele precisava saber:

– Abby, vi uma mala em seu bangalô. Com um casaco dobrado por cima, e a sua bolsa. E sei sobre a sua passagem de avião.

– Sim – ela disse. – Eu vou embora.

Ele aguardou.

– Jack, na noite passada eu não tive a oportunidade de terminar de contar a minha história. Nunca fui solta da prisão. Eu fugi. Tenho sido procurada pelo FBI desde então. Tenho um prêmio sobre a minha cabeça. É por isso que venho me escondendo aqui.

– E agora vai voltar a fugir?

– Não. Desde que fui condenada injustamente, desejei lutar para que a sentença fosse revogada. Mas eu não podia fazer isso até encontrar a minha filha. Só ela importava. Depois que eu a encontrasse, e ficasse satisfeita em vê-la feliz, então eu me entregaria e começaria a minha luta pela soltura. Quando o investigador particular me disse que tinha finalmente encontrado minha filha através de uma gangue de adoção ilegal, contatei um advogado criminal em Houston. Ele aceitou o meu caso. A equipe dele vem estudando as transcrições do julgamento e procurando testemunhas.

Os advogados de Abby já estavam procurando as pessoas que estiveram no viveiro na beira da estrada na hora do homicídio de Avis Yocum – turistas que o advogado de defesa dela nem se importara em procurar e que certamente se lembrariam de ter estado no viveiro porque era Dia do Trabalho e uma garota de cabelos loiros arruivados tirara fotografias deles diante do cacto saguaro gigante chamado Horny Sam.

A equipe de Abby também localizara o motorista do ônibus da viação Greyhound, há tempos aposentado, mas que ainda se lembrava de apanhar uma garota certa manhã em uma encruzilhada no meio do deserto no Novo México, porque foi a primeira vez que ele apanhou algum passageiro ali. Portanto, Abby estava no processo de ser exonerada do envolvimento do assalto à loja de bebidas, no qual pessoas foram mortas. Quando lhe perguntaram o que aconteceu com a moça negra chamada Mercy, ela dissera que não fazia a mínima ideia.

– Jack, Abby Tyler está deixando o The Grove e nunca mais vai voltar. Emily Louise Pagan retornará.

Ele se maravilhou com a coragem dela. Abby poderia desaparecer novamente com outro nome falso. Em vez disso, ela lutaria para provar sua inocência.

Jack pegou o pôster de procurada e o rasgou em pedaços, colocando-os nas mãos de Abby.

– De qualquer modo, acho que eu não conseguiria prendê-la. Não depois do que descobri nos últimos dias. E o que eu aprendi de mais importante é que é impossível pensar claramente com os punhos cerrados.

Os olhos dela se encheram de lágrimas.

– E eu aprendi que o coração se expande. Pensei por anos que eu só teria lugar em meu coração para a minha filha. Mas o coração sempre abre espaço para mais.

Ele afastou uma mecha de cabelo da face dela.

– Você e eu não temos vivido no presente, Abby, mas em uma mistura de passado e futuro. Quando um problema surgia, nós responderíamos que o encararíamos quando chegasse a hora. Sempre de olho nessa "hora". Mas sabe de uma coisa? Nenhuma pessoa em toda a humanidade já cruzou uma ponte antes de se deparar com ela. Nós dois vamos ter que aprender a viver para o hoje e deixar que o amanhã se resolva por si só.

Ele a trouxe para o seu abraço e a beijou, na luz do deserto, diante de Zeb e de Vanessa e de Uri Edelstein e de Francesca e da equipe de busca.

Abby olhou para as cavernas, de onde homens cansados saíam com os rostos empoeirados.

– Acha que um dia o encontrarão?

Jack balançou a cabeça.

– O deserto o clamou para si – Jack suspeitava algo a respeito de Michael Fallon; que ele era o homem por trás do assassinato de Nina. Agora que tinha um sólido suspeito, Jack seria capaz de seguir pistas e provas. Certas anotações de Nina tinham sido indecifráveis até então, como uma observação "M.F.", e Jack não tinha dúvidas de que todas elas levariam a Mike Fallon. O caso de Nina, assim como ela mesma, poderiam descansar em paz.

O olhar de Jack recaiu em Francesca, que tinha um curativo branco na testa. Ele previa uma estrada longa e feliz para ela e para Abby.

Após agradecer a enfermeira, Francesca se virou para o amigo de toda uma vida do seu pai e disse:

– Tio Uri, o senhor sabia? – mas seus olhos estavam em Abby, que também olhava na sua direção. Mãe e filha, enfeitiçadas pelo momento, cada uma tentando descobrir como diminuir a distância entre elas.

Uri Edelstein não se demorara na tempestade de areia, sendo forçado a procurar abrigo até ela passar. Estava coberto de poeira e cansado. E perdera seu melhor amigo.

– Que você não era filha de Michael? Não. Ele não contou para ninguém. Mas tive as minhas suspeitas há alguns meses, quando um informante nos contou que uma mulher chamada Abby Tyler vinha fazendo perguntas a respeito do passado de Michael. Nós conseguimos uma antiga fotografia dela e eu percebi a semelhança, mas não disse nada. Mas quando chegamos aqui, no minuto em que vi Abby pessoalmente, deduzi a verdade. E entendi por que Michael tinha vindo para cá. A existência de Tyler ameaçava seus planos.

Jack e Abby se aproximaram nessa hora.

– Srta. Tyler – Uri disse –, existe um cofre especial no escritório de Michael Fallon no Atlantis. Não sei o que tem lá dentro, ele nunca me mostrou. Mas ele chamava aquilo de apólice de seguros, e me disse que, quando ele morresse, eu deveria queimar o conteúdo do cofre e me certificar de que as informações não fossem a público. Tenho o pressentimento, srta. Tyler, de que os registros de adoção que está procurando estão lá. Eu vou entregar tudo para a senhorita.

– Obrigada, sr. Edelstein.

Abby se voltou para Francesca, trêmula de amor e antecipação. Que linda que era a sua filha!

– Como está se sentindo?

– Melhor, obrigada. A enfermeira me deu um medicamento – ela sustentou os olhos verdes nos dela. – Ainda não consigo acreditar. Você, minha mãe...

– Você acreditaria se eu dissesse – Abby disse – que tenho uma foto sua, tirada quando você tinha dezesseis anos?

Francesca a olhou surpresa.

Abby suspendeu uma corrente ao redor do pescoço e sob os cabelos, e a mostrou na luz do sol. Na ponta da corrente havia um medalhão, que ela abriu para revelar o rosto de uma garota sorridente. Os olhos de Francesca se arregalaram.

– Onde conseguiu isso?

– É você, não é?

– Sim! Foi tirada no Lago Mead, num verão...

Abby balançou a cabeça.

– Essa não é você, Francesca. É a minha mãe. A sua avó, que morreu quando eu era muito nova.

Francesca observou a foto.

– Sinto muito – Abby sussurrou. – Você foi tirada de mim, mas eu nunca deixei de te procurar – Abby esticou a mão e tocou o cabelo castanho arruivado de Francesca. – Debaixo da tinta castanha, o meu cabelo é da cor do seu. Com um toque de cinza – acrescentou com um sorriso.

Com os olhos marejados, Francesca lhe devolveu o medalhão, mas Abby disse:

– Fique com ele.

– Me conta – Francesca pediu, subitamente precisando saber. – Me fale do meu pai.

Abby a encarou. Aquele era o momento que ela sabia que um dia chegaria. Por trinta e três anos, ela ensaiou um roteiro em sua mente, vezes sem conta, cada vez com uma mudança, tentando diferentes começos e fins: "Seu pai era um assassino implacável"; tentando um equilíbrio entre dizer a verdade e poupar seus sentimentos: "Seu pai era lindo e animado". "Só fiquei com seu pai por poucas semanas, dormi com ele e nem fiquei sabendo o seu nome." Mas, no fim, Abby disse:

– Eu o amei muito – e na época, isso foi verdade.

Francesca virou o rosto para o vento. O dia estava claro, o céu azul, a tempestade há muito desaparecida.

– Não consigo acreditar que o meu pai sequestrava bebês. Mas, pensando bem, ele não era o meu pai de verdade – as coisas começavam a se encaixar. Os boatos que ouvira no decorrer dos anos, as coisas que as outras crianças lhe disseram, cruéis e zombeteiras... Seu pai, um gângster.

De repente, toda a sua vida se tornou uma mentira. Tudo lhe fora tirado. E, mesmo assim, de um modo estranho, uma nova vida lhe fora entregue no lugar daquela. Como se, no instante em que uma porta fosse fechada, outra se abrisse.

Aquela mulher... aquela mulher forte e corajosa... Sua mãe. E, subitamente, estavam se abraçando, Abby finalmente com a filha nos braços, Francesca sentindo o amor e o calor de uma mãe que nunca conhecera. Choraram juntas, e riram, depois se afastaram para se tocarem nos cabelos, estudar uma o rosto da outra, deixando as lágrimas caírem livremente, até que Francesca, por fim, sucumbiu e soluçou nas palmas das mãos.

– Papai morreu.

Abby a abraçou e confortou na suave brisa do deserto e da luz do sol.

– Francesca!

Viraram-se para ver um Maserati a toda velocidade vindo na direção das rochas, o motorista balançando um braço e gritando.

– Stephen!

Correram um para o outro e se uniram em um abraço esmagador.

– Francesca, graças a Deus você está bem! Eu fiquei tão preocupado com você naquela tempestade de areia! Cheguei o mais rápido que pude, mas tive que parar por causa da tempestade. Meu Deus, estava morrendo de preocupação! – ele a beijou na testa, abraçou-a com força, depois se afastou para inspecionar o curativo na testa dela.

– Eu estou bem, Stephen. Por que você está aqui?

Ele falou em frases desconectadas, apressadas, sobre uma carta que os pais receberam do pai dela, ameaçando revelar algo do passado se eles não dessem seguimento ao casamento.

– Francesca, não me importo com o que os meus pais pensam. Eu vou me casar com você, quer eles aprovem ou não – ele a segurou pelo rosto. – Quando eu estava na faculdade, fui preso por tráfico de drogas. Não foi grande coisa, só um pouco de maconha, mas isso está nos meus registros e meus pais são muito puritanos e acham que se as pessoas souberem vai ser o fim do mundo. O seu pai tinha medo que a minha mãe me forçasse a desistir do casamento...

Francesca o silenciou com um beijo.

– Eu também tenho muita coisa para te contar – ela disse. – A respeito da minha mãe. E do meu pai – enquanto se abraçavam sob o sol quente do deserto, ela percebeu que, quando estava presa naqueles túneis, seu pior medo fora nunca mais ver Stephen. Não que suas dúvidas quanto ao seu amor por ele tivessem desaparecido de uma vez. Mas, pelo menos dali por diante, ela saberia que o que quer que sentisse por Stephen seria por causa dele, e não para agradar ao pai. E percebeu mais uma coisa: o medo de morrer no parto, porque sua mãe morrera assim, desaparecera.

Jack pegou Abby pela mão e a afastou dos outros. E disse:

–Vou continuar a busca pelos pais de Nina. E quando eu os encontrar, e caso Nina tenha sido sequestrada, vou contar a eles tudo sobre ela, a pessoa maravilhosa que ela foi, e dar um encerramento para eles.

Depois ele pegou o folheto da Vinícola Crystal Creek.

– Charles Darwin disse que só os fortes da espécie sobrevivem: não os mais inteligentes, mas aqueles mais suscetíveis às mudanças. Não fiz nenhum progresso, Abby. Quando Nina morreu, eu também morri. Não tenho vivido. Eu *quero* sobreviver. Quero viver. A começar agora, com você.

Ela olhou para Francesca, com o cabelo arruivado brilhando sob o sol e um belo rapaz abraçando-a, e pensou em Jack Burns, o homem mais excitante que ela já conhecera. E Abby soube que a vida de Emily Louise Pagan, colocada em espera por trinta e três anos, estava prestes a recomeçar.

Este livro foi composto na fonte Bembo e Tranjan Pro,
e impresso em papel *Norbrite* 66,6g/m² na Assahi.